GOODBYE PARIS

GOODBYE PARIS

굿바이 파리

박종규 장편소설

| 지은이 | 박종규
| 펴낸이 | 박인수
| 펴낸곳 | (주)폴리곤커뮤니케이션즈
| 기획 | POLYGON Books
| 북디자인 | POLYGON Books

| 1판 1쇄 발행 | 2023년 3월 1일
| 등록일자 | 2003년 12월 23일
| 등록번호 | 제 313-2003-00384호
| 주소 | 서울특별시 서초구 본마을3길 2
| 전국공급처 | 도서출판 도화 : 02-3012-1030
| Homepage | www.polygon.co.kr
| E-mail | books@polygon.co.kr

978-89-954801-7-5 03810
이 책은 저자와의 협의 하에 인지를 생략함.

값 18,000원

마중 글
그림자 없는 삶을 추적하다

　기척 없는 강변 마을에 푸서리가 무성하다. 사람들은 다 어디로 갔을까? 버스 안에서 아쉬운 눈길을 보내는 중에 누군가가 소리친다. 저기, 저기 좀 봐요. 어린이가 우리에게 손을 흔드는 것 같아요! 오, 그곳에 사람이 나와 있다. 어린 사람이! 눈살 찌푸린 어린이가 허리를 굽히더니 무엇인가를 집어 이쪽으로 힘껏 던진다. 수면에 물결이 인다. 돌팔매다! 잔잔한 수면에 동심원을 그리며 점차 퍼지는 파문이 좁아진 강폭을 덮는다. 압록강 탐사 때 일이었다. 그 어린 사람에게 누가 증오를 심었을까?
　일제가 물러가면 민족이 한데 어울려 살아갈 줄 알았다. 그러나 남쪽은 미군의 총을, 북쪽은 소련의 총을 들고 대리전쟁을 치렀다. 패전국 일본은 그대로인데 우리만 남북으로 갈라져 이념 갈등을 벌이게 되었다. 그 시기에 우리 젊은 지성들이 겪은 삶의 폐허에서 이 소설은 출발한다. 동백림 사건 때 평양행밖에 길이 없었던 파리 유학생들, 그림자 없는 삶을 살아야 했던 그들은 강 건너 '아이 어른'이 되어 소설적 허구의 그릇에 갈래 진 이념의 실체를 담아 나간다.

이 소설은 실화에 허구을 입힌 팩션faction이다. 남측 인물들은 특별한 인물이 아니면 가명을 썼으며 북측 인물들은 대체로 실명을 사용하였다.

GOODBYE PARIS

굿바이 파리

박종규 장편소설

마중글 그림자 없는 삶을 추적하다 _ 3

증언 I

실종 _ 7

우림에서 뜬 별 _ 15

퐁네프다리의 첫눈 _ 57

나는 새가 되어 _ 103

나는 수괴다 _ 149

김일성과 마주하다 _ 175

증언 II

전통문 타전 _ 209

비색 翡色 _ 213

그림자 없는 사람들 _ 241

밥벌이 예술 _ 275

나는 북한 공작원이다 _ 309

리턴 Return _ 359

발문 소설의 자율성과 주제가치 _ 396

닫음글 진상미로에 마거릿 피면 _ 403

실종

GOODBYE PARIS
GOODBYE PARIS
GOODBYE PARIS
GOODBYE PARIS

- 미전향 북한 공작원 실종 -

 카타르에서 낭보가 날아들었다. 월드컵에 16강에 오른 우리 축구 전사들 이야기는 신문 1면과 사회면까지 이어졌다. 모처럼 맞은 대형 호재는 팬데믹도 핵전쟁 위기도 여야 간 정쟁도 잠재웠는데, 사회면 하단에 박스 기사로 오른 이색 타이틀에 관심을 둔 외신은 파리의 '르 몽드'였다. 미전향이라니! 전향하지 않은 북한 공작원을 어떻게 관리했기에 실종되었을까? 미전향 북한 공작원의 실종 기사는 파리의 일간지 지면에 다시 올랐다. 기사에 난 인물이 동백림사건 수습을 지휘했던 전 파리 한인회장임을 주목, 르 몽드에서 그의 실종을 보도한 것이다.

 열흘이 지난 12월 14일, 파리에서 그의 마지막 모습을 보았다는 제보자가 나타난다. 여대생 제보자는 프랑스 국립 보자르 대학교의 미술학도이다. 지긋한 나이에 베이지색 바바리코트 깃을 세운 교포 어르신을 교정에서 만났는데 자기는 이 학교 졸업을 못 했지만, 선배라 했다. 여대생 서미안은 선배님이라 대화하기 편했다며, 그분 이야기를 다 들어주었다고 한다. 안타까운 사연이었지만 좋은 분이었고, 얼굴 생김새에서도 예술가 특유의 기운이 느껴졌단다. 노 선배는 파리에 애착이 많아 보였는데, 일본에서 태어나고 자라면서도 우리 것 잊지 않고 살아온 모습이 보기 좋았다고 했다. 하지만, 예술을 가슴에 품고 살면서도 자기 예술세계를 행위로 펼치지 못한 채 한세상을 살았으니 얼마나 속이 상했겠느냐고 했다.

 선생은 자신을 '새'라고 했다. 이데올로기에 휩쓸리지 않고 자유롭게 철책을 넘나들었던 새. 재보자 서미안은 높아진 겨울 하늘을 우러르며 그와 나눈 긴 이야기의 물꼬를 터놓는다.

*

시내에 내려온 달빛 꼬리가 물비늘로 반들거린다. 풀벌레 소리 교교한 밤, 어디선가 두드드둥! 북소리가 섞인다. 둥근 달에 북의 막면이 겹치니 달북소리다.

구름이 달을 가리자 북소리는 낮게 깔리며 사위가 어둠에 묻힌다. 이때 홀연히 나타난 스포트라이트가 어둠을 갈라 붉은 카펫을 훑어 내린다. 스포트라이트는 카펫 위의 한 여인을 오롯이 빛는다. 하얀 저고리에 연보랏빛 치마가 낭창한 여인은 비색 두른 듯 고혹적이다. 그미는 두 손으로 부채를 펼쳐 반원을 그리며 고개를 갸웃 숙인다. 여인이 선뜻 몸을 돌리니 은빛에 반사한 얼굴에 선녀의 그림에서 본 오라가 발한다. 그 모습에 가슴이 두근거린다. 박수가 소나기로 쏟아질 때 누군가 내 등을 두드린다. 나는 옆자리의 아버지를 까맣게 잊고 있었다.

- 둥둥 두둥둥, 두두두두 둥 -

북소리는 해금과 합주를 이루고 여인은 현란한 몸놀림으로 겅중겅중 장단을 탄다. 두두 둥두둥! 두두 둥두둥! 북소리가 빨라지니 여인의 치맛자락이 리듬을 따라 회오리를 만든다. 회오리는 여인의 뒤태를 감아 달항아리를 빚고, 선계에서 펼치는 여인의 소리와 춤은 대극장 가득한 관중의 탄성을 자아낸다. 이윽고 스포트라이트가 여인을 지워버리자 북소리 장단은 홀로 고조되어 나뭇가지에 걸린 둥근달을 두드려댄다. 두두둥- 두두둥! 달 북소리가 극점에 다다라 잦아들 때 붉은 카펫이 후루룩 말려 눈앞으로 육박해 온다. 나는 카펫의 돌연한 윽박지름에 벌떡 일어나 뛰기 시작한다.

그새 아버지는 어디로 가셨을까?

숨이 가쁘고 땀이 흥건하다. 얼마나 뛰었는지, 밭은 숨 고르며 감긴 눈을 흡뜬다. 홑이불이 땀에 절었다. 밤이면 꿈속에서 굿판 같은 무대가 펼쳐지는가 하면 늘 무엇인가에 쫓겨 달리곤 했다. 쫓기며 살아온 세월을 끝냈으나 쫓김에 길든 내 의식은 여전히 꿈속에서 쫓기고 있었다. 몸을 일으켜 창틀에 든 정원으로 시선을 보낸다. 북소리도 달 북소리도 사라진 밤, 길게 누운 가마가 봉 통을 벌린다. 더듬어 찾은 잔에 와인을 부어 마신다.

청잣빛 아우라에 싸였던 꿈속의 여인. 그녀는 실제로 본 여인이었다. 그곳은 일곱 살 어린 가슴에 담기에는 너무 큰 공연장이었다. 동경에 있을 때 아버지 손에 이끌려 들어간 극장에서 북소리 리듬과 멋진 춤사위에 온몸이 들썩였다. 그것은 내가 처음 접한 신명 나는 예술의 경지였다.

북한 회령지역에 이천식 부부장이라는 당 간부가 있었다. 부부장은 차관급이다. 그의 안내로 공연장에 간 적이 있다. 최승희의 딸 안성희가 춤 공연을 한다고 해서 공연장에 들린 날이다. 나는 무대가 가장 잘 보이는 중앙 앞자리에 앉았고, 왼쪽에는 곱게 한복을 차려입은 나이 든 여인이 앉았다. 옆 여인은 왠지 낯이 익었다.

"동무래, 최승희 무용수를 본 적이 있는가?"

부부장이 나직이 물었다. 최승희는 남한에서 이름을 떨치던 당대 세계 무용계의 최고수로 월북하여 활동 중이었다.

"그럼요. 어릴 적에 아버님을 따라나서 그분 공연을 보았습니다. 동경의 큰 극장이었지요. 어린 나에게 처음 예술을 알게 해 준 춤사위를 지금도 기억합니다."

"허허! 최승희 동무를 이자 소개해야 하겠구먼! 그분이 바로 박철희 동무 렵자리에 앉아 계시는구먼요."

눈인사만 나눈 사이라 고개 돌려 여인을 다시 보았다. 어디선가 본 듯한 이유가 있었다.

"아, 몰라뵈었습니다. 이렇게 자리 같이하니 큰 영광입니다."

최승희가 나를 보며 눈웃음을 짓는데 주름진 눈꺼풀 속으로 예전 모습이 아스라했다. 가슴에서 이는 고동 소리가 세월 저 너머에서 달 북소리를 끌어들이는 듯했다.

"옛날 팬을 여기서 만나니 반가워요. 동경의 제국극장 무대였을 거예요."

최승희가 선뜻 손을 내밀었다. 잔주름이 많으나 따스한 온기가 전해졌다. 그날 저녁 최승희 딸의 공연은 기억도 안 났다. 오로지 예전의 최승희만 되살렸다. '여성 4천 년에 이처럼 사람들 가슴을 흔드는 무희가 있었던가'라고 모윤숙이 극찬한 무용수, 우리 민족 무용으로 일본은 물론, 미국, 유럽에서 명성을 떨친 불멸의 춤꾼이었다. 하지만 그날의 기억은 나를 다시 돌이킬 수 없는 악몽의 터널로 끌고 들어갔다.

악몽의 세월은 나와 수경의 꿈이 올가미에 걸려들면서 시작하였다. 수경에게 모진 고생을 시켰다. 사랑하는 자식들마저 동토에 남기고 허접한 송환 길에 남은 것은 회한뿐, 나는 허투루 보낸 세월 강변에서 부표 없이 떠내려가는 쪽배 신세가 되었다. 먹장구름이 달빛을 삼켜버린 창밖 가마터에 후드득 빗줄기가 굵어진다.

나는 파리 유학생이었다. 유럽 최고의 예술대학에서 실력으로 명예를 얻고 사랑을 얻었으며 한국의 젊은 지성들과 갈라진 조국의 미래를 걱정했다. 꿈이 영글던 시기에 잿빛 운명은 커다란 바윗덩이로 내 앞에 굴러왔다. 감당 못 할 일들이 연이어 터졌고, 내 꿈은 바윗덩이에 처참히 바스러졌다. 파리에서, 동백림에서, 뮌헨에서. 지구 반대편 남미에서까지 내 운명은 나를 북한 공작원으로 살게 하였다. 그리고 나의 그림자를 놓치지 않고 추적하면서 끝까지 정체를 드러내지 않은, 보이지 않는 손의 존재가 있었다. 그 세월이 40년이다. 나는 그림자 없는 삶을 살아야 했다. 내 이야기는, 같은 길에서 출발하였으나 나와는 어긋난 모습으로 고국에 송환된 한 인물과의 만남으로부터 시작한다. 그는 내가 하지 못한 일을 해냈고, 지금 더 큰 일을 준비하고 있다.

굿바이 파리

우림에서 뜬 별

새내기 공작원들
정의를 다투어 보라
우림에서의 교전
누가 나의 적일까
정글의 마초
상상도 못 할 방법으로
돈이냐, 총이냐
오영 박사의 큰 그림

GOODBYE PARIS
GOODBYE PARIS
GOODBYE PARIS
GOODBYE PARIS

새내기 공작원들

　북에서 30대 초반의 두 요원이 에세이사 국제공항을 통해 아르헨티나에 들어왔다. 남미 공작원 생활 15년째로 나는 중년에 접어들었고, 한국은 88 올림픽을 디딤돌로 국가 브랜드 가치가 수직으로 상승하던 시기였다. 두 요원은 내게서 신분이 세탁되어 새롭게 태어날 것이다.

　요원 중 이기택은 성품이 소탈하여 북에 두고 온 아들 같다며 아내가 더 챙긴다. 다부진 체격의 윤기중은 사리 분별이 빠르다. 신분 세탁이 끝나면 이들은 중앙당의 지령에 따라 자기 길을 가게 되겠지만, 신분을 세탁하려면 상당 기간을 나와 함께 생활하여야 한다.

　그날은 자동차 부품을 사러 이웃 나라 파라과이에 갈 일이 생겼다. 아직 남미 생활에 서투른 두 요원을 데리고 집을 나섰다. 시내에서 산 햇볕 차단용 모자의 줄을 턱밑에 걸고 국경지대로 차를 몰았다. 며칠 전 마약 밀매 조직과의 총격전이 벌어진 뒤라서인지 국경지대 곳곳에 무장 경찰이 보인다. 고지대에 오르니 국경 초소가 나타났는데 흙벽돌 담에 슬레이트 덮은 단출한 형태다. 아르헨티나 경비대원이 차량 차단선을 내리고 다가오는데 빛바랜 초록색 군복에 게슴츠레한 눈빛들이 더위에 절어 보인다. 대원 한 명이 모두 차에서 내리라 손짓했고, 다른 두 명이 총부리를 들이대며 우리를 빈 초소에 몰아붙인다. 썰렁한 초소 창 너머로 보니 한 대원이 내 차를 뒤지고 있다. 몇 분 뒤 총기를 뒤로 멘 대원이 나의 누런 가죽 가방을 들고 초소로 들어온다. 다른 손에는 손바닥 크기의 가죽 커버로 된

드로잉 북과 패스포트 3개가 들렸는데, 신분이 새로 세탁된 신분증이다. 며칠 전 발급 받은 것을 가방에 그대로 둔 게 실수였다. 나는 짐짓 의연한 표정을 지으며 응대할 거리를 생각해 둔다.

"당신 말이야. 이거 당신 거요?"

가방을 내려놓은 경비대원이 드로잉 북을 살피다 덮더니 여권 세 개를 흔들어댄다.

"맞소."

"이 사람들 범죄자들이구나!"

말이 떨어지자마자 두 대원의 총구가 우리를 향한다. 우리 요원들은 내 눈치를 살피며 천천히 손을 올린다. 나는 요원들을 뒤로 돌리며 스페인말로 응대한다.

"그건 내 것이고 이들과는 상관없는 것이요."

나의 의연한 태도에 경비대원이 멈칫하며 위아래로 훑어본다.

"같은 일행이잖소. 당신들 스파이요? 이 그림들은 무엇이고 가짜 신분증으로는 무엇하려던 것이오? 이자들 연행해!"

선임 대원이 전화기를 들자 다른 대원이 총구를 움직여 우리를 벽에 몰아붙인다.

"잠깐만 기다리시오."

나는 총구를 옆으로 밀치며 전화기 든 대원의 팔을 잡아끌고 문틈도 없는 빈방으로 들어간다. 나의 거리낌 없는 행동에 선임 대원이 주춤주춤 따라 들어온다. 단둘이 되자 대원은 이런 일이 예삿일이라는 듯 총구를 거두고 있다. 얼굴을 맞대니 키 높이가 같고, 아직은 앳된, 가무잡잡한 이십 대다. 나는 천연덕스레 내가 할 말을 꺼낸다.

"수고 많으시오. 나도 당신들처럼 나라 위해서 일하는 사람이 아니겠소."

나는 목소리 톤을 낮춘다. 내 침착한 태도가 먹혔을까? 젊은 대원이 마땅한 대답을 못 찾았는지 그래서 어쩌란 말이냐는 듯 어정쩡한 눈치다.

"이보시오. 당신은 체 게바라를 알 것이오. 나는 남미의 영웅 체 게바라를 존경하는 사람이오. 내 나라 코리아에서 나도 민주주의를 위해 투쟁하다 이 도시까지 쫓겨왔소이다. 노트는 보시다시피 틈틈이 취미로 스케치하는 드로잉 북이오. 당신의 도움을 바라겠소."

대원은 나의 차림새를 훑어보면서 표정이 여러 가지로 변한다. 나는 침착하게 재킷 속 지갑을 꺼내 짚이는 대로 백 불짜리 묶음을 꺼낸다. 선임 대원은 내 행동을 무덤덤하게 지켜본다. 천천히 돈을 세니 천 불이다. 큰돈을 이렇게 써 보지는 않았으나 이런 경우를 대비한 자금이다. 나는 달러를 경비대원의 총구에 갖다 댄다. 군인이라고 다르지 않았다. 대원이 허둥대든 말든 나는 말을 꺼낸다.

"이것으로 끝냅시다!"

경비대원은 고양이로, 나는 사자로 바뀌는 순간이다. 큰돈 앞에서 고양이는 꼬리를 내리고 사자의 눈을 피해 돈을 바지 주머니에 욱여넣는다. 너무 큰돈이어서 일까? 이성적으로는 결정 못 하는데 손이 먼저 나와 돈을 받는 것인지 행동거지가 부자연스럽다. 내가 태연하게 방을 나간 뒤 대원은 다른 동료를 불러들인다. 이윽고 방을 나오는 대원들은 순한 양으로 바

쥐어 있다. 그 뒤 우리는 그들의 배웅을 받으며 양양하게 국경 초소를 빠져나갔다. 대원들이 멀어지는 우리를 향해 손을 흔들었다.

"천 불을 약으로 썼소."

"예? 그렇게 큰돈을?"

두 사람 눈이 동그래진다.

"아니요! 만 불이라도 써야 할 때는 주저 없이 써야지. 동무들 보았소? 이것은 산교육이요. 자본주의란 이렇소."

눈빛이 달라진 이기택 요원이 말을 받는다.

"잘 배웠습니다."

국경 초소를 벗어나면서 요원들이 남미 생활에 관하여 묻는다. 스페인어를 많이 쓰는 이곳에서 영어 소통에는 문제가 없는지. 남조선 사람들과는 어찌 엮이게 되는가, 등을.

"그래요. 이 나라도 빈곤층이 많으니 조선 반도 사람들과 크게 다르지는 않소. 가난하고 착한 사람들이지만 공무원들은 직급이 아래로 내려갈수록 바라는 게 많아요. 부자는 극소수이고 다수의 가난한 사람들은 대부분 돈에 약해요. 돈이 약이 될 때가 많다는 말이오."

"알겠습니다."

"참, 근황을 알고 싶은 사람이 있소. 공화국에 있을 때 혹시 노재호 박사라고, 들어보았소? 파리 유학파 핵물리학자인데 내 친한 선배요. 소식을 좀 알고 싶소."

"그 박사님 암살을…. 당했습니다."

순간, 윤기중의 대답은 내 명치를 때린다.

"뭐요? 아니, 언제요?"

브레이크가 저절로 밟힌다. 차가 삐걱거리며 급하게 섰고, 이런 나의 행동에 요원들 눈동자가 커진다.

"2년 전입니다."

나는 핸들에 머리를 박고 눈을 감는다. 노 박사가 파리 과학원과 평양에 오가며 핵물리학을 연구한 것은 이미 아는 사실이다. 평양으로 귀환하는 프리웨이에서 덤프트럭이 돌연 급가속하며 2개 차선을 가로질러 노재호의 승용차를 들이박고 질주했다고 한다. 노재호의 차는 중앙분리대를 측면으로 받으며 떠올라 반대편 차선으로 떨어지면서 마주 오던 차와 다시 충돌했다. 노재호는 시신 수습이 어려울 정도로 찌그러진 차체에 박혀 있었다. 차적이 불분명한 가해 차량을 10km 떨어진 곳에서 발견했으나 운전자는 사라진 뒤였다. 파리와 평양의 과학계가 발칵 뒤집힌 사건이지만 사건의 경위 파악이나 시신의 사후 처리에 대한 보도가 차단되었다. 다만 중앙당에서는 노재호의 라오스인 부인이 평양에 들어와 살도록 주선하였다고 한다. 앞날이 창창하고 파리 유학파 중에서는 제일 잘 나가던 선배였다. 노재호 박사의 죽음은 북한으로서도 큰 손실이었을 것이다.

집안이 가난한 노재호는 동료 학생들 논문을 대신 써주면서 푼돈 받아 공부했고, 자기 천재성을 펼치려 파리로 평양으로 동분서주한 인물이다. 북한이 핵물리학 연구에 투자를 많이 한 것으로 미루어 북핵 개발을 저지하려는 세력의 테러 가능성을 남긴 사건이었다. 당시 남한에서는 박정희 대통령이 핵무기 개발을 위해 플루토늄 재처리와 관련한 핵공학 학자들을 모으던 시기였다. 이런 남북 간의 경쟁적인 핵 개발 분위기가 미국의 심기를 건드렸을 것으로 추정되었다.

나와는 달리 노재호 선배는 평양에서도 본명을 사용했다. 북한은 남한에서 온 인물들에게는 보안상 새로운 이름을 주는 게 관례다. 일종의 신분 세탁이다. 당에서 노재호에게 새 이름을 내리지 않은 건 이유가 특별했다. 노재호의 근무처를 파리 과학원에 둔 채로 핵 개발에 나서야 했기에 이름을 바꿀 수 없었다. 노재호의 천재적인 두뇌를 북에 빼앗기지 않았다면 남한 과학계에도 크게 이바지했으리라. 한때 아내 수경을 두고 나와는 삼각관계였다.

노 선배도 결국은 이데올로기의 그물에 걸려 희생되고 말았다. 남한의 내로라하는 수재들이 파리에서 유학하던 중 동백림사건으로 군부에 쫓기게 되니 북한을 선택할 수밖에 없었다. 다른 선배들은 어디서 무엇을 할까? 안도희는 어떻게 되었나? 그녀는 동백림사건의 소용돌이에서 홀연 사라졌다. 아내의 단짝이던 안도희가 고국으로 무사히 귀국했는지, 아니면 북송되어 어딘가에서 공작 중인지, 내가 도무지 알 길이 없는 부모의 안부처럼 안도희는 차츰 기억 속에서 흐려지고 있다. 또 한 사람, 평양에서 세뇌 교육을 같이 받은 동료 중에 마음이 통했던 유일한 인물이 있었다, 오영 박사다. 오 박사는 자신의 계획대로 새로운 미션을 달성했을까? 그만이 유일하게 북한 탈출을 암시했었다. 이런 일들은 누구에게 물을 수 없고 물어서도 안 되었다.

정의를 다투어 보라

 국경지대를 벗어나 완만한 내리받이 길이 시작하는데 복장이 다른 무장 경찰들이 또 있다. 이미 파라과이 영토에 들어왔으니 파라과이 측 초소다. 혹 이들에게 가짜 여권이 탄로 나면 이젠 쓸 약도 없다. 아니나 다를까, 차량 저지대를 내리고 경찰 두 명이 총부리를 앞세워 다가온다.
 "선생님, 이젠 어찌합니까?"
 나는 손을 들어 윤기중의 입을 막는다. 경찰은 다짜고짜로 내 가방을 빼앗더니 내리라 한다. 지나온 초소에서 연락이 갔을까? 조금 전의 경비대원들이 겉으로만 우호적이었나? 우리는 얼떨결에 차에서 내려 초소 안으로 떠밀린다. 비교적 넓은 막사에서 대여섯 명의 파라과이 경찰이 흘깃흘깃 우리를 쳐다본다. 경찰이 내 가방을 뒤져 세탁된 신분증을 꺼내더니 초소장급의 경찰관 책상에 늘어놓는다. 우리는 벽에 붙어 섰고 초소 장은 신분증 세 개를 자세히 살핀 뒤 나를 빤히 쳐다본다.
 "당신, 한태호요? 모자 벗어요."
 "그렇소. 대장, 우린 범죄자들이 아니요."
 나는 모자를 벗으며 한 발짝 앞으로 나선다.
 "코리언… 남쪽? 이건 가짜 신분증이 아니요! 당신들 대체 뭐 하는 사람들이요? 이 그림들은 뭣이고?"
 초소장 인상에서 호기심이 읽혀 조금 마음이 놓인다. 요원 두 사람은 당연히 내 눈치를 보면서 벗은 모자를 만지작거렸고 나는 여전히 당당하게 나선다.

"우리는 조국 대한민국의 독재 권력에 저항하다가 쫓겨 온 사람들이오. 핍박이 심해 고국을 떠나왔소. 그리고 나는 그림 그리는 예술인이오. 보다시피 우리는 정의를 위해 일하는 사람들이지 범죄자들이 아니요. 독재정권의 추격에서 벗어나려다 보니 위장이 필요했소. 대장, 정상을 참작해 주시오."

초소 장은 잠시 머뭇대더니, 처음보다 오히려 차가워지고 있다. 그가 나를 쏘아보며 입을 연다.

"정의를 위해 일하려면 순리대로 해야 하오. 더구나 이곳은 당신들 나라도 아니잖소. 특히 당신은 신분증이 세 개나 있어요. 그건 불법이고 이건 정의롭지 못한 일이요. 좋소! 이곳은 우리나라 땅이니 우리 법정에서 당신 정의를 한번 다투어 보시오."

우리는 다른 항변을 못 하고 법정으로 이송될 처지가 된다. 난감했다. 법정에 서면 정체가 낱낱이 드러날 것이다. 공화국에서 온 두 요원은 일을 시작하기도 전에 현지 경찰에 잡힐 것이다. 수습이 안 되면 극단적인 선택을 염두에 둬야 한다. 두 요원은 여전히 나의 대처에 기대고 있다. 초소장은 군용 트럭에 태우라고 지시한다. 우리는 두 명의 호송 경찰을 따라 트럭에 오른다. 초소를 벗어난 트럭은 포장도로를 벗어나 황량한 비포장의 숲길을 하염없이 달린다.

"방법이 없겠습니까? 쇠고랑 채우기 전에 우리가 먼저 손 썼어야 했나요?" 기택이 난감해한다.

"가만히 있어. 섣불리 행동하다 공화국 임무도 수행 못하고 투옥될라!"

수갑 풀고 총기를 뺏는다 한들 이곳 지리를 장악한 건 저쪽이다. 요원들도 그런 생각을 하는 것 같다 끝없이 뻗은 비포장 길을 세 시간 남짓 달린 트럭은 나지막한 산등성 아래로 들어간다. 트럭은 산허리를 뒤에 둔 진지에 멈췄고 초입에는 초병 두 명이 지키고 있다. 우리는 끄트머리에 있는 막사로 들어가 다음 절차를 기다리나 기다림이 무척이나 길다. 몸에서는 땀이 흥건하다. 어느새 날이 어두워지는지 막사 내부가 어슴푸레하다. 배에서는 쪼르륵 소리가 난다. 밖의 초병들이 몇 마디씩 주고받을 뿐, 사위가 비교적 조용하다. 어둠이 깊어갈수록 달빛은 밝아지고 더운 시간은 더디 지난다. 진영에는 A형 텐트 몇 개와 이동식 부대 막사에 병력 이십여 명이 서성거리고 있다.

법정에서 나의 정체가 드러나면 어찌 될까를 생각하니 먹구름만 잡힌다. 되짚어 생각해본다. 이들이 수년 전의 동백림사건을 알기나 할까마는, 한국에서 파리로, 동백림사건까지 내 여정을 고스란히 밝히면, 그리하여 마침내 남한으로 소환된다면 북의 올가미에서는 벗어날 것이다. 어쩔 수 없던 정황이 알려지면 몸도 차츰 자유로워질 것이다. 하지만 북에는 내 자식들이 있다. 애들은 천하의 반동분자 자식들이라며 공개처형을 면치 못할 것이다. 자식들은 북에 남긴 인질로 내 목줄을 쥐고 있다. 내가 어떤 경우라도 살아야 하는 이유다.

우림에서의 교전

　요란한 전화벨 소리가 귀와 눈을 깨운다. 벨 소리에 이어 병사들의 부산스러운 움직임이 일고 있다. 나는 잠에 떨어졌었나 보다. 갑자기 눈꺼풀에 광목 두른 듯하여 눈을 뜨니 막사 밖이 대낮이다. 그때 가까이서 또 섬광이 일며 포탄 터지는 소리가 땅을 흔든다. 조명탄일까? 잇달아 천둥이 치는 듯 연이은 총소리가 고막을 때린다. 본능에 따라 몸을 움직이나 수갑이 채워진 손이 몸을 뒤로 당긴다. 손목이 땅으로 뿌리를 내린 것 같다. 총성은 더욱 요란해져 총탄이 불꽃을 그어대니 두 요원의 눈빛에도 살기가 돋아난다. 이대로 있으면 산불에 에워싸인 고목 신세가 될 것이다.
　"쌍방 교전을 시작했나 봅니다. 어쩌지요?"
　때마침 초병 한 명이 막사에 뛰어들어와 허겁지겁 내 손의 수갑을 풀기 시작한다. 이 상황에 초병이 나타나다니! 그는 나의 적이 아니었던가!
　"고맙소이다! 이보시오. 그런데 웬 총격전이오? 무슨 일이요?"
　나는 초병을 기이하다는 표정으로 바라보며 물었고, 초병은 윤기중의 수갑마저 풀면서 숨이 턱에 올라 답한다.
　"브라질 죄수들이 교도소에서 탈출했답니다. 그들 같아요. 코만도 PCC 조직원들! 브라질의 최대 마약 밀매 조직으로 아주 잔인한 무리지요. 마약 밀매 조직이에요. 자, 나를 따르시오. 길이 험하지만, 산에 본부로 가는 지름길이 있어요. 어두워도 나를 놓치지 말고 바짝 따라붙어야 안전합니다."
　초병은 총을 앞으로 들고 서둘러 막사를 벗어나 뛰기 시작한다. 누군가가 조준사격을 하는지 실탄이 몇 차례 빛 화살을 날려 발등을 스쳤으나 초병은 폴짝폴짝 잘도 뛰어갔으며 비무장인 우리도 어렵사리 총탄 세례를 피하여 초병을 좇는다.

"브라질 죄수들이요? 브라질 교도소가 파라과이에도 있소?"

"그래요."

"브라질 교도소 탈옥수들이 이곳에 왔다는 말이오?"

"이곳은 저들이 빠져나가는 길목이요. 이 지점을 지나가야 하는데, 여기를 지키는 국경 수비대와 교전이 붙었소. 어서 서두르시오. 당신들은 나만 따라오시오."

되돌아보니 아래 진지는 아수라장이 되었고 막사도 화염에 싸였다. 캡틴이 초병을 보낸 것은 고마웠으나 한편으로는 의아하다. 초병은 우림 속을 앞서서 뛰는데 총탄이 빗발치고 조명탄이 어둠을 거둬내곤 한다. 뒤에서는 적어도 사오십 명의 중대 병력 간 총격전이 벌어지는 것 같다. 우림의 밤은 특히 어둡다. 어디로 가는지 길도 없어 긁히고 부딪치고 넘어지며 초병의 뒷모습을 놓치지 않고 좇다 보니 어느새 총성이 잦아든다. 칠흑 같은 우림이었으나 푯대처럼 달이 떠오르니 시야가 조금 트인다. 우린 보폭을 조정하여 앞서거니 뒤서거니 초병 따라 어둠을 헤쳐나간다. 어둠을 덮고 잠들었던 미물들이 놀라 푸드덕 달아난다. 얼마쯤 갔을까, 홀연 사방 숲에서 손전등 빛줄기들이 뻗어 나오더니 서로 교차하며 육박해온다. 초병이 흠칫 놀라 돌아서는 순간 그쪽에서 누군가가 소리친다.

"서!"

우리 일행은 순간 말뚝이 되어 제자리에 멈춘다. 서라고 하는 소리에 나도 즉각 걸음을 멈춰 섰는데 그 소리가 더 놀랍다. 한국말이었다! '서'는 포르투갈 말이 아니고 과라니족 언어로 그 자리에 '서 있으라'는 우리말과 같은 뜻, 같은 소리 말이다. 남미 우림에서 우리말로 소통하다니! 십여 개의 손전등 빛이 엇 비추며 포위망을 좁혀 다가오니 초병은 총을 머리 위로 번쩍 들어 올린다. 우리도 따라서 손을 올리며 눈동자만 굴린다. 손전등 들고 차츰 접근하는 괴한들을 자세히 보니 군복 차림도 아니고 머리에는 검은 두건을 둘렀다.

괴한들끼리 주고받는 말은 포르투갈어와 과라니족 말이 섞이어 분별이 어렵다. 한참 옥신각신하던 괴한들은 우리 세 사람을 초병에게서 떼어낸다. 한 사내가 나서 권총을 쑥 뽑더니 돌연 초병 머리를 향해 조준한다. 초병은 손을 비비며 무릎꿇으면서 목숨을 구걸했고, 나는 본능적으로 이를 말리려고 총 든 괴한 쪽으로 몸을 틀었다. 그 순간이다.

- 타앙! -

총구가 불을 뿜는다. 정글을 울리는 총성과 함께 초병은 고목이 되어 쓰러지며 머리에서 솟아오르는 피가 손전등 불빛에 번들거린다. 권총 든 사내는 돌연 내 멱살을 잡고 몇 번 흔들더니 내동댕이친다. 내가 고꾸라질 때 공화국 요원 둘이 나를 부축해 일으키면서 방어 자세를 취하나 권총을 든 사내가 나를 휙 낚아채어 얼굴에 전등 빛을 쏜다. 사내는 알아들을 수 없는 말을 한동안 지껄인다. 과라니족도 남미에 널리 분포하여 억양이 여러 갈래다.

이들은 우리를 다시 어두운 정글 속으로 끌고 간다. 한동안의 갈지자걸음 뒤에 정글이 점점 깊어지더니 물살 내리찍는 소리가 들린다. 근처에 폭포가 있을까. 이들 정체가 뭘까? 나는 여러 경우를 상상하며 손전등 불빛이 허물어주는 어둠 속으로 발을 내디딘다. 한 사내가 허리춤에서 칼을 뽑아 앞에서 길을 트고 있다. 이들이 교도소에서 탈출한 죄수들로는 보이지 않는다. 혹시 마약 카르텔이거나 이른바 PCC 집단의 행동대원들일까? 파라과이 측 병사들은 지리멸렬했으나 이들은 마치 우리 세 사람을 구출하기 위해 조직된 특공대원들 같다. 갈지자 발길은 어느덧 우림에서 벗어나 개활지에 이르렀고, 우리는 이들과 함께 대기하던 2톤 트럭에 오른다.

　트럭은 헤드라이트를 끄고 달빛 받아 은빛으로 뒤척이는 풀밭을 깔며 질주한다. 달은 반쯤 허물어져 있고 식지 않은 낮 열기가 후텁지근 뺨을 휘감는다. 넓은 개활지가 앞에 펼쳐지고, 이따금 사람 키보다 웃자란 풀숲이 스쳐 지난다. 트럭에는 총구를 하늘로 올린 사내들이 타고 있다. 사내들이 우리 모자를 벗기고 검은색 머리 덮개를 씌운다. 암흑은 쉬 잠을 몰고 올 것이다.

　누군가가 머리 덮개를 벗기는 바람에 선잠에서 깼다. 개활지가 사라진 정글 앞에 트럭이 멈춘다. 우리는 차에서 내려 산길을 오르는데 또다시 빛이 보이지 않는 우림이다. 나뭇잎에서 나뭇잎으로 층층이 떨어지는 달빛은 그림자의 깊이를 더한다. 사내는 다섯 명으로 우리만 비무장인데 앞에 셋, 뒤에 둘이 조를 이루어 어둠을 헤쳐나간다. 칠흑 같은 어둠 위로 달빛을 품은 은색 이파리가 파르르 떤다.

누가 나의 적일까

 목적지를 모른 채 옮겨 딛는 발걸음이 무겁다. 파라과이 초병 머리에서 솟구치던 피의 잔상이 사라지지 않는다. 사람 죽이는 게 집게손가락 하나만 움직이면 되었다. 나는 왜 죽일 수 없었을까? 나는 죽이면 안 되는 존재일까? 하긴 죽일 상대라면 힘들게 데려오지 않고 그 자리에서 쏘아버렸을 것이다. 한데, 우리를 지켜 데려가는 이들은 내 정체를 이미 알고 있다고 보아야 한다. 이들 때문에 목숨 부지해도 그 점이 찜찜하다.
 아내와 아이들 얼굴까지 머리 위에서 어른댄다. 자식들을 동토의 땅에 그대로 둔 채 이런 곳에서 개죽음당할 수는 없다. 나는 반드시 살아야 한다. 이런 우림에서 어떤 세력 간에 '나'의 쟁탈전이 일었으나 정작 나는 그 이유를 모르고 있다. 쟁탈전의 목적물이 '나'라는 사실을 어떻게 이해할까. 이 낯선 땅에서 누가 나를 알며 나는 저들에게 어떤 가치가 있을까?
 우림을 지나 야트막한 산마루를 넘고 계곡을 한동안 내려가서야 물줄기 부딪치는 소리가 들린다. 계곡물이 조금씩 깊어지더니 희미한 불빛이 언뜻언뜻 비치는 사이로 움막들이 있고, 계곡 옆으로는 작은 단층 건물이 흩어진 달빛을 모으고 있다. 계곡을 가로지르는 좁다란 다리는 나뭇가지를 엮어 만들었는지 출렁거려서 몸 가누기조차 어렵다. 달빛마저 기울었지만, 계곡을 가운데 두고 조그마한 움막들이 숨바꼭질하듯 나타나다 숨곤 한다. 이윽고 한 움막 앞에서 고된 행군이 끝난다. 앞장선 사내가 움막에 들어가 쉬라고 손짓을 보낸다. 움막은 얼기설기 엮은 나뭇가지 위에 텐트

천이 덮였고, 불빛도 없고, 공간은 세 사람이 겨우 몸 뉠 정도다. 강행군 끝이라선지 우리는 배고픔도 잊고 잠에 떨어진다.

귓가에서 맴도는 새들의 지저귐에 눈 뜨니 어느새 사위가 밝다. 막사 입구의 가리개를 들치니 새벽 기운에 동쪽 산마루가 황금빛으로 물들고 있다. 그 아래로는 우유를 풀어놓은 듯 운무가 낮게 깔리고. 주황색 햇살이 움막 틈새를 비집고 들어와 빛 막대를 긋는다. 아름다운 자연, 화사한 햇살에 에너지가 솟는 느낌이다.

입구를 막은 가리개를 열면서 검은 머리띠를 두른 사내가 검지를 구부려 나를 부른다. 밝은 곳에서 본 사내는 과라니족이다. 과라니족은 유럽 사람들이 침범하기 전부터 이 땅의 주인이던 안데스 인디오 원주민으로 서구인들과는 골격이 달라 키가 작고 동양인에 가깝다. 밖에는 막사로 보이는 주거 형태들이 꽤 들어서 있고 주변에는 넓게 방책이 둘러쳐졌다. 아침 동살 받은 높은 산봉우리가 좌우로 솟았고, 밑으로는 맑은 계곡물이 물비늘을 번뜩인다. 움막에서 나와 서너 걸음 걸었을 때 사내가 발길을 멈추며 말을 건다. "만날 사람은 당신을 아는 사람이오. 당부하는데 당신 동료들은 두 사람 사이를 절대로 모르게 하시오. 이 말은 지금부터 줄곧 지켜져야 하오. 세 사람이 이곳을 떠나더라도. 무슨 말인지 알아듣겠소?"

무슨 말인지 모르겠다. 나를 아는 사람이라니, 어떤 말보다 신경 쓰인다. 내 정체가 탄로 났다면 나는 이미 공작원이 아니다. 상대가 두렵다.

"그는 누굽니까?" 사내는 멈칫하더니 엉뚱한 말로 답한다.

"우선 저 아래 내려가 시냇물로 얼굴 좀 씻으시오. 이대로는 당신을 못 알아보겠소. 먼저 식사를 보내드리겠소. 내가 다시 오리다."

 북조선 사람인가? 아니면… 혹시 남한? 우리 동포일 이유는 없지 않은가. 곧 만날 테니 보채지 말자. 사내는 큰 막사 쪽으로 발길을 돌린다. 얼굴 씻으라는 말은 내가 만나야 할 사람의 격을 암시하는 것 같다. 개울에 내려가 얼굴을 닦는데 시냇물이 차갑다. 십여 분이 지나자 몸집이 큰 사내가 배식 판에 세 사람분의 음식을 담아 가져온다. 빵과 우유, 마떼 차와 소고기, 토마토다. 소고기는 파라과이 사람들 주식이다. 허겁지겁 식사를 마치고 나니 조금 전의 사내가 나를 불러낸다. 나는 식판을 그대로 두고 사내를 따라나서면서 우리 요원들에게 시냇가에 내려가 세수하고 기다리라 이른다. 사내는 키 작은 꽃나무들로 조성한 좁다란 꽃길을 앞선다.

 마을인지 요새인지 모를 곳에서 비교적 반듯해 보이는 건물이 넝쿨 사이에 나타난다. 이 건물만 철골 시멘트로 축조한 듯 돔 형태에 각이 섰다. 자연과 잘 조화시킨 비교적 현대적인 건축물이다. 보리수나무 같은 넝쿨 식물이 아치 터널을 이룬 입구에는 현지인 두 명이 한가로이 앉아 있다가 우리를 보고는 웃으며 일어난다. 얼굴이 선하고 평온하다. 안으로 들어가는 입구의 돔형 공간에는 불꽃 나무로 불리는 커다란 봉황 목이 만개하여 불꽃 아치를 이루고 있다. 마치 푸른 숲 더미에 불이 붙은 듯 대단한 꽃 무더기를 피워냈다. 나를 데려온 사내는 각진 물건들이 깔끔하게 정돈된 실내 공간으로 데려와서는 내 눈에 눈가리개를 씌우고 손잡아, 이끈다. 손에 이끌려 가다 보니 사위가 밝아지면서 어느새 밖으로 나왔는지 폭포의 물 떨어지는 소리가 가깝다. 또 새소리와 소녀들의 재잘거림이 환청으로 스친다. 물소리가 발아래로 깔리며 발에 전해지는 바닥이 출렁거린다. 작은 다리를 건너나? 조금 더 걸으니 발끝에 오는 감각이 편해지고 물소리, 새소리가 사라진다. 어디선가 감미로운 향기가 코끝에 어른댄다. 이 허브 향은? 사내가 내 눈에서 눈가리개를 풀고는 내게 머리를 한 번 숙이고 되돌아 나간다.

나는 원형 돔으로 된 큼지막한 공간에 들어와 있다. 홀 중앙에는 넓은 이파리의 열대 식물이 기둥을 말아 올라 천정으로 뻗었고 옆으로는 나지막한 4인용 응접세트가 놓였다. 부드러운 조명은 비스듬하게 하늘로 열린 천장 유리창에서 비롯한다. 크지는 않으나 적절한 공간 나눔에서 평안함을 느끼며 나무줄기를 엮어 벽에 기대 놓은 응접세트에 엉덩이를 내린다. 자연을 잘 품은 공간구성이다.

나는 누군가를, 다음 일어날 일을 기다리면서 버릇처럼 공간 구성을 살핀다. 벽에는 남미 전체를 담은 커다란 지도가 동그란 벽면의 반을 차지하고 있는데 볼썽사납다. 맞은편에도 큼직한 사각 테이블과 안락의자가 있다. 테이블 오른편에는 두툼한 책들과 큼직한 지구본이 놓였다.

안에서 기척이 인다. 머리를 쪽진 우람한 여인이 걸어 나오며 눈웃음짓더니 마떼 차 두 잔을 따라놓고는 내가 좇는 시선을 뒤에 남기고 사라진다. 황토색 찻잔에서는 차향과 함께 김이 감아 오른다. 찻잔을 들어 한 모금 마시니 부드러운 향이 입안에 번진다. 다시 인기척이 들리며 누군가 톤 낮은 목소리를 앞세운다.

정글의 마초

"어서 오시오, 한 선생!"

'한국말이?' 귀가 번쩍 반응한다. 굵직한 목소리를 던지며 안쪽에서 작달막하나 당당한 체구의 사내가 느릿느릿 걸어 나온다. 목소리로는 분명히 한국 사람이었다. 그는 검은색 머리띠를 두르고 옷은 화려한 줄무늬로 얼룩진 과라니족의 전통 복장이다. 허리의 가죽 벨트에는 금장 권총이 총집에서 번뜩인다. 옅은 갈색 선글라스를 쓴 사내는 오십 대 후반으로 마초의 포스가 느껴진다. 아직 긴가민가하지만, 익숙한 우리말 때문에 당연히 한국 사람이라 단정했다. 한국 말씨가 이 사람 어디에 배어있을까?

"누구신지요? 절… 어떻게 아십니까?"

나는 조심스레 우리말로 묻는다. 현지인 같은데 한국말로 묻는 것이 어색했으나 사내의 다음 말이 나를 더 놀라게 한다.

"이보시오, 나요! 나, 모르겠소?"

탁한 저음에 압도되어 사내의 옅은 선글라스 속 눈 주위를 자세히 살핀다.

"허허! 나요, 닥터 오!"

'닥터 오'라니! 소름 돋는 말이다. 얼굴도 달리 보이고 목소리까지 다르다. 그동안 얼굴을 고쳤을까? 나는 눈을 크게 떠 앞 사내를 바라보다 입을 다물지 못한다.

"아~ 당신은? 아니, 오영 박사님! 정말 오 선배 맞습니까?"

두려움은 기우였다. 오 박사라니! 사내가 천천히 안경을 벗는다. 허깨비 탈 같은 첫인상을 벗자 마치 중국의 경극처럼 오영 박사로 변한다. 예전보다는 몸이 많이 불었고 얼굴색도 흑갈색이 되어서 눈언저리만 아니면 몰라볼 뻔했다. 분장 잘한 배우가 이럴 것이다. 하기는 세월이 참 많이 흘렀다. 오영 박사가 평양에서 '미션'이라 하던, 아직 생생하게 기억하는 단어가 떠오른다. 오 박사는 나이가 훨씬 들어 보이나 평양에서의 마지막 날 모습이 비친다. 당연히 과라니족이라는 선입관에 얼른 알아보지 못했다. 북한식으로 보면 오영 박사의 지금 모습이야말로 과라니족에 가장 잘 적구화 된 사례다.

너무 달라 보이는 오영 박사! 그가 응접세트로 다가와 마주 앉으며 두 손을 내민다. 두툼한 손가락에는 보석이 박힌 반지가 두껍다. 평양에서의 마지막 만찬 때 아내를 제외하고는 오로지 한 사람하고 만 마음을 나눈 바로 그 선배다. 나는 오영 박사의 두 손을 더듬어 잡는다. 손바닥 촉감이 까칠하다.

"놀랐소? 그래요! 조금 놀라고 마는 것이 우림 속에서 죽는 것보다야 낫지 않겠소? 한 선생."

진정이 되지 않아 어리둥절한 내게 오 박사는 알 듯 모를 듯한 말을 던진다. 그야말로 마초의 포스다. 불안감을 떨쳐낸 나는 반가움에 앞서 무슨 말을 어떻게 꺼낼지 몰라 안절부절못한다.

"한 선생, 잠자리가 불편했지요? 식사는 비위에 맞았소? 여기까지 험한 길 오셨소."

말문이 막힌 사람 앞에서 오 박사는 말문이 터진 듯 여유롭다. 김일성을 마주 대했을 때 느낀 카리스마가 오영 박사에게서도 느껴지니 웬일인가. 과라니족의 껍데기를 벗으니 오 박사가 예전의 오영 박사로 돌아온 듯 말에 정감이 서린다. 그래도 내 마음은 쉽사리 열리지 않는다. 귀에 턱 걸리는 말이 있었다. 오 박사는 나를 '조 회장'으로 불러야 한다. 파리 한인회 조영우 회장으로. 나는 북한에서 박철희라는 새 이름을 얻었고 남미에서는 한태호로 바뀐 이름을 쓰고 있다. 오 박사와 평양에서 헤어질 때까지도 나는 새 이름을 받지 못했다. 정리가 안 된다. 오 박사는 한태호라는 이름을 전혀 몰라야 한다. 또, 이 사람이 내 신분을 아는 한 상대가 북쪽 요원이라도 이 지역에서의 비밀공작은 불가능하다. 더구나 움막에서는 북한의 새내기 요원들이 기다리고 있다. 요원들 앞에서 나는 어떤 처신을 보여야 하나.

"지금 어안이 벙벙합니다만, 박사님 덕에 위험에서 벗어났습니다. 고맙습니다. 그런데, 박사님이 어떻게 이곳에 계시는지 궁금합니다. 어떻게 이곳에 오셨습니까? 저의 신상을 잘 아시는 듯한데, 묻고 싶은 게 한둘이 아닙니다. 가족은 같이 계시는지요?"

오영 박사에게는 부인이 있다.

"그럼요! 같이 있지요. 한 선생도 고생 많았지요?"

더 다가가서 평양에서의 마지막 밤처럼 은밀하게 대화를 나누었으면 좋겠다. 자리를 옮겨서라도. 앞으로 두 북한 요원을 어떻게 처리하려는지 알아야 한다. 이 험한 곳에서 만난 사람이 평양에서 소통할 수 있었던 오직

한 사람, 오영 박사라니!

"고생 좀 했습니다. 오 박사님. 좀 긴밀하게 말씀을 나누고 싶습니다만."

오 박사가 껄껄 웃는다.

"이곳이 좋은 장소요. 걱정하지 마시오. 지금 우리말 아는 사람은 한 선생 일행뿐이오. 이 방에는 우리 둘밖에 없어요. 밤말은 쥐가 듣는다지만 이곳에는 우리말 알아듣는 쥐가 없어요. 허허허."

오 박사가 비로소 찻잔을 잡으며 내게 눈짓으로 권한다. 참 미스터리한 일이다. 이곳에서 오 박사의 역할은 무엇일까.

"무사하니 고마울 따름입니다. 우릴 이제 어쩌시렵니까?"

나는 오 박사에게 다가앉으며 짐짓 소리를 낮춘다. 그는 지금 우리 세 사람의 목을 쥐고 있다.

"한 선생 걱정은 마시오. 한 가지 미션은 있지만 말이요."

"미션이요…?"

오 박사는 마떼 차를 한 모금 들이킨 뒤 찻잔을 놓는다.

"간단해요. 내가 말하려던 참인데, 일행 두 사람은 내가 책임집니다. 저들은 내 사람이란 말이요! 한 선생."

놀랍다! 오 박사의 단호한 이 말을 어떻게 받아들여야 할까.

"한 선생이 데리고 온 두 요원은 내겐 덤이지요! 한 선생은 어제 하루가 꿈이었던 듯 홀로 이곳에서 나가면 됩니다. 그냥 꿈이라 생각하고 말이요. 공화국 요원 두 사람도 머리에서 지우세요. 어차피 한 선생 사람들은 아니잖소? 두 사람은 내게로 와 자기들 공작을 수행할 것이오. 공화국 지령이 내게서 세탁되어 나의 지령으로 두 사람에게 전달될 것이오."

간단하지는 않을 것이다. 신변을 양도하라는 건데, 북의 지령인가? 그러니 내가 요원 두 사람을 이 요새에 넘기는 형국이다. 오 박사의 참모습이 궁금하다. 이 조직의 우두머리 중 하나이거나 그런 신분으로 북의 공작에 따라 이곳에 적구화 된 신분이거나, 아니면 애초에 북에서 탈출하여 이곳까지 흘려들었을 것이다.

"이해할 수 없습니다. 나를 믿고 이곳까지 따라온 요원들입니다. 평양의 지령이든지, 두 사람의 신변 안전을 보장해주기 전에는 곤란합니다. 지령이 없었다면 평양에서는 박사님 처신을 어떻게 받아들일까요? 세뇌 교육 같이 받은 선배님은 제 말 이해하실 겁니다."

선배님이라는 말이 불쑥 나온다. 오 박사가 나를 힐끗 쳐다본다. 평양 시절을 기억하는지 자리에서 일어나 뒷짐을 지며 목소리를 내리깐다.

"이보시오. 이곳의 나를 알게 된 사람은 말이요……."

"……?"

"남쪽이나 북쪽 사람을 막론하고 나랑 이곳에서 운명을 같이해야 하오. 아니면 사라져야 하오!"

소름이 끼친다. 돌아서는 오 박사의 뒤태가 아연 낯설고 권총이 지갑에서 차가운 빛이 발한다. 드디어 박사의 색깔이 분명 해지나? 박사와의 사이에 아연 긴장이 탱탱해진다.

"죽어야 한다는 말이오. 예외는 한 선생뿐이오. 그러니 우선 저들에게 나의 정체를 알리지 마시오. 절대로! 물론 나도 저들 앞에 당분간은 내 얼굴을 날 것으로는 보여주지 않을 거요. 두 사람이 이곳에 남더라도 내가 한 선생이 아는 그런 사람이라는 건 끝까지 모르게 되오. 저들은 북한에서 파견한 북한 공작원으로서 이제부터는 내가 내리는 미션을 수행하게 될 것이오. 이해되시오? 나는 지금 북에서 내리는 지령을 정상적으로 수행하고 있어요. 다만 내 사람이 필요했소."

의문이 꼬리를 잡는다. 오 박사는 우리 요원들에게 얼마 동안이나 자신을 감출 수 있을까. 오 박사는 교묘한 방법으로 평양의 대리인을 자처하며 두 사람을 자기 휘하에 둘 작정인가. 맞아, 오 박사는 나를 구한 게 아니다! 오 박사는 나를 통해 북한 요원 두 사람을 취하려는 것이다. 두 요원이 자기에게는 덤이라는 말, 말이 안 된다.

상상도 못 할 방법으로

오 박사가 나를 어떤 경로로 알게 되었을까? 나는 그동안 누군가에게 신변을 드러낸 채로 공화국 공작을 수행한 꼴이니 숨을 데가 없는 곳에서 숨바꼭질한 셈이다. 이 일을 평양에서도 인지하고 있는가? 오 박사와 평양 사이에 어떤 특별한 채널이 작동하는가?

"박사님에게 내 정체를 드러냈다면, 이는 내게 치명적입니다."

"흠! 나를 놀라게 한 사람은 도리어 한 선생이었소!"

"예? 그 무슨?"

"세상에 우연이라는 것이 존재하지요. 우연은 곧잘 운명이 되고."

우연은 운명이 된다! 내게도 우연은 운명이 되었다. 어떤 운명이 박사와 나를 엮었을까? 그 엮임은 어떤 앞날을 보여줄까?

"얼마 전 선생은 남한 교포의 부탁으로 검은강 주변의 땅 계약을 성사시켰소. 그거 우리 조직의 땅이었거든. 빨리 처분해야 할 사정이 있어 내놓았는데 선생이 일을 맡아서 진행하고 있었소! 아무래도 한 선생 같았는데, 내 직감이 맞았지요. 그 뒤 선생을 먼발치서나마 들여다보게 되었소이다. 그리고 이참에 한 선생 일행이 위험에 처한 것을 알게 되었어요. 그뿐이니 너무 복잡하게 생각 마시오."

교포의 일을 내가 맡아 성사한 일이 있었다. 나는 남쪽 교포 한태호로 협상에 임했는데 나와 마주 앉은 현지인이 오 박사의 아랫사람이었다는 말이다. 계약은 정상적으로 성사되었다. 나는 내 동포를 도와주었을 뿐인데 그게 사달이라면 사달이다.

"생각납니다. 제가 피해를 주지는 않았을 겁니다."

"그래요. 깔끔하게 처리했지요. 다만 날 놀라게 했어요!"

말을 마친 오 박사는 나를 지긋이 바라본다. 박사의 말끝에는 늘 긴장의 추가 딸려 나온다. 또 무슨 말이 나올까?

"한 선생, 선생은 그만 남한으로 돌아가시오. 한 선생이 그리한다면 내가 돕겠소. 선생은 남쪽에 있어야 할 사람이오. 선생 같은 예인에게 공작이나 하라니 터무니없소! 북쪽 위정자들이 실수한 거요. 북한에서는 기회가 없어요. 더 늦기 전에 한국으로 돌아가서 한 선생의 천재성을 발휘하세요!

그게 민족을 위한 일 아니겠소? 물론 남한도 지금 반공 이데올로기에 빠져 순수 예술이 맥 놓고 있다고 들었소만. 한 선생 같은 힘 있는 예술가가 남한에 가서 소임을 다할 시기라는 말이오."

오 박사가 자신의 색깔을 깐다. 오 박사가 북한을 어떻게 보는지는 이미 알고 있었다. 내게도 고마운 조언이다. 민족을 위한 일, 우리가 북으로 향할 수밖에 없었을 때도 내 민족이라는 신념이 작동했다. 하나, 반도의 손꼽는 지성들이 지금은 북의 체제에 들어가 날개를 접었다. 나는 오 박사로부터 꼭 듣고 싶은 말이 있었다.

"고마운 말씀입니다. 나는 반드시 고국으로 돌아갈 겁니다. 한데 오 박사님, 박사님이 평양에서 말씀하셨던 그 미션은 어떻게 되었는지 궁금합니다."

그는 바로 답하지 않는다. 오 박사는 테이블로 가서 지구본을 한 바퀴 돌려 잡더니 빙긋 웃는다. 오리무중이다. 내가 또 묻는다. 따님들은 어디 있느냐고. 껄껄 웃는 박사의 얼굴에 씁쓸한 기운이 돈다. 그리고 천천히 고개를 젓는다.

"난 이 지구본을 돌려 잡을 때마다 한반도가 바로 잡힌단 말이야! 참 재주도 좋지."

박사가 딴청부리는 것은 끄집어내기 싫은 말이라는 암시로 읽힌다. 박사는 지구본을 빙그르 돌리면서 자세를 바로잡아 안락의자에 몸을 묻으며 다리를 어긋지게 꼰다.

"미션은 미해결이지만 나는 해낼 거요. 나름대로 차근차근 준비하고 있소이다."

 설마 했는데 꿈도 못 꿀 일을 박사는 준비 중이라 한다. 어투에 자신감이 풍긴다. 오 박사는 자기 미션을 꼭 해낼 것이다.

 "어떻게 가능하겠습니까?"

 다그쳐 물었다. 오 박사는 나와 눈을 맞추더니 찻잔을 잡으며 입맛 다신다.

 "북한은 말이요. 남한과는 달라서 아직도 가난을 떨쳐내지 못하고 있어요. 알다시피 북한은 통치 방식에서 오는 효용성의 한계와 계속되는 불황으로 달러가 상당히 부족하오. 북한의 통치자들에게 가장 큰 어려움은 달러 부족에서 오는 경제적 한계상황이오. 나는 그 약점을 이용할 터이고. 이를 위한 준비가 많이 진척한 상태요."

 조곤조곤 말하는 박사의 눈빛에서 예사롭지 않은 기운이 번뜩인다. 달러가 부족한 약점을 이용한다는 아이디어가 흥미롭다. 달러벌이라면 지구 어디에라도 사람을 보낼 북한이기에 그러하다. 오 박사는 얼어붙은 북한의 심장부에 달러로 군불을 지필 모양이다.

 "북한과 거래를…. 딜을 할 겁니까?"

 "말하자면 그렇소. 북한은 달러 확보라면 무슨 일이라도 양보할 거요. 그만큼 내부적으로 달러 사정이 심각하지요. 핵 보유는 북한의 생존이 달린 일이오. 장차 핵을 보유하려면 엄청난 자금이 소요되지 않겠소? 핵 보유는 김일성의 유훈이 될 것이오. 나는 달러를 들이대 내 딸들을 구할 것이오. 한 선생도 자식들이 북에 있지 않소. 가능성이 있어 추진하는 겁니다. 지켜보시오. 일단 내가 먼저 길을 내리다."

자신감이 넘친다. 오 박사는 달러를 얼마나 준비했을까? "북한 같은 체제에서 어떻게 가능하겠습니까?"

"한 선생의 판단은 너무 단편적이오. 나는 달라요. 뒤집어 생각해 보시오. 그래요! 오히려 북한이라서 가능한 일이오."

오 박사가 힘주어 말을 받더니 시선을 창 밖에 보낸다.

"옛 동료로서 한 선생에게만 내 심중을 열었소. 평양서 한 말이 있어서요."

그 저녁, 평양의 내 아파트에서 파리파 월북 인사들의 마지막 만찬이 있었다. 베란다에 나와 내게만 들려준 오 박사의 은밀한 한 마디는 실로 충격적이었다. 오 박사가 시선을 천정으로 올린다.

"지금 들은 말들은 머리에서 즉시 삭제하시오. 한 선생."

박사가 없는 쥐가 들을까 싶은지 목소리를 낮추며 입에 손가락을 댄다.

"나는 내 자식들을 달러로 사들일 겁니다. 누구도 상상 못 할 방법으로!"

오히려 북한 같은 체제이니 가능하다는 말이다. 위험천만한 미션을 차근차근 준비하는 오 박사. 길지도 않은 세월 동안 마약의 본고장에서 우듬지에 오른 능력이라면 충분히 해낼 것이다. 듣는 내 기분이 좋아지는 것은 내 일 같아서일 것이다.

"나는 내 미션을 달성하는 날 한국으로 돌아갑니다. 그리고 나는, 마약 관련 혐의로 정보 당국에 체포될 겁니다. 기꺼이!"

오 박사가 미션의 전모를 드러내지는 않지만 '기꺼이'라는 말의 뉘앙스가 기껍다. 오영 박사가 미션을 달성하여 귀국하는 날 한국의 매스컴으로부터 집중 조명을 받을 것이다. 한편으로는 그런 용단 아래 이제껏 살아온 박사의 용기가 부럽다. 박사가 이런 외줄 타기를 선택한 것은 수경의 자식들에 대한 집착과 다르지 않다. 오 박사는 와인을 가져오게 했고, 잔을 채우면서 마침내 자신의 이야기보따리를 푼다.

돈이냐, 총이냐

오영 박사는 나보다 2년 먼저 콜롬비아에 파견되었다고 한다. 국제 마약 밀거래에서 북한이 어떤 역할을 할 수 있도록 채널을 구축하라는 지령을 받았다. 오 박사의 궁극적인 임무는 달러를 확보하여 북에 송금하는 것이다. 북한은 파리의 경영학 박사를 달러벌이의 최전선에 포석한 것이다. 나는 북한의 남미 파견은 내가 처음인 줄로 알았는데 그게 아니었다. 북의 공작은 늘 이렇듯 복선을 깐다.

오영 박사는 타고난 경영 감각으로 미약 관련 일들을 처리하면서 그쪽 카르텔과 접촉이 긴밀해졌고 마약왕으로 불린 파블로 에스코바르의 콜롬비아 메데인 카르텔, 그와 상대했던 칼리 카르텔과도 접촉하게 되었다. 미국을 포함한 남미 국가들은 이들 카르텔을 소탕하는 데에 매년 막대한 비용을 지출한다. 그러나 거대 카르텔이 막대한 자금력을 바탕으로 천혜의 지리적 조건에 강력한 병력까지 소유했으니 마약 밀매 조직 소탕 작전은 매번 실패를 거듭하였다.

세계 3대 마약 산지로 알려진 남미 콜롬비아 우림은 오랜 기간 마약을 재배해 온 곳이지만 무정부 상태라 정부의 단속이 쉽지 않았다. 이 지역 출신 범죄자들은 카르텔이란 조직을 만들고 코카인을 재배했다. 이들은 매년 엄청난 양의 코카인을 세계 각 지역의 범죄 조직과 연계하여 미국과 유럽 등지에 유통하며 부를 축적했다. 오영 박사는 마리화나를 집중적으로 생산하는 파라과이의 아맘바이, 산 페드로, 카 과수 등 지역에 수요 공급의 컨설팅 역으로 자리를 잡아갔다. 오 박사는 현지인들이 급증하는 마약 수급에 적절히 대처하도록 역할을 해냈다. 때로는 북한의 국가적 지원을 받아 생산자들 몫을 확실하게 챙겨준 것이다. 생산자와 공급자 사이에서 무시 못 할 역량을 발휘한 오 박사는 점차 재력이 쌓이면서 남미의 마약 수급 망에 독보적인 존재로 부상하였고, 파라과이 우림에서 과라니 족의 절대 신뢰를 받아 그들의 대리인이 되기에 이르렀다.

평양에서는 오로지 달러벌이에 올인하는 박사를 믿었고, 오 박사가 자체 조직을 갖게 되면서는 북한과 딜을 할 만큼 세력이 확장했다. 달러벌이라는 하나의 축으로 북한은 오영 박사를 이용하고 오 박사도 북한을 이용하는 윈윈win-win이 이루어진 것이다.

말을 마친 오영 박사는 이미 파리의 경영학 박사가 아니었다. 세월은 사람을 이렇게 바꾸어 놓았다. 오영 박사는 남미 우림의 마초요, 과라니족에게는 족장 같은 존재였다. 내가 말 받을 차례가 되었다.

"대단하십니다. 오 박사님, 그러나 생각해 보십시오. 북에서 온 요원들을 이곳에 넘기라니요. 그건 보통 문제가 아닙니다. 입국한 지 며칠 안 되는 동료를 오지에 두고 혼자 빠져나가라니요. 제가 용납 못 합니다. 내가 데려가도록 조치해 주십시오."

간곡히 요청했으나 오 박사는 고개를 내젓는다.

"한 선생, 이 우림에도 별은 항상 떠 있습니다. 하지만 정글에서 별은 밤에만 별이 됩니다. 나는 두 사람에게 별을 보여줄 겁니다. 기회를. 그들 인생이 바뀔 기회를요."

별은 자체 발광체이다. 의미심장하게 들리는 말이다. 하지만 말을 되받지 못하고 있는데 오박사가 씽긋 웃는다.

"……?"

"지금부터는 한 선생, 윤기중, 이기택 세 사람이 각기 따로 다른 길을 가게 됩니다. 한 선생은 이곳에서 홀로 탈출하게 되오. 이런 수법은 공화국이 사용하던 방법이 아니겠소? 위험이 따를 수는 있겠지만 한 선생을 추격하는 자가 결국은 한 선생을 호위하게 된다는 말이오. 북한 요원들은 둘이 내 조직에 뿌리내리도록 이곳으로의 적구화 작업을 시작할 것이요. 단기간이 아니고 장기간에 걸쳐서. 이점이 중요하오. 한 선생, 내 말은 말이요, 두 요원이 나중에는 남한행을 선택하게 될 수도 있다는 것이오! 물론 본인들 의지에 달려 있지만 내게는 두 요원의 전향을 위한 확실한 처방이 마련되어 있다는 말이오."

오영 박사가 벌써 두 사람 신상까지 파악했다? 오 박사는 정확하게 이름을 알고 있으며 선배답게 무엇이 옳은 길인가를 말해주는 듯하다. 하지만

나로서는 명확하게 해 둘 일이 있었다.

"놀랍습니다. 참, 오 박사님!"

"말씀하시오. 문제가 있소?"

"있습니다. 저는 박사님을 모르고, 박사님도 저를 몰라야 했습니다. 한데, 두 사람이 이렇게 서로 알고 있습니다. 우리는 이미 중앙당이 쳐 놓은 소통 단절의 벽을 넘었습니다. 우리의 소통은 북이 내린 지침을 벗어났습니다. 박사님과 제가 서로 알기 이전의 상태로 되돌릴 수는 없겠습니까?"

나는 신중하게 물었고, 박사는 눈을 크게 뜨고 웃는다.

"타임머신을 타시겠다고요? 하하하! 그리될 테니 걱정하지 마시오. 그 부분은 우리 두 사람이 목에 칼이 들어와도 지켜야 할 선이 아니겠소? 한 선생. 나는 이 시간 이후에는 이곳에 있을 수도 있고 없을 수도 있어요. 한 선생은 이곳을 동화 속 유토피아로 생각하시고 나를 홍길동 정도로 보아 주시오. 타임머신은 곧 내드리리다. 됐지요? 이전 상태로의 환원 말이오. 허허허!"

오 박사는 자리에서 일어나더니 돌아서서 창밖으로 시선을 돌린다. 화려한 햇살은 창밖 초목들을 금빛으로 물들이고, 검은 머리띠가 박사의 캐릭터를 더욱 강인하게 한다. 오 박사가 몸을 돌이키며 천천히 입을 여는데 이마에 황금 빛살이 부서진다.

"한 선생에게 꼭 해 줄 말이 있소."

목소리에 과라니족 족장 모습이 실린다. 족장의 입에서 나오는 말을 기다린다.

"김일성은 말이요, 돈과 권총 중 하나만 선택하길 바라고 있소. 이 두 가지를 다 소유한 자는 오로지 한 사람이어야 하는 곳이 북한 사회요. 내 말 아시겠소?"

오영 박사답게 정곡을 꿰뚫었다. 박사가 말을 잇는다.

"한 선생에게 총이 없다면 돈을 준 것이요. 총이 없는데 돈도 없다면 이곳에서 돈을 벌어야 하오. 북한 지도층 중에서 총을 가진 자는 돈에 약점이 있고 돈을 가진 자는 총에 약점이 있소. 김일성이야 곧 물러나겠지만 김정일이 통치하게 되어도 이런 통치 방식은 유훈으로 이어질 것이요. 나는 이 점에 착안하여 미션 가능성을 찾아보았소. 나의 미션이 성공할 수 있는 이유요."

"일리가 있습니다. 박사님!"

"그러니 말이요. 총 가진 자가 돈까지 거머쥔다면, 두 가지를 다 소유하면 북한 사회에서는 숙청을 자처하는 꼴이요. 한 선생도 이 점은 명심하시오. 북한에서 숙청된 자들은 대부분 이 덫에 걸려든 어리석은 자들이었소."

박사가 자리에 돌아와 마주 앉는다. 오 박사 목소리의 여운이 가시지 않는다. 오 박사가 의자를 바짝 붙여 앉으며 목소리를 낮춘다.

"조영우 회장!"

조영우 회장이라니! 오랫동안 듣지 못한 말이다. 박사는 내가 나의 분신들을 남기고 떠나온 파리로 나를 데려간다. 감정의 깊은 골에 나를 끌어들여 박사가 할 말은 무엇인가.

"나는 내 조국에서 반드시 해야 할 일이 있소. 이건 내게 운명 지어진 필생의 미션이오. 그러나 조국은 나를 북으로 떠밀어 내 일을 못 하게 했소. 언젠가는 자세한 이야기를 나눌 기회가 있을 것이오. 지금은 때가 아니고. 나는 이 미션을 반드시 해 낼 것이오."

"아! 박사님 미션이 성공하기를 빕니다."

그 기회가 꼭 왔으면 좋겠다. 나도 다르지 않다. 조국이 나를 파리에서 떠나게 했다. 나는 파리를 떠나는 순간부터 내 예술의 지향점을 잃어버렸다. 민물고기가 바다에 사는 꼴이다 보니 내 삶의 좌표가 바뀐 것이 아니라 잃어버린 것이다. 오 박사는 내 앞에 존경받는 선배로서 의연하게 서 있다. 박사와의 만남은 많은 것을 생각하게 한다. 내 조국과 나의 예술과 자식들, 북한 탈출이라는 새로운 미션까지를. 나는 자식들의 북한 탈출을 상상도 못 했다. 더구나 김정일이 권좌에 있는 한 체제 변화의 가능성은 요원하다. 그리고 자식들 문제는 수경의 몫으로 치부했다. 나는 말하자면 주어진 환경에서 충실하게 살았다. 드물게 건축 설계나 미감을 일으키는 일에 맞닥뜨릴 때면 한숨으로 이를 덮곤 하였다. 그러는 사이 내가 살아야 하는 이유, 나의 정체성마저 잃어버리고 있었다. 예술만이 내 살아가는 이유였던 시간이 새삼 그립다.

"조영우 회장, 부디 대의를 잊지 마시오. 우리의 선택이 잘못되었다면 이제라도 바로잡아 되돌려야 하지 않겠소? 동백림사건으로 어쩔 도리는 없었지만, 북한을 선택한 우리는 살아서 존재하는 것만으로도 민족에게는 이롭지 못할 수 있다는 말이요. 이 점을 명심하시오. 그러니 자신의 정체성을 되찾으시라는 말씀이오."

박사의 당부가 고맙다. 오영 박사는 가장 속 깊은 친구가 된 것이다. 그렇다! 북한 행을 선택했던 우리는 살아 존재하는 것만으로도 민족에게 해가 될 수 있다!

"잘 알아들었습니다. 선배님 미션, 성공을 빕니다."

박사가 엷은 미소를 지으며 손을 내민다. 전과는 다른 느낌의 스킨십이다. 둘 사이에 따스한 온기가 흐른다.

오 박사는 나를 다리 위까지 배웅한다. 다리 옆으로는 높은 바위산에서 내리꽂히는 가느다란 폭포가 있다. 폭포에서 떨어져 내리는 물줄기가 시내를 이뤄 흐른다. 시냇가 과라니족 여인네들이 오 박사를 보더니 머리를 허리까지 굽혀 예를 표한다. 오 박사도 공손하게 고개를 숙인다. 오 박사는 이 순간 족장이 아니라 선정을 베푸는 추장 같다. 이윽고 오 박사가 마주 서더니 두 팔을 크게 벌려 나를 포옹한다. 우린 서로의 체온을 나눈다. 허그를 풀면서 박사가 나를 빤히 바라본다.

"조 회장, 서울에서 봅시다!"

오영 박사의 큰 그림

나를 이곳에 데려온 사내가 나타나 눈가리개를 씌운다. 나는 사내의 손을 잡고 헛방 집듯 뒤뚱거리며 한참 걸었는데 올 때 느낀 발의 감각을 되짚어야 했다. 어느 순간 사내의 기척이 멀어져 눈가리개를 벗어보니, 나는 우림 속에 혼자가 되었다. 서서히 사위가 밝아오니 꿈에서 깬 듯하다. 오 박사 말대로 이 모든 일이 꿈인 듯하다. 북에서 온 요원들을 다시 만날 수 있을까? 오히려 보이지 않았으면 좋겠다. 그들이 진정 오박사의 뜻대로 어두운 정글에 뜬 별이 된다면 얼마나 다행한 일이 될까.

나는 벌써 요새에서 벗어난 것 같다. 그리 어둡지 않은 정글은 달빛 대신 햇살을 받아 나뭇잎들이 빛 다툼을 벌이고 있다.

돌멩이가 날아와 10여 미터 앞 나뭇가지에 툭 떨어진다. 또 누군가가 내게 돌을 던진다. 그때마다 날짐승, 풀벌레들이 놀라 풀숲을 헤치며 자리를 뜨는데, 저들이 내게 길을 내주는 것 같다. 내게는 위협적이지도 않았고 문득 생각나는 말이 있어 돌이 날아오는 반대쪽으로 무턱대고 뛰기 시작한다. 한데 누군가는 나를 한 방향으로 내몰고 있다. 내 방향이 어긋나는 듯하면 어김없이 돌이 날아온다. 나를 쫓는 사내가 나의 길을 알려주는 보기 드문 게임이 목숨을 담보로 진행되고 있다. 퇴로를 열어주며 쫓는 사냥꾼이 나를 쫓으면서 탈출을 돕는다. 그래도 길 없는 숲 속에서 넘어지고 할퀴고 목이 탄다.

나는 지금 어디서 무엇을 하는지. 쫓기고 감시받고 방향도 모르면서 뛰어가야 하는 자신을 되짚어본다. 내게는 나만의 길이 있었는데 어느 순간에 길이 바뀌었다. 지금은 길 없는 길에서 무턱대고 뛰어야 한다. 숙명이 되어 다가온 길 없는 길이었다. 모두 내가 자초했다. 그 길에서 오 박사를 만난 건 행운이다. 어두운 우림에서 만난 빛나는 별이었다.

남미의 우림은 나를 세 시간이나 잡고 있다가 개활지가 나타나서야 풀어준다. 해는 그새 중천에서 우림을 태우고 있다. 나는 초병이 사살된 부근까지 와서야 앞서 가는 그림자로 나를 쫓는 사내의 기척에서 벗어났음을 알아차렸다. 총격전이 인 곳에는 새로 간이 막사가 들어서 있다. 내가 근처에서 얼쩡거리자 한 병사가 다가온다.
　"당신은 미스터 한?"
　나를 아는 병사가 있었나? 얼떨결에 고개를 끄덕이니, 병사는 따라오라며 앞장서 내가 처음 취조받던 곳으로 안내한다. 경찰 간부가 나를 보더니 자리에서 일어나는데 전과는 다른 눈길이다.
　"고생 많았소. 당신 운이 좋았소. 여기 당신 물건들이요."
　뜻밖이다. 경찰의 웃는 모습이 천진스럽다. 신분증을 건네받으며 고맙다는 눈인사를 보냈다.
　"잘 가시오. 선생, 부디 정의롭게 살아가시오."
　정의롭게 살아가라니! 이들이 나를 온전히 풀어주는 것이다. 초병은 나를 차 있는 곳까지 데려다 준다. 내 차는 차단선 옆에 옮겨져 있다. 이제까지의 일들이 꿈인 듯 제자리를 지키고 있다. 이쯤 되면 꿈이 현실인지 현실이 꿈인지 모르겠다.
　운전석에 앉아서 핸들에 이마를 대고 숨을 고른다. 마음이 차분해진다. 짧은 시간에 겪은 천당과 지옥이었다. 하지만 개운찮은 뒷맛은 여전하다. 신분 세탁 외에도 적응기 요원들의 안전까지는 내 책임이다. 앞으로 요원들은 어찌 되는가. 오영 박사도 북한 공작원 신분이니 내 책임은 조금 덜어진 걸까. 나는 또다시 미궁에 들었다가 나왔다. 위기에서 나를 구해주는 존재가 늘 있었다. 누구인지, 언제나 이 인물을 알게 될지 궁금했다. 오영 박사도 그중 한 사람이다. 나는 늘 누군가가 쳐 놓은 그물 안에서 벗어나지 못하는 것 같다. 혹시 이 모든 열쇠를 오영 박사가 쥐고 있는 건 아닐까? 드로잉 북이 없어졌다. 누군가 그림이 탐났을까? 내 분신처럼 곁을 지키는 드로잉 북이었다. 안타깝지만 마음을 접는다.

  시가지에서 작은 스케치북 한 권과 필요한 물품을 사고 차에 오르려다가 내 눈을 의심한다. 길 건너에서 이기택 요원이 손 흔들며 뛰어오고 있었다. 마음 한구석에는 그들에게 미안한 감정이 남았고 이기택 요원은 아직 요새에 있어야 할 사람인데 여기서 나타나다니. 이해가 안 되었으나 잃었던 식구를 찾아 반갑기만 하다. 기택은 내 손을 잡으며 거푸 머리를 조아린다.

"선생님. 웬일입니까? 생명이 왔다 갔다 하는 판국에 이렇게 일이 잘 풀릴 수도 있습니까? 선생님 능력은 대단하십니다. 고맙습니다, 선생님."

  기택은 격하게 감정을 드러내지만 나라고 다를 게 없었다.

"언제 이곳까지 왔소? 난 좀 힘들게 탈출했거든!"

  기택은 도리어 의아한 반응이다.

"탈출요! 그랬댔습니까? 선생은 거저 편안하게 배웅받으며 나가신 줄 알았지요."

  기택은 큰 체구에 어울리지 않게 허리를 굽실한다.

"아무튼, 잘 되었네! 그런데 왜 혼자요? 기중은?"

"모릅니다. 우린 따로 행동했댔습니다."

"맞아! 어차피 우리가 같이 행동할 사람들은 아니지. 기중에게는 별도의 채널이 작동할 거야. 기택도 다시 태어났으니 편안하게 과업 수행하시오."

"선생님, 알겠습니다. 고맙습니다."

차에 오른다. 힘든 훈련을 마치고 저녁이 되어 귀대하는 유격대원이 된 듯 몸이 홀가분하다. 나는 이기택 요원에게 이제까지의 일을 갈무리할 필요를 느낀다.

"그래요! 세상에는 공화국처럼 간단한 나라가 없어요. 보았겠지마는 자본주의를 하는 나라는 하여간 복잡한 구조요. 우리가 과업을 성공적으로 수행하려면 우선 자본주의 생리를 알아야 해요. 이참에는 몇 번이나 위기에서 벗어났소. 이거 공짜가 아니오. 언젠가, 어떤 식으로든지 이번 일의 대가를 치르는 일이 올 거요. 자본주의에 공짜는 절대로 없단 말이오."

"잘 알겠습니다. 선생님."

기택이 머리를 조아린다. 오 박사의 속생각은 무얼까? 왜 내게 말한 방침을 바꾸었을까? 오영 박사는 더 큰 그림을 그리는가? 이기택은 오영 박사와 나 사이의 일들을 까맣게 모르는 눈치다. 내가 오 박사와의 커넥션이 없었던 것으로 생활해도 될 성싶다. 이기택 요원은 모이를 쪼아 먹으라고 닭장 밖으로 내놓은 닭이다. 나도 오영 박사가 설치한 큰 울타리에 들었을지 모른다. 박사를 만나고 박사의 미션을 들은 것은 예삿일이 아니었다. 이기택을 다시 만난 것은 오 박사의 시나리오가 바뀐 게 아니라 애초에 짜인 각본일 수도 있겠다. 아무튼 오 박사 말대로 타임머신을 타고 다시 제

자리에 온 듯, 윤기중 요원을 제외하면 모든 것이 그대로다.

어려운 탈출극 끝에 집으로 돌아왔다. 공작원 생활을 하는 동안 가장 위험한 날이었다. 오 박사가 아니었다면 나는 어찌 되었을까? 마약 밀매꾼들이 판치는 우림에서 내 목숨 하나쯤이야 파리 목숨이다. 아니면 재판에 회부되어 내 삶의 고비를 맞을 수도 있었다. 수경은 추레한 몰골로 돌아온 나의 이야기를 듣자 안타까워한다.

"나는 교인이 아니잖아요! 내가 기도를 드렸어요. 결혼한 뒤로 당신은 처음으로 무단 외박했어요. 그것도 목숨 건 외박을요! 이 낯선 곳에서 세상 물정 모르는 공화국 사람들을 데리고 국경 넘은 사람이 소식도 없이 밤늦도록 들어오지 않았어요. 내 맘이 어땠을 것 같아요?"

수경은 무사하게 돌아온 내 목을 안고 놓지 않으며 눈물을 글썽인다.

"나처럼이나 맘이 편치 않았겠지! 미안하오."

"오영 박사는 자식들을 탈출시키려는 계획을 구체적으로 준비하고 있는데 우린 무얼 했는지 모르겠어요. 오 박사님 참 대단하세요!"

수경은 격한 감정을 풀면서 오 박사를 들먹인다. 두 사나이가 직접 비교되는 모양이다. 나를 향한 힐난이었지만 마땅히 들어주어야 한다.

"글쎄. 하여간 오 박사는 평양에서부터 보통 인물이 아니었잖아. 마약 밀매 조직을 소탕하려는 많은 국가의 표적 인물이기도 하고. 그래도 오 박사는 자신이 키운 조직을 이용하여 자식들을 데려올 기세요."

"우린 어쩌지요? 오 박사님이 우리 애들까지 탈출시킬 수는 없을까요? 박사님 사모님이라도 만나보고 싶어요."

수경에게는 오 박사의 자식들 탈출 계획만이 들렸을 것이다. 오 박사가 미션에 성공하면 수경의 박탈감은 얼마나 클까? 나는 오 박사의 정체를 교민들에게는 절대 비밀로 하라고 신신당부했다. 그건 우리 부부의 정체도 드러나게 되는 일이라고.

"애들을 언제까지 그대로 두어야 해요? 평양에서 자라면서 공부하고 있으니 애들이 사상적으로 물드는 건 불 보듯 해요. 걱정이에요."

"당신의 자식들 생각이 지극하니 언젠가는 우리가 품을 날이 오겠지. 나라고 애들을 잊고 있겠소?"

수경은 아이들 이름을 부르며 어느새 흐느낀다. 오 박사가 윤기중 요원을 택했을까? 윤기중을 어떻게 이용하려는 걸까. 윤기중은 나를 감시하러 보낸 사람이 분명한데 오 박사가 가로챘으니 앞일이 걱정이다. 오영 박사야말로 나와는 같은 궤적의 운명이 아닌가!

망연히 고개를 수그린 아내를 바라보니 아스라이 퐁네프다리가 떠오른다. 내 예술의 시작점, 내 인생이 꽃피었던 파리! 언젠가는 돌아가야 할 도시다. 잃어버린 드로잉 북이 생각난다. 나의 분신이 되어 내 마음을 그린 수많은 드로잉이 누군가의 시선 아래서 얼마나 살아낼 수 있을까?

퐁네프다리의 첫눈

오다이바 해변의 허정

파리에서 만난 인연들

내 운명이 다가온 날

퐁네프다리에서 첫눈을!

그댄 순수한 남자

필화 사건 筆禍事件

색자 色磁

쉽지 않은 도전

한국의 천재 아티스트

GOODBYE
PARIS
GOODBYE
PARIS
GOODBYE
PARIS
GOODBYE
PARIS

오다이바 해변의 허정

 내가 일본을 떠나 파리에 오기까지는 아버님 친구분들 영향이 컸다. 동경 번화가에서 나는 조센징이라고 홀대받기는커녕 여성들이 손꼽는 데이트 상대였다. 일인들은 재력가 집안이라면 조센징이라도 꼬랑지를 내리는 성품이었다. 나에게 이런 동경 생활은 스쳐서 지나는 곳일 뿐, 하루빨리 파리로 날아가 내 공부를 하고 싶었다. 마음이 파리에 있으니 마음이 떠난 동경의 몸은 내 몸이 아니었다. 다만 아버지의 파리에 대한 선입관이 걸림돌이었다. 아버지는 파리를 환락의 도시라며 내가 미국으로 가서 공부하길 바랐다. 아버지의 '나라 사랑'을 존경했지만, 나의 장래를 결정하는 시기에 겪는 아버지와의 갈등은 아쉽기만 했다.
 일본에 대한 부정적인 생각은 내 사춘기 시절부터 싹이 자랐다. 파렴치한 종족이 우리 민족을 지배하고 있다는 자각은 적개심이 되었다. 그런 나에게 일본 학생들과 책상 맞대고 공부하라는 아버지의 당부는 공부하지 말라는 것과 같았다.
 나의 분방한 동경 생활은 아버지를 향한 반항이었으며, 대학 등록금은 유흥주점 등록비가 되었다. 영어가 중요한 줄을 알면서도 영어 공부를 포기하고 러시아어를 공부했다. 그러다 보니 한때는 러시아 문학에 빠져 도스토옙스키, 톨스토이, 체호프, 투르게네프, 푸시킨 등 러시아 대문호들 문학작품을 섭렵하였다. 물론 일본어로 번역한 책들이었다. 러시아어 교습소에서는 와세다, 메이지 대학 등에 다니는 똑똑한 한국 학생들을 만났다.

이들 대부분이 나중에는 북송선을 탔는데 그들은 논리가 확실하였다. 해방 뒤 일본에 남은 지식인들이 대체로 그러했다. 공산주의자만 아니면 친일파도 좋다며 관리로 받아들이고, 정작 일본과 경제교류가 필요해지면 이를 끊어버리는 한국 위정자들을 따를 수가 없었다. 정부에서 일제 청산을 하지 않으니 남한 정부에는 희망이 없다. 차라리 북에 가서 좋은 나라를 만들자는 말들이 돌았다.

식자들은 혼란이 극심한 민단을 피하여 조총련에 들었는데 이런 좋은 조직을 북에서 역이용하여 나쁜 결과를 낳은 것이 북송선의 진실이다. 남쪽에 뿌리를 둔 나지만, 심리적인 갈등이 일었으나 그렇다고 내가 북송선을 탄다는 것은 어불성설이었다. 이런 혼란기에 내 인생에 가장 크게 영향을 준 민족주의자 조용수 선생을 만났다.

4·19가 일어나기 전에 동경에서 한일회담이 열렸다. 한국 측 대표로 부친의 친구인 허정, 장경근 씨가 동경에 들어왔다. 일본에 사는 한인들의 북송 문제에 일본 측은 불성실한 태도로 일관하였다. 그에 대한 항의와 본격적인 한일회담 성사를 위한 예비 접촉이 의제였다.

회담이 마무리되어 가던 어느 날 부친께서는 두 분을 하꼬네 온천으로 초대했다. 어려서부터 자주 뵌 분들이지만 이들이 나중에 국가 운명을 쥐게 될 줄은 몰랐다. 허정은 나라를 경영하는 큰 인물이 되었고 장경근은 자유당 치하에서 소위 사사오입 개헌의 주역으로 역사에 기록되었다. 부친은 바둑을 내오게 하여 장경근과 마주 앉아 수담을 시작하였다. 착수하기 전 아버님이 돌을 잡으면서 운을 떼셨다.

"회담은 어찌 될 것 같은가? 경과는 좋은가?"

"경과가 좋으리란 기대는 애초에 없었어. 더 밀어붙여 보아야 하겠네."

장경근 선생이 말을 받았고, 몇 수가 나가지 않아서 옆에서 바둑을 지켜보던 허정 선생이 불쑥 나를 화제로 올린다.

"한일 간 문제는 어차피 줄다리기니 잡아챌 시기를 놓치면 안 되네. 한데 이 야무지고 똑똑한 청년이 오늘따라 기가 많이 꺾여 보이니 웬일인가?"

선생은 내게 눈을 찡긋하신다.

"자네는 나랑 산책이나 좀 하고 오겠나?"

내가 대답을 하기 전에 아버지가 가로챈다.

"얘는 요즘 나랑 사이가 틀어졌네. 녀석이 제 고집만 부려서."

"장부 노릇을 하려면 사내가 한 고집은 해야 해. 안 그런가?"

허정 선생이 나를 불러 세운다.

"자, 두 분 바둑 두시라고 나랑 바닷가에 나갔다 올까?"

허정 선생은 나를 늘 챙겨주어 다른 누구보다 정이 갔다. 나는 어른을 따라 호텔 옆 오다이바 해변을 걸었다. 해송을 옆으로 끼고 오른편으로는 파도가 부대끼는데 끼룩끼룩 갈매기 한 쌍이 호위하듯 따라왔다.

"동경 생활이 마음에 안 드는 것 같구나. 자네가 부친 뜻대로 이곳에서 공부한다면 일본 학생들보다 우수한 성적을 낼 텐데! 생각이 딴 곳에 있지?"

굵직하고 호흡이 깊은 어르신의 목소리다. 나는 동경이 싫었다. 사실은 아버님도 나를 한국인으로 키우셨고 한국인의 자긍심을 심어주셨다. 나는 그림을 그리고 싶었다. 세계적인 천재 예술가들이 모이는 파리에서 예술을 제대로 배우고 싶었다. 어서 일본에서 탈출하고 싶다고 말씀드렸다.

"그래. 무슨 문제가 있나?."

"아버님은 파리를 타락한 도시라고, 보들레르의 『악의 꽃』을 떠올리는 우울한 도시로 인식하고 계십니다. 제힘으로는 아버님 선입관을 돌릴 수가 없습니다."

선생이 나를 토닥이며 웃으신다.

"허허! 그래서 파리를 못 가니 아까운 인재가 그냥 이곳에 주저앉아 세월만 죽이고 있었군. 알았어. 아버지가 파리의 한 부분만 보고 계시는 거야! 내가 자네 생각을 알았으니. 걱정하지 말아."

허정 선생은 내 머리를 쓰다듬으며 고민거리도 안 되는 걸 가지고 왜 그러냐는 투였다. 우리는 호텔로 돌아가 아직 바둑 삼매경인 두 분 곁에 앉았다. 바둑판은 흑과 백 알로 빼곡히 채워져 땅 다툼이 치열하다. 허정 선생은 옆자리에 와인과 청주를 주문한다. 청주는 장경근, 허정 씨가 즐겨 마시고 아버님은 와인을 드신다. 계가까지 간 바둑은 장경근의 승리로 끝난 듯, 아버님이 씁쓸하게 입맛을 다신다. 두 분은 바둑을 물리고 술상이 차려진 자리로 옮겨 앉는다. 허정 선생이 나에게도 와인을 권하며 아버지께 속말을 건넨다. 나는 아버지를 닮아서 와인이 입에 달았다.

"이 아이는 내 아들과 같아. 그러니 자네, 자네 맘대로만 하면 안 돼. 아시겠는가? 이 말은 장 박사에게도 통하는 말이야."

"무슨 소리야? 녀석이 뭐라 했어?"

아버지께서 장경근 씨를 한 번 돌아보고는 대뜸 묻는다.

"자넨 아들을 어쩔 작정인가? 이 동경의 썩은 우물에 마냥 가둬 놓을 셈인가?"

"얘가 파리엘 가겠다고 하지?"

아버지 목소리가 조금 커진다.

"파리는 유흥 도시야! 젊은이들 책 싸 들고 공부하러 갈 곳은 못 돼. 독일이나 미국엘 가야지. 그렇지?"

"알 만한 사람이 모르는 소릴 하시는구나. 파리의 단면만 보지 말라고. 세계의 앞선 문화가 파리에 다 모여 있네. 자네가 우려하는 쾌락 시설이나 매춘 같은 게 허락된 곳이라야 한정된 지역에만 있어요. 동경같이 뒷골목마다 그런 곳은 아니라니까. 자네는 파리를 가보지도 않고 뭘 잘못 알고 있어. 더구나 이 아이는 미술을 공부하겠다지 않는가. 미술이라면 당연히 파리에 가야지! 호랑이들 득실거리는 호랑이 굴로 들여보내야 거기서 잡아먹히든지 맹수가 되어 그들은 잡아먹든지 할 게 아닌가."

허정 선생은 독립운동할 때 시베리아를 거쳐 파리까지 간 경험을 들어가며 아버지의 선입관을 지적하신다. 아버님께서는 장경근 씨를 돌아보며 묻는다.

"자네도 파리를 그리 생각하나? 파리는 타락의 본고장이 아니란 말인가?"

장경근 씨가 웃는다.

"조 사장은 예술과 타락을 혼동하고 있어요. 파리가 타락한 도시라면 어떻게 최고의 문화도시일 수 있겠나? 내가 들어보니 조 군은 예술을 공부하겠다는군. 우리나라에는 꼭 필요한 것이 예술 같은 기초학문 분야야. 반드시 파리로 보내라고."

허정 선생은 옆자리 장경근 씨 어깨를 다독이며 흡족해한다.

"게임 끝났군. 조 군은 파리에서 누구보다 잘해낼 거야. 이 아일 믿어."

허정 선생은 내게 청주를 한 잔 더 따르라며 눈을 찡긋한다. 장경근 선생도 웃으며 나의 어깨를 감싼다. 그날 대화는 아버지의 기꺼운 건배사와 함께 자리를 물렸다. 아버지께서는 내가 마음을 잡지 못하고 동경 밤거리를 휘젓고 다니는 걸 잘 알기에 두 친구의 조언이 고마웠을 것이다. 아버님은 이튿날 당장 파리로 떠날 채비를 서두르라고 하셨다. 이들 두 어른이 아니면 내가 프랑스 땅을 밟기나 했을지 모르겠다.

나라의 관리들이 부패하고 정치가 어지러울 때 아버지는 미국 정보통에게서 들었다며 차기 정권은 허정 씨가 맡게 되리라고 했다. 내가 존경하는 어른이라 가슴이 뿌듯했다. 나는 그때부터 내 나라의 미래를 위해서는 허정 선생이 대통령이 되어야 한다는 믿음을 가졌다. 한편 어머니는 애초에 내 편이어서 서둘러 아들의 유학 생활에 필요한 것들을 챙겨주셨다.

파리에서 만난 인연들

내가 파리에 첫발을 디딘 해는 1960년이다. 거리에는 사진으로만 본 조형물들이 넘쳐나 눈 호사를 시켜주었다. 유럽 학생들은 동경 학생들보다 학구적이었고 파리의 거리에는 예술적 영감이 넘쳐났다. 나는 패스포트에 끼워 둔 메모를 꺼냈다. 동경에 있을 때, 지인이 파리에 가면 만나보라며 모모꼬라는 여학생의 연락처를 적어 주었다. 모모꼬를 먼저 만났다. 길라잡이로 나선 모모꼬는 작은 키에 친화력이 있어 대하기 편했다.

"파리에 잘 오셨어요. 동경하고는 학생들 질이 달라요."

"모모꼬 양은 왠지 한국 학생 같아요."

정말 그랬다.

"고마워요."

일본 여학생에게 할 말인가 싶었으나 모모꼬는 눈을 크게 뜨며 내 말을 반긴다.

"제가 잘 본 건가요?"

"그럼요! 난 우리나라 위정자들을 좋아하지 않아요. 일본의 침략전쟁은 여러 나라에 고통을 주었어요. 내가 일본인이라는 것이 부끄러워요. 일본의 위정자들은 지금도 제국주의 망령에 빠져 있어요."

또랑또랑한 눈동자의 모모꼬. 귀염성 있는 입놀림 외에도 이런 맹랑한 구석이 있다니!

"멋진 분이네요! 모모꼬 양처럼 열린 맘을 가진 일본 사람은 보기 드물어요.”

모모꼬는 공부가 끝나도 일본에 들어가지 않을 거라고 한다. 한국이 좋다고. 모모꼬는 똑똑한 한국 학생들을 소개해주겠다고 센 강 변의 작은 카페로 나를 이끈다.

"오늘 만날 한국 학생들은 모두 극일 주의자예요! 아마 입맛에 맞을 거예요.”

"일본 학생한테 한국의 극일 주의자들을 소개받다니! 이런 아이러니도 있군요. 모모꼬 양, 사실 나도 일본이 싫어서 파리에 왔어요.”

"그렇죠? 머릿속 색깔이 같아야 친구가 돼요! 그런 줄 알고 있었어요. 호호.”

노천카페에서 수수한 차림이지만 인물이 훤한 사내들이 나를 맞는다. 오남식, 김정호, 노재호라는 선배들이다.

"한국 학생들은 머리가 좋지만, 그중에서 여기 멋쟁이들은 매너까지 좋은 수재들이니 잘 사귀어 보세요. 유학 생활에 도움이 될 거예요. 한국의 똑똑한 사람들은 모두 파리에 왔나 봐요.”

모모꼬가 선배들을 앞에서 너스레를 떤다. 형뻘로 보이는 세 사람이 모두 반기는 낯빛이다.

"조영우입니다. 만나서 반갑습니다. 많이 가르쳐 주십시오.”

"조용수 선생을 통해 훌륭하신 자네 아버님을 잘 알고 있다네. 좋은 공부 많이 하여 조국이 바로 서는 데 이바지하시게.”

키가 훤칠한 오남식 선배가 먼저 말을 받는다. 조국이 바로 서는 데 기여

하길 바란다는 가볍지 않은 당부 인사다. 오남식은 소르본대학교 법대생이고 일곱 살이 위라 했다. 이들은 제각기 공부하는 목적이 뚜렷한 선배들인 것 같았다.

"감사합니다."

세 선배와 인연이 시작되는 밤. 우리는 와인 잔에 첫인상을 새긴다. 땅땅한 체구의 노재호는 서울대 물리학과에서 수재로 알려진 인물이었다. 노 선배는 파리 국립 공과대학에서 물리학을 전공하는데 파리 과학원은 노재호를 원자력 연구원으로 점찍고 졸업을 기다리고 있다. 노재호가 정부의 실책을 맹렬히 공격할 때는 다른 유학생들 간담이 서늘해진다고 했다. 그는 나보다 일곱 살이 위다. 김정호는 시엔 스포 정외과에 재학 중이고, 통일 한국을 위해 몸바치겠다는 결의에 찬 민족주의자로 나보다 네 살이 위다. 오남식은 수학을 전공하는데, 아이큐가 제일 높은 수학 천재라 했다. 세 선배는 내가 일본에서 알게 된 조용수라는 민족주의자와도 잘 아는 사이라 간접적으로는 소통 채널이 있었던 셈이다. 생각지 않게 든든한 선배들을 만나서 파리 생활에 대한 기대감이 커졌다. 나이 차이가 났어도 선배들은 나를 탁상공론 자리에 끼워주었다.

자주 어울리는 세 선배 외에 오영이라는 선배가 있다. 오영은 네 살이 위로 파리에서 결혼하여 두 딸을 낳았고, 결혼 후에는 총각들 모임에 자주 나오지 않는다고 했다. 경영학 박사 논문을 통과한 오영은 유학을 마쳐도 40살 이전에는 귀국하지 않겠다고 했단다. 오영의 부친은 6·25 진란 중에 큰 공을 세우고 전사했는데 오영은 부친 이야기만 나오면 얼굴색이 달라져 불편하다고 했다. 오영에게서 홀로 설 준비가 끝나야 귀국하겠다는 말을 들은 노재호는 오영이야말로 사상 검증이 필요한 인물이라고 열을 올리곤 한다. 그 외 몇몇 선배들을 알게 되니 모모꼬 양의 말대로 한국의 인재들이 모두 파리에 모인 것 같았다. 더욱이 고국에 친구가 없는 내게는 참 고맙고 귀한 인연들이다.

한국 유학생들은 대체로 나이가 많은 편인데 남학생이 40명, 여학생은 10명이며, 대부분 기숙사에서 생활했다. 기숙사는 남녀 구분이 확실했다. 1960년 시월, 스물넷의 나는 파리의 명문 사립 건축학교인 에 꼴 아르데큐르에 입학. 파리 유학 생활을 시작하였다.

허울만 동경 미술대학생이던 내가 파리에 와서는 미술보다 건축에 관심이 갔다. 기회가 닿는다면 에꼴 드 보자르 대학에 도전, 세계 최고의 예술학교에서 공부하고 싶었다. 이 학교는 1648년 쥘 미자랭 추기경이 세운 프랑스 미술 아카데미로 소묘, 회화, 조각, 판화, 건축에 재능 있는 학생들을 교육했으며 학교 이름은 1863년 나폴레옹 3세가 에꼴 데 보자르로 바꾸었고 수많은 천재 아티스트를 배출하였다.

내 운명이 다가온 날

오월의 그날, 김정호 선배가 여학생 기숙사에 가보자고 나를 꼬드겼다. 기숙사 대기실에서 김 선배가 여학생 두 명을 불러내어 밖으로 나왔다. 그들이 즐겨 찾는 노천카페에 들어가 비교적 값이 싼 와인 보졸레 누보를 주문했다. 서로 마주 앉은 우리는 인사를 나눌 겨를도 없이 김정호의 사회주의 강의에 귀를 내주어야 했다.

"자본주의는 자본력이 강한 사람들에 의해 인민이 수탈당하고 나중에는 많이 가진 자와 적게 가진 자의 갈등이 심화하여 존립이 어려워질 거다. 이건 필연이야! 사회주의는 자본주의의 약점을 보완한 가장 이상적인 사회 구조거든! 남과 북은 마땅히 하나의 우월한 이념으로 묶어 통일해야 해. 지금은 점령국 놈들 때문에 남북으로 갈라져 있고 이념까지 강요된 상황이지만, 종국에는 우리 민족의 힘으로 통일을 이뤄야 한다는 말이지."

긴 머리 여학생이 말을 자른다.

"선배, 또 사회주의 강의세요?"

"여기 조영우는 처음이잖아! 여성 군자들도 좋은 말은 머릿속에 집어넣어야 해."

"이젠 레퍼토리를 좀 바꿔보세요. 선배님."

두 여학생은 그래도 선배의 이야기를 끝까지 경청한다. 이론은 이론일 뿐, 사회주의는 독재의 숙주가 될 가능성이 있다는 것이 내 생각이었다. 한데, 나는 관심이 다른 데에 있었다. 김정호 선배의 강의에 귀는 내주면서도 앞자리 여학생에게만 시선이 갔다. 그녀는 처음부터 나를 꼼짝 못 하게 했다. 왼쪽에 앉은 단발머리 여학생은 서울대 불문과를 졸업한 안도희라 했고 나와 마주한 상수경이라는 여학생은 외국어대학교 불문과를 졸업한 유학 2년 차라고 한다. 그녀의 긴 머리가 귀밑에서 말려 오른 모습이 귀염성을 더했다. 게다가 기숙사에서부터 나를 압도한 상수경 눈에서는 신비로운 빛이 일었다. 그녀와 눈이 마주칠 때마다 나는 평정심을 잃었다. 화장실을 핑계로 자리를 뜬 나는 화장실 거울 앞에서 혼잣말해댔다.
"상수경, 너 왜 그리 이쁘냐? 너 같은 여인을 천사라 하는 거다!"
세수하고 나오는데 수경의 시선이 기다리고 있었다. 수경은 고개를 살짝 숙이며 내게 특별한 눈길을 보내주었다. 여성과 처음 마주한 자리도 아닌데 이런 부자유스러움이라니! 첫눈에 반한다는 게 이런 건가? 우린 눈빛끼리 이미 마음을 주고받은 것 같았다. 파리에서 만나는 고국 여성들에게는 최대한 예의를 갖추어 대하겠다는 생각이었다. 일본에서도 동포 여학생을 만났으나 이곳에서는 감정이 달리 움직였다.
"이 친구, 잘생겼지? 잘들 사귀어 봐."
김정호 선배가 내게 힐끔 곁눈질을 보내며 입을 연다.
"귀한 분들을 만나서 영광입니다."
"선생님, 멋지세요!"
수경이 내게 보내는 첫 말이다. 일본에서 나고 자라서인지 유럽에서 만난 고국 여학생이 귀하게 여겨진다. 수경은 목소리도 살갑다. 안도희가 낌새를 알아챘는지 수경과 나를 번갈아 보며 고개를 갸웃거린다. 아무래도 좌불안석인 내가 이상해 보였을 것이다.
우리는 센 강에 노을빛이 들 때까지 노천카페에 눌러앉아 유학 생활에 대한 이런저런 이야기를 나누다가 햄과 채소 등의 토핑을 한 바게트로 저녁 식사를 대신하고 일어났다. 첫 만남이라 많은 이야기를 나누지는 못했으나 수경을 만난 날, 나는 그녀와 함께할 파리 생활을 상상하며 마음이 한껏 부풀었다. 수경은 유학 2년 차니 자기가 선배라고 했다.

여학생들을 보내고 나는 김정호 선배와 와인을 더 마셨다.

"선배님, 고맙습니다. 저는 오늘 제 운명을 만났습니다!"

김정호가 피식 웃는다.

"어쩐지 자네가 화장실 다녀올 때 알아봤지! 상수경 눈빛도 예사롭지 않아 보이데! 그런데 말이야, 며칠 전 인사를 나눈 노재호 있잖아, 노 씨가 수경이한테 눈독을 들이고 있거든. 염두에 두라고. 앞으로 재미있어지겠는걸! 잘들 겨뤄 봐."

뜻밖이다. 김정호는 벌써 둘 사이를 알아챘나 보다. 노재호의 존재가 꺼림칙하여 몇 마디 더 물으려다 말았다. 내게 보내준 상수경의 눈빛은 다른 여지가 없기에 그랬다.

다음 날 아침까지 기다리는 시간이 너무 더디 갔다. 잠을 설쳤다. 나는 마음 채비를 단단히 하고 아침 일찍 상수경을 만나러 여자 기숙사 입구에 갔다. 처음 본 여학생인데 어서 다시 만나고 싶었다. 그러나 수경은 나타나지 않았다. 어제저녁을 떠올리면 당장 쫓아 나올 분위기였는데 안도희를 통해 몸이 불편하다는 말만 전했다. 도희도 더 구체적인 말을 안 했다. 노 선배와 만나는 상상이 어른댔다. 그날부터는 하루하루가 초조했고, 그런 하루하루는 아무것도 할 수 없었다. 그날부터는 매일 기숙사에 들러 안도희만 대신 만나고 왔고, 수경은 매일 몸이 불편하다고 같은 답변만 되풀이 전했다. 이리저리 생각해 보아도 우린 이미 눈빛으로 통했는데 그 예쁜 미소마저 잊힐까 불안했다.

안도희만 나온 어느 날 카페에 둘이 마주 앉았다. 수경에게 무슨 일이 있는지. 아니면 일부러 안 만나는지. 혹시 수경에게 약혼자가 있는지 애먼 도희에게 다그쳤다. 별일 없다면서 도희는 헤실헤실 웃기만 했다. 한 번 만난 상대에게 목맨 내가 우스웠을까? 도희는 수경의 맘은 자기도 잘 모른다고 여운을 남긴다.

"마음이 시키는 대로 하세요. 사귀어 보면 알겠지만 수경이는 자존심이 세요."

둘이 서울대학교 입학시험을 봤는데 자기는 붙었고 수경은 아슬아슬한 차이로 불합격하여 2차로 외국어대학에 입학했다고 한다. 그 일로 자존심이 상해 못 견뎌 했는데, 졸업하자마자 같이 파리 유학길에 올랐다고. 그것 말고는 달리해 줄 말이 없다고 했다. 또 노 선배는 안중에 없을 거라면서 그 앤 겉보기와는 달라 고국의 가부장적인 사회 구조에 거부감을 가진 신여성이라고 했다. 도희 말이 고맙다. 안도희는 어쩌면 우리 사이를 즐기고 있는지 모르겠다.

"지금 기숙사에 있죠?"

"그럼요! 솔직히 그 애 맘 나도 잘 몰라요. 조금 더 대시해 보시든지요. 호호."

안도희는 내 편이었다. 도희가 말미를 주었지만, 다시 일주일이 지나도록 수경은 나오지 않았다. 마음 같아서는 기숙사에 들어가 확인하고 싶지만, 남학생 출입은 철저히 차단했다. 나는 그날의 눈빛만을 붙들고 지냈다.

하지만 나중에는 별생각이 다 들었다. 결혼 약속한 사람이 있다면 안도희가 벌써 알려주었을 것이다. 나는 포기하지 않았다. 한 달이 아니라 일 년이라도 매일 여학생 기숙사를 들러 수경을 불러내겠다고 도희에게 일렀다.

퐁네프다리에서 첫눈을!

　열흘을 채우고서야 상수경이 남학생 기숙사에 모습을 드러낸다. 수경은 연한 분홍색 티에 흰 치마로 옷맵시가 상큼하다. 도희를 앞세우지 않고 혼자다. 수경은 오래 기다린 사람을 보듯 나를 맞는데 얼굴을 둘러싼 오라로 주변이 환해진다. 그 오라는 내게만 비치는 수경의 신호일 것이다. 그 앞에서 나는 막상 할 말을 잊었다.
　우리는 자주 만나는 커플인 양 눈인사만 나누며 기숙사를 나와 센 강 변에 발자국을 찍어 나갔다. 할 말이 너무 많으면 오히려 말 실마리를 못 잡을 수도 있다. 뭇 연인들의 흔적을 품은 퐁네프다리가 눈에 들어온다. 파리의 낭만이 서린 다리답게 고즈넉하면서도 아기자기한 곡선을 육중한 트러스가 받치고 있다. 둘의 발걸음이 퐁네프다리로 방향을 틀 때 차도 경계석에 붙어 질주해오는 차량이 눈에 띈다. 나는 엉겁결에 수경의 허리를 감아 채 인도로 끌어올린다.
　"어머 낫!" 차량이 지나칠 때 수경은 눈을 동그랗게 뜨며 내게 몸을 기댄다. 수경의 허리에 댄 손이 찌르르하다.

"고마워요! 큰일 날 뻔했네."

수경은 멋쩍어하며 자세를 바로잡는다. 둘 사이의 거리 두기는 한순간에 무너지고 손에 남은 감각은 여전한데, 나는 딴전 피우듯 첫마디를 꺼냈다.

"수경 씨는 그간 잠 잘 잤어요? 어디 아팠어요?"

잘 잤느냐는, 나는 잠을 설쳤다는 말이다. 수경은 입꼬리를 올리며 피식 웃는다.

"아프지는 않았어요. 미안해요. 일이 좀… 있긴 했어요."

"그랬군요! 아프지 않았으면 됐어요."

수경의 미소. 그 미소에 오라가 핀다. 나는 걸음을 멈추고 수경의 옆얼굴 선을 찬찬히 바라본다. 이마에서 콧잔등으로 입술로 목으로 이어지는 곡선의 흐름이 유려하다. 수경은 시선을 의식했는지 고개를 돌려 묻는다.

"왜요?"

얼굴 곡선에 취하다 보니 수경이 무엇을 묻는지 모르겠다.

"지금 첫눈이라도 내렸으면 좋겠다고요!"

내 입에서는 엉뚱한 말이 나와 버린다. 첫눈이라니! 이 계절에 무슨 첫눈일까? 하지만 그런 상상마저 마냥 즐겁다. 수경은 바로 응대하지 않고 몇 발짝을 더 띠더니 고개를 들지 않고 묻는다.

"혹시 그쪽은 첫눈에 반한 거예요?"

"예, 첫눈에 반했어요! 난 첫눈을 좋아해요,"

"그랬군요! 내리지도 않는 첫눈에!"

수경은 고개를 들며 천연덕스럽게 묻고 나는 진지하게 답한다. 같은 첫눈인데 어쩌다 추임새가 맞았다. 첫눈, 이런 날 영화처럼 첫눈이라도 펑펑 내려줬으면 얼마나 좋을까. 첫눈 내리는 퐁네프다리! 우리는 뻔한 말을 에둘러 주고받는다. 다리 중간쯤에 왔을 때 걸음을 멈추고 마주 보았다. 나는 용기를 내어 눈빛 이야기를 꺼내려다 불쑥 다른 말을 한다.

"수경 씨. 내가 첫눈에 반했다면 그쪽도 첫눈에 반했잖아요! 우린 이미 속마음을 나눴어요. 내 말 맞지요? 인연이라는 게 쉬 오지도 않지만, 인연 줄이 눈빛으로 엮이면 같이 하늘에 오를 때까지는 풀어낼 재간이 없대요."

수경은 나의 말을 음미하는 듯 뜸을 들이다가 묻는다.

"누가 그런 말을 했어요?"

대답을 못 하고 머뭇댄 것은 내 생각이기 때문이다. 수경이 내 말을 어떻게 들을까. 사귄 지 얼마나 된다고. 수경은 퐁네프다리 트러스 사이로 비치는 센강의 물결을 내려다본다. 다리 밑에서는 작은 물새 한 쌍이 포르릉 물수제비를 뜨며 날아오른다. 새들의 비상을 쫓던 시선을 거두면서 수경이 입을 연다.

"그쪽, 몇 살이에요? 내가 누날 거예요."

"내 나이를 알면서 묻는 건 불순한 의도가 있네요. 하하하."

수경은 잠깐 뜸을 들이다가 힐끔 나를 보며 말한다.

"나는 성격상 누나 노릇이 편해요."

"그래요? 그럼, 나 술 사 줘요!"

우리는 실랑이를 즐기며 퐁네프다리를 건넌다. 시테 섬까지 내려가서

'비유 파리'라는 레스토랑에 들어가 누나가 된 수경은 비싼 와인을 마시자며 '바 롤로'를 주문한다. 우린 주거니 받거니 얼굴이 발그레해졌고 마음은 파리 어디라도 가고 싶은데 헤어질 시간이 다가왔다. 다리를 건너 기숙사 근처까지 걷다가 내가 손을 내밀었다. 수경이 잡은 손의 감촉을 놓고 싶지 않았다. 나는 수경을 똑바로 바라보며 비로소 열흘간 벼르던 말을 꺼낼 생각이었으나 이번에도 엉뚱한 말이 나온다. 특별히 좋아하는 꽃 있느냐는 통속적인.

 "꽃은 다 좋은데 꽃잎이 작은 꽃들이 특히 맘에 들어요."

 "들꽃도 좋아하겠네!"

 "맞아요. 무심코 지나치지만 어쩌다 들꽃이 발길을 잡기도 해요. 하찮아 보이는 작은 들꽃도 자세히 보면 정교하고 기하학적이에요. 창조의 신비 같은 걸 깨닫게 돼요!"

 "수경 씨는 창조론을 믿으세요?"

 "진화론에 더 가까운 편이에요. 하지만 이런 경우엔 창조론이 맞지 않나요? 자연스러운 것들에게서 보이는 기하학적이고 인위적인 패턴. 이런 걸 창조론이 아니면 어떻게 설명하겠어요? 그쪽은 크리스천?"

 "내게는 세상 피조물이 다 아름다워요. 수경 씨가 있는 이 세상 모든 피조물이."

 수경이 눈을 게슴츠레 뜨고 묻는다.

 "그래서 미술을 하시고?"

 "미술은 그 아름다움을 내 것으로 만드는 작업이거든."

"그래서 지금 나를 자기 것으로 만드는 작업 중이시라?"

내가 벼른 말은 아니었는데 너무 에둘렀을까. 수경은 배시시 웃더니 뺨이 조금 붉어져 돌아서면서 한마디를 던진다.

"사실은 나도 내내 잠을 설쳤어요."

그 말의 여운을 놓지 못하고 우린 몇 발짝 안 가서 발걸음을 멈춘다. 건너편 카페 앞 간이 테이블에 도희가 보였다. 그녀 앞에는 건장한 서양 남자가 앉았고. 둘이 우리를 먼저 알아보고 손을 흔들어댄다.

"어머나, 데이트 중이네! 이리 와서 앉아."

반듯한 이목구비에 갈색 머리의 브라운, 도희는 브라운을 미국 대사관 직원이라고 소개한다. 사귄 지 일 년 남짓 된다고 했다. 간단하게 인사를 나눈 뒤 우리는 합석하지 않고 각기 기숙사로 향했다. 수경은 지난 열흘 동안에 무슨 일이 있었는지는 말하지 않았고, 나도 굳이 묻지 않았다.

그댄 순수한 남자

오누이 사이가 된 우리는 급격히 가까워졌다. 주변에 한국 유학생들이 있어도 한 발 나서면 낯선 외국인들 천지였다. 타국이지만 둘 사이에는 벽이 없었고, 상대는 오히려 외부로부터의 차단벽이 되어주었다. 김정호 선배가 수경의 정보를 알려주었다. 수경의 아버지는 당대의 거상이며 삼청동에 궁전 같은 집이 있는데 지금은 견지동으로 이사해 살고 있다고 한다.

거상 집안이라면 나도 다르지 않아 혼자 웃었다.

옷맵시가 좋은 수경은 옷을 바꿔 입을 때마다 다른 여학생들이 부러워했다. 옷맵시가 있으니 수경은 자연스럽게 파리의 멋쟁이가 되었고 그런 수경이 사랑스러웠다. 그래도 수경에게 가장 잘 어울리는 옷은 한복이었다. 어느 날 파티에서 수경이 수려한 한복 차림으로 나타났을 때 나는 또 하나의 천사를 만나는 줄 알았다. 한복의 맵시는 수경의 기품을 더해 주었다.

상수경과 데이트를 위해 푸른색 딱정벌레(폭스바겐) 차를 샀다. 차량 번호에 75가 붙었다. 당시의 유럽은 번호판에 차량의 생산 도시를 부여했는데 75번이 파리 차량이고, 이 번호를 단 차량이 단연 인기였다. 우리는 화구와 카메라를 챙겨 이탈리아로 스케치 여행을 떠났다. 특히 피렌체와 베네치아에서 많은 시간을 보냈다. 피렌체에는 이탈리아 남부 도시들과는 비교도 안 될 정도로 곳곳에 조각 작품이 많았다. 사진을 많이 찍었지만, 기념 촬영이 아닌 자료 수집이어서 이 멋진 배경에 수경을 세울 짬도 못 냈다. 수경은 이런 나를 큰 건축가가 될 사람이라고 치켜세우며 은근히 누나 행세를 했다.

수경이 소형 드로잉 북 세 권을 내게 선물하였다. 앞뒤가 가죽으로 묶이고 황톳빛 도화지가 도톰하게 들어 있었다. 그날부터는 내게서 드로잉 북이 떠난 날이 없게 하겠다고 다짐하였다. 어디에서든 내 마음을 채워 줄 수경의 선물이었다.

어느 날 핵물리학을 공부하는 노재호 선배가 만나자고 했다. 상수경을 두고 남자끼리 이야기를 나누고 싶었던 것 같다. 파리에 먼저 온 선배와 부딪쳐야 할 일이 생겨 조심스러웠다. 그러나 이런 일은 상대가 있고, 일방적으로만 흐를 수는 없기에 수경을 믿기로 했다. 노재호 선배는 강가 노천카페에서 맥주를 마시며 강물을 내려다보고 있었다. 단둘이 만나기는 처음이라서 노 선배의 그런 모습에 마음이 쓰였다.

"와인 하겠나?"

"보졸로 누보로 하겠습니다."

주문한 뒤 노 선배는 내 눈을 빤히 보며 피식 웃는다.

"후배. 난 말이야, 아직 누구한테도 져 본 적이 없는 사람이거든!"

갈강갈강한 목소리가 목울대를 긁어 오르는 듯 들린다. 나는 대꾸 없이 많이 들어주기로 속 다짐한 터였다.

"한데, 후배가 나타나면서 처음 맛보는 쓴맛을 느끼고 있거든. 자넨 일본에서 사귀던 여자도 없나? 까놓고, 말이지 수경이는 내게 양보하는 게 어때? 후배가 나타나기 전까지만 해도 우린 괜찮았거든!"

말이 안 되는 말이라는 생각에 한 마디를 꺼낸다.

"양보라는 말은 적절하지 않다고 생각합니다. 그 문제라면 대화가 안 되겠습니다."

"그런가?"

선배는 말을 더 잇지 않고 있다. 보졸레 누보를 당겨 마신다. 오늘따라 맛이 시원찮다. 선배는 강물로 시선을 돌리고 한참 동안 말이 없다.

"저 일어나렵니다."

자리를 일어나는데 선배가 팔을 잡는다.

"우리가 이렇게 헤어지면 안 되지."

"……,"

"그래, 수경 씨와는 잘 돼가나? 괜찮아! 좋은 여자니까 잘해줘. 내가 그리 눈치 없는 졸장부는 아니야. 후배가 나타난 뒤로 많은 생각을 했어. 당신이 나보다 훨씬 잘 어울린다는 판단이 섰고. 수경이가 자넬 좋아하니 방법이 없더군! 난 계산이 좀 빠른 편이거든. 수경이한테 내 몫까지 잘해줘. 수경을 자네만큼이나 좋아하는 사나이의 부탁이야."

말대답을 어찌해야 할지 모르겠다. 노 선배는 보기 무안할 정도로 표정을 완전히 풀어버린다. 이 사람의 살아가는 방식인지 모르겠다. 아무튼 노 선배가 밥에 씹히는 돌 같았는데 스스로 물러나겠다니 다행이다. 우린 각자의 잔을 기울이며 상대의 마음속을 부지런히 드나들고 있다. 선배 말대로 수경의 마음이 누구에게 갔느냐가 중요하다. 노재호 선배의 안색이 많이 풀린 듯하여 나는 아예 쐐기를 박기로 한다.

"잘 알아듣겠습니다. 앞으로 선배님과는 수경이 이야기를 꺼내지 않도록 하겠습니다. 참 선배님은 파리 과학원에 이미 스카우트가 되셨다지요? 좋은 공부를 하셨습니다. 우리나라도 결국은 핵에너지에 사활을 걸 때가 오겠지요?"

"그건 그래! 똑똑한 자네가 잘 보았군. 더구나 핵이야말로 우리나라가 제일 뒤처진 분야지. 앞으로 세계 질서는 핵을 가진 나라가 핵이 없는 나라를 좌지우지하는 시대로 재편될 거야. 우리도 미래를 내다보며 공부할 필요가 있다는 말이야."

"좋은 공부를 하십니다."

노 선배는 잠시 말을 멈추고 잔을 이리저리 들여다보더니 나를 흘낏 바라본다.

"그래! 좋은 공부지."

노 선배가 손을 내민다. 의미가 담긴 손길이다. 악수를 청하는 표정이 전에 없이 진지하다. 들은 말은 있었지만, 그동안 수경이와 나는 노 선배의 존재를 까맣게 잊고 있었다. 둘이 이탈리아 다녀온 것을 알고 있는지 갑자기 그런 이야기를 꺼내니 얼떨결에 내민 손을 잡았지만 미안해서 얼굴을 붉혔다. 노재호는 과학도답게 정확한 계산과 빠른 판단으로 매사를 처리하는 타입인데 연애마저 그럴 줄은 몰랐다. 헤어질 때 내 입에서 나온 말은 뜻밖에 '고맙습니다'였는데 맞는 말인지 헷갈렸다.

상수경과 사귄 지 다섯 달이 지났다. 노 선배가 깔끔하게 정리되니 우리는 거의 매일 만나 박물관을 관람하고 유명 건축물과 예술품들을 섭렵했다. 물론 나의 관심권에 든 볼거리들이고 수경은 이미 다녀본 곳들을 마다치 않고 따라와 내 얕은 지식에 귀를 기울였다. 루블에서는 며칠을 보냈다. 우리나라 예술인이 파리에 오면 주눅이 들만도 했다. 나는 늘 우리 고유문화와 서구문화를 비등점에 올려놓고 이야기했고 수경은 좋은 자세라고 호응했다. 하지만 프랑스 말에 익숙잖은 언어 스트레스는 복병이 되어 내 작업에 대한 스트레스를 넘어서고 있었다. 다행히 수경이 불어에 이미 익숙해져 있어 내 어려움을 조금은 덜 수 있었다.

센 강 변에 낙엽이 들기 시작한 가을날 수경이 편치 않은 안색으로 나를 불러냈다. 미국에 정해 놓은 남자가 있었고, 어제는 비자를 발급받아 놓았다면서 아버지가 보낸 항공권이 왔다고 했다. 바로 건너오라 했다고. 우리 얘기를 몇 차례 했지만, 펄쩍 뛰며 절대 허락할 수 없다고 했단다. 내 나이가 한 살 연하인 게 마음에 들지 않으신 모양인데. 어른들은 왜 나이를 갖고 문제 삼는지 모르겠다고. 내겐 심란한 소식이나 수경은 대수롭지 않은 투였다.

"나이 때문만은 아니겠지. 그래서? 지금 내게 말하는 이유는?"

"알고 있는 게 좋을 것 같아서."

수경은 돌아서서 답하고, 나는 따지듯이 묻는다.

"미국 갈 준비가 되었을 때 나를 만난 거고, 내가 수경 씨 앞길을 막은 거네. 그래서 미국엘 가겠다고?"

"내가 그리 대답했겠어?"

수경이 맹랑하게 되묻는다. "지금 가야 한다고 말하지 않았나?"

"그대 반응을 좀 확인하고 싶었지. 그대는 열흘 동안 하루도 거르지 않고 나를 찾아온 왕자님이야. 백마는 안 탔지만! 나를 포기하지 않는 내 사랑을 두고 내가 가긴 어딜 가? 더구나 얼굴 한번 안 본 사람한테로? 갈 수 없는 이유를 간곡히 말씀드렸어."

나는 수경을 힘주어 안았다. 수경이 조곤조곤 입을 연다. 내가 처음 나타난 날, 운명이 찾아온 걸 느꼈고 그날 자기에게 보내준 강렬한 시선에 꼼짝할 수 없었다고. 시선 처리에 부담 느낀 건 오히려 자기라며 아버지의 당부를 지워버렸고, 그날부터 아버님과 전쟁을 시작했다고 한다. 내가 우리 문화를 대하는 애착이나 자긍심이 수경이 자신에게로 전이되는 느낌이었다며 나를 순수한 남자라고 했다. 아버지가 남자를 정해주었지만. 자기가 모르는 남자를 찾아 미국까지 건너가겠냐며 웃었다. 수경은 나의 얼굴을 양손으로 더듬으며 눈동자를 키운다. 수경이는 내가 나타나면서 이 문제를 홀로 해결하느라 열흘을 보냈을 것이다. 미안했다. 수경은 아무래도 결혼을 서둘러야지, 어차피 할 결혼인데 시간 끌면서 말만 많아질 필요 없다고 했다. 결혼해야 피차 공부에 집중되고, 공부를 마치면 서울에서 우리 꿈을 펼칠 수 있을 거라면서 내 입술을 훔친다.

"결혼하자!"

수경은 입술을 물고 늘어졌다. 이럴 때 수경은 정말 누나 같았다. 어차피 할 결혼, 수경의 말대로 서두르자. 내게도 문제는 없지 않으냐 생각했다.

"사랑해!"

나는 수경을 꼭 안았다. 부모님께는 장문의 편지로 내 결심을 전해드렸다. 내 인생의 새로운 전환점은 수경이와 함께 시작하게 될 것이었다.

필화 사건 筆禍事件

고국에 군사 정변이 났다. 군부가 정권을 잡으면서 예기치 못한 일들이 생겼다. 군부는 상황관리를 위해 주의할 인물을 지목했는데 허정, 장면, 장경근, 장기영, 이병철 등이었으며 부친도 어려운 처지에 놓이게 되었다는 소식이 왔다.

 북한은 군부에 활용 가치가 높은 집단이었다. 군사정권은 북한을 주적으로 지목하여 정권 강화의 도구로 삼았다. 많은 반체제 인사가 붉게 물들여져 잡혀갔고 그들의 주변인까지 어려움을 겪었다. 그리고 때마침 민족일보 필화 사건이 터졌다. 조용수(趙鏞壽1930-1961)라는 민족주의자가 사건 가운데에 있고, 외곽 인물 중에는 아버지가 있었다. 조용수 씨는 내가 일본에 체류할 때 자주 만난 인물로 세계적인 안목에서 우리 민족의 나아갈 길을 제시하여 나의 시야를 넓혀준 분이었다. 조용수라는 민족주의자는 나의 정신적인 스승이고 내가 아는 한 우리 민족에게 꼭 필요한 인물이었다.

 짙은 눈썹에 유난히 눈빛이 강한 조용수 씨는 애국과 민족을 입에 달고 사는 분이었다. 나보다 예닐곱 살 많은 조용수와 그를 둘러싼 혁신계 인물들의 화두는 친일 척결과 재일 거류민단에 관한 것이었다. 일본 사회당의 뿌리에는 일제하에서 일본 사회당원으로 활약한 한국인들이 있었으니 이들은 후에 김일성과 일본 사회당을 엮는 역할을 담당하게 되었다. 그러나 조용수는 조총련계가 아니었다. 부친은 조용수 씨를 집에 들여 한동안 돌봐준 적이 있었다.

 어느 날 조용수 씨 일행이 아버님과 나누는 대화를 엿들었다.

 - 선생님, 민단이 바로 서야 하는데 이러다 조총련에 우리 인재들 다 빼앗기겠어요.

- 다 윗사람들 하기 나름이야. 그렇다고 북쪽이라서 나을 것도 없어요.

- 민단을 좀 바꿔보려고 들어간 사람들까지 협잡꾼이 되어버리는 판국이니 이거 정말 큰 일입니다. 이대로는 통일 사업이 어려울 것 같습니다. 서북 청년단을 앞세운 정부의 부패상이 그대로 민단에까지 영향을 미치고 있습니다.

- 그거 바로 잡을 사람들은 아무래도 자네들뿐이야. 조용수 군과 자네들을 보면 난 맘이 놓이네. 이 정부에서는 똑똑한 사람을 원치 않아. 저들에게는 몽매한 백성만이 필요한 거야. 이 나라를 이끌어갈 동량들이 자네들처럼 좌익과 우익 사이에서 갈피를 못 잡게한다는 말일세. 이 혼란이 오래 가면 저들에게만 빌미를 주게 되는 꼴이지. 혼란을 없앨 사람들은 바로 자네들이야.

- 말씀 고맙습니다. 어르신 덕분에 저희 기가 꺾이지 않고 살아 있습니다. 조용수 씨가 정중하게 예를 표하자 옆 사람이 거든다.

- 정부는 미국 찬양에 열을 올리지만, 미국 사람들도 자기 나라 이익 때문에 우리나라에 다리를 걸치고 있다는 것을 백성이 알면 안 되거든요.

- 매국노들이 갑자기 권력자 손에 들려 애국자로 둔갑하는 일이 벌어지고 있어. 이런 사실을 덮으려는 세력들이 나라를 끌고 가니 문제란 말이야! 게다가 그들 뒤에는 미국이 턱 하고 버티고 있고. 이 나라는 정의롭지 못한 자들에 의해 끌려가고 정의로운 사람들은 모두 외국으로 도피하거나 차라리 북쪽에 가겠다니 이를 어찌할까. 조국이 똑똑한 인재들에게 자양분을 제공하지는 못할망정 내쫓는 형국이란 말이야!

- 바로 그렇습니다. 나라 걱정이 큽니다, 선생님.

어렴풋이 판이 감지되었다. 나는 조용수 씨가 참여하는 집회에 동참하여 내 시야를 넓히고 싶었다. 어느 날 형들의 모임이 끝나는 것을 기다려 조용수 씨에게 동참을 부탁했다. 형들 모일 때 참여하게 해 달라고.
"넌 아직 어리니 공부나 열심히 해."
조용수 씨는 나의 머리만 쓰다듬었다. 분노가 끓어오르는 데 아직은 어리다고 다독여주는 조 선생이 섭섭했다. 하지만 나중에 조용수 씨가 내게 연락해 줘서 모임에 들 수 있었다.

한국 현대사에서 사법살인이라고 일컬어지는 '진보당 사건'은 검찰에서 진보당의 이념이 평화통일이라는 점을 들어 반공법 위반이라 했고, 조봉암은 바로, 이 혐의로 처형되었다. 평화통일이라는 가장 이상적인 통일론이 위법한 것으로 치부된 시대였다. 정의가 처단되고, 나라의 중심축이 흔들려 정치력이 허약해지니 사회가 어수선했다. 일제 청산을 일사천리로 감행한 북쪽에 비해 남쪽은 친일 세력들을 오히려 사회의 중추 세력으로 되 앉게 했다. 제주에서는 극소수의 좌익분자들 때문에 미국이 지도에서 제주도를 아예 '붉은 섬'으로 표시, 낙인을 찍자 정부는 민병대를 투입하여 도민 3만여 명을 희생시키는 이른바 제주 4·3 사건을 일으켰다. 정 많고 아름다운 섬 제주도는 붉은 섬에서 지옥 섬으로 변해갔다. 이때, 지리멸렬한 남쪽을 만만히 본 김일성이 스탈린을 만난 뒤 남침을 감행했으나, 북한은 소련 총으로, 남한은 미국 총으로 양 진영의 대리전쟁을 치러 우리 백성만 희생당하고 남북 대립만 고착시켰다.

　조봉암을 제거한 이승만은 자기도 민중에 의해 권좌에서 물러난다. 백성을 무지몽매하게만 본 이승만 정부는 학생들의 반부패 투쟁에 직면하였고 사회 전반에 만연한 부정부패를 제대로 관리하지 못하여 급기야 4?19 혁명을 맞고야 말았다. 그즈음 젊은 지식층에서는 조국의 중립화와 정치적 평화통일이 활발하게 논의되었다. 조용수 씨는 4·19 혁명이 나자 일본에서 서둘러 귀국했다. 조용수는 민족일보 창간 사장으로 취임했다. 민족일보는 평화적인 중립화 통일론을 주장하는 등 진보성향의 기사를 집중적으로 보도하였다. 환전이 어려운 그때 나의 아버지께서는 동경에서 은행 역할을 하였다. 당시 젊은 엘리트층은 사회주의나 민족주의에 심취해 있었다. 북송선에는 차라리 북에 가서 좋은 나라를 만들자던 엘리트들이 많았으나 나중에는 그들까지 공산당에게 이용당했다.

　이런 상황에서 창간한 민족일보는 5·16 군사 정변이 일어나자 북한을 고무, 찬양하는 반국가적 반혁명적 신문이라는 이유로 계엄사령부가 폐간 처분하여 3개월 만에 종간되고 만다. 혁명재판소는 이 신문의 관련 간부 13명을 재판에 부쳐 조용수는 사형을 선고받고 집행된다. 조용수는 한국 언론사상 발행인이 정권에 의해 사형당한 유일한 필화 사건의 희생자였고 당시 31살의 아까운 나이였다. 그가 억울하게 처형된 사실을 정부가 인정하기까지는 45년의 세월이 필요했다. (2012.12.11. 한겨레 네이버 뉴스 참조)

색자 色磁

　조용수의 사형이 집행되고 며칠 뒤 아버님께서 중앙정보부에 잡혀갔다는 연락이 왔다. 부친의 연금 소식에 놀랐지만, 조용수 선생의 사형 집행은 큰 충격이었다. 나는 아버지와 스승, 두 뿌리가 흔들리자 살아야 하는 푯대를 잃어버렸다. 두 분은 항상 조국의 앞날을 걱정하였고, 헌신하는 사람들이었다. 특히 조용수 선생은 나라의 미래에 역할이 막중할 인물이었다. 이런 큰 인물을 극형에 처한다면 이 나라가 앞으로 어떻게 될까. 나는 여러 가지 생각할 여지가 없이 귀국을 결심했다. 유학이나 와서 내 공부에만 매달릴 처지가 아니었다. 귀국하면 내 할 일이 분명히 있을 것이다. 나는 수경에게 결심을 전했다. 만류하지 말라고 했다. 수경은 눈을 동그랗게 뜨며 내 손을 꼭 잡았다.

　"귀국요? 무슨 소리예요? 우린 같이 이겨나가요. 필요한 자금은 내가 댈게요."

　"아니야, 난 바로 떠나야 해. 아버님께서 하시는 일을 생각하면 아버님 같은 분을 잡아들이는 나라는 나라도 아니라는 생각이 들어. 여기서 내 공부만 할 때가 아니야. 당장 귀국해서 내가 할 일을 찾아보겠어."

　수경은 눈을 내리깔았다. 나는 뜨거웠으나 수경은 차가웠다. 수경은 내가 흥분한 상태에서 섣불리 내린 결정이라며 차분히 생각하라고 옷깃을 잡아당겼다.

　"군사정권은 총으로 권력을 잡은 거잖아요. 조용수 선생이 사형당한 마당에 더 추이를 지켜보세요. 잘못 행동하면 그쪽마저 잡혀 들어갈 수 있어요. 민간 정부와는 달라서 상식적으로 판단하면 절대 안 돼요. 그리고 당신, 나랑 헤어질 거예요? 난 그렇게 못 해요!"

나는 즉각 대답을 못 했다. 내 말은 헤어지자는 뜻이 된다는 걸 미처 몰랐다. 하지만 사나이는 사나이의 길이 있으니, 더는 사사로운 일에 연연할 때가 아니었다.

"수경이, 미안해! 아무래도 안 되겠어."

"냉정하게 생각하세요. 일단 귀국을 늦추고 한국 군사정부의 흐름을 읽어보아요. 끓는 물은 식기 마련이에요."

땅거미 지는 창으로 노을이 들었다. 말을 마치고 고개를 떨군 수경의 눈가에 붉은 물빛이 비쳤다. 왠지 피눈물 같았다. 수경을 보면서 나는 멈칫했다. 수경은 물러서지 않고 나를 설득했다. 나는 서서히 기가 꺾였다. 내가 가장 사랑하는 사람의 눈물이 길을 막았다. 그 일 이후로 우린 더 가까워졌다. 수경의 판단이 옳다는 것은 2개월 뒤 확인되었다. 아버님께서 풀려났다는 소식이 왔다. 아버님은 중앙정보부에서 두 달 동안이나 모질게 고문을 당했는데 풀려나는 데에는 어머니 역할이 컸다고 했다.

일찍이 백제 문화에 자부심이 많던 어머니는 일본에서 생활자기에 눈을 뜨셨다. 귀국해서는 이천에서 요 사업을 일으켜 상류층에 최고급 밥상 문화를 전파한 신여성이었다. 이천의 광하요에서 만드는 도자 식기는 현대식 상차림 바람을 일으켜 상류층 주부들의 관심이 쏠렸다.

어머니는 우리 상차림에서도 조화와 균형을 중요하게 보았다. 단아한 소반과 간결한 식기. 식기 안에 담겨 드러나는 음식의 색과 형태 등의 조화를 상차림에 적용하였다. 그릇의 담음새와 차림새에 정갈함과 정성까지 더했다. 하늘색 청자, 순백의 백자, 갈색의 분청 외에 다양한 색깔을 사용한 그릇이 이른바 *색자이다.

그릇의 색은 형태와 조화를 이룰 때 더욱 빛을 발하니 좋은 색자 고름은 우리 그릇과 음식의 만남에 중요한 요소가 된다. 어머니는 남다른 상차림 감각으로 식단을 마련하였으니 광하요 저녁 식사에 초대받지 못하면 상류층이 아니라는 말이 돌았다고 한다. 새 시대 주방 문화를 선도한 어머니는 재래식 식기에 길든 우리 주방 문화를 개선하는 데 큰 역할을 했다. 군사 정권 시대에 이천 광하요 마당에서 군 장성들이 만찬을 벌이면 마당에는 수십 개의 별이 모여 하늘의 별들과 빛을 겨뤘다고 전한다.

어머니는 일본의 아버지와 파리의 나를 지키기 위하여 친정부적인 활동을 마다치 않았다. 나중에 청와대 출입 기자에게 들은 이야기이지만, 어머니는 중앙정보부에 잡혀 들어간 아버님을 풀어달라고 그 시절 권력 서열이 높은 사람에게 거금 5천만 환을 주었다고 한다. 어머니는 육사 생도들을 위한 활동까지 기꺼이 하셨는데 군의 세력으로부터 가족들을 지켜내기 위한 발걸음이었다. 하지만 어머니 의 광하요 사업이나 이런 사실을 모르는 채 나는 파리에서 내 공부에 올인하고 있었다. 내가 새로 공부를 시작했을 때 수경은 나를 단단히 붙잡으려면 결혼을 서둘러야 한다고 결론을

---

* 우리 상차림의 맛과 멋 / 광호 문화재단

내린 것 같다. 나의 답을 얻은 수경은 자기 부모님 설득에 나섰다. 사귄 지 8개월째 되는 날, 수경 아버님에게서 최후통첩성 전화가 왔다.

"마지막으로 묻겠다. 무슨 일이 있었냐? 네가 정말 허신을 했냐?"

수경은 난감했다. 허신이라니! 몸 허락했는지 요점을 물으시는 것이다.

"어쩌죠? 아버님께서 허신을 했느냐고 물으시는데…"

그렇다고 하면 가문을 들먹이며 못된 사람 취급을 할 것이다. 그때 나에게 퍼뜩 아이디어가 떠올랐다.

"수경 씨, 그냥 말이요. '임파시블'이라고만 답해 드리세요."

임파시블, 인제 와서 헤어지는 것은 불가능하다? 수경은 임파시블을 되뇌며 웃었다. 오래 기다리지 않아 수경 부모님 승낙이 떨어졌다. 허신은 결국 묘책이 되어 주었다.

쉽지 않은 도전

결혼식은 대사관에서 치렀다. 국내 사정상 양가 부모를 모실 수는 없었다. 서울에서는 장인 주재로 양가가 함께 피로연을 했다고 전해왔다. 신혼여행 계획은 따로 잡지 않았다. 살림집은 파리 중심지에 마련했는데 어차피 거쳐 갈 집이라서 간소하게 세간을 장만하였다. 결혼한 뒤로 우리는 더욱 검소하게 생활했고, 유럽 석학들과의 교류에 집중했다. 1년이 지난 62년, 수경은 아들 준혁을 낳았다. 내가 다니는 파리 건축대학은 건축가들이 모여 설립하였으며 국가 건축물을 수주하는 유수의 사립대학이었다. 축제의 계절이 왔다. 파리의 학생 촌 국제관에서는 각국 학생들이 자기 나라를 상징하는 구조물을 제작, 전시하는 축제를 준비하였다. 한국 측 디자인은 내 몫이었다. 나는 우리 고유의 건축 형태가 상징적으로 드러나도록 한옥 지붕 분위기를 살린 전시 부스를 디자인해 설치하였다. 오색단청 위에 얹은 날렵한 지붕의 선이 단연 돋보이는 한국적인 이미지였다.

행사를 마무리하고 철수하는 동안 선배들이 파리 국립대학 본과 이야기를 꺼냈다. 세계 최고의 예술대학, 프랑스 국비 장학생, 한국인 장학생 쿼터 4명이 요점이었다. 선배들은 곧 봄 학기 입학시험이 있는데 적어도 국립대학 본과에는 머리를 내밀어야 수재라고 은근히 내 자존심을 건드렸다. 그러나 한국 학생에게 주어진 장학생 쿼터가 다 찼다는 말을 덧붙였다. 장학생이 안 되더라도 꼭 입학하라고. 듣고 보니 자기들 자랑이었다.

그때 고국에서 아버님 사업이 고전을 면치 못한다는 소식이 왔다. 인천항에 일본으로 수출할 물동량을 많이 쌓아두었는데 군사정부에서 일본과의 무역에 제동을 걸어버렸다. 나는 마음을 단단히 고쳐먹었다. 아버님께서 약해지시면 나라도 제대로 서야 했다. 게다가 나의 자존심을 건드리는 선배들 말이 거슬렸다. 수경이까지 선배들 말을 거들었다.

"당신 실력이면 충분해요. 기회가 왔을 때 잡아요."

나는 2년 다닌 대학을 그만두고 동경미술대학과 파리 대학에서 작업한 작품 포트폴리오를 챙겨 300년 전통의 에꼴 데 보자르 대학 본부에 갔다. 클래식한 교정의 분위기부터 맘을 흔들었다. 그러나 교무처 여자 스텝이 접수를 거부했다.

"이 대학에 응시하려면 '바칼로레아'라는 예비고사를 통과하여야 하고 의과대학, 공과대학, 미대 건축학과만 예과에 응시할 자격을 줍니다. 소설가 스탕달도 예과를 통과하지 못해서 입학을 못 했어요. 학생은 응시 자격이 안 돼요."

스탕달은 『적과 흑』이라는 소설로 명성을 떨친 프랑스의 대표적인 지성이었다. 언감생심 꿈도 꾸지 말라는 투였으나 나는 물러서지 않았다.

"동경미술대학을 그만두고 에 꼴 아르데코에서도 수석을 했지만 포기하고 이 대학에 입학하기 위해 왔습니다. 실기에는 자신 있습니다. 제발 입학시험만이라도 치르도록 기회를 주십시오."

예쁘장한 용모의 스텝은 생김새와는 반대로 차갑게 응대한다. 유색인종이라 깔보나? 속이 끓어오르는 것을 간절한 모습으로 바꾸려니 힘들었다.

"학생, 이 학교는 프랑스 국립대학이에요. 학교에는 나라가 정한 규정이 있어요. 내가 마음대로 결정할 사항이 아니니 그리 아세요."

그녀가 고개를 돌리려 하자 말꼬리를 붙잡았다.

"나 어떻게 하면 좋죠? 학생이 공부 포기할 수는 없지 않겠어요? 대학은 학생들을 위해 존재하잖아요. 방법을 가르쳐 주세요, 제발 부탁입니다."

쉽게 물러서지 않자, 교무처 스텝은 난감해하더니 마지못해 고개를 끄덕였다.

"좋아요! 마침 총장님이 계시니 가서 직접 부탁해 보든지요. 그래도 규정이 있어 거절할 거예요."

"고맙습니다."

나는 곧바로 총장실을 노크했다. 학교 건물도 문화재급이지만 총장실은 더 훌륭한 그림과 조각들로 장식되어 있었다. 그러나 실내의 분위기가 주는 위압감은 우리와는 사고방식이 다른 이 대학 총장을 만나면서 사라졌다. 총장은 이 세상의 모든 문제를 품어 들일 만큼 넉넉하고 지혜로운 인상의 소유자였다.

"총장님, 저는 꿈을 좇아 프랑스에 온 한국 학생입니다. 저는 총장님이 계시는 최고의 대학에서 공부하고 싶습니다. 제게 응시할 기회를 주십시오. 여기 제 포트폴리오를 보여 드리겠습니다."

나는 두껍고 큼직한 포트폴리오를 총장의 데스크에 펼쳤다. 총장은 닫가워하며 자기 앞에 펼쳐진 건축 설계도, 데생 작품들을 자세히 살펴보았다. 이윽고 고개를 든 총장이 서류에 무엇인가를 쓰고 사인해 건네주면서 빙그레 웃었다.

"그래! 학생이 날 잘 찾아왔어요. 여기 이 서류를 교무처에 갖다주고 시험을 잘 치러 보게나."

"총장님, 고맙습니다. 열심히 하겠습니다."

교부처로 내려갔다. 스텝의 표정이 바뀌어 얼굴 생김새와 맞았다. 나는 응시 자격을 따냈다. 시험만 잘 치르면 된다. 실기는 자신 있었다. 입학시험은 실기 과제 완성형이고, 1,200여 명의 응시자에게 제시된 주제로 12시간 동안에 작품을 완성하여 제출하라고 했다. 주제는 〈저택 안에 지을 작은 음악당〉이었다. 세계적인 피아니스트가 정원에 예술인들을 초대해서 피아노를 치며 대화할 작은 음악당을 창출하는 과제였다.

입시시험 주제를 받자마자 베네치아에서 본 건축물 이미지가 실마리를 제공해 주었다. 나는 정확한 제도로 작은 음악당 설계도를 그려나갔다. 내가 그동안 본 바로는 건축물에는 계단의 위치 설정이 상당히 중요하다. 계단을 어떤 자리에 어떻게 설정하느냐에 따라 동선이 나뉘고 구조물의 조화 부조화가 결정되었다. 계단의 위치를 결정한 뒤 공간 나누기에 들어갔다. 합리적인 공간 구성에 우리 고유의 건축에서 보이는 곡선의 유려함을 더한 작은 음악당 설계도를 완성하였다.

한국의 천재 아티스트

파리에서는 국립 보자르 대학 입시를 하나의 축제로 치른다. 대강당에 파리의 유명 인사들이 찾아와 건축 미술 분야 인재들의 작품을 감상하면서 미래에 창조될 새로운 건축 아이디어를 가늠해보는 공개행사다. 작품을 하나하나를 벽에 거는 전시가 아니라 1,200여 점을 점수대 순으로 바닥에 나열해 놓고 공개한다. 내 작품은 윗선에 놓였다. 20점 만점에 10점 안팎으로 점수를 매겼는데 내 작품에는 18점이라는 높은 점수가 매겨져 있어 속으로는 매우 기뻤다. 마침 그날은 프랑스의 대표적인 신문 르 몽드 디프로마 틱의 옴 티 편집장이 참석하였다. 그 외에도 파리의 유명 인사들이 건축의 미래 모습을 기대하며 전시장을 돌아보았다. 전시 작품을 일별하던 옴 티 편집장의 눈길이 한 작품에서 멈추더니 옆 사람과 의견을 나누었다.

"저 작품은 유독 설계가 치밀하고 미학적으로도 완성도가 높지요? 공간 구성이 합리적이고 감성이 풍부하게 녹아든 수작이네요."

"저런 작품이 12시간의 짧은 짬에 나온 학생 작품으로는 믿기질 않네. 딴 작품들과는 격이 다르지요?"

"그래요! 이보시오."

편집장이 전시장 스텝을 부른다.

"저 작품 말이에요. 학생 이름이 좀 낯설군요."

"한국 학생입니다."

"한국이요? 이 학생을 좀 만나고 싶습니다. 지금 볼 수 있어요?"

나는 위층에 있다가 스텝의 부름을 받고 뛰어 내려가 편집장 일행을 만났다. 청회색 정장 차림에 멋스러움이 밴 파리의 지성이 입꼬리를 귀밑까지 올리며 묻는다.

"이 작품 훌륭합니다. 학생 작품입니까? 한국 학생? 짧은 시간에 참 멋진 작품을 설계했어요. 나는 르 몽드 편집장 옴 티요. 학생 앞날을 지켜보겠어요. 작품 이야기를 좀 들어볼까요? 이 작품 양식은 어떤 양식이에요?"

어림생각이 현실로 바뀌다니! 내 작품이 르 몽드지 편집장의 시선을 잡았다. 옴 티는 헝가리 출신으로 파리에서는 꽤 유명하고 신문에서 눈에 익은 얼굴이었다.

"고맙습니다. 우리 한국의 전통 건축물에서 나오는 곡선의 흐름과 이탈리아 베네치아에서 본 바로크 양식의 웅장한 곡선을 채용해 설계했습니다."

"시야가 남달랐군요! 그래요. 축하합니다. 기대가 큽니다."

"많이 배워 편집장님 기대하시는 대로 살아가겠습니다."

내 작품은 다른 학생들처럼 프랑스에서 흔히 보이는 양식이 아니고 이탈리아의 르네상스적인 로마네스크 양식을 채용한 것부터가 남다르긴 했다. 르네상스적인 로마네스크 양식은 성당을 신의 공간만이 아니라 인간이 공유하는 공간으로 만들어 전 같으면 우상이라 금기시했던, 사람 그림이 등장한다. 편집장이 내 손을 잡는다.

"이런 아름답고 훌륭한 건축물을 당장 우리 집 정원에 앉히고 싶습니다. 우수한 제자를 얻게 된 비비안 교수께 축하 말씀을 드려야겠네요."

마침 그때 깐깐하기로 유명한 이 대학 비비안 교수가 근처에서 다가와 말을 섞기 전 나를 흘깃 쳐다보았다. 지적 풍모가 엿보이는 이 사람이 나의 스승이 될 터다. 그가 내게 손을 내밀어 악수를 청하면서 입을 연다.

"이 학생은 최고점을 받은 3명 중 1명입니다만 전체 수석으로 뽑는 데 반대하는 교수는 없었습니다. 잘 보셨습니다. 편집장님."

"오우! 이 작품이 전체 수석이라고요? 그랬군요! 정말 우수한 작품을 가려내는 내 안목도 인정해 주셔야겠습니다. 교수님. 하하하."

"정답을 채점한 결과로 부여한 점수와는 다른 차원입니다. 훌륭한 예술 작품은 스스로 격을 높이기에 규정 점수보다 가산점을 부여합니다. 이 작품은 여타 과목을 통틀어 최고 점수를 획득했습니다."

놀랐다. 내가 전체 수석을 해냈다. 비비안 교수는 나에게 의미 있는 미소를 보였고, 옴 티는 나의 인적 사항을 메모하며 정식 인터뷰 스케줄을 잡아보겠다고 했다.

한국 학생의 국립 보자르 대학 수석 합격은 파리 교육계는 물론 교민 사회에 화제가 되었다. 학교로서는 나를 마땅히 본과의 장학생으로 입학시켜야 하나 이미 한국 학생의 국가 장학생 쿼터가 다 찬 상황이었다. 한국의 장학생 쿼터 4명이란 모든 학과를 망라해서 4명이기에 내게는 기회가 없었다. 한국인 국가 장학생은 노재호, 오남식, 김정호 등으로 모두 나와 가까운 선배들이었다. 아쉽지만 전체 수석의 성취로 자위하여야 했다.

며칠 뒤 학교에서 르 몽드 편집장이 나를 불러 인터뷰했다. 카메라맨과 비비안 교수가 곁을 지켰다. 편집장이 먼저 긴장을 풀어준다.

"지금 기분이 어때요? 동양 학생이 유럽에서 전체 수석을 했어요!"

"최선을 다했는데 존경하는 교수님들로부터 인정받아 매우 기쁩니다. 고맙습니다."

"그래요! 학생은 유럽을 접수했어요. 무슨 말인지 알아요? 학생은 유럽을 접수한 한국의 천재 아티스트란 말이요. 축하해요. 학생이 지금 가장 바라는 것은 무엇인가?"

"저는 프랑스 국가 장학생이 되고 싶습니다."

쿼터가 이미 찼다는 말을 들었지만, 막상 편집장이 물어오니 나는 내 소망을 거리낌 없이 밝힌 것이다. 비비안 교수기 난감한 표정이 되어 입맛을 쩝쩝 다신다.

"자격이 충분합니다만 한국은 이미 국가 장학생 쿼터가 다 찼습니다. 이 학생에게는 미안하지만, 그건 방법이 없습니다."

"한국인 쿼터가 몇 명입니까?"

"4명입니다."

디프로마 틱 편집장이 고개를 절레절레 흔든다.

"국가 장학생 제도는 이런 우수한 학생을 제도적으로 흡수하려고 만든 것입니다. 없는 방법만 탓하지 말고 한번 방법을 강구해 보시지요."

비비안 교수는 멈칫하여 미간을 잠깐 찌푸리더니 데스크로 가서 전화기를 집어 든다.

"문교부 장관님께 전화 넣어 봐요."

교환이 문교부 장관을 연결해주자 비비안 교수는 사안을 진지하고 길게 설명하였고, 문제의 해결책은 바로 문교부 장관 입에서 나왔다.

"그 문제는 말이요, 이렇게 진행하세요. 먼저 대학에서 한국에 주재하는 프랑스 대사관에 이 사실을 알리세요. 한국의 프랑스 대사관에서 우리 문교부에 서한을 보내라고 하세요. 내용은 한국인 학생 쿼터 하나를 더 부여받도록 해 달라고 요청하는 것. 그게 방법이 되겠군요."

"알겠습니다. 장관님."

장관이 벌써 결정을 내리다니, 비비안 교수도 믿기지 않는지 눈동자를 키우고 옴 티 편집장은 내게 악수를 청하며 활짝 웃는다.

프랑스의 에꼴 데 보자르 대학 본부에서 주한 프랑스 대사관에 공문을 발송했다. 공문을 접수한 주한 프랑스 대사는 자리를 박차고 일어나 한국인 직원들만 불러놓고 공문을 들어 보인다.

"누구, 에 꼴 드 보자르 대학교를 아는 사람 있어요?"

여자 스텝이 손들어 말을 받는다.

"프랑스의 세계적인 국립대학입니다. 입학하기 꽤 어려운 대학교입니다."

대사가 공문을 펼친다.

"그래요. 이 대학은 세계에서 첫손가락을 꼽는 대학입니다. 특히 예술 분야에서는 최고입니다. 한데, 이번 봄 입학시험에 한국 학생이 건축 분야는 물론 대학교 전체에서 수석을 차지했어요."

"우와! 빅뉴스네요."

스텝들이 술렁인다. 대사가 목소리를 높인다.

"이건 쉬운 일이 아니에요. 한국으로서는 국가적으로도 매우 큰 성과입니다. 프랑스를 대표하는 신문인 르 몽드 디프로마 틱의 편집장이 그 학생을 직접 인터뷰했답니다. 프랑스 신문에 곧 나올 거예요. 학생에게 원하는 걸 물으니 국가 장학생이라 했답니다. 프랑스가 한국에 준 국가 장학생 쿼터가 네 명뿐이에요."

"쿼터가 다 찼어요."

한 직원이 즉시 말을 받는다. 대사는 잠깐 직원을 바라본다.

"나도 알아요. 쿼터가 없어 불가능한 일이에요. 그런데 우수한 학생이 원하는 바를 들어줄 줄 아는 프랑스 국가 시스템이 한국이랑 다른 점이에요. 지금, 이 한국 학생을 위해서 르 몽드지 편집장, 보자르 대학의 비비안 교수, 프랑스 문교부 장관까지 나서서 한국 국가장학생 쿼터를 1명을 더 늘리자고 협의 중이에요. 우리 대사관에서 요청해도 될지 말지 모르는 일을 본국의 담당 수뇌부에서 결정해놓고 요식행위로 우리에게 쿼터 1명 증원 요청서를 보내라고 하는, 희한한 일이 벌어지고 있습니다. 허허허!"

스텝들이 어리둥절 가리사니를 잡지 못한다.

"학생도 대단하고, 국가적으로도 경사입니다. 이 학생을 유치하려고 프랑스 지성들이 앞장서고 있으니 보통 일이 아니지요! 그러니 당장 공문을 써서 프랑스 문교부와 국립 보자르 대학교에 한국 국가장학생 쿼터를 5명으로 늘려달라는 내용을 정식으로 보내세요. 당장 공문을 작성하고 르 몽드 디프로마 틱 편집장에게도 감사 편지를 따로 보내세요. 학생에게는 선물을 보내고. 이런 일은 한국뿐만 아니라 어떤 나라 정부가 나서서 간청해도 안 되는 일입니다. 다시 말하지만, 프랑스 문교부에서 요청해 달라 이미 결정은 했다고 전갈을 보낸 셈이거든. 자, 우리 손뼉 한번 치고, 어서 서두릅시다."

한국인 스텝들은 자기 일처럼 신바람이 나서 공문서 작성을 서둘렀다. 다음 날 르 몽드 디프로마 틱은 나의 보자르 대학 수석 합격 사실과 국가장학생이 된 기사를 실었다. 내 작품과 얼굴 사진도 실렸다. 주불 한국 대사관에서는 고급 위스키 두 병을 선물로 보내왔다. 뜻밖에 북한 대사관 명의의 축전이 왔다. 에꼴 데 보자르 대학 수석 합격에 열렬한 박수를 보낸다고. 나는 하루 사이에 유럽을 접수한 스타가 되었다.

유럽을 접수한 한국의 천재 아티스트! 내 길이 이렇게 열리는가! 그날은 수경이 앞에서 체면이 섰다. 수경과 입맞춤이 길었다.

입학식까지 내게는 3개월의 시간 여유가 생겼다. 개선장군이 된 기분으로 고국 나들이를 가고, 숙제로 생각하는 평양과 금강산에도 가고 싶었다. 북한을 먼저 다녀오고, 그다음 고국에 다녀올 생각이었다. 남과 북의 문화 유적을 샅샅이 훑어볼 절호의 기회였다. 가능하면 포지티브 필름으로 촬영하여 이미지를 오래 보관할 것이다. 내게는 독일제 라이카 카메라가 있었다. 뷰파인더가 넓어 피사체가 넉넉히 잡히는 전문가용 카메라다.

유럽 학생들은 사고방식이 합리적이긴 하나 그들 사고의 저변에는 황색 인종에 대한 상대적 우월감이 깔려 있음을 알았다. 백색 인종은 태생적으로 골격이 크고 신문명에서 동양인들을 앞섰음이 확실했다. 하지만 백인종에 뒤지지 않는 정신문명이 동양에 있다는 사실을 저들은 인정하려 들지 않았다. 나는 저들에게 동양의 정서와 우리 민족의 뛰어난 예술을 보여주겠다고 마음먹었다. 수경은 그해 딸 서윤을 낳았다.

나는 새가 되어

흔적 없는 올가미
북과의 첫 대면
4가지 혐의
어두운 남산
평양 가는 길
또 하나의 조국
금강, 백두에 나는 없었다

GOODBYE PARIS GOODBYE PARIS GOODBYE PARIS GOODBYE PARIS

흔적 없는 올가미

파리에서는 북한이 적성 국가라는 논리가 통하지 않았다. 한국 유학생들 사이에 이런저런 북한 이야기가 두서없이 오갔다. 남한과 북한을 객관적으로 바라볼 수 있는 이유다. 어느 날 오남식 선배가 북한을 대변하는 말을 꺼냈다.

"북한은 말이야, 우리 후배 생각과는 많이 달라. 괴뢰도당의 독재 때문에 인민이 굶주리고 전쟁 준비에만 혈안이 된, 얼굴색마저 빨갛게 물들었을 것 같은 집단은 아니란 말이야. 북한을 한발 물러서서 보아야 할 필요가 있어."

"그런 생각을 나도 해보았어요."

북한은 외교력에서 남한을 앞질러 벌써 제삼 세계의 맹주들 틈에 들어 있었다. 아프리카에서는 '코리아'라고 하면 북한을 떠올리는 나라가 많았다. 북한에서 파견한 인력이 황량한 아프리카 땅에 벼농사를 가르치고, 아프리카 수단에서는 김일성이 모래를 쌀로 만들어낸다는 소문이 국영방송을 타는 현실이었다. 모래사막을 개간하면 벼를 경작할 수 있다는 말을 현지인들은 그리 들었을 것이다. 몇몇 나라에는 북한에서 군사 고문단을 파견하여 군사 훈련을 시키고 동맹국으로 삼는다고 들었다. 다만 북한이 공산주의에 경도된 것이 문제였다. 우리나라를 공산 진영과 민주 진영으로 나눠 세력권에 넣은 미국과 소련, 두 거대 국가가 맺은 밀약의 산물이었다.

"남한이 외교력에서는 아직 부족하긴 하지요!"

"물론이야! 북한은 전쟁이 끝나자마자 동유럽 각국의 원조를 받아 경제가 살아나고 있지만 미국의 원조에만 의존하는 남한은 그 원조마저 빼돌리는 관리자들이 많아 민초들 굶주림이 심하잖아. 유학생들에게는 남쪽도 북쪽도 같은 조국이라는 생각이 팽배해서 기회가 되면 북한에 들어가 금강산 구경이라도 해보려는 학생들이 있어. 자네도 한번 생각해 봐."

파리에는 북한 사람들이 꽤 있어서 남한 유학생들과 자연스럽게 어울리다 보니 서로 흉허물없이 지냈다. 나와 가까운 선배들 입에서도 북한을 다녀온 이야기가 나왔다. 특히 금강산은 우리가 반드시 다녀와야 할 민족의 명산이라며 빼어난 경치를 입에 올렸다. 그중 노재호가 북한 이야기를 가장 많이 했는데 그 때문에도 수경은 노 선배가 낀 자리를 꺼렸다.

"한번 다녀와 봐. 자네에게도 남과 북을 보는 눈이 달라질 거야. 우리 민족이 언제까지 서로 으름장만 놓고 살아야 하겠어? 조국의 통일 사업은 다른 나라가 해결해 줄 일이 아니고 우리 앞에 놓인 우리 일이야. 적어도 젊은이들만이라도 선입관 없이 남과 북을 볼 수 있어야 해."

그날, 노 선배가 집에 와서 북한 이야기를 또 꺼냈다. 시기를 가늠하던 때이기는 했지만 나는 수경의 눈치를 보아야 했다. 수경은 시선을 딴 데로 돌리고 불편해했다. 나는 고개를 저었다.

"지금은 절대로 안 갑니다. 한번 가면 올가미에 걸리고 만다는 말도 들었습니다. 금강산은 물론 북쪽에 산재한 문화유적지가 많지만, 남북 관계를 살펴서 다녀올 생각이니 더는 권하지 마세요."

노재호는 물러설 기미가 아니었다. 오히려 말꼬투리를 물고 늘어진다.

"올가미라니. 올가미는 무슨! 그건 자본주의적인 생각이야. 자넨 아직 자본주의가 사회주의보다 우수하다고 생각하나? 그런 이념 논쟁을 떠나서도 그렇지, 남북이 같은 민족인데 북이든 남이든 못 갈 일이 뭐냐고. 날아다니는 새들을 봐. 얼마나 자유롭게 오가는지. 그냥 귀국해 버리면 아름다운 조국의 반쪽을 영영 못 볼지 모른다고."

노재호는 직설적이고 원색적으로 말하기를 좋아한다. 나는 수경이 앞에서 이야기를 오래 끌고 싶지 않았다. 더구나 수경을 좋아했던 선배다.

"내게는 당장 한국에서 할 일이 있어요. 졸업한 뒤에 내 일을 마친 다음이라면 모르나 지금은 방북을 이야기할 때가 아닙니다."

노재호가 한심하다는 듯 이죽거린다.

"내가 보니 겁내는군! 무얼 무서워하는데? 갔다 와도 아무 흔적이 안 남는단 말이야. 뭐가 걱정이냐고. 다 방법이 있다니까. 생각해 봐. 동백림에 가면 여권에 갔다는 스탬프가 찍혀야 하겠지? 나는 한두 번 다녀온 사람이 아닌데 어디 스탬프가 찍혀 있냐고. 보여줄게. 글쎄, 아무 걱정하지 마라니까."

노 선배는 주머니에서 여권을 꺼내 펼친다.

"자, 이거 봐. 서독까지는 당연히 스탬프를 안 찍고, 프랑크푸르트에서 백림까지도 안 찍어. 서 백림에서 기차로 동독에 들어가는 거야. 동독에 오는 사람들에게 하루짜리 비자를 내주거든. 그걸 받아 출구로 나오면 북한 대사관 직원이 기다리고 있다가 자동차로 편안하게 픽업해 줘. 동독은 북한과 형제 나라라고 하루까지는 묵인해 줘. 하루 아니라 일주일도 봐줘. 그래서 흔적이 전혀 안 남는 거야. 이러니 왕래가 쉽지. 다시 말하지만, 북쪽에 갈 기회가 많지 않을 거야. 나중에는 가고 싶어도 못 갈 테니까 두고 봐."

노 선배는 말을 마치자마자 무슨 과업을 마친 사람처럼 횅하니 나가버린다. 노 선배의 뒷모습을 물끄러미 바라보면서 수경이 조바심을 낸다.

"노 선배 말 믿지 마세요. 올가미에 반드시 걸려들고 말아요. 우린 계획이 따로 있잖아요. 한번 덫에 걸리면 발버둥 쳐 봤자 올가미가 목을 더 조여들 거예요! 혹시 가더라도 당신 말대로 지금은 때가 아녜요."

"내게 생각이 있어. 북쪽을 한 번은 다녀올 거야. 요즘 남북한 대치 상황을 보면 정말 노 선배 말대로 기회가 영영 사라질 수 있거든. 수경인 너무 걱정하지 마. 내가 수경이 두고 무모하게 행동하지는 않을 테니깐."

"안 돼요. 절대로 북에 다녀오겠다는 말은 하지 마세요."

수경은 뱉은 말을 물리지 않는다.

"이북에는 내가 꼭 보아야 할 곳이 있어. 그래서 선배들이 뭐라 하든 상관없이 다녀오긴 할 거야. 내 전공이 건축 미술이잖아!"

그제야 수경이 한발 물러선다. 가려거든 자기도 간다고. 혼자 보낼 수는 없다고. 수경의 만류가 집요했음에도 혹시 기회가 영영 사라질지 모른다는 생각이 떠나지 않았다. 여차하면 북쪽은 영영 다녀오지 못할 것만 같았다. 다른 누구보다도 북한의 볼거리들, 우리 문화재들을 보아야 할 사람이 나 자신이었다. 고심 끝에 나는 한 번만 수경의 말을 거스르기로 했다. 북한에 들어가 백두산과 금강산을 보려면 일단 동베를린 북한 대사관을 먼저 다녀와야 한다는 노재호의 권유를 따랐다. 동베를린 북한 대사관까지만이고 평양을 가는 것도 아니니 수경이 조금은 양해하리라고 쉽게 생각했다.

북과의 첫 대면

　노재호 선배가 다녀간 지 일주일이 안 되어 나는 수경에게 간단한 메모만 남겨놓고 기어이 동베를린 북한 대사관에 첫발을 디뎠다. 동베를린까지는 노 선배의 말대로 순탄하게 들어왔고 연락받은 북한 대사관 직원이 역 출구에 나와 기다리고 있었다. 삼십 대 초반, 몸집이 땅땅한 인민복 차림의 사내가 활짝 웃으며 반겼는데 첫인상이 호감형은 아니었다.
"파리에서 명성이 자자한 우리 조 선생 아니요! 반갑습네다. 잘 오셨소."
　이북 말씨가 물씬한 것이 파리에서 만난 북한 사람들하고는 아주 달랐다.
"안녕하십니까? 신세 좀 지겠습니다."
"그래요, 알디요! 조 동무래 파리에서는 일등 학생으로 날리는 수재 아닙네까! 파리 신문에 기사가 크게 났디요. 난 조선인민공화국 동베를린 대사관 령사 리채윤이 올시다. 거저 대사관에 좋은 술 많이 있으니께니 편하게 지내면서루 터놓고 말씀 나누다가 돌아가시면 됩네다. 우린 같은 민족끼린데 불편할 리류가 없디요. 서로가 래왕하면서 마음을 나누어야 통일 사업도 잘 되갔지요. 안 그렇습네까?"

리채윤 영사의 북한 말씨가 살갑지는 않았다. 역에서부터 차를 몬, 몸이 호리호리한 사내는 리병용이라고 한다.

"술은 좀 하시디요?"

리병용이 묻는다.

"많이는 안 하지만, 즐기는 편입니다."

이번에는 리 영사가 말을 받는다.

"그리 말하지 말라요. 조 선생 술 좋아하는 거 알구 맛있는 술 몇 개지 준비했디요. 코냑에다 맥주에다가 거저 조선의 명주인 진달래주, 또 개성 인삼주도 있습네다. 우리가 뭐이가 어렵습네까? 리참에루 북남의 청장년끼리 좋게 한 잔 마시자요."

영사의 입에서는 톤 높은 수다가 마구 쏟아진다.

"감사합니다."

대사관 입구 깃대봉에 걸린 인공기는 내가 지금 어디에 와 있는지를 알려주고 있으나 바람이 없어서인지 풀 죽은 모습으로 처져있다. 애초에 나는 금강, 백두 외에 다른 관심이 없었다. 호기심과 관심은 다르다. 단순 호기심에 오고 보니 마냥 즐겁지만은 않았다.

나는 대사관 접견실로 안내되었다. 벽에 걸린 김일성 초상화와 인공기 아래 앉으니, 마치 내가 김일성을 지지하는 것 같아 불편했다. 한복을 입은 예쁘장한 여성이 술상을 내온다. 안주보다 술 종류가 더 많고 잔은 맥주 그라스뿐이다.

"대사께서는 본국에 다니러 가시면서루 내게 단단히 당부했디요. 편안하게 모시라고요. 내래 이리 뚱뚱하고 작달막해도 김일성 장군님 밑에서 공작하던 빨치산 대원의 사윔네다. 남들이 거저 내래 술고래라고들 하디요. 같은 동족끼린데 리케 만났으니 맘먹고 대작 좀 해 보시기요."

첫 몇 잔은 서로 주고받다가 어느 시점에서부터는 자작을 시작한다. 리채윤은 잔을 기다리기에 성에 안 차는지 먼저 자기 잔을 기울인다. 술고래라는 자기 말을 증명하려는 듯. 리채윤은 끝없이 술을 기울이면서 말을 잇는다. 리채윤의 입술은 민족, 동족이라는 말을 수없이 했으나 체제 우월성을 언급하거나 정치적인 말은 삼가고 있다. 그날 직원은 먼저 들어가고 둘이 코냑 세 병, 인삼주 두 병에다 맥주를 댓 병이나 비웠다. 여러 가지 술을 섞어 마셔서인지 나중에는 몸이 완전히 녹아버리는 것 같았다. 술통을 이겨내려다가 몸이 임계점에 도달한 것이다.

술잔을 주고받자 북한 사람이라는 이질감이 없어지고 주고받는 말에도 격식이 무너진다. 이국땅에서 만난 동족이라서일까. 이런 분위기라면 술 아니라 다른 누구하고도 가까워질 수 있을 것 같았다. 영사는 사회주의는 입에 올리지 않는다. 모든 것이 미리 짜 맞춰진 각본이고 상대에 맞춰 학습된 것이겠지만 이국땅에서 동족끼리는 끝까지 우호적이었다.

"우린 알디요. 조 동무가 부잣집 아들인 거 다 알고 있디요. 하나 그게 문제는 아닙네다. 동족끼리 화합해야 합네다. 알다시피 중국 린민의 큰 별인 주은래도 대단한 집안이 아니었습네까? 주은래도 조 동무처럼 파리에서 공부했디요. 주은래는 대중을 위해서 나선 사람이었습네다."

영사는 대화로 화합을 말하고 나는 그에게 귀만 열어주면 되었다. 그는 말이 많은 편이고, 나는 되도록 말을 듣는 처지였다. 나의 이번 방문은 북한에 대한 좋은 감정만 앙금으로 남길 것 같았다. 첫 대면은 그렇게 대작으로 일관하였다.

떠날 때는 부부장이라는 사람이 배웅 나왔다.

"조 선생, 곧 돌아오기요."

부부장은 당부인지, 바램인지 모를 말로 인사를 대신한다.

"본과 시험 때문에 당장은 움직이기 어렵습니다. 졸업 후에 생각해 보지요."

"좋시다! 우리 남조선 다녀온 다음에 또 만납세다."

영사는 안주머니에서 누런색 봉투를 꺼내 내민다. "다음에 올 때는 평양에 가서루 마시디요! 글고 금강산은 보아야 하지 않갔습네까? 금강산은 내래 서너 번 다녀왔디마는 정말 명산입네다! 그 산은 북남의 린민 모두에게 축복이야요 축복. 하하하."

"금강산은 꼭 보고 싶었습니다."

"그래야디요. 그때는 부부가 같이 오면 좋갔습네다. 참, 리거이 200불입네다. 리거이는 당에서루 파리 류학생에게 려비를 보태드리는 거이니 꼭 받아야 합네다." 이건 아니었다! 좋았던 기분마저 사라지려 했다.

"아닙니다! 그간 너무 신세를 많이 졌는데, 다른 좋은 사업에 쓰십시오. 감사했습니다."

영사의 얼굴빛이 굳어진다. 그가 달라 보인다. 같은 동포로 만난 것이 모두 계산된 수순이겠지만 기분이 찝찝해서 말을 섞기 싫어진다. 하나 영사는 눈빛이 간절하다.

"반드시 받아야 합네다. 달리 생각 말고 차비에 보태기요. 리거 안 드린 거 알면 내래 큰일이 납네다. 당에서루 주는 거이니 자, 암말 말고 어서 받기요."

영사가 우격다짐으로 주머니에 봉투를 찔러 넣는다. 정말 받기 싫었고 200불이면 적은 돈이 아니었다. 장학금이 100불, 폭스바겐 자동차가 800불이던 때다. 아르바이트가 어려운 시절이니, 궁핍한 가정에서 유학 온 한국 유학생들에게 200불은 큰 유혹이었을 것이다. 다녀온 학생마다 200불씩을 주었는지는 모르나 몇몇은 지원받은 사실을 공공연히 이야기했다. 이미 받은 사람들 입장도 있어 200불을 뿌리치지 못했다. 돌아오는 길은 들어올 때보다 훨씬 쉬웠으나 주머니는 폭탄이 든 듯 무거웠다.

집에 돌아온 날 내게서 자초지종을 들은 수경은 격하게 화를 냈다.

"사람이 말 배신을 그리 쉽게 해요? 다녀오겠다는 말 한마디 없이 메모지 한 장 달랑 써놓고 훌쩍 갔다 오더니, 낚싯바늘에 코가 꿰어서 들어왔어요?"

수경의 평소 얼굴과는 어울리지 않는 말들이 쏟아졌다. 특히 북에서 받은 200불은 말 폭탄의 인계철선 역할을 톡톡히 해냈다.

"사람을 그렇게 실망하게 만들어요? 돈은 당장 돌려줘요. 호기심에 다녀온 걸 백번 이해한다고 해도 돈 200불은 절대 안 돼요. 당신이 돈이 부족한 사람도 아니고, 생각이 그리 모자랐나요? 그 돈은 북에서는 두 세배 가치가 나가는 큰돈일 거예요. 저들이 그런 큰돈, 당신에게 그냥 주겠어요?"

수경은 소나기 퍼붓듯 쏟아붙였다. 수경에게 좋은 말을 기대하지는 않았지만 말끝에 날이 섰다. 나는 짐짓 목소리를 낮추어 사정을 이야기했다.

"북한 사람들이라고 다르지 않았어, 북한 동포들 선입관을 지우는 기회였고 그들도 우리와 똑같았어. 내가 그 돈 미끼인 줄 모르고 냉큼 받았겠느냐고. 내게 200불 주지 않은 것을 당에서 알면 자기네들이 아주 곤란해진다는 거야. 다음에 같이 가면 내 말 이해할 거야."

나는 변명 아닌 사정을 늘어놓지만, 수경이 곧이듣지 않는다.

"당신이 지금 하는 말은 변명으로도 수준 미달이에요. 가서 한 행동까지 그랬겠지요. 용돈을 받아 챙기다니요. 그 사람들 곤란해질까 봐 받아왔다고요? 당신 또 불러 분명히 다른 요구를 할 거예요. 당신은 안 들어줄 수 없게 되고. 그들의 공작에 벌써 말려들었어요. 당장 북한 대사관에 갖다 줘 버리세요."

그러겠다는 대답을 듣고서야 다툼이 끝났으나 며칠간 대화 없이 지냈다. 그러나 200불을 되돌려 줄 기회는 없었고, 수경은 서둘러 서울행 항공권을 예약했다.

4가지 혐의

서울에 온 수경은 일정이 바쁘게 돌아간다. 일본에서 자란 나와는 달리 고국에 친구가 많아서다. 결혼한 뒤라서인지 함께 인사 다녀야 할 친지는 물론, 이곳저곳에서 작은 모임이 줄을 잇는다. 수경의 일정이 끝나자 우리는 남한 일주 길에 올랐다.

봄을 맞은 고국 산하에는 온갖 꽃들이 피어나고 있었다. 고국 산하의 문화재들은 봄빛을 배경으로 다양한 화사함을 보였다. 예술작품은 관찰자의 시선에 따라 다르게 보이는 것일까? 어릴 때 보았던 기억과는 느낌이 사뭇 달랐다. 불국사 같은 옛 건축물은 단청 색감이 잘 나타나도록 광선에 유의하여 시간대를 잡아 카메라에 담았다. 모두 내 공부의 표본이 될 자료였다. 찍은 필름 양이 꽤 되었다. 슬라이드는 현상하고 네거티브 인화는 뒤로 미루었다. 출국할 때를 대비하여 필름 등 사진 관련 짐은 별도로 챙겼다. 검색대의 엑스광선을 쏘이지 않고 통과해야 필름이 온전히 보존되는 시기였다.

"아무래도 이상해요. 분명히 미행이 있어요. 그런 느낌 없어요?"

"무슨 소리야?"

"같은 사람을 자꾸 보게 되거든요!"

남한 일주 일정이 마무리되어 가는데 수경이 무언가 낌새를 느낀 모양이다. 나는 사진 소재를 찾는 데에만 열중이어서 전혀 몰랐다. 지리산에서 내려와 화엄사 근처 1층 찻집에서 차를 마시고 있었다. 나는 동베를린 북한 대사관을 다녀온 전력 때문에 미행자가 있다면 보통 일이 아니라는 생각에 더럭 겁이 났다.

"그래? 우리가 이상한 행동은 안 했잖아? 지금도 근처에 있는 것 같아'?"

"지금은 보이지 않아요. 분명해요. 어딘가에서 우리가 움직이기를 기다리겠지요. 관광하면서 사진이나 찍는데 별일이야 없겠으나 신경 쓰여서요."

"어떻게 생긴 작자야?"

"30대 후반쯤. 보통 키에 중절모를 썼어요. 몇 번째 내 눈에 들어왔어요. 우리가 한 곳에만 머물지는 않잖아요? 계속 장소를 옮기는데 본 사람이 몇 번이나 또 보인다면, 더구나 일행도 없이 홀로 우리를 따라다니니 미행이 아니고 뭐겠어요?"

중절모 쓴 사람은 더러 있었다. 그러나 본 사람이 자주 보인다면 이상한 거다. 수경은 목소리를 낮춘다. 그 뒤로는 세심히 주변을 살폈으나 미행자의 낌새가 더는 보이지 않았고 관광객끼리도 같은 사람을 몇 번 마주치기는 했다. 우리는 이후의 일정을 당기기로 했다.

고국 방문을 마치고 프랑스로 돌아가는 날 짐 꾸러미들을 챙겨 김포공항 검색대에 섰다. 미행당한 것이 찜찜했는데 이번에는 검사원이 내 짐을 풀다 말고 옆으로 밀어놓고는 뒷사람부터 검색을 시작한다. 내 짐은 맨 마지막으로 열려는 걸까? 어느 틈에 세관원 서넛이 검색대에 놓인 나의 짐을 주시하고 있고, 뒤편에는 검은 안경을 쓴 서양 사내가 얼쩡거린다. 내 짐을 다 풀어헤친 검사원이 네모지게 종이에 싼 누런 봉지를 들어 올린다.

겉봉에 아라비아 숫자 1284가 적힌 것을 가리키며 무슨 시빗거리를 발견한 듯 나를 힐끗 쳐다보며 묻는다.

"이 숫자는 무엇이오?" 장모님이 군것질거리를 넣어준 봉지에 의미 없는 숫자가 사인펜으로 쓰여 있었다. 나는 내용물을 풀어 찐 달걀과 찹쌀떡 등을 들어 보여주었다.

"이건 데요. 당신 필요하면 가지세요."

검사원 코 밑에 봉지를 들이대며 천연덕스레 말하자 그는 흠칫 고개를 물린다.

"이 사람이 왜 이래! 이 슬라이드들하고, 사진들은 다 뭐요?"

"보다시피 사진이고 필름이요. 필요하면 인화해서 확인하시오."

짐을 살살이 훑어도 별다른 게 없으니 끝났다 여기고 짐을 추스르려는데 다른 요원이 대뜸 끼어든다.

"선생들, 오늘 출국 못 합니다. 사진을 좀 확인해야 하겠소. 지정하는 장소에서 한 발짝도 움직이지 말고 대기하다가 연락이 가면 공안에서 검사를 만나시오."

세관 검사에 이상이 없는데 출국 못 한다니 이상했으나 분위기가 그게 아니다. 검사원은 나를 더 상대하지 않고 다른 여행자 짐으로 눈을 돌린다. 출국장 한쪽 대기실에 앉아 처가에 사정을 알렸다. 부모님은 일본에 계셨다. 공항에서 발이 묶여있다는 소식에 처가에서는 비상이 걸린 모양이었다. 마침 처형 남편의 친구가 공안 검사부장이라 해서 전화 연결이 되어 찾아왔다.

"혐의가 뭐랍니까?"

"반공법 위반이라네요!"

"반공법? 그거, 쉽지 않겠네."

"검사님. 모략입니다. 전에 파리에서 중정 요원이 내게 한 말이 있습니다."

내가 파리에서의 자초지종을 말하자, 박 검사가 눈을 지그시 감는다.

"파리에 파견된 요원들 이야기는 나도 들은 바가 있소. 아무튼 파리에서 전해온 선생의 혐의는 4가지인데 이 혐의를 벗어나야 출국할 수 있소."

놀라웠다. 도대체 내게 4가지나 되는 혐의를 누가 씌웠을까? 일이 간단치 않을 것 같아 조바심이 났다.

"혐의가 4가지나 되다니요?"

"들어보세요. 첫째, 선생은 조용수의 조카라는 겁니다. 둘째, 파리 숙소에 인공기를 걸어 놓았소? 이게 사실이라면 못 나갑니다. 셋째, 모임에서 선생은 꼭 북한 노래를 부른다고 합니다. 넷째, 부친이 좌익사상을 가진 학생들을 주로 유학 보낸다는 것이오. 이 보고서의 혐의들을 반박할 논리나 자료가 있어요?"

아무래도 파렴치한 인간에게 걸려든 것이다. 기가 막힌다. 나는 조목조목 반박했다.

"치졸한 모략이군요! 나라의 공복이라는 사람이 해외에 나가서 어렵게 공부하는 유학생들을 모략이나 하고 있으니. 나는 조용수 선생의 조카도 아니고 같은 성씨를 가지면 안 됩니까? 그러면 북에 이산가족을 두고 온 사람들은 모두 간첩입니까? 인공기는 터무니없습니다. 내 조국이 있는데 인공기라니요! 누군가 장난삼아 파리의 기숙사에서 인공기를 내걸었다는 말을 듣긴 했지만, 저는 그런 철부지가 아니에요. 없는 인공기를 어떻게 겁니까? 또, 북한 노래라니요! 일본 유학 시절에 파리 유학을 반대하시는 아버님 때문에 영어를 포기하게 되니까 러시아어라도 배우자는 생각에서 러시아 민요를 외운 적이 있습니다. 파리에서 콧노래 삼아 러시아 민요를 부른 적은 있고요. 그리고 저의 부친께서는 우리나라 인재들을 유학시켜 조국의 미래에 동량으로 삼으려 지원하고, 헌신하시는 분입니다. 이런 자리에서 제 선친을 음해하는 것은 온당치 않습니다. 그런 보고를 올린 작자와 직접 대면하고 싶습니다."

얼굴이 화끈거린다. 내 고국에 와서 이런 말들을 해야 하다니. 검사는 무덤덤하게 자리에서 일어난다.

"그만 되었소. 내가 확인한 바로 조 선생은 신원이 확실하고 혐의가 없소. 일단 내 선까지는 혐의가 없어요. 하지만 중정에서 조사를 마저 받아야 합니다. 그곳은 좀 다른 곳이오. 마음의 준비 단단히 하고 견뎌내시오."

"알겠습니다. 감사합니다."

아내와 함께 처가로 되돌아오는 마음이 영 개운치 않았다. 견뎌내라니! 밤에 중정 사람이 와서 내일 출국을 못 한다고 통보하고 돌아갔다. 예전 그 작자의 모략이 틀림없었다. 60년대 초부터 중정 요원이 파리에 파견 나오기 시작했는데 대놓고 학생들 동태를 점검하고 다녔다. 대부분이 고분고분하고, 중정 요원이라는 신분을 내세우니 벌벌 떨었다. 나는 그 요원에게 공손하고 간식을 대접하는 동료들이 마땅찮았다. 어느 날은 요원이 동부인하여 내 집에도 접근해왔으나 나는 무시하는 태도로 일관했고, 마음에 들지 않는 작자라 차 한 잔 대접하지 않았다. 나이가 훨씬 많은 그자가 나를 괘씸하게 보았을 것이다. 중정 요원이라는 사람은 이런 말까지 했다.

"조 형, 일주일 뒤 한국에 나간다고 들었소. 내가 당신을 모략하면 재미없잖소! 날 쉽게 보면 다칠 수 있으니 조심해요."

말 같지 않은 말이었다. 면상이라도 쥐어박아야 했지만 한 마디만 쏘아붙였다.

"아니, 당신 지금 모략이라고 그랬소? 모략이라는 게 무슨 뜻인 줄이나 알고 하는 말이요? 나라의 공복으로 이곳까지 와 죄 없는 유학생에게 꾸며서 죄를 씌운다고요? 그러시겠다?"

요원은 어이가 없다는 듯 한참을 노려보더니 나가버렸다. 그날의 요원이라는 인물이 자기 말대로 모략 질을 했음이 틀림없었다.

어두운 남산

이튿날 새벽 5시경 전화벨 소리가 잠을 깨운다.

"조 군, 있습니까?"

"네. 어디, 누구십니까?"

전화가 딸그락 끊기면서 구둣발 소리가 현관 바닥을 울리더니 삼십 대두 사내가 들어와 다시 신상을 캐묻는다. 밖에는 검은색 지프가 엔진도 끄지 않고 대기 중이다. 나는 두 사내에게 팔짱을 낀 채 잠옷 차림으로 끌려나간다.

"왜들 이러시오? 내가 무엇을 잘못한 거요?"

대답이 없는 사내들의 행동은 민첩하다. 막무가내로 짐 실으러 와서 짐만 싣고 가는 짐꾼들이나 다름없다.

"걱정하지 말고 기다려요. 집이나 점검하면서. 알았지?"

발을 동동 구르는 수경을 남기고 나를 낚아챈 차는 여명을 갈라 시내를 질주하더니 남산 길로 접어든다. 늦봄이지만 새벽 기온이 스산한데, 지프는 녹슨 철 대문이 큼지막한 집 앞에 멈춘다. 나는 두 사람에게 양팔이 끼인 채 안으로 끌려들어 갔다. 주변에서는 이른 새벽에 난데없이 비명이 들린다. 사람 소리 같기도 하고 동물 소리 같기도 한데, 심한 고문 때문에 고통으로 몸부림치는 소리가 괴기영화에서 들은 것처럼 날카롭고 소름 끼친다. 어두컴컴한 실내에 들어가자 비명은 에코 음이 되어 천정으로 치솟아 부챗살로 사방에 뿌려졌다. 그 소리에 내 기가 꺾인다. 작은 문들이 있는 방들에서 비명이 나오고 있었다. 이자들이 나를 고문할까? 대체 나에게서 무엇을 얻어내겠다는 걸까? 이 험악한 나라가 내 조국이란 말인가! 나는 죄가 없다. 겁박한다고 공연히 기죽을 이유는 없다. 얼마든지 물어봐라. 나는 당당하다. 나의 다짐은 주변 분위기에 눌린 자신을 향한 권면이었다. 없는 죄도 생산해 내는 절대 권력의 하수인들이 고문 기술자를 앞세워 나를 기다릴 것이다. 동독의 북한 대사관을 다녀온 일? 그곳에서 내가 무슨 일을 했길래? 같은 동포끼리 마주 앉아 대작한 것뿐이다. 나는 그 문제도 당당하게 대하리라고 다짐했다.

나는 넓은 방에 끌려 들어간다, 시멘트벽에 창 밑으로는 하얀 타일이 박힌 세면대가 있고, 조그만 탁자가 중앙에 놓였는데 나무 의자에 나를 앉힌다. 삼십 대 후반으로 보이는 카키색 점퍼 차림의 사내가 발을 꼬아 앞에 앉는다. 사내는 거드름을 떨며 나를 지그시 내려다보고 있고, 사내 외에 서너 명이 어슬렁거리며 먹잇감을 앞에 둔 짐승들이 되어 무슨 일이라도 벌일 기세다. 탁자에는 대학노트와 볼펜이 놓였다.

"조영우. 날 봐. 피차 힘든 시간 질질 끌지 말고. 신사적으로 말할 때 확 불어버리라. 알겠나?"

앞자리 사내가 눈을 부라리며 성깔을 드러낸다. 그 눈을 보았다. 굶주린 맹수 같은 그 눈빛을! 본심을 숨기고 거짓의 부림을 받는 그 입술을! 순간, 사내가 불쌍해 보였다. 잘못을 모르고 잘못을 저지르는 사람이다. 그러고 보니 행색까지 그렇다. 이런 게 각인 이론이라는 걸까? 이 작자는 유아기를 어떻게 보냈을까?

"불다니요? 불 게 있어야지요."

불 게 없어 나온 대답인데 사내가 놀란 듯이 눈이 동그래진다.

"이 새끼! 여기가 어딘 줄 알고, 말대답이야. 너 이병철 만났잖아! 왜 만났나?"

앞자리에서 대뜸 거친 말이 튀어나온다. 물어 놓고 말대답한다니! 대답하기 전에 긴 다리를 휘적이며 힐끔거리던 다른 사내가 한마디를 보탠다.

"김대중이도 만났지? 유학생 주제에 그 작자들은 왜 만났어? 돈지랄하러 갔으면 얌전하게 공부나 할 일이지. 새꺄!"

"사진은 왜 그리 많이 찍었나? 뭐 하려고 그렇게 많이 찍었냐고? 진짜 사진은 어디에다 숨겼어?"

두서없이 이놈 저놈이 닥치는 대로 물었고, 답변할 여유를 주지 않았다. 애초에 대답을 들으려고 던지는 질문이 아닌 게 맞다. 이윽고 공세가 조금 누그러져서야 나는 침착하게 강다짐한 말을 꺼낸다.

"들어보세요. 모처럼 일본에서 귀국하니 아버님께서 친구분들께 인사드리고 가라 하셨습니다. 그래서 만났습니다. 인사만 드렸고요. 그게 무슨 죕니까?"

주눅 들지 않고 침착하게 또박또박 따지듯이 대꾸했다. 나의 태도가 언짢았는지 이 작자들 입에서 뿜어내는 숨소리가 더 거칠다.

"이것이 말대답하는 싹수 좀 봐라. 묻는 말에 짧게 대답만 하라고. 이유는 필요 없어. 묻는 건 우리 몫이야, 인마!"

또 다른 사내가 발음을 꼬며 주먹으로 탁상을 치면서 다그친다. 충격으로 볼펜과 노트가 뛰어올랐다 떨어진다. 분별 있게 대화를 나누는 곳이 아닌 걸 깜빡했다. 그래도 나는 굽히지 않고 되묻는다.

"왜 만났느냐고, 만난 이유를 묻지 않았습니까?"

"이 새끼, 분위기 파악 못 하네. 말대답하는 거 좀 봐라."

"이병철은 어디서 만났냐?"

"반도 호텔입니다. 그분 집무실이었어요."

반도 호텔 이병철 집무실은 경비가 삼엄하여 경무대 느낌이었다. 사람 만나는 게 정말 불편했다. 뒷맛이 영 안 좋은 만남이었는데 그것이 또 무슨 잘못일까.

"그래, 뭔 얘길 했는데?"

"그분 말씀이 모처에 있는 대학을 샀다면서 귀국해서 맡아보라고 했습니다."

이병철 씨는 그 대학교 교수직뿐만 아니라 아예 학교를 맡으라 제의했다. 꿈을 하늘에 둔 나는 교수직 같은 것에는 관심이 없었다. 이병철 씨가 쌀장사하고 정주영 씨가 밀가루 장사할 때 내 아버님은 기업을 일구셨다. 이병철 씨가 호암미술관을 열 때는 아버님의 예술작품 식견을 많이 빌렸다. 이병철 씨의 제안을 거부한 건 이런 아버님을 둔 자부심이 작용했다.

"어이구, 꼴에 이거 교수님이시네! 하여간 먹물 든 놈들이 더하다니깐! 먹물 든 새끼들이 사실은 더 나약하고 꼬랑질 빨리 내리잖아! 이 새끼는 순진해 보이더니만 보통내기가 아니네! 하기야 지레 오줌 질질 싸면서 묻기 전에 불어버리는 것들은 심문할 맛도 안 나잖아! 어떤 병신들은 차에서 다 불어버려서 데려다 놀 필요도 없고. 그런데 이거야 오늘 물건 한번 제대로 만났네! 그래서 뭐라 대답했는데?"

다리를 건들거리고 나무 의자를 툭툭 거둬 차고 거친 말들이 오갔다.

"내가 갈 곳이 없어 대학에 가겠느냐는 말이 나오려는 걸 참았습니다."

작자들은 잠시 시선을 교환하며 배시시 웃는다.

"재밌네! 그리고, 허정 씨도 만났나? 친구들은 안 만나고 어른들만 만났구먼. 자넨 친구가 없냐?"

맞아! 나는 서울에 친구가 없다. 이 넓은 서울에, 이 많은 인구 중에 내 친구가 없다. 일본인들은 애초에 탐탁지 않았고, 나는 서울에서나 동경에서나 외톨이다. 친구보다는 나이 든 형들이 많다.

"동경에서 자라서 서울에는 친구가 없습니다."

"자식, 일본 물도 모자라 싸돌아다니면서 유럽 물까지 처먹고 있었구먼!"

잡다한 질문들을 돌아가면서 했고, 인신공격까지 서슴지 않는다. 더디 흐르는 시간이 한나절까지 간다. 의자는 등받이 각도가 앞으로 꺾이어 앉아서 버티기에도 불편해 몇 번이나 몸을 뒤튼다. 부자유스러운 의자까지도 의도적으로 만든 고도의 전략일 것이다. 어디선가 괘종시계가 또 울려 따라 세어보니 열두 번이다. 다들 점심을 할 모양으로 자리에서 일어나더니 심문실에서 나가고 마주 앉은 자와 둘만 남는다. 이 작자는 점심도 안 먹나 싶었지만 사실 나도 배고픔을 잊었고, 배고플 겨를이 없었다.

"뭐 좀 먹을래? 뭐 시켜줄까?"

상냥한 말투라니! 먹는 이야기를 꺼내면서는 사내의 말씨가 부드럽게 바뀐다.

"그래도 됩니까? 내가 제일 좋아하는 거 시켜도…."

"되니까 묻는 거 아닌가. 먹고 싶은 거 함 말해보라."

"해삼탕 됩니까?"

그간 프랑스 식단에 묻혀 살다 보니 기억나는 메뉴가 없어 떠오르는 대로 말했다.

"해삼탕이라고?"

사내는 잠시 말을 잃은 듯 내 반응을 기다린다. 선친과 부산에 있을 때 해물을 즐겨 먹은 기억이 나서 시킨 요린데, 뒤에 알고 보니 아주 고급이라서 값이 꽤 나가는 요리였다. 내가 제대로 짚은 것이다. 사내가 고개를 끄덕인다.

"그래, 시켜주마. 입 하난 고급이네! 그거 제일 비싼 거야, 임마!"

앞에 앉은 자가 식사하러 가고 잠시 뒤에 들어온 해삼탕을 혼자 먹고 나니 몸이 노곤해지면서 긴장이 풀린다. 그래도 건너편 문에서 간헐적으로 새어 나오는 처절한 신음은 내 정신이 번쩍 나게 한다. 이들은 자기들 목적을 달성하기 위해 죄 없는 사람이라도 잡아다 모진 고문을 가해 억지 자백을 받아낸다고 들었다. 언제라도 좋다. 지금 들리는 신음의 이유를 반드시 밝혀보리라. 무고한 백성을 겁박하고 불편하게 만드는 나라가, 이 나라가 내 나라인가?

한 시쯤에 인간들이 다시 들어온다. 삐쩍 마른 작자가 몸을 신들거리며 앞 의자를 당겨 앉는다.

"어이, 학생 교수 씨. 그래 사진은 모두 몇 통이나 찍었을까?"

"공항에서 뺏긴 게 전붑니다."

"문화재밖에는 보이지 않던데? 그건 위장이잖아! 지금 다 알고 묻는 거야. 숨겨놓은 진짜배기 사진이 있잖아! 무엇을 찍었는지, 어디 두었는지, 말해. 지금 신사적으로 심문하는 거 너도 잘 알지?"

작자의 손에는 몽둥이 같은 작대기가 들려 있다. 그는 작대기로 내가 앉은 의자 다리를 툭툭 치면서 눈을 힐끔거린다.

"내 공부도 공부지만 우리 같은 황인종을 무시하는 파리의 양키들에게 우리 문화재를 좀 보여주려고 찍었는데 모두 빼앗겼습니다. 내가 무슨 다른 것을 찍었겠습니까?"

대화가 뚝 끊긴다. 잠시 침묵이 흐르는 가운데 눈빛을 교환하던 사내들이 하나둘 자리에서 일어난다. 심문이 끝났을까? 사내가 일어나면서 한 마디 던진다.

"우리 선에선 안 되겠어! 이 자식 그만 과장님께 데리고 가."

두 사람이 나를 낚아채서 2층 계단을 오른다. 끝난 게 아니고 더 높은 고개가 남았나? 과장실에는 키가 작달막하고 몸집이 뚱뚱한 50대가 전화기를 들고 통화 중이다. 과장은 눈이 부리부리하여 눈썰미만으로도 상대를 제압할 인상이다. 이 작자한테 당한 사람이 얼마나 될까. 내가 프랑스에 돌아가려면 이 작자가 마지막 넘어야 할 산일까? 내게 눈 화살을 꽂은 채로 과장이 입을 연다.

"조 군."

해머가 떨어지는 듯 둔중한 목소리가 바닥으로 깔린다.

"……."

과장은 나를 불러놓고 한동안 말이 없이 서류와 나를 번갈아 쏘아본다. 불거져 나온 눈두덩에서 나오는 눈빛이 녹슬어 무뎌진 칼날 같다. 이윽고 과장이 다시 입을 연다.

"조 군은 김대성을 아는가?"

김대성이라니! 가라앉은 목소리로 나온 첫 물음이 어째 차분하다. 무얼 묻는 것일까. 심문이 아니고 질문으로 들린다. 내가 김대성을 모를 리 없다. 망설이다가 조심스럽게 질문을 확인한다.

"혹시…. 불국사, 석굴암을 창건한 김대성 말입니까?"

고개를 들어 마주한 과장의 눈빛은 뜻밖에 부드럽다. 조마조마했는데 마음이 놓인다.

"맞아! 이봐, 조 군. 우리 중정이라는 데는 말이야, 죄를 씌우기도 하지만 결백을 증명해 주는 곳이기도 해! 조 군이 이번에 파리에서 대단한 성과를 올렸다고 들었네. 나는 말이야, 조 군이 앞으로 김대성 같은 위대한 건축가가 되길 바라네."

중한 죄를 지었다가 사면받는 느낌이다. 윗선에서 전화라도 받았을까? 긴장이 싱겁게 풀린다. 과장은 이미 심문자가 아니다. 저들은 연극배우다. 사정에 따라 표정을 고쳐 잡곤 한다. 내가 정말 이대로 풀려나려나?

"고맙습니다."

과장은 곁에 서 있는 사내에게 눈짓을 보낸다.

"보내주라고."

그것 봐라, 생사람 잡은 거지. 나는 기회를 놓치지 않고 사진 이야기를 꺼낸다.

"사진들 모두 돌려주십시오. 제 공부에 꼭 필요한 자료들입니다."

과장은 잠깐 멈칫하다 손짓한다.

"사진 다 줘 보내라고."

다시는 가고 싶지 않은 건물을 나서며 나는 내 조국을 다시 생각했다. 내 조국을 위해 이 기관이 하는 일이 도대체 무엇이겠는가를. 이 소름 돋는 비명을!

평양 가는 길

파리에 온 나는 타 문화권 학생들에게 우리 문화유적의 사진을 보여주었다. 예상대로 친구들의 호응이 대단했다. 나는 사진들을 직접 현상해서 작업실 벽에 다닥다닥 붙여 놓았는데 어느 날에는 비비안 교수가 이를 발견하고는 한참 동안 우리 건축물 사진을 들여다봤다. 교수는 엄지를 추켜올렸다.

"조 군의 나라 건축물에는 신비로운 예술성이 담겼다. 한국은 신비로운 나라다." 권위 있는 교수의 평가라 달가웠다. 교수의 평가로 우리 문화에 대한 자부심이 확고해졌고 내게는 날개가 달리는 느낌이었다. 그리고 수경은 나에게 친구 이상의 존재로서 나의 작업에 신경을 써 주었다. 보상은 노력한 만큼 따랐다. 생활이 단조로우니 작품에 전념할 수 있었고 교수들은 내가 작품을 낼 때마다 후한 평점을 주곤 하였다.

교수들은 나를 '로마 대상' 후보라고들 치켜세웠다. 로마 대상감이라니! 유럽 학생들도 감히 넘보지 못하는, 프랑스에서는 최고 권위의 건축상이

로마 대상이다.

로마 대상(Prix de Rome)은 프랑스의 예술 분야 학생에게 주어지는 상으로 건축, 미술, 조각, 음악 분야에 수여한다. 이 상이 제정된 유래는 나폴레옹 시대로 돌아간다. 이탈리아 로마에는 피렌체 지방의 군주인 메리찌 집안 별궁이 있는데 프랑스가 나폴레옹 황제 시대에 이를 사들였다. 상을 받은 사람에게는 이 왕궁에서 2년 동안 지내며 최고의 작품을 구상하도록 모든 편의를 제공한다. 그런 큰 상을 받을 재목으로 인정하다니 동양 학생이 유럽 학생들의 기를 또 꺾은 것이다.

1963년, 동백림에 세 번째 갔을 때다. 동백림 주재 북한 대사관 지도원이 드디어 평양에서 조 선생 들어오시라 한다고 평양행을 제의해 왔다.

"조 선생, 평양을 한 번 다녀 오시디요. 리참에 금강산을 둘러보고 우리 민족의 령산인 백두산 구경도 잘하고 오면 좋지 않갔습네까? 시기적으로는 선생이 공부해야 하니끼니 방학이면 좋디요."

금강산, 백두산! 이름만으로 가슴 설렌다. 언젠가는 가 봐야 할 산이 어서 오시라 문을 열고 있다. 어쩌면 마지막 기회일 수 있다는 조바심이 평양행을 부추긴다. 이 기회에 꼭 가보자. 다들 다녀온 금강, 백두가 아닌가.

"가면서루 러시아에도 들르고 이르쿠츠크의 바이칼 호수도 들르게 됩니다. 그런 나라는 가기가 쉽지 않디요. 날래 결심을 하시라요."

러시아 문학을 좋아하는데 러시아를 통과해 간다는 말까지 솔깃한 제의다. 하루만 여유를 달라고 했다. 수경이 동의해야 한다. 예상한 대로 수경은 펄쩍 뛴다.

"마침내 당신 입에서 북한에 가자는 말이 나오는군요. 안 됩니다. 이 일은 둘만의 일이 아닙니다. 부모님들께서 허락할 이유가 없고 허락을 하셔도 내가 안 갑니다. 신중하세요. 이게 보통 일인지. 아직 어린 자식들 생각도 해야 합니다."

단호한 거절이다. 이미 다녀온 다른 유학생들처럼 금강산과 백두산을 보고 오는 여행이랄 수도 있는데. 더구나 여권에는 다녀온 흔적이 남는 것도 아니고, 내 나라 내 땅을 못 갈 이유가 없는데. 좋은 기회에 다녀오면 될 걸 안 가서 후회할 일이 뭐 있을까. 그러나 수경에게는 통할 말이 아니다.

"당신은 매사를 너무 간단하게 생각하는 게 문제예요. 그냥 단순하게 구경이나 하고 올 것 같아요? 그쪽 사람들 의도가 무엇이겠어요? 저들이 시간 들이고 돈 들이고 공들여 사람을 챙길 때는 당신이 미처 생각하지 못한 이유가 있을 거예요! 북한 사람들 의도를 꿰뚫어 보세요. 저들이 당신에게 집착하는 이유가 무엇인지를요."

수경은 왜 긍정적으로 받아들이지 못할까. 그곳이 어떤 곳이라도 우리 하기 나름일 것이다. 더구나 이번 방문은 부부를 같이 초대했다.

"아직 신혼여행을 안 갔잖아! 이 기회에 다녀오자."

수경은 남북 관계를 들먹인다.

"남북한 대치 상황을 생각해보세요. 지금은 상황이 안 좋아요. 무서워요. 이번만은 내 얘기를 꼭 들어야 해요."

그 뒤의 말들은 다 채워진 물동이에 물 담는 격으로 수경의 마음을 돌리기에는 역부족이었다. 역시 걸림돌은 내 집에 있었다. 그날 밤 수경은 밤을 새워 뒤척거렸다. 어떻게 설득할지 묘안을 못 찾는데 아침이 되자 멀찌감치 떨어져서 창밖을 바라보며 수경이 먼저 말을 끄집어낸다.

"혹시 이번에 들어가면 못 나오는 건 아니지요?"

무슨 말인가. 밤새 생각이 바뀌었을까? 마음이 반은 돌아온 듯하여 수경이 내준 말꼬리를 잡는다.

"당신이 그쪽 사람들을 몰라서 그래. 그런 일은 절대 없을 거야."

말이 끊긴 사이로 수경의 마음 열리는 소리가 들린다.

"아이들은 어쩌고요?"

"동백림에 탁아소가 있다네. 독일 사람들 탁아소라 시설이 괜찮다고 하데. 그간 잘 돌봐 줄 거야. 애들 걱정은 안 해도 돼."

수경의 대답이 나오기까지는 뜸을 많이 들여야 했을까? 수경은 대답을 안 하고 한나절을 보냈다. 휴일이지만 집안 일손도 안 잡히는지 종일 맥을 놓고 있다가 저녁 시간이 다 되어서야 수경이 입을 열었다.

"알았어요!"

하지만 반나절을 숙고한 사람에게서 너무 쉬 나오는 대답이다. 다짐이라도 받아야 할 기분이었다. 밤이 길더니 낮까지 결정을 저울질하다 드디어 생각을 돌이켰을까? 나는 믿기지를 않아 다시 묻는다.

"가는 거야?"

수경은 창밖으로 보낸 시선을 거둬들이지 않고 멀거니 서 있다.

"당신은 기어코 갈 사람이에요. 혼자는 못 보내니 방법이 있겠어요? 당신은 내가 항상 챙겨야 하는 사람이잖아요!"

나는 수경에게 다가가 뒤에서 허리를 감아 안는다.

"그래! 좋은 구경 좀 하고 오자고. 별일은 없을 거야."

수경이 몸을 틀어 마주 본다.

"이 길이 잘못되면 운명을 바뀔지 몰라요. 잠을 못 이뤘어요. 이 결정이 우리 둘뿐만 아니라 아이들까지, 부모님께도 영향을 줄 수 있어 결정이 어려웠어요. 어려운 시기에는 부부가 한마음이라야 하잖아요."

자기주장을 내려놓고 맥이 풀리는 말이다. 정신적으로도 스트레스를 주었고 운명이 바뀐다는 생각까지 했으니 미안하다. 수경은 한마디를 더 하면서 몸을 돌려 내 품에 파고든다.

"나는 당신 아내니까요!"

비행 스케줄은 소련의 모스크바, 이르쿠츠크의 바이칼호를 거쳐 평양에 들어가는 여정으로 짜였다. 수경은 시종 눈을 감고 있다. 아이들은 철없이 좋아했지만, 아직 떼어 놓기는 어린 데, 동백림 탁아소에 맡기고 평양 길에 오르니 마음이 개운찮았을 것이다. 보름 정도나 떨어져 있기에는 너무 어리다. 남편도 아이나 같다고 생각한 수경은 아이들과 남편을 두고 남편을 선택했을 것이다. 남편의 성격상 어차피 한 번은 가야 할 곳이라 굳게 닫힌 마음을 열었을 것이다.

첫 경유지 모스크바 공항에 도착하니 4시간이나 여유가 있다. 모스크바는 꼭 오고 싶었다. 모스크바 땅을 밟은 내 발이 정말로 내 발 맞나 싶다. 나는 마음이 들썩였으나 지도원 동무는 낯선 문화에 적응이 어려운지 조바심을 낸다. 하긴 공항의 간판부터가 생소한 문자들이고 기온도 차이가 났다. 인솔자인 지도원 동무는 내가 내 뜻대로 움직이는 걸 달가워하지 않는 눈치다. 지도원은 공항 밖으로 나갈 생각을 아예 하지 않고 있었다.

"붉은 광장도 걷고 크렘린궁도 보고 이곳저곳에서 소련의 문화를 접하고 싶습니다. 우리 좀 다녀봅시다."

"그러면…. 버스를 어디메서 타야 하나……."

지도원은 우리를 자기 시야에 가둬 놓아야 안심이 되는지 부정적인 말만 한다. 그러거나 말거나 나는 당연히 시내에 나갈 사람으로 행세하면서 보챈다.

"지하철이 좋지요. 빠르고."

"지하철은 내래 타 보지 않아서리……."

"걱정하지 말고 나만 따라서 오세요."

나는 동행자들을 우격다짐으로 이끌어 내가 보고 싶은 곳을 찾아다녔다. 우리는 지하철로 아훗드니라드 역에 도착하여 붉은 광장 쪽으로 방향을 잡았다. 붉고 거대한 건물이 나타난다. 역사박물관이다. 그 위용에 압도되어 들어갈 엄두를 못 내고 주변을 얼쩡거리다가 경사진 오르막길을 걸어 오르니 붉은 광장이 펼쳐진다. 붉은 광장 저 멀리에 성 바실리 대성당의 아름다운 자태가 오롯이 눈에 들어온다. 그러고 보니 붉은 광장을 중심으로 크렘린궁과 성 바실리 성당, 역사박물관이 하나의 동선에 모여 있다. 짬이 많지 않은 우리에게는 얼마나 다행스러운 동선인지 모르겠다. 또, 아르바트 거리에 있는 푸시킨 기념관은 빠질 수 없었다.

아르바트 거리는 시인, 화가, 음악가 등 예술인들이 모여 살던 곳으로, 푸시킨, 레르몬토프, 투르게네프 등이 어린 시절을 보냈다. 로마노프 왕조를 뒤흔든 당대 최대의 정치범을 소설 속에 형상화한 『대위의 딸』은 푸시킨 산문 예술의 극치라는 평을 받는다. 푸시킨의 대표작인 『예브게니 오네긴』은 전형적인 귀족 청년과 러시아 여성을 형상화한 작품으로 여주인공 다치야나는 강인한 러시아적 여인상으로 부각되는데, 후대에 톨스토이의 『전쟁과 평화』에 등장하는 나타샤나 고리키의 『어머니』에 등장하는 어머니의 원형으로 평가받고 있다.

소련에 가면 보아야 할 곳이 많고, 대문호들의 흔적을 확인하고 싶었는데 이렇게 겉핥기로라도 보고 나니 시간을 확인할 겨를이 없이 지났다.

또 하나의 조국

모스크바를 떠난 비행기가 다시 동북아시아에서 가까운 이르쿠츠크 공항을 경유하였다. 용모가 우리와 닮은 몽골 인종들이 눈에 들어왔다. 바이칼호를 직접 눈으로 목격하는 것도 즐거운 덤이었고, 모두 글 속에서나 그려본 이미지였다. 드넓은 평원에 육지 속 바다 같은 호수! 이어지는 광활한 옛 만주 일대가 몽골 너머로까지 펼쳐지고 있다. 작은 나라 한국에서 온 내게 이 넓은 대지를 제압했던 대고구려의 기상이 가슴에서 솟아오른다. 한민족은 이 대지에까지 영토를 넓히지 않았던가!

- 우리 배달나라의 영역은 조선 반도와 캄차카반도와 요동반도와 남북 만주와 시베리아로 이루어졌으니, 동은 베링, 타타르 해협에 이르고 서는 몽골, 청'해에 이른다. 남은 제주도, 모슬포에 이르고 북은 북빙양에 접하고 있다 -

『조대기朝代記』에 나오는 우리의 옛 영토다. 『조대기』는 환인 시대부터 대진국(발해)까지의 역사서로서 대진국 멸망 후에 태자 대광현大光顯이 고려로 망명하면서 가져온 사서이다.

베링 해협은 러시아와 알래스카 사이의 해협이다. 타타르 해협은 연해주와 사할린 사이의 바다이고 북빙양은 시베리아 북쪽의 북극해다. 그리고 서쪽은 몽골과 청해호에 이른다는 말이다.

우리 민족사의 처음에는 환국이 있었고 이어서 배달나라가 있었고 다음으로 단군조선이 출현하였고, 이후 대(북)부여로 이어졌다. 이렇듯 광활한 영토에 기개를 대대로 물려받은 우리 민족이었다. 일제는 이런 우리의 민족사 말살 정책을 펴 후손들의 눈과 귀를 막아버렸다. 이 광활한 대지의 정점에는 백두산이 우뚝 솟아 있다. 우리 조국의 통일은 이 모든 땅을 거느리는 시작이 될 것이다.

단둥 상공을 지나고 백두산 자락을 따라 압록강이 나타나는 것은 북한 땅이 가까워지고 있다는 표시다. 그때 뒷자리 지도원 목소리가 넘어온다.

"선생들, 리자 압록강을 건넵니다. 압록강 건너면 우리 공화국 땅이야요."

나는 정신이 퍼뜩 들어 창밖으로 눈을 돌린다.

"오, 압록강!"

압록강 8백 리의 긴 꼬리가 구불구불 은빛 윤슬을 늘이며 뒤로 물러가고 있다. 지금은 중국과의 국경이지만 수많은 세월 동안 우리 민족의 기상을 키워 온 젖줄이다. 곧이어 북녘땅, 또 하나의 조국이 시야에 펼쳐진다. 대륙은 이렇게 하나이다. 연변 일대 만주까지 백두를 정점으로 모두 우리의 영토였다. 왜 사람들은 땅을 갈라 소유 다툼을 벌이는지, 자연은 이같이 갈라져 대립하지 않고 스스로 한 몸인 것을!

대동강 줄기를 타고 비로소 평양 시가지가 전개된다. 건물들이 많은 것은 의외다. 굽이친 대동강 변을 따라 선회하던 비행기가 평양 공항에 안착한다. 유럽이나 모스크바 공항을 본 뒤라선지 평양 공항은 초라하기만 하다. 비행기가 활주를 마치자 국빈이라도 맞는지 트랩 끝에 볼가 승용차가 대기하고, 고위층인 듯 서너 명의 인사가 우리 부부를 기다리고 있다. 트랩을 내리밟는 땅이 새로운 것은 이곳이 철책 너머이기 때문이다.

"강정식 부부장입네다. 먼 길을 하셨수다. 두 분, 편안히 잘 돌아보십시오."

부부장이라면 차관급에 해당하는 쫴 높은 직위다.

"고맙습니다."

악수를 청하는 부부장 앞에서도 수경은 안색을 펴지 않은 체 고개를 떨구고 있어 신경이 쓰인다. 우리는 부부장과 함께 고급 세단에 탑승하여 평양 시내로 진입했다. 비교적 깨끗해 보이는 거리에 4~5층짜리 아파트들이 질서 있게 서 있다. 서울에는 한국은행과 화신 백화점, 미도파 백화점 정도가 큰 건물이고 대부분 일제가 쓰던 목제 관사들뿐인데 비교되는 장면이다. 곳곳에 사회주의 국가 건설이라 쓴 붉은 현수막이 걸렸고, 아직은 이른 시간인데 깃발 아래 사람들이 모여 있다.

초대소로 가는 길에 평양시 뒷산 중턱의 김일성대학을 지난다. 초대소는 대학 뒤편에 자리 잡고 있다. 한옥으로 된 초대소는 몇 가지 등급이 있는데 우리는 특급 초대소에 든다고 부부장이 일러준다. 매일 일정을 관리하는 지도원이 있고, 초대소 관리자가 있고, 식사를 준비하는 접대부와 운전기사가 딸리며 우리에게는 하루 식대가 1인당 48원이라고 한다. 이는 부장급, 장관급과 같은 수준으로 북한에서는 큰 비용이라 하니 우리가 이런 각별한 대우를 받는 이유가 무엇인지 더 궁금해진다.

식사가 나왔다. 첫 식사 자리에는 인민복 차림의 부장이 동석한다. 상차림은 상상을 못 한 요리로 가득 차 있다. 유장식 부장은 북한 요리를 하나하나 설명하며 우호적인 분위기를 만들고 있다.

"항상 이렇게 나오는 건 아니니끼니, 요럴 때 많이들 드시라요."

"잘 먹겠습니다. 과분한 성찬입니다."

수경은 말없이 밥상 분위기를 살피다가 남자들이 먼저 수저를 든 다음에야 조신하게 수저를 든다.

"남쪽하고는 다르디요. 상 동지 입맛에 맞을까 모르갓슴메. 허허." 부장은 아내 이름이 상수경이라서 상 동지로 부르고 있다.

"맛있습니다. 감사합니다."

수경이 말을 받자 부장은 더 목소리를 키운다.

"아무래도 난 이 뱃속을 애국자라고 생각합네다. 거저 김치가 없으면 어느 나라 진수성찬이라도 헛것이니 말이외다. 안 그런가요? 조 동무."

상에는 백김치와 붉은 양념 김치가 놓였다. 간이 잘 맞고 맛이 괜찮았다.

"저도 김치를 좋아합니다."

나는 사실 김치 맛을 잊어버리고 유럽식 식단에 길들다 보니 치즈가 떠올랐지만, 그리 대답하였다. 나는 평소에 식사가 빠른 편이고 배가 고팠던 참이라 벌써 밥그릇을 비웠다. 술을 곁들이며 한 시간 가까이 지나서야 부장과 헤어졌다.

비로소 우리 둘만 남았다. 유럽의 특급호텔 수준인 숙소에 들었다. 이튿날은 아침부터 교육을 시작하였고 언제까지 교육이 끝난다는 말이 없이 오전 오후 내내 교육으로 일관했다. 교육 내용은 사회주의론이나 마르크시즘 등으로 일대일 교육이라서 수경과는 떨어져야 했다.

마르크스는 인류의 풍요로운 삶을 위해서 무언가를 하려던 인도주의자였다. 다만 초기 자본주의의 참담함을 보고 견디지 못해서 쓴 책이 마르크시즘이다. 마르크스를 배울 기회가 없었는데, 마침 좋은 기회였다. 놀랍게도 교육자들이 다 남쪽 출신 학자들이다. 우리 민족이 이 길로 가야 국가 번영에 도달하게 된다는 희망을 안고 공부한 지성들일 것이다. 그런 의미에서 스탈린이나 모택동, 김일성은 카를 마르크스의 배신자였다. 인도주의적인 정치가는 호지명이나 주은래 정도였을 것이다. 김일성대학 교수라고 자신을 소개한 남한 출신 학자가 개인 교습하듯 마주 앉는다. 교육 내용은 흥미로운 분야라 들을 만했다. 하지만 동백림에서 한 약속에는 교육이라는 말은 아예 없었고 금강산과 유적지 답사만 있었다.

삼 일째도 온종일 또 이론 교육이 있다고 해서 지도원에게 따져 물었다.

"지도원 선생, 금강산은 언제 갑니까?"

"그거이 말이디요. 우리가 공부할 것 많고 나눌 이야기도 많은데, 조 선생은 꼭 금강산에 가야 합네까?"

대답 같지 않은 답변이라니! 지도원의 인상까지 거슬린다. 이건 아니다. 황당해서 따졌다.

"약속이 그랬어요. 볼 것을 먼저 봐야 공부고 뭐고 집중됩니다. 제 성격이 그래요."

"그래도 일단 공부할 게 많아게지구 지금은 좀 공부만 합세다."

뭔지 모르게 일이 잘못되고 있었다. 나는 내친김에 다그친다.

"지도원 선생, 우리나라 산천의 아름다움이나 유적을 돌아보는 것도 나라 사랑입니다. 나는 예술가입니다. 금강산과 백두산을 보고 영감을 얻어 조국에 큰일을 해야 합니다. 이번 내 방문의 첫 번째 목적은 백두산과 금강산을 보는 겁니다."

지도원은 부담스러운지 눈꼬리를 내린다.

"정 그러시다면 일정을 바꾸어 올려는 보갔습네다."

금강산 행은 그렇게 나의 요구에 따라 결정되었다. 금강산으로 떠나기 전날에는 잠자리를 설쳤다. 아내도 은근히 기대했을까. 표정이 많이 좋아졌다.

금강, 백두에 나는 없었다

아침 식사를 일찍 마치고 평양역으로 향했다. 원산까지는 기차로 5시간을 가는 긴 여행이었다. 기차역에 도착하니 상상하지 못한 일이 일어났다. 우리 일행을 태운 승용차가 플랫폼까지 들어가 기차선로 옆에 멎자 열차 한 량이 입구에 바로 갖다 댔다. 지도원이 앞장서서 열차 트랩에 올랐다.

객차 입구에 들어서면서 나는 깜짝 놀랐다. 이건 기차가 아니었다. 입구부터 붉은 양탄자가 깔렸고, 좌석이 양쪽으로 죽 늘어서 있어야 할 곳에는 화려한 응접세트가 마주 보며 길게 놓였으며 세면장, 목욕실, 침실이 갖춰진 특급 호텔식 객실이었다. 벽지도 격에 맞춘 듯 옅은 청회색 계열의 색조였고, 쪽빛 커튼이 넓은 창의 모서리를 장식하고 있었다. 음식은 초대소에서 준비했다는데 온갖 종류의 술을 앞세워 테이블에 올라왔고, 길쭉한 꽃병에 연분홍색 꽃이 꽃대에 매달려 있었다. 다만 차창이 커튼으로 가려 외부를 못 보니 아쉬웠다. 차창 커튼은 차단막이었던 셈이다.

"이 렬차는 주석님이나 귀빈만 타는 1호 특별 렬차입네다. 알고들 타시라요."

지도원은 우리 같은 신분이 이런 열차에 타는 게 탐탁지 않은지 말투가 싸늘하다. 일행이 타고 온 승용차는 다음 칸 차량에 옮겨 실린다. 이 모든 준비가 상상을 초월하지만, 수경은 끝까지 초심을 유지하고 있어서 마치 마네킹이 된 듯하다. 수경은 내가 너무 들뜬 기색이면 옆구리를 툭툭 쳤는데, 나의 감정 분출을 진정시키는 수경의 간섭이 고마웠다.

금강산 입구에는 한옥으로 지은 숙박시설이 많고 우리는 그중 큰 곳에 들었다. 한옥의 아기자기함은 동선이 흐르는 공간 곳곳에서 드러났다. 그리고 호텔 종업원들은 예우가 깍듯했다. 내일 아침이면 꿈에 그리던 금강산에 오를 것이다. 소풍 가기 전날 밤을 설치듯 전망 창이 넓은 객실에서 노을빛에 물들어가는 금강 능선을 보며 설렘 속에 여장을 풀었다. 누가 이처럼 멋진 여름 방학을 보낼까. 우린 창가에 나란히 앉아 짙어져 가는 쪽빛 밤하늘에서 반짝반짝 살아나는 별빛들을 헤아리고 있었다.

"아름다운 밤이죠? 체제를 떠나 금강이 우리 산하에 있다는 건 축복이에요. 당신이 보고 싶어 하던 곳인데 카메라가 없으니 어쩌죠?"

"머리에 스케치하는 수밖에. 그래도 많은 영감을 받을 것 같네!"

"밤하늘이 참 아름다워요. 남쪽이나 북쪽이나 하늘은 하난데…."

땅은 둘로 갈라져 있으니…. 수경이 모처럼 감상적인 말을 했다.

아침이 되자 지도원은 익숙하게 카메라를 둘러메고 앞장서 산을 오른다. 다이아몬드 마운틴! 금강은 산에 오르는 발길마다 절경을 보여주었고, 절경 너머, 또 절경이라서 앞의 경치는 뒤 경치에 덮이곤 하였다. 카메라 없는 빈손은 공회전하는 엔진일 뿐! 아쉬움이 컸으며, 내 눈길은 비경에 잡혀 있는데 발길이 먼저 움직였고, 비경은 비경 뒤에서 연이어 나타나곤 하였다.

만폭동에 오르니 빼어난 경치는 다 모여 있었고 골짜기마다 맑은 물이 흘렀으며 사방이 하얀 돌이었다. 계곡을 휘돌아 마주하니 탄성에 실려 놀라운 광경이 또 펼쳐진다. 수많은 사람이 햇살을 마주하여 줄지어 선 모습! 각각의 표정도 차림새도 다른 천천만만의 인간 군상이 저마다의 사연을 얼굴에 담고 만 개의 불상이 되어 서 있었다. 아니다! 햇살에 번뜩이는 창칼들이 수도 없이 하늘로 치솟은 모습이었다. 아니, 아니었다! 빛이 사라졌다. 암울한 검은 구름을 떠받쳐 찌푸린 이 괴물들은 언제 나타났을까! 아니면 내가 넋을 빼앗겼을까. 그러나 천선대에 오른 순간 쪽빛 바다를 하얗게 일깨운 파도가 외금강에서 푸른 기운을 올리고 있었다. 이 파란 기운이 드센 파도를 일으켜 억겁의 세월 전 반도의 허리에 이토록이나 아름다운 비경을 빚어낸 것일까!

조선 시대 정란(鄭瀾1725-1791)은 자신의 호인 창해일사滄海逸士처럼, 가슴 속에 바다 같은 큰 포부를 지녔으나 세상에 드러나는 세속적인 욕망을 버리고 전국 방방곡곡을 두루 여행했던 인물이다. 금강의 숨김과 드러냄이 금강산을 사랑했던 정란의 심상과 다르지 않았다.

이토록 아름다운 자연에 새삼 외경심이 생긴다. 그러나 탄성도 박자가 맞아야 하는 법, 침묵으로 일관하는 수경 앞에서 나는 솟아오르는 감정을 눌러야 했다. 수경은 천하절경 앞에서도 끝내 좋다는 말 한마디를 하지 않아 지도원이 내게 눈치를 줄 정도였다. 하지만 전보다 많이 밝아졌다. 사진 촬영은 지도원 몫인데 그 역시 풍광에 빠졌는지 찍어 주지를 않는다. 딱 한 번 비로봉에 올라 부부가 기념 촬영을 위해 포즈를 잡았다. 그 사진은 기록용이거나 보고용, 때에 따라서 협박용이 될 것이다. 나는 지도원 눈을 똑바로 바라보며 진지하게 당부한다.

"지도원 선생, 사진 잘 보관하시오. 통일 사업이 완성되는 날 내 흔적을 찾아 반드시 내가 올 겁니다."

"알갔습네다. 걱정하지 말기요. 조 선생 부부의 기록은 절대로 없어지지 않습네다."

금강산은 내게 많은 영감을 안겨주었고, 뿌듯한 마음으로 하산하였다. 일정을 마치고 돌아와 유장식 부장과 식탁에 앉았다. 식탁에는 청주와 맥주, 개성 막걸리가 올라 있다. 맥주는 맛이 괜찮으나 거품이 일지 않는다.

"조 동지요. 술은 언제 그리 배웠어요?"

"그냥 좀 즐기는 편입니다."

"그래요! 내래 개성 막걸리가 마냥 좋아서리. 우리 맥주가 아직은 거품이 안 나지만 다음 올 때는 거품이 일거구먼."

맥주는 맛이 괜찮았지만, 김빠진 맥주가 아니라 아예 거품이 일지 않았음을 유 부장이 알려준 꼴이다.

"괜찮습니다."

"참. 조 선생, 남조선에 한 번 다녀오는 거이 어떻겠어요?"

"그래야지요. 방학 시간을 이용하여 다녀올 계획입니다."

"려비는 당에서 챙겨 드립네다. 언젠지 거저 말씀만 하시라요. 그리고 말이요, 조 선생은 일본에서 자랐으니 리참에 남조선에 내려가거든 남쪽 린맥을 거저 두텁게 하시라요. 다른 공작 같은 거이는 없으니께니. 린맥 만이요! 알갔소?"

수경이 듣는 자리에서 유 부장의 말은 부담스러웠으나 수경은 유 부장과 내가 주고받는 말에 토를 달지 않는다. 수경은 적어도 매사에 남편을 존중해 주었다. 수경은 나의 통일관에도 마음을 실어주었다. 통일되면 평양에 남편 이름의 아름다운 건축물이 서게 될 거라는 말에 손뼉을 쳐주었다. 그건 내가 수경에게 약속한 여러 가지 꿈의 편린에 불과했다. 나는 유 부장의 당부 말에는 답하지 않았다.

  백두산 일정은 지도원이 먼저 잡았다. 백두대간이 지나는 길목의 길주에는 백두산으로 이어지는 웅장한 산세와 수많은 탑 모양의 봉우리들이 있어 금강산의 만물상을 확대해놓은 것 같았다. 칠보산 주을 온천에서 백두산에 오르는 길섶에는 함박꽃이 복스러운 흰 꽃잎 안에 붉은 꽃술을 품고 백두에 오르는 길손을 맞았다. 북에서는 김일성이 이 꽃을 특히 좋아해서 나라꽃으로 삼았다고 한다.
  나는 드디어 백두산 정상 오름길에 든다. 백두산은 압록강 유역의 장백산맥과 반도의 태백산맥을 자락으로 거느린 위용이 압도적이다. 천지에 오르는 길에는 고산지대의 나목들이 엎드려 자세를 낮추고 정상에는 신비한 구름 띠가 영험한 신기를 띄우고 있어 알 수 없는 경외감이 일어난다.
  정상을 100여 미터 앞두고 기대가 고조되어 있을 때 천지를 알현하고 내려오는 중년 여인과 마주쳤다. 흰 저고리에 검정 치마 차림, 북한 주민이었다.
  "천지는 잘 있습니까?"
  "예, 이자 만나 뵙고 오는 길입네다!"
  여인은 혼이 나가 있었다. 눈에 초점이 없었다. 나는 설렘 속에 한 발짝

한 발짝 천지에 다가가는데 내 몸은 이미 천지에 빨려드는 느낌이다. 백두 정상부는 관광객으로 부산하지만 나는 나를 맞는 천지에 몰입하여 나를 잊어버린 듯하다.

드디어 마주 선 백두! 아! 하늘을 향해 거대하게 펼친 백두의 정수리, 쪽빛 천지가 시야를 가득 채우며 와락 안긴다. 온갖 소리가 귓전에서 멈추어 멍~하고 이명을 만들어낸다. 천지는 거대한 침묵 덩어리였다! 나는 두렵고 무거운 침묵에 압도당한다. 숙연하고 장대한 침묵은 물안개마저 가둬버린 듯하다. 백두산이 왜 영산인지, 예부터 우리 민족은 왜 백두를 신앙해 왔는지, 사람들이 왜 백두에 올라 눈물짓는지를 천지는 침묵으로 답하고 있다.

안내원의 설명은 이명으로 겉돌아 제대로 들리지 않는다. 오로지 나는 침묵하는 천지와 독대하고 있을 뿐이다. 백두대간에 뿌리내린 한민족의 영산답게 신성한 기가 세세토록 흐르는 곳. 그곳에 '나'라는 미물은 존재하지 않았다. 그러함에도 나는 자리를 뜰 수 없었다. 무슨 말이라도, 무슨 행동이라도 하여 소통하고 싶었으나 입이 얼어붙은 듯 다리가 붙박인 듯 움직여지지를 않는다. 침묵을 뒤로하고 몸을 돌릴 때도 천지는 나를 그냥 놓아주지 않았다. 이끌리듯 다시 돌아서서 천지를 샅샅이 눈으로 스케치한다. 어느새 물안개가 걷혀 천지와 봉오리들이 새뜻하게 제 모습을 드러내었다! 이 모습을 다시 보라고 천지가 내 발길을 잡았을까? 하나 장군봉 언저리가 흐릿해 보이지 않는다. 기어이 눈에서 눈물이 맺힌 것이다. 천지여 기다려라, 통일이 오면 내 반드시 너를 다시 찾을 것이다.

수경이 내 손을 잡아 일행에게로 이끈다. 그만 보라고. 수경이 곁에 있었다. 이 침묵을 함께했을까? 천지는 신이 빚어낸 위대한 도기요, 우리 민족의 기상을 운기해 낼 거대한 용광로였다. 우리는 나름대로 기념사진을 찍었으나 통제된 선 안에서만 찍어야 하는 아쉬움을 남기고 천지에서 발길을 돌렸다.

나는 수괴다

동백림사건의 시작
하나로만 열린 길
빛이 있으니 그림자가
구다라나이

GOODBYE
PARIS
GOODBYE
PARIS
GOODBYE
PARIS
GOODBYE
PARIS

동백림사건의 시작

독일 유학생 출신 30대 임 박사가 박정희 대통령 앞에 무릎을 꿇는다. 1967년, 청와대 1층 서재에서다. 임 박사는 독일 유학생 시절에 평양을 다녀왔고, 교포와 유학생 20여 명을 동백림 북한 대사관에 연결, 북에 다녀오도록 주선했다고 실토한다. 단순한 방북으로 볼 일이 아니었다. 유럽 교포를 상대로 북한 공작이 감지되긴 했으나 실상이 처음 폭로되는 순간이다.

당시 유럽에 거주하는 한국인들은 대부분 한국전쟁의 참상을 겪은 지식인들이었다. 이들이 고국을 떠난 이유는 고국의 부정부패와 정쟁을 일삼는 정치 행태에 염증을 느낀 측면이 있었다. 그들 중 일부는 평양까지 가서 노동당에 입당했고, 독일에 돌아와서는 경제적으로 어려운 유학생이나 간호사, 광부들을 포섭하려 했다. 언젠가는 한국에 돌아가야 할 교민들에게는 치명적인 타격이 되리라는 걸 알면서도 유학생들까지 회유했다. 당시 남한은 무고한 사람까지 간첩으로 몰아 거짓 자백을 받아내곤 하던 건국 이래 최악의 공안 정국 시대였다.

"동과 서베를린은 왕래가 자유롭고 서독 지역보다 동백림의 물가가 상대적으로 저렴합니다. 교포들이 동베를린을 자주 찾은 이유에는 싼 물가가 한몫합니다. 북한은 1957년부터 동서 간 통행이 쉬운 동베를린을 거점

---

* 김경제, 김형욱 회고록 p199 참조

화하고 공작을 시작한 것 같습니다.

　동서독 간에는 체제만 달리할 뿐 서로 적개심이 없습니다. 우리와는 다르게 패전국으로 승전국들의 조치에 따라 어쩔 수 없이 둘로 나뉜 국가라는 인식이 강해 자기 민족끼리는 이데올로기를 떠나 친하게 소통합니다. 이런 상황에서 동백림 북한 공작원과 한국 교민의 직접 접촉이 여러 경로를 통해 이루어지고 많은 한국 유학생, 장기 체류자들이 자연스럽게 북측의 환대에 호응하게 되었습니다. 더러는 북쪽 가족의 소식을 알고자 했으며 개중에는 방북하여 아예 노동당에 입당, 특수교육을 받고 북측 요청사항을 들어주는 일까지 생겼습니다."

　임 박사의 목소리만 청사를 울릴 뿐 긴장이 흐르는데 대통령은 앙다문 입술을 파르르 떤다.

　"아니, 노동당에 입당까지? 계속하라."

　임 박사의 진술이 이어진다.

　한국전쟁 후 북한은 형제 국가들의 원조를 발 빠르게 챙겨 폐허가 된 도시들을 복구하기 시작하였고 1960년대 중반까지는 남쪽보다 생활에 여유가 있었다. 1966년에는 서독 파견 간호사의 국제결혼 상대가 공산권 국가의 남성이라는 사실이 사회문제로 등장하면서 한국인의 공산권 출입 현황을 점검할 필요성이 대두했다. 이듬해에는 서독 주재 일간지 특파원이 실종된다. 그는 체코 프라하에서 개최된 「제5회 세계 여자농구선수권대회」를 취재하려고 체코에 입국한 뒤 실종되었는데 중앙정보부는 이 기자가 외국환관리법 위반 혐의로 프라하 교도소에 구금되어 있다는 첩보를 입수한다.

 한편 서독 유학 후 귀국하여 대학교수로 재직 중이던 임 박사는 이 기자의 실종 사건이 국내 신문에 보도되자 이를 북한의 소행이었다고 예단한다. 임 박사는 자신의 대북 접촉 사실이 드러날 것을 염려하여 자수하기로 결심한다. 임 박사는 청와대 인사를 통하여 대통령을 면담하고 유럽 유학생들의 대북 접촉 실상을 직접 진술하게 된 것이다.

 박정희 대통령은 임 박사의 진술이 끝나자 비장한 표정으로 비서실장에게 지시한다.

 "실장은 임 박사 신변에 불이익이 없도록 하라. 임 박사는 중정 수사에 협조하고 진술 내용을 서면으로 제출하라."

 중앙정보부는 임 박사에게서 대공 혐의자 40여 명의 명단과 대북 접촉 내용을 파악, 대통령에게 보고한다. 6월에는 해외 혐의자 23명을 체포하여 국내로의 연행계획을 수립한다. 이후 국내 거주 사건 관계자를 연행하기 시작하였고 군, 경, 검이 참여하는 합동수사본부를 운영하며 독일 등지의 해외 혐의자들을 소환하였다.

 7월 8일 중앙정보부는 대규모 간첩단 사건을 수사하고 있다고 발표한다. 이른바 '동백림사건'의 시작이다. 관련자가 315명이나 되었다. 그 가운데 65명을 기소한다. 동백림사건으로 유럽 한인 사회는 격랑 속에 빠진다. 학계·문화계·언론계 인사들이 줄줄이 연루되었음이 알려져 국민을 충격에 빠뜨린다. 혐의자 중 작곡가 윤이상, 재불 화가 이응로는 A급 혐의자로 분류되었다.

동백림사건에 연루된 대부분의 독일 교포는 북쪽 친지들의 안부나 가벼운 호기심 때문에 북한 대사관을 다녀온 사람들로 반공법이라는 그물에 걸려들었다. 그들은 사전에 반공교육을 받고 출국한 유학생들이 대부분이다. 당시의 임 박사는 사건이 그 정도로 부풀러 질 줄은 몰랐다며 유학생들을 간첩으로 몰아갈 줄은 생각도 못 했다고 말했다.

나는 프랑스 유학생으로 사실상 이 사건의 중심에 있었다. 나 역시 동백림 북한 대사관과 평양을 다녀왔기에 어쩔 수 없이 삶의 갈림길에 서게 되었다. 어떻게 처신해야 할지. 당시 나는 프랑스 한인회장 신분이어서 행동거지에 누구보다 신중해야 했다. 한인회는 유학생이 대부분이라 학생회장이 자연스럽게 한인회장까지 맡게 되었다. 학생들은 사태가 심각하게 돌아갈수록 나의 처신에 주목했다. 우선은 기숙사에서 밖으로 나가지 않는 게 상책이었다. 밖에는 중정에서 파견한 야수들이 노리고 있었다. 저들에게서는 합리적인 판단을 기대할 수 없었고, 명령을 완수하기 위해서는 국제관계나 외교 분쟁은 안중에도 없이 무력 사용까지 불사할 무뢰한들이었다.

소나기는 우선 피하고 볼 일이었다. 기숙사는 성역과 같아서 프랑스 경찰도 함부로 들어오지 못하는 곳이다. 우리는 일단 안전한 기숙사 안에서 사태 추이를 주시하면서 고국에서 발생한 변고의 불똥이 발등에 떨어지지나 않을까 전전긍긍했다. 특별히 동베를린에 다녀온 학생들의 초조감은 더했다.

한인사회가 이 지경에 이르니 졸지에 우리 대사관과도 서먹해졌고 정부에서 파견한 요원들이 대사관을 장악하면서 적대적인 관계가 되어버렸다. 타국에서 우리를 보호하고 우리가 의지할 곳이 대한민국 대사관이지만, 대사관이 우리 국민 연행에 앞장서는 이상한 일이 벌어지고 있었다. 자수하자는 주장이 나왔다. 그 학생에게 몇몇이 동조했으나 누가 이래라저래라 할 분위기가 아니었다. 이번 일은 특수하기에 만약 반공법이나 국가 반역죄가 성립한다면 중형을 각오해야 할 것이다. 중형을 받는다면 우리 장래는 물론 청춘이 감옥에 갇혀 통째로 사라지게 된다. 내 나라는 따습고 정 많은 곳이 아니라 군인들이 정권을 잡은 새로운 동토였다.

자수를 주장하는 측도 내심 무서워 이러지도 저러지도 못했다. 한편 북한 대사관에서는 남한 정부의 방침을 알아내 나에게 속속 전해 주었다. 학생들과 교포들을 보호해야 하는 나로서는 북측이 전하는 정보가 고마웠다. 또 나는 한인회장이라는 신분이라서 프랑스 경찰에 신분 보호를 요청할 수 있기에 동베를린에 갈 생각은 전혀 없었다. 나는 자연스럽게 북측에서서 남한을 대하는 처지가 되었다. 이 일이 내 삶의 방향을 틀어버리리라고는 상상도 못 했고, 그때는 그것이 최선의 선택이었다.

하나로만 열린 길

중앙정보부 요원들이 안또니 기숙사에까지 손을 뻗칠 계획이라는 첩보가 들어왔는데 이는 우리 중앙정보부 안에도 북한의 프락치가 있다는 방증이었다. 내가 도피를 택하여 조국을 등져야 하는지 결심을 못 하고 있는데 김정호 선배가 헐레벌떡 숙소에 뛰어 들어왔다.

"지금 중정 요원들이 우리 학생들을 납치하기 시작했다. 들었어? 이건 납치야, 납치! 이젠 자네 처신이 정말 중요해졌다고."

"납치라니요! 아니, 국가가 나서 자기 나라 학생들을 납치해요? 그게 무슨 말이오?"

"순진하기는! 대사관이 나서서 학생들을 모아주면 마구잡이로 차에 태워 공항으로 데려가 버린다잖아. 여권까지 미리 다 만들어 놓았고 말이야. 외국에 거주하는 자국민을 검거할 때는 반드시 현지 국가의 수사 당국에 의뢰해야 하는 게 국제 관행이야, 우리 정보원들이 국제법을 알아 지키겠어? 막무가내로 들이닥쳐 데려가잖아! 조 회장, 자넨 어쩔 거야?"

다그치는 김정호 선배의 이마에 땀방울이 맺힌다.

"형은 어떻게 할 건데요? 그 얘긴 누구한테 들었어요?"

"베를린 북한 대사관에서 연락이 왔어. 자네에게 얼른 피하라고 전하라는군. 그놈들 기숙사고 뭐고 막 들이닥칠 인간들이야. 국제법이고 외교고 구둣발로 밟아버릴 거라고."

김 선배는 너무 흥분해 있었다. 회장은 한인회의 구심점이다. 나는 누구누구의 말에 따라 흔들리면 안 되는 위치였다. 회장은 피해도 마지막에 피해야 한다. 짐짓 의연한 자세로 입을 열었다.

"난 괜찮아! 안 피해도 돼요. 형이나 얼른 피해."

아무리 못된 인간들이라도 프랑스 학생들 기숙사로 들어오지는 못 하리라 믿었다. 기숙사는 그야말로 프랑스 좌파의 소굴이며 성역이었다. 안또니 기숙사는 학생 존 안에 있다. 학생 존에는 미국관, 영국관, 캐나다관, 일본관, 알제리관 등 40여 개 나라의 정보를 공유하는 특별한 공간이 있으며 당시에 자기 나라 공간을 갖지 못하는 한국 같은 나라는 국제관을 활용하였다. 이 방대한 구역에는 프랑스 경찰도 못 들어왔다. 중정 요원들이 이곳에 들어오는 날에는 프랑스 좌파 학생들과의 감당치 못할 충돌에 직면하게 되고 뒤에 벌어질 일은 큰 외교 분쟁으로 이어질 것이 뻔했다. 이건 내가 의연한 이유고 이 사태가 나에게는 크게 위압적이지 않았다.

"한인회장인 나를 잡으러 온다면 모든 학생이 내 앞에 진을 칠 거예요. 나는 걱정하지 말고 형이나 얼른 피하라니까."

"자네가 내 걱정을 해 주나? 조영우 회장! 파리 화단에서 인정받는 예술가들까지 잡혀 들어갔다잖아!"

"예? 그분들은 대통령 취임식에 초대받았다고 했잖아요?"

"그랬지. 제6대 박정희 대통령 취임식이 7월 1일인데 초대받았다며 싱글벙글 귀국을 서둘렀지. 내가 말렸거든. 시국이 수상하니 참석하지 말라고 말이야."

"그런데 귀국했다고요?"

"대통령 취임식 초대라 하니 들떠서 내 말을 귀담아듣지 않더라고. 예술인들이라고 달리 사정 봐주겠어? 이 화백이 웃으며 비행기에서 내리는 사진이 한국의 몇몇 일간지에 실렸는데 뭐라고들 한 줄 알아? 간첩 주제에 잡혀 오면서 뻔뻔스럽게 웃고 있다고 사진 밑에 썼어! 이 화백은 끝까지 대통령 초대로 귀국하는 것으로 알았던 거야. 내가 가지 말라고 많이 말렸는데, 순진하게 사태 파악을 못 한 거지!"

예술가들까지? 그건 프랑스의 역린을 건드리는 것이나 다름없다. 설마가 예술인들까지 잡고 있었다.

"저런!"

한국은 고국이 아니라 아가미를 크게 벌려 파리의 교민들을 흡수해버리는 괴물이었다. 프랑스에 거주하는 예술인들의 체포는 한국 인권상황을 알리는 좌표였다.

"자, 조 회장은 어떻게 할 거야?"

"그럼, 형은 어쩔 건데?"

"난 동백림으로 가겠다."

"딴 형들은?"

"동행! 다들 채비가 끝나갈 거야."

김 선배는 나의 어깨를 툭 치더니 수경의 시선을 피해 집을 빠져나간다.

아내는 시무룩해져서 세간살이를 하나하나 점검하고 있어 앞으로 닥칠 일을 예감하는 듯하다. 결단을 내려야 할 시점이 왔다. 이렇게 된 마당에 수경이도 마다하지 않을 것이다. 꺼내기 싫은 말을 끄집어냈다.

"사정이 안 좋아. 지금 내가 갈 곳은 하나밖에 없어. 우리 동백림으로 갑시다. 여차하여 북으로 가게 되면, 그곳도 내 땅이고 내 동포들이 사는 곳이 아니겠소? 일단 동백림에 가서 남한 정세의 추이를 보아가며 행동합시다."

아내는 귀를 닫은 것 같다. 연행되면 닥칠 일들을 미루어 생각해 주길 바랐다. 살림살이를 점검하는 눈동자가 초점을 잃은 듯하다. 손에는 금실로 짠 단청 색 치마가 들려 있다. 조선왕조 마지막 황후 윤비가 세자빈이던 시절에 입은 옷인데 어머니가 선물로 받은 한복이었다.

13세 때 동궁계비로 책봉된 윤비는 이듬해에 황후가 되었고, 친일파들이 어전회의에서 순종에게 국권 피탈(한일합방) 조약에 날인하라고 강요하자 옥쇄를 치마 속에 감추고 버텼다. 황후 윤비는 국권 피탈이 되자 왕비로 격하되어 낙선재로 옮겨 앉는다. 이후 윤비는 평민 생활을 하면서 어려움이 많았다. 언젠가는 아버지가 윤비의 패물을 보여주시면서 씁쓸해하며 한숨을 쉬셨다.

"이 패물은 윤비께서 시장에 내놓으신 것이란다. 윤비께서는 평민 신분이 되니 일본 놈들 눈치 때문에 돕는 사람도 없어 패물을 팔아 생활을 이어가신다. 숨이 막히고 기가 막히는 물건이다. 귀히 간직하거라."

어머니는 소중하게 보관 중인 윤비의 옷을 결혼식을 앞두고 파리로 보내주셨다. 아직 입고 나가보지 않은 귀한 옷이었다. 수경은 이 화급한 마당에서 그 옷에 마음을 쓰는 듯하다. 수경이 나를 똑바로 바라보면서 힘에 겨운 목소리를 낸다.

"마지막으로 부탁하겠어요. 낯선 땅에 가서 고생하느니 차라리 남쪽에 가서 잠시 시달리는 게 나을 것 같아요. 이런 일로 동백림에 들어가면 다시 돌아오기는 어려울 것 같은 예감이 들어서요. 이번에는 내 말을 꼭 들어줘요."

수경은 이 상황에도 동백림 행에 마음을 두지 않는다. 그러나 나는 못 들은 척 떠날 채비를 서둘렀다. 서재에는 박물관을 차려도 될 만큼의 건축 시안 스케치들이 쌓여 있고 슬라이드 자료들이 가득하다. 이 많은 자료와는 영원히 이별하게 될까? 수경의 걱정대로 내가 내 예술을 지켜나갈 수 있을지 장담하기 어렵다. 수경의 심정은 어떨까? 나는 그동안 쌓아 둔 자료 중에서 당장 손으로 들 물건만 챙겨야 했다.

"사진들 챙겨요."

"돌아오지 않을 사람 말이네요."

아내의 말에 나는 선뜻 대답을 못 한다. 예감은 안 좋지만 나는 한 열흘 정도 동백림에 다녀오는 것으로 마음을 가졌다.

"며칠 있다가 올 거야!"

피신이 아니었다. 나는 절대로 내 조국을 배반하지 않을 것이다. 그냥 소나기를 피하는 것일 뿐이다. 그때 노재호가 헐레벌떡 뛰어 들어온다.

"도희! 안도희가 행방불명이야. 회장, 어디 집히는 데라도 있어?"

"며칠 얼굴이 안 보였어요. 무슨 일이 생긴 걸까요?"

수경은 짐을 싸다 말고 노 선배를 의혹의 시선으로 바라본다. 수경이 결혼한 뒤로는 아무래도 전처럼 붙어 다니지는 않아서 도희의 거취를 꿰지 못하고 지냈다.

"서울서 안부를 물으니 한국에 들어간 건 아니야. 혹시 잡혀 들어갔나?"

예감이 안 좋다. 차라리 북에 갔으면. 노 선배가 말한다.

"도희가 스스로 귀국할 이유는 없어. 아무래도 이상해!"

"일단 한인회 조직을 통해서 행방을 수소문해 보지요. 좀 늦게 출발하는 한이 있더라도 말이요."

그러나 안도희 행방을 아는 학생은 나타나지 않았다. 한편 안도희의 행방을 추적하는 과정에서 그녀가 동백림을 다녀온 사실이 밝혀졌으나 다들 그러려니 하고 말았다. 평양 다녀오는 건 이미 특별한 일이 아니었다.

빛이 있으니 그림자가

나는 가족을 데리고 동베를린 북한 대사관으로 피했다. 그곳은 동베를린 속의 북한 안가安家나 다름없었다. 북한 대사관에는 먼저 도착한 오영 박사 가족 4명과 여덟 명의 선배가 기다리고 있었다. 15명이 복닥거리게 될 것이다. 그런데 김정호 선배가 없었다. 김 선배는 최근 영국 여성과 교제 중이었다. 그가 우리 팀에서 이탈하지 않았기를 바랐다. 남한이나 북한이 아닌 제3 국으로 피했다면 오히려 잘된 일이다. 오남식 선배가 한마디 거든다.

"회장, 말도 안 되는 일들이 벌어지고 있다. 이러다가는 우리나라가 세계에 망신살이 뻗치게 될 거야. 더 늦기 전에 우리가 나서자. 억울하게 끌려들어가 중정에서 모진 고문을 당하고 있을 유학생들, 예술인들을 구출하자. 우리가 구명운동에 나서자."

선배들이 손뼉을 쳤다. 내 나라가 어쩌다가 이 지경이 되었나! 서둘러 유럽의 영향력 있는 정치인, 명사들, 언론사 등에 사태를 바로 알릴 일이다. 무고하게 고국으로 연행된 유학생들, 학자들, 예술인들의 구명운동을 펼칠 것이다.

"자네 명의로 우선은 유럽의 각국 대통령, 수상들에게 보낼 서한을 작성하시게."

오남식 선배 말대로 서한을 작성하였다. 재불 한인회장 명의로 우선 서독 총리, 프랑스 대통령, 영국 총리, 이탈리아 총리와 다른 유명 인사들에게 서한을 보냈다. 학문과 예술밖에 모르는 교민들을 군사정부가 불법적으로 연행하고 있다, 교민을 석방하도록 한국 정부에 외교적인 압력을 행사해 달라는 내용을 담았다. 서한을 받은 인사들은 발 빠르게 긍정적인 회신을 보내왔고, 특히 프랑스 사상가 장 폴 사르트르와 언론사들 반응이 빨랐다. 이를 계기로 한국의 군사 정변과 인권 탄압 실태가 전 유럽에 알려졌다.

교민들의 현지 납치 사건이 유력 신문에 보도되면서 군사정권은 당혹했고 결국 외교적 마찰을 일으켰다. 군사정권은 서둘러 수습에 들어갔으며, 구명운동은 효과를 거두었다. 대부분의 무고한 연루 한인들이 속속 풀려났다. 우리가 해낸 것이다. 파리 유학생들과 무고한 예술인들은 제자리로 복귀하였다. 그러나 동백림 북한 대사관에 남은 우리는 이후의 행로를 새롭게 고심해야 했다. 우리는 어쩔 수 없이 군사정부와 대척점에 서게 되었으니, 환호성이 길 수 없었다.

"우린 어쩌지요? 이 아이들을 어쩌지요?"

수경이 안타까워한다. 빛이 있으면 그림자가 있다. 아이들이 딸린 나는 더욱 난감했다. 무고한 한인들이 풀려나는 성과를 거두었으나 이 일을 앞에서 주도한 나는 고국의 적이 되어버렸다. 내가 대한민국의 적이라면 내가 갈 곳은 고국에서 정해준 꼴이었다. 의도하지 않았고 원하지 않은 행로가 북쪽으로만 길을 내었다. 끝을 예측할 수 없는 길, 되돌아올 수나 있을지 막막하기만 한 길. 그렇다고 미국을 택하거나 파리에 주저앉을 수도 없는 형편이었다. 우리를 적으로 몬 세력들은 끝까지 추적해 올 것이다. 선배들은 이 사태를 운명으로 받아들이는 분위기였다. 내게도 내 가족의 운명을 가르는 결정적인 시기가 다가오고 있었다. 고국으로부터 교민 석방 소식을 전해 들은 시각부터 나는 아내와 새로운 전쟁을 치러야 했다.

"운명이오. 평양으로 갑시다. 다른 선배들은 이미 북으로 방향을 잡았소."

선택의 길이 뻔했으나 수경은 손사래를 친다.

"나는 안 갑니다. 북쪽으로는 안 갑니다."

수경은 단호하다. 이해는 간다. 전혀 새로운 환경, 공산주의, 인척, 친구들과 떨어져 살아야 할 평양 살이. 이 모든 일을 감당해야 할 처지가 될지도 모른다고 생각했을 것이다. 다른 방법이 없었다. 어쩔 수 없다는 인식으로 받아들이는 내가 문제였을까?

"어찌하다 보니 내가 군사정부와 각을 세우게 되었잖아. 저들은 나를 수괴로 점찍었을 거라고! 나름대로는 정의로운 일을 했지만, 저 인간들에게 나는 적이고, 적의 수괴가 되어버렸어. 남한의 군사정부에 잡혀 들어가면 내게는 가장 높은 형량이 기다릴 거야. 내 청춘도 날아가고. 형들이라고 생각이 없겠어? 상수경! 지금은 북으로 들어가서 이 소나비를 피해야 해. 남북한 관계에도 마침내 좋은 세월이 오겠지. 내가 수경의 마음을 왜 모르겠어. 이젠 수경이 내 말을 새겨듣고 따라줘야 해.”

수경은 대답이 없다. 고개 들어 내 눈만 빤히 바라보다가 겨우 입을 연다.

“절대로 간단한 일이 아니에요. 부모님과도 떨어져야 하고, 당신은 일본에서 자랐지만, 나는 남한에서 자랐어요. 내겐 이 나이까지 살면서 정이 든 사람들이 많아요. 큰 기대로 지켜보는 친척들도 많고요. 내 모든 인연이 끝날 것 같은 예감이 들어요. 당신도 그래요. 북에 가면 당신의 예술은 어쩌려고요. 북한은 안 돼요. 귀국해서 일이 잘못되더라도 부모님께서 힘써 주겠지요. 우리의 진정이 알려진다면 좋은 세월이 빨리 올 수도 있을 거예요.”

현실적이지 않은 말이다. 이번엔 내가 밀리지 않아야 한다.

“서울에 있는 수경의 인연을 내가 모르겠어? 하지만 현실을 봐. 당신 말대로 총 잡은 군인들이 정권을 잡았고, 지금 한국은 공안 정국이 최악이야. 까딱하면 우리 청춘이 몽땅 날아가 버린다니까. 나나 당신이나 할아버지 할머니가 되어 바깥세상에 나오는 생각을 해 봐. 더구나 지금은 여러 방면에서 남한이 북한보다 나은 것도 없잖아.”

“그래도요! 당신은 서울에서 살아야 해요. 아무래도 북쪽에서는 당신 일을 하기 어려울 거예요. 서울에서 당신이 설계한 멋진 건축물 보는 게 내 꿈이었어요. 둘이 이렇게라도 살아내는 이유가 그거잖아요. 당신, 당신의 예술을 포기할 거예요?"

수경은 물러서지 않고, 나는 예술과 포기 앞에서 입을 떼지 못한다. 수경이 시국을 너무 안이하게 판단하는 듯하여 안타깝다. 수경이 다시 묻는다.

"다른 나라는 없을까요? 꼭 평양엘 가야 할까요? 선배들과 함께 가지만, 선배들과도 같이 생활하지는 못할 거예요. 당신은 그렇다 쳐도 나는 동토의 땅에서 외톨이가 되어 당신 하나만 보고 살아야 해요. 내게 다가올 그 고독이 무서워요. 도저히 이겨내지 못할 것 같은 고독! 또 아이들은 어떻게 하죠? 아이들 운명까지 우리가 이렇게 결정해 주어야 하나요? 이건 보통 문제가 아니에요!"

그렇다. 아이들 운명까지도 결정지어주는 것이다. 아이들 말이 나오자 선뜻 반박할 말이 떠오르지 않는다. 이젠 오로지 평양이, 북한이 발전하고 좋은 사회가 되길 바랄 수밖에 없다. 이 시점에서는 수경을 다독여야 했다.

"다시 파리에 돌아가면 군사정부에 연행되겠지. 동백림사건의 주모자 연행이라고 어용 언론들이 대서특필할 테고. 기약 없는 감옥살이를 감당하여야 하고. 둘의 청춘은 그렇게 사그라질 거야. 아이들은 누가 어떻게 키우고."

수경은 대꾸를 못 한다. 나는 수경을 감싸며 목소리를 낮춘다.

"평양은 핏줄이 있고 일제를 이겨낸 동포들이 사는 곳이야. 우리가 미국에 간들 무사할까? 지금 상황에서 우리를 안전하게 보호해 줄 곳은 평양

뿐이야."

수경은 더 묻지 않고 고개를 숙인다. 북한 대사관에서의 그 밤은 길고 길었다. 동백림사건은 군사정부의 섣부른 북풍 작업으로 전 세계에 웃음거리를 제공했다. 내가 수경의 마음을 돌리는 데는 더 많은 말이 필요했다. 수경은 내가 미리 챙기지 않은 부분을 일깨우며 자기주장을 굽히지 않았으나 마지못해 따르겠다고 했다. 그때 수경의 큰 눈에 결기가 보였다. 절대로 가기 싫다던 북한 행을 수경은 다른 말 붙이지 않고 담담하게 받아들였다. 그 모습을 보면서 내 가슴에는 쇳덩이가 들어앉았다.

수경의 말대로 동경에서만 자란 나와는 다르게 수경은 남쪽에 많은 인연이 있다. 모든 인연과의 단절을 가져올 무서운 결단이었을 것이다. 수경이 평양에서 받을 보상은 무엇일까? 평양에 가면 혹 안도희를 만날 수 있을까. 우리는 모스크바를 거쳐 평양으로, 원치 않았던 길에 들어섰다. 김정호는 끝내 북한행에 합류하지 않았다. 나와 가까운 선배들, 정말 내로라하는 남한의 인재들이 북한으로 피신해야 했다. 특히 오영 박사 부부에게는 두 딸이 있었다.

평양에서 수개월이 정신없이 지났다. 평양이라는 도시는 각이 서고 청결했지만 차갑고 정이 안 가는 인위적인 공간이었다. 앞모습과 뒷모습이 확연하게 달랐다. 뒷골목은 더욱 허접스러웠다. 평양에서 불과 몇 개월을 지내면서 나는 이 도시를 쉽게 벗어나지는 못할 것 같은 느낌을 받았다. 보이지 않는 감시의 시선이 활동 공간을 좁혀왔다. 우선은 평양식 생활에 적응하는 일이 쉽지 않았다. 교육만 일삼는 단조롭고 답답한 생활은 또 다른 감옥이었다. 하루하루가 당혹감 속에 지나갔고, 다른 선배들도 결국은 모든 걸 포기하는지 골 깊은 한숨만 내쉬어 파리에서의 높았던 기개가 서서히 꺾였다. 오로지 하나, 밤하늘의 수많은 별이 미리내를 이루는 모습은 평양에서도 한결같았다.

　은하수는 파리에서도 같은 자리에서 우리를 내려다보았다. 그건 내가 어릴 때 남해도의 창선리에서 하늘 깊이 바라본 미리내였다. 새삼 남쪽의 가슴 따뜻한 친척들이 떠올랐다. 나는 또 앞으로 어떤 곳에서 같은 미리내를 보게 될까? 전혀 예기치 않게 틀어져 버린 길목에서 나는 내 뿌리를 되살려보며 까마득히 멀어진 나의 별자리를 찾아야 했다.

구다라나이

　1936년 12월 4일 나는 동경 풍천구 에바라에서 태어났다. 외가는 민족주의에 충일充溢한 가문이었다. 외할아버지는 구한말 포병대장 출신으로 1917년까지 대일 항쟁의 선봉에서 전투 중 일본 헌병대가 쏜 8발의 총탄을 맞고 전사했다. 나에게 민족관을 심어주신 외할머니는 남편이 독립운동하다 총살당하자 친정에 갔으나 출가외인이라며 배척당했다. 뒤돌아선 외할머니는 삯바느질로 아들딸을 키웠다. 해방되니 일제하에서 영덕 군수까지 지낸 친정이 거꾸로 손을 내밀었으나 이번에는 '나는 그런 친정 둔 적 없다'고 연을 끊어버리고 자식들을 자신의 힘으로 일본에 유학시켰다.

외할머니는 아들이 일본에서 공부하면서 사귄 일본 여인과 결혼하여 아이까지 두었으나 기어이 이를 떼어놓았다.

아버지는 일본으로 유학 갔다가 2차 세계대전 중 침몰한 함정들을 건져내어 가공하는 철공소를 차려 부를 이뤘다, 해방을 맞자 아버지는 일본 재산을 다 버리고 단돈 100여 만환 만 가지고 가족과 함께 첫 번째 귀국선을 탔다. 아버지는 4·19 주역 세대인 정 재계 인사들과 친분이 많았다.

아버지는 어린 내게 틈틈이 민족의 정서를 일깨워주셨다. 나는 동경이 폭격당하는 장면과 가미카제 도꾸다이가 출동하는 광경을 눈으로 보았다. 미국 전투기 B-29를 쫓아 오르다 별똥별 떨어지듯 추락하는 가미카제 특공대 비행기들을 보면서 어린 나이에도 아버지를 따라 함성을 지르며 손뼉을 쳐댔다.

초등학교에 다니던 열 살 때, 나는 귀국하여 남해도 창선리의 친가에 머문 적이 있다. 어머니 손에 이끌려 어둑한 어촌마을 창선리 신작로에 들어섰다. 짭조름한 갯내가 살가웠다. 아담한 능선을 등에 대고 곧장 뻗어 내린 신작로는 조산에서 두 갈래로 갈라진다. 조산 언저리에는 검정 치마에 흰 저고리를 입고 머리에 흰 수건을 두른 아낙들이 모여 앉아 있다가 반갑게 우리를 맞았다. 어머니는 내 머리를 수그러지게 했다.

"아가, 니가 누구냐?"

"애비도 왔으면 얼마나 좋았겠냐!"

보고 싶은 할머니를 만났다. 나이 많이 드신 친할머니가 내 손을 만지작거리며 놓칠 않았다. 저녁에는 동네 사람들이 마당에 모여 모닥불을 지피며 저녁을 먹고, 밤늦도록 돌아갈 줄을 몰랐다. 부엌일 하는 사람이 따로 정해지지 않고 너나 할 것 없이 정겹게 같이 일했다. 모두가 일본에서는 생각 못 하고 듣도 보도 못한 장면들이었다. 친지들과 서로 얼싸안고 울고불고하는 모습들! 이곳이 대한해협 건너 내 동족이 사는 정 많은 나의 나라였다.

열 살부터 열여섯 살까지는 부산 서구 초장동에서 살았다. 경남중학교 시절, 반에서 10등 안에 든 학생들은 다 빨갱이라고 했다. 유명 정치인 자식들이나 똑똑한 학생들은 대부분이 사회주의가 좋다고 했다. 그때 피난민들이 비참하게 살아가는 현장을 눈으로 보았고. 세상에는 힘들게 사는 사람들이 훨씬 많다는 것을 처음 알았다.

당시 동냥으로 먹고사는 거지들이 많았는데 우리 집 앞에는 거지 떼가 자주 모여들었다. 어느 날 보니 대문 앞 거지들에게 식모가 상한 밥 덩이를 내주고 있었다.

"잠깐만이요. 아줌마, 그 밥 상한 밥이잖아요!"

"좀 상하긴 해도 버리긴 아까워서요."

"그렇다고 사람들에게 상한 밥을 줘요? 탈 나면 아줌마가 고쳐줄 거예요?"

식모는 내 말을 듣더니 오히려 불편해했다. 이제까지 줄곧 그리해 온 모양이었다.

"아줌마 한 번 먹어봐요. 자, 어서 먹어요."

식모는 내가 강하게 나오자 어리둥절하다가 얼굴을 찌푸렸다.

"지가 잘못했구먼요!"

"안 돼요! 어서 먹어요. 자기가 못 먹는 밥을 불쌍한 동냥치들에게 먹으라고 줘요? 이밥 먹고 병나서 죽으면 아줌마가 죽인 거예요. 어서 먹으라니까요."

식모는 쩔쩔매다가 어린 나의 강요에 못 이겨 입속에서 밥을 우물우물하더니 곧 뱉어버렸다.

"상한 밥은 절대 안 내놓을 테니 제발 어른께는 말하지 마요. 부탁해요." 부산 생활에 익숙해질 무렵 어머니는 나에게 세상 볼 기회를 주셨다.

11살, 방학이 되자 고국 땅부터 돌아보기로 했다. 어머니가 소금밥 덩이를 싸주었다. 소금 밥은 주먹밥에 소금을 곁들인 쌀밥이었다. 어머니는 소금 밥 외에 여비를 든든하게 챙겨주었다. 소매치기가 많아 전대를 차고 다녔고 몹시 더운 날씨에 전대를 풀지 않으니 땀을 많이 흘렸다. 전라도, 경상도 가리지 않고 유적지나 사찰을 돌아보다 보니 세상일 멀리하고 도만 닦는 스님들이 부러웠다. 맑은 눈동자에 자비심으로 누구라도 품어 들이는 사찰 스님들은 시골 마을의 친척들 같았다.

청송이나 하동을 갈 때는 빨치산이 득시글거려 뱃길을 이용하여야 안전했다. 청송은 어린 내가 마음속으로 존경하는 외할머니가 계신 곳이어서 꼭 들려야 했다. 외할머니는 나이가 드셨음에도 얼굴에서 환하게 빛이 나고 인자한 어른이었는데 내 손을 잡고 놓지 않았다.

"사내는 큰 뜻을 세워 살아야 한다. 네 외할아버지를 잊지 말고 살아라."

고매한 인품이 느껴지는 외할머니 품에 안겨 그 말씀을 새겨들었다. 외가를 나와서 들리는 여관마다 파리가 많았는데, 전라도 땅에 들어서니 음식이 훨씬 푸짐하고 파리가 보이지 않아 이상했다. 알고 보니 놋그릇 식기마다 뚜껑이 있어 음식을 덮어버리니 파리떼가 접근하지 않았고 음식 보존이 정갈했다. 그로부터 나는 전라도 음식을 좋아하게 되었다. 또, 내가 돌아본 남한의 유적지 중에서 충남 부여의 정림사지 5층 석탑은 어린 내게도 특별한 인상을 주었다. 나는 당당하고 단아한 석탑의 아름다움에 취하여 발길을 돌리지 못하고 몇 번이나 탑돌이를 하여야 했다.

50년에는 전쟁이 나 남해 창선으로 다시 내려왔다. 그런데 제주도에서 많은 양민이 자경대에 의해 무참하게 사살되고 있다는 소문이 돌았다. 나중에는 남해도 창선면에서까지 주민을 빨갱이로 몰아 학살하는 사건이 발생했다. 일제에 붙어 못된 짓거리를 일삼은 면사무소 직원들이 해방되자 경찰로 둔갑하여 더 위세를 떨쳐댔다. 전쟁이 나고 북한 괴뢰군 세상이 되자 주민들이 앞장서 이들을 처벌했는데, 이번에는 국군이 들어와 애면 백성이 빨갱이로 몰렸다. 자경대라 불린 우리 군인들이 뱃일과 농사밖에 모르고 적도 아닌 우리 창선리 주민을 빨갱이라고 잡아 죽이는 일이 벌어지자 작은 섬이 공포에 휩싸였다.

같은 동네 사람이 일제하에서는 일본 순사였고 해방 후에는 면 서기로 위세를 떨치다가 전쟁이 나니 괴뢰군에 쫓기고 다시 자리를 잡는 해괴한 과정에서 엉뚱하게 백성만 피해를 보고 있었다. 그것은 사람으로 태어나서 겪을 수 있는 가장 혹독한 인생살이를 살아내는 장면들이었다. 아직 어린 나는 이런 이해 못 할 일들을 피해 52년 일본 행 밀항선을 타야 했다.

일본에서 고교 시절에 만난 특별한 우리 문화재를 잊지 못한다. *나라현 법륭사에는 일본이 자랑하는 대표적인 국보 '구다라 관음'이 있다. 백제가 7세기 초에 왜국 왕실로 보내준 녹나무 불상이다. 2m가 넘는 늘씬한 입상 불은 법륭사 구다라 관음당 안에 모셔져 있고. 팔등신의 입상 불이 수려한 아름다움을 뽐냈다. 이 아름다운 불상이 우리나라에서 왔다니 통쾌한 기분을 어찌지 못하였다.

또 하나는 구세 관음상이다. 일본 명치 시대에 법륭사 스님이 몽전의 팔각지붕 전당에 무엇인가로 똘똘 싼 괴이한 물체가 있었다. 미국의 유명한 고고학 교수를 초빙하여 이를 풀어보게 했다. 오랜 세월 왜인들이 풀어보지 못한 이유는 부정을 타 해로운 일이 생길지 모른다는 미심쩍음 때문이었다. 이것이 바로 법륭사의 또 다른 녹나무 구다라 불상 구세 관음이다. 이 불상은 법륭사 경내 유메도노(몽전夢殿) 팔각지붕 전당에 모셔졌는데, 비불?佛로 평소에는 공개하지 않는다고 한다.

효자로 알려진 백제 27대 위덕왕이 성왕을 추모하여 만든 것으로 6세기 말경 왜 왕실로 보내주었다고 기록되어 있다. 위덕왕은 일본에 불교를 전파한 왕이다. 길이가 500야드나 되는 비단에 돌돌 감겨 1,200년 동안 풀리지 않고 팔각지붕 전당에 놓여 있는 구세 관음상이었다.

"Lord! Paeche sculpture it is!"

페놀로 사 교수는 황홀한 조각 작품의 예술성에 감탄하면서 저도 모르게

---

* 일본 속의 백제 구다라 / 한누리 미디어 간 174p

소리를 질렀다고 한다. 페놀로 사는 스페인계 미국인으로 1878년 일본에 건너와 도쿄 미술학교 창설에 참여한 학자다.

예술이란 이런 것일까! 내가 미술에 눈을 뜬 계기는 구다라 구세 관음상과 구다라 불상을 접하면서부터다. 현란하고 미려한 곡선에서 오는 아름다움과 사람이 만든 것 같지 않은 신비로움! 조상이 남긴 대단한 예술품을 접하면서 나의 몸에도 같은 유전자가 들어 있을 것이라고 믿었다.

일본인들이 조선에 대고 무어라고 해도 저들 입으로 백제 문화의 우수성을 고백하는 말이 있다. '구다라나이'라는 말이다. '백제 물건이 아니면 아무런 가치가 없다'는 뜻의 구다라 나이를 일인들은 일상어로 쓰고 있었다. 일본 사람들은 자신들 가슴에 태생적으로 백제 문화에 대한 경외심을 품고 있다는 증거다.

58년 스물두 살 청년이 된 나는 고국에 돌아와 부친과 친한 관리의 주선으로 이승만 대통령을 접견하게 되었다. 재일교포 학생 대표 자격이었다. 경무대 접견실에서 내무장관의 부축을 받고 나온 백발의 이 대통령은 내가 일본에서 왔다는 말을 듣더니 대뜸 물었다.

"일본에는 나를 싫어하는 사람이 많다고 들었어."

"……."

"조 군도 북쪽이 좋으냐?"

나는 뜻밖의 질문에 당황했다. 생각나는 대로 말했다.

"북쪽 남쪽 가리지 말고 통일만 되면 좋겠습니다. 각하."

"아니야. 이북 좋은 사람은 북으로 가고, 남한이 좋으면 이곳에 남아라."

이 대통령 말은 실망스러웠다. 자기 백성을 포근하게 감싸 안아야 할 대통령이 북쪽과 대립각을 세우면서 젊은 청년에게 그쪽이 좋다면 가보라고 말하고 있으니, 무척 아쉬운 면담이었다. 나는 이 대통령과의 면담을 후일 김일성을 마주하면서 떠올리게 되었고, 민족을 이끌어가는 두 정상의 면모가 비교되었다.

김일성과 마주하다

평양 나들이에서
마지막 만찬장
정지상의 송인
어색한 무대
신과 마주하다
1호 행사의 해프닝

GOODBYE
PARIS
GOODBYE
PARIS
GOODBYE
PARIS
GOODBYE
PARIS

평양 나들이에서

우리는 6개월 동안 평양에서 소양 교육을 받았다. 소양 교육은 소양이 아니라 세뇌 교육으로 김일성 주체사상을 주입하는 기간이었다. 경제 이론이 끝나면 주석의 주체사상을 주입식으로 교육하였고 저녁마다 시험을 치렀다. 세뇌 교육이라는 선입관에서 나는 주의를 기울이지 않았는데 당연히 성적이 제일 나빴다. 그러나 성적이 모자라면 재교육, 재시험을 치러서라도 목표 점수를 채워야 하는 방침이 서 있었다.

"조 선생은 파리에서 일등 학생 아니었습네까? 성적이 으째서 이럽네까?"

몇 번째 듣는 잔소리라 흘려들었으나 지도원 동무는 애가 타는 모양이었다. 초대소 이외의 지역에 나설 때는 우리에게 인민군 상좌라는 호칭이 붙었고, 적어도 그에 상응하게 대접했으며 아내 수경은 오영 박사의 부인 김미란과 함께 여군 상좌로 불렀다. 병원도 차관급 이상이 이용하는 병원을 배정해 주었다.

6개월의 교육 중 첫 달은 그나마 호기심으로 지냈으나 차츰 교육 의도를 알아가면서부터는 교육생들 입에서 볼멘소리가 나오기 시작했다. 그러나 불만을 드러내지 말아야 했기에 체념으로 교육을 받아들였다. 파리 유학파 성적이 지도원들의 기대치에 못 미치자 시험 결과를 놓고 말들이 많았는데 늘 내 성적이 문제였다. 주체사상 수용 정도나 시험에서 엿보인 충성도에서 나는 최하점이었다. 남한 출신 젊은 엘리트들이니 세뇌 교육을 잘

하면 활용도가 크리라 기대했던 교육 담당 일꾼들은 당혹감을 감추지 못했다.

교육이 끝나갈 무렵 3호 청사의 북한 대남 공작부장인 함승환이 교육장에 들어왔다. 이 사람은 후일 7·4 공동성명 때 북측 대표로 남한에 온 인물이다.

"그동안 열성적으로 교육받은 선생들, 치하 드리갓소. 여러분은 각자 남조선으로 직파 되어 공작 임무를 수행하게 되오. 우리의 목적은 오로지 혁명! 혁명이오. 우리가 혁명하려면 제대로 해야 하지 않갔소?"

모두 놀랐고, 부장의 말이 협박으로 들렸다. 남파라니! 남조선에 가서 죽으라는 것이었다. 남한의 군사정권을 피해 월북한 사람들을 다시 남한으로 직파하다니! 우리는 각자의 전공에 맞는 일을 할 것으로 알았다. 아내는 소양 교육 기간에도 이미 대남 방송 요원으로 활동 중이었다. 그날 저녁 나는 수경이 퇴근하여 들어오자마자 푸념을 쏟아냈다.

"우리에게 대남 방송 요원과 남파 간첩이라니! 이 무슨 꼴인가."

수경에게서 누나 같은 인상은 지운 지 오래다. 어느새 흐느낀다.

"애초에 오지 말아야 할 곳이었어요! 자식들까지 인질로 잡아놓을 거예요?"

그날부터 교육생들 표정이 무거워졌고 돌이킬 수 없는 처지에 서로 간의 대화도 뚝 끊겼다. 불평을 나눌 수도 없으니 다들 가슴만 타들어 갔을 것이다. 꿈을 안고 파리로, 평양으로 온 유학생들에게 어둠의 장막이 드리워지고 있었다. 그러나 그 뒤로는 무슨 일인지 함승환 부장의 남조선 직파

발언에 뒤따르는 조치가 없었다. 그의 발언이 성적 부진에 대한 질책 수준이기를 바라며 하루하루 가슴을 쓸어내렸다.

 소양 교육을 마치고 퇴소하기 전날 교육생들에게 평양시 외출이 허락되었다. 교육받으면서 대략적인 정황은 알아챘지만, 평양 시가지 구석구석을 살필 기회였다. 서로 간에 특별히 나눌 이야기도 없고 기다리던 외출이라도 즐겁지 않았다. 아홉 명이 평양에 와서 알콩달콩 우정을 나누며 살게 되리라는 생각은 애초에 하지 않았다. 그래도 막상 각자의 소임대로 헤어져 지내야 한다니 기댈 언덕도 없는 처지에서 저마다 마음 밭이 성글어 갔다. 9인승 승합차 편으로 평양의 번화가인 동구역에 나왔다. 사람 왕래가 없는 썰렁한 시내 분위기가 허허로웠다. 포목상이 눈에 띠더니 상점이 더러 나타났다. 우리는 슈퍼마켓 같은 상점에 들어갔다. 여러 가지 일용품들이 종류별로 잘 정돈된 것이 어째 좀 이상하긴 했다. 여성 접대부 한 사람이 가게를 지키는데 일행이 들어가도 반기는 기색 없이 자리에 앉아만 있었다.

"이거, 조선산 맥주는 얼마에요?"

일행 중에서 누군가 목소리를 높여 묻는다.

"그거 안 팔아요. 진열품이야요."

점원 말씨가 사무적인 것이 들어오지 말아야 할 사람 대하는 듯하다. 상점을 차려놓고 손님이 왔는데 귀찮아하는 태도는 무슨 코미디인가? 비닐 포장에 든 과자를 가리키며 다른 선배가 물으나 이번에는 전시품이라는 대답이 나온다.

"진열품, 전시품! 그럼 파는 물건이 아예 없습니까?"

내가 한마디 보탰다. 수경이 만류하려고 내 손을 잡아 뒤로 뺐지만 나는 할 말이 있었다. 그제야 흘낏 나를 바라보며 접대부가 역시 달갑잖다는 투로 되묻는다.

"다 전시품입네다. 으째 자꾸 묻습네까?"

"상점이 아니오? 물건들은 뭐 때문에 가져다 놓았어요? 사회주의가 이렇니까?"

내 특유의 껄끄러운 입담이 불거져 나온다. 접대부는 대답하지 않고 가만히 있더니 그제야 자리에서 몸을 일으켜 우리 일행을 하나하나 살핀다.

"선생들 살 물건은 업스요. 외국에서 온 사람에게만 파는 물건이고, 나머지는 다 전시품이야요."

"모두 전시품? 이런 사회라니!"

오영 선배의 혼잣말이다. 다들 마른침을 삼킨다. 우리는 북한식 사회주의를 뒤늦게 실감하는 중이었다.

"모든 게 배급제인 사회이니 먹을 것, 입을 것, 거주하는 집까지 공통되게 배급되니까 이럴 만도 해요!"

오영 박사의 말대로다. 경쟁이 없으니 광고가 필요하지 않고 알릴 이유도 없는 사회다. 그런 사회이니 뭐라 할 말도 없다. 생활방식은 사고방식을 만들어 낼 것이다.

"이런 일들은 앞으로 매번 맞닥뜨릴 것이오. 중앙당 소속 물자 공급소에서 모두 배급해주는 시스템이지만, 우리한테서는 서방 세계의 생활 습관이 무의식중에라도 나올 수밖에 없지요! 어쩌겠소, 이젠 우리가 적응해 가는 수밖에는."

오 박사의 말을 받아 누군가가 또 구시렁거린다. 왜 안 파느냐고, 안 팔 바에야 진열을 말라고. 점원은 나를 멍청히 바라만 볼 뿐, 입을 뽀로통 내밀고 있다.

"당신, 더 나서지 마세요. 신고 들어가요!"

수경이 내 입을 막는다. 정나미를 떨치며 가게에서 나와 내친김에 백화점을 들러 보기로 했다. 설마 하며 백화점은 좀 다르기를 바랐다. 평양시에는 두 곳에 백화점이 있었다. 백화점은 외국인들을 겨냥한 상품이 대부분이고 내국인 거래가 가능한 상품은 거의 없었다. 나는 아들 생각에 나무로 된 장난감 자동차를 샀다. 다른 선배들은 거들떠보지도 않았다. 장난감도 유럽에서 보아 온 것에 비해 물건들이 조악하고 품질이 떨어졌다.

집에 와서 나무를 깎아 만든 장난감 자동차를 여섯 살배기 아들에게 주었다. 두어 번 장난감을 만지작거리더니 아들이 나를 바라보며 딱 한마디를 했다.

"메이르드! (똥이야!)"

프랑스 말이다. 가장 저질이라는 말이다. 파리에서 생일마다 받은 장난감 선물을 기대했을 아이니 그럴 만했다. 아이는 우리가 못 한 말을 거침없이 쏟아내어 어른들의 체증을 내려주었고, 다음부터는 그 장난감을 거들떠보지도 않았다.

마지막 만찬장

　소양 교육이 끝나면서 초대소 생활도 마감했다.
　우리는 개선문 근처 고려호텔 옆 10층짜리 아파트에 입주했다. 4개 동으로 지어진 이 아파트는 화려해 보이는 외관에 비해서 내부는 각진 공간에 불과하고 시설도 미비했다. 그럴더라도 남한에는 없는 전망 좋은 고층 아파트라 아파트 문화가 발달하지 않은 당시로서는 비교적 괜찮은 주거 형태였다. 오영 박사와 내게는 딸린 식구가 있어 방이 하나 더 붙은 살림집(아파트)을 배당해 주었다.
　입주는 같이했으나 우리는 머지않아 각기 단기 임무를 받고 유럽 등지로 뿔뿔이 흩어질 운명이었다. 남조선에 직파하는 것은 그 뒤의 순서이려니 생각했다. 서로 말이 없던 그 시간, 우리는 눈빛으로 헤어짐의 아쉬움을 나누었다. 특히 서독 간호사 출신으로 남편을 따라 월북한 김미란과 경영학을 공부한 오영 박사 부부는 더 초조해 보였다. 아직은 철없는 아이들만이 무거운 어른들의 심사를 모르고 뛰어놀았다. 오 박사 부부는 우리 부부에게 각별히 나누고 싶은 말이 있는 눈치를 보여주었다. 오로지 한 사람, 핵물리학이 전공인 노재호 선배만이 여유로웠고 나머지는 당의 처사에 불만을 품고 있었다. 각자의 성향에 따라 공화국에서 부여한 공작을 해내야 했다. 주어진 임무나 행선지에 대해서는 서로 입을 열지 않았다. 북한은 남측 출신 인사들을 철저히 분리 관리했다.
　노재호 선배는 핵물리학자로서의 길이 이미 정해져 있었다. 일찍부터 핵 개발을 염두에 둔 북한으로서는 파리 과학원과 연줄을 맺은 노재호 박사의 월북이 천군만마였을 것이다. 나중에 들은 이야기지만, 실제로 북핵 개발에는 노재호의 공로가 적지 않았다고 한다. 나머지 선배들은 자기 능력을 어떻게 활용하게 될지, 불확실한 장래가 두려웠을 것이다. 노재호 선배 혼자만 개명하지 않고 본래의 자기 이름을 쓴 것부터가 달랐다. 노재호는 파리 과학원에 계속 적을 두어야 했기 때문이다. 우리를 북으로 데려온 것은 노재호 박사를 월북시키는 프로젝트의 일환이 아니었느냐 하는, 우리는 들러리라는 말을 하는 사람도 있었다.

북에서는 '재포'라는 말과 '남출'이라는 말이 비속어로 통용하고 있었다. 재포는 재일 교포를 의미하며 돈이 많은 사람으로 분류하고, 남출은 남쪽 출신이라는 말로 돈 없는 놈이라고 비하하는 말이었다. 일전의 소매치기도 수경을 재포로 여겨 가방을 가로챈 모양이었다.

마지막 날 저녁, 우리 유학파 일행은 파리 한인회장이던 내 집에서 어쩌면 마지막이 될 저녁 식사를 하기로 했다. 제각각 머릿속이 복잡했을 마지막 만찬 자리에서는 건배도 없이 건조한 대화만 오갔다. 음식이나 술맛이 제대로 날 리 없고 어른들의 무거운 분위기를 눈치챘는지 아이들까지 새치름했다. 6개월간의 소양 교육 기간에 우리는 살가운 선후배에서 어느덧 말조심에 서로 경계하는 사이가 되었다. 그건 북이 원한 세뇌 교육의 성과였다.

저녁 식사가 끝나갈 무렵 먼저 수저를 놓은 나는 담배를 피워 물고 베란다로 나갔다. 빛을 잃어 암울한 평양 시가지를 내려다보았다. 드문드문 불빛이 가물거리는 평양 시가지는 그 빛마저 차갑게 죽어갔고 평양시를 에둘러 흐르는 대동강 물줄기도 희뿌옇게 사색이 되어 있었다. 어둠은 평양 인민들의 혼곤한 삶을 감추고 우리도 그런 평양 인민의 한자리를 채워 주는 밤이었다. 다시는 새벽이 올 것 같지 않는 어둠, 이 세월이 얼마나 갈지 오로지 세월이 답할 것이었다.

누군가가 옆으로 다가오는 기척에 돌아보니 오영 박사다. 오 박사는 나의 담뱃불을 이어 붙이더니 내뿜는 담배 연기 속에 긴 한숨을 섞는다. 나와 시선이 만났을 때 오 박사는 눈을 깜박이며 작은 신음을 낸다. 그는 어둠이 깊어지는 평양 시가지를 향해 몸을 돌리며 조심스레 입을 열고 있다.

"조영우 회장. 이건……. 아니잖소?"

'아니'라는 말은 내가 잘 못 들은 게 아니다. 그러나 나는 못 들은 체하는데 내가 반응을 보이지 않으니 침묵 속에 틈이 생긴다. 침묵에 얹힌 두 사람의 심리는 다르지 않을 것이다. 오영 박사가 시선을 돌려 실내를 흘낏 살피더니, 평양 시가지를 향하여 다시 한마디를 툭 던진다.

"조 회장은……, 어쩔 셈이오?"

오 박사는 여전히 내 시선을 피하고 있다. 더 다른 말이 필요할까? 평양에는 벽에도 귀가 달렸고 개수대에도 담벼락에도 모든 것에 귀가 달려 있다고 봐야 한다. 오영 박사는 무슨 말을 하려는가. 감히 평양시에서. 어쩔 셈이냐는 말 자체가 두렵고 무섭다! 창 안쪽을 확인하고서 나는 길게 한숨을 내쉬어 오 박사의 생각에 각을 맞춘다. 오 박사는 나를 지그시 바라보더니 결연하지만 낮은 목소리로 말한다.

"나는 말이오……."

"……."

"세뇌 교육은 내게 새로운 미션의 가능성을 만들어 주었소! 나는 반드시 이 올가미에서 벗어날 거요. 나는 내 자식들을 이 모진 땅에서 살도록 두지 않을 것이오. 또 하나, 내게는 남쪽에서 꼭 해야 할 내 일이 있소."

오영 박사의 눈길에는 불꽃이 일고 살기마저 느껴진다. 나는 감히 어떤 채비도 못 했는데 오 박사가 한발을 먼저 나간 느낌이다. 오영 박사는 북한 탈출을 암시하는, 감히 상상도 못 할 말을 끄집어내고 있다. 양팔 소매 속으로 찬 기운이 들어온다. 침착해야 하지만 침착해지지 않는다. 오 박사는 이 음습한 공기가 두렵지도 않고 무섭지도 않은가. 그가 감히 이 암울한 저녁에 새벽의 서기를 이야기하는가. 하지만, 훈풍이 느껴졌다.

오영 박사는 정통 마르크스주의 경제학자다. 독일 브레멘 대학에서 받은 경제학 박사도 마르크스 경제 이론이라고 했다. 부산 출신의 오 박사는 서울대 독문과를 졸업했고 주한 독일 문화원 '프리드리히 에버튼' 재단 장학생으로 독일에 유학했다. 오영 박사가 마르크스에 빠진 것은 군대에서 선임병의 권유로 공산주의 서적을 탐독하게 되면서부터라고 했다. 아내 김미란은 파독 간호사 출신으로 독일 튀빙겐에서 교포 모임 중 오영을 만났으며 다음 해에 결혼했다. 이들에게는 어린 두 딸이 있다. 오영에게 북한행을 주문한 사람은 유명 음악가인 윤호상이라고 했다.

"민족의 통일운동이 지지부진하다. 우리가 더 적극적으로 나서야 하지 않겠나? 북으로 가서 북한 동포들에게 당신의 학문을 전하고 학문의 꿈을 현실로 만들어 보시라. 남쪽에서는 당신에게 기회가 없을 것이다."

윤호상의 말은 오영이 남한에서 벌인 반정부 투쟁 이력을 알고 있어서였다. 남한에서 배척받은 오 박사가 북한에서 탈출한다면 어디로 가겠는가? 나는 질문이 부메랑처럼 내게로 돌아옴을 감당하여야 했다. 오 박사는 어쩔 수 없이 북한행을 결정했을 것이다. 그런데도 오 박사가 보이는 결연한 결의가 부럽고 두렵다. 오 박사의 아내가 북한행을 적극적으로 반대한 것도 내 처지와 다르지 않다. 북한 탈출? 두 딸까지 4인 가족인데 가능한 일일까? 불가능한 미션에 도전하는 오 박사가 새삼스레 특별해 보인다. 어두운 평양 시가지를 내려다보면서 내가 그에게 해 줄 말이란 하나뿐이다.

"오 박사님, 말씀을 알겠습니다. 부디 성공하시길 진심으로 빌겠습니다."

나는 고개를 숙여 마음에서 우러나는 경의를 표한다. 오 박사는 대답 대신 눈을 감으며 고개를 끄덕인다. 오 박사의 미션은 가족 모두의 목숨이 걸린 일이다. 남의 일 같지 않아 진심으로 성공하기를 바랐다. 오 박사가 성공했다는 소식이 들리는 날 수경은 어떤 반응을 보이려나. 오영 박사가 잡은 내 손에 힘을 주더니 먼저 거실로 들어간다. 나는 어두운 시가지에 내 시름을 던지며 한참을 서성거리다 거실로 향했다.

정지상의 송인

 4월 어느 날이다. 수경이 쉬는 날이라 함께 대동강 변을 거닐고 있다. 막상 선배들과 헤어지니 북한 생활이 막막하기만 했다. 기댈 곳도 의지할 곳도 하소연할 곳도 없는 낯선 도시에 둘만 오독하니 남았으니 수경의 외로움이 오죽할까. 가까이에 강이 있어도 나가 보지 못했다. 불편한 속을 비울 겸 강변을 거닐어 보자고 했다.

 평양의 사월은 한기가 가시지 않아 봄꽃 개화가 늦고 버들잎만이 녹기를 띠며 강물은 더디 흐른다. 오늘은 물가에 새들도 노닐지 않는다. 강변을 걷는데 버드나무 가지 사이로 정자 하나가 한가롭게 물그림자를 띄우고 있다. 정자는 제법 오래되어 보이는데 연광정이라는 현판을 걸고 있다. 정자에 올라 한눈에 들어오는 대동강 풍치를 돌아보다가 현판 아래 있는 한시 한 편에 시선이 머문다. 〈송인〉이다. 우리가 평양에서 정지상의 시 '송인送人'을 대면하다니! 〈大同江〉으로도 알려진 '송인'이 누군가의 말이 되어 가슴에 파고든다.

雨歇長堤草色多 - (우갈장제초색다) 비 그치니 긴 둑에 풀빛이 푸르다
送君南浦動悲歌 - (송군남포동비가) 남포에서 임 보내며 비가를 부르네
大同江水何時盡 - (대동강수하시진) 대동강 물이 언제 다 마르겠는가
別淚年年添綠波 - (별루년년첨록파) 이별의 눈물 해마다 푸른 물결에
　　　　　　　　　　뿌려지는데

옛날에도 대동강 변 연광정에는 오직 이 시만 걸려 있었다고 한다. 중국 사신이 와도 부끄럽지 않은 자부심이 있었다고 전한다. 또한, 남포라는 지명은 어느 특정 장소가 아니라 이별의 장소로 중국 시에 흔히 쓰인 장소라 한다.

'대동강은 세월을 품고 비가를 부른다. 이 강이 마르지 않고 흐르는 이유는 이별의 눈물이 해마다 뿌려지는 것'이라며 정지상은 이별을 절절하게 노래하고 있다. 나는 수경에게 시어를 풀어주었다. 수많은 세월을 품은 강물이 느리게 흐르고 있다. 그 시절 정지상이 보았을 강물 표정도 저러했을까? 정지상은 대동강 물에서 세월 건너 장막 속에 갇힌 북한 인민의 서러운 눈물까지 예견했던 것일까?

강변에 나온 수경은 오히려 침울하다. 수경은 정지상의 시 따위는 안중에 없는 듯하다. 서서히 흐르는 강물에 속눈물을 뿌리는가. 아니면 한강이 흐르는 서울의 지인들 생각에 젖었을까. 정자에서 발맞춰 내려온 수경이 버드나무 곁에 서더니 나를 향해 돌아선다. 유난히 눈을 반짝이며 나를 빤히 쳐다보는데 그 눈빛이 전과 다르다. 눈빛에는 퐁네프다리가 어리고 선뜻한 사랑의 감정이 인다. 내가 수경의 손을 잡으니 수경의 예쁜 입술이 열린다.

"이 차가운 기운에도 물이 오르는 버들가지를 보면서 당신을 생각했어요. 당신은 이 강변의 버들가지 같아요. 순수하고 착한 사람! 오로지 예술밖에 모르는 사람! 평양의 낯선 바람에 당신이 걱정돼요. 바람이 불면 맞받아치지 말고 그냥 휘어지세요. 휘어질지언정 제발 부러지지만 마세요.

악역은 내가 맡겠어요."

수경은 버드나무 한 가지를 꺾어 연한 이파리를 따낸다. 아래에서 뜨거운 것이 올라온다. 나는 말없이 수경을 품어 안았다. 수경은 몸을 떨고 있다. 수경은 악역을 맡아 이겨낼 강한 여자가 아니었다.

어색한 무대

인민들이 며칠째 청소를 해대니 평양 시가지가 한결 깔끔해졌다. 1971년 4월, 평양에 온 지 4년이다. 인민대회장에서 제6차 국제 사로청 대회가 열린다고 이를 대비하는 평양 시민들 발걸음이 분주하다. 대회장 입구에는 때마침 피어난 봄꽃들 사이로 '사회주의 만세!' '국제 사회주의 노동청년동맹 만세!'라고 쓴 붉은 현수막이 붙었다. 이번 행사는 제3세계는 물론 미국, 영국, 프랑스를 비롯한 세계 100여 나라 청년 대표를 초청하는 대단위 국제회의다.

제3세계는 비동맹회의 탄생의 산파역인 인도의 네루 수상, 인도네시아의 수카르노 대통령, 이집트의 나세르 대통령, 유고의 티토 등 반둥회의의 지도자들에 의해 결성되었다. 제2차 세계대전이 끝나고 미국과 소련의 세력권으로 양분한 세계 질서에 합류하기를 거부한 나라들의 국제정치 흐름이다. 김일성은 이 흐름을 타고 국제 외교를 넓혔고 평양에 제6차 사로청 대회를 유치하여 이들 나라의 청년 대표들을 초청한 것이다.

나의 왼쪽 가슴에는 박철희라는 이름표가 붙었다. 나는 이 행사에서 남조선 청년 대표 박철희라는 인물이 되어 이름표 색깔대로 행동하여야 한다. 내가 평양에 와서 이용당하는 첫 장면이 연출될 것이다. 식순에 따르면 박철희는 30분 정도 대표연설을 한다.

인민대회장 주석단에는 김일성 주석과 최용건, 최현이 나란히 앉았고, 그다음 자리에 내가 앉았다. 평양에 온 남조선 촌놈이 서열 4위 자리를 꿰차다니! 나도 당황했지만 당원들이 내게 보내는 시선이 곱지 않다. 그 자리가 어떤 격인지도 몰랐으나 중앙당원들 보기에 나는 아직 삼십이 안 된 나이였으니 말이다. 내 다음 자리에는 재일 청년동맹 대표가 앉았다. 나머지 대표단은 주석단 뒷자리에 겹겹으로 자리했다. 이 장면은 다음 날 노동신문 첫머리에 큼지막한 사진으로 실렸다. 내가 비로소 북한 무대 전면에 나서는 순간이었다.

내가 이래도 되는가? 이 자리에 앉은 모습은 뒷날 미국까지도 나를 그 무슨 깜냥으로 보는 실마리가 된다. 속으로는 여러 가지 감정이 교차했다. 지금 내 모습은 내가 입북할 때 그린 그림이 아니었다. 남쪽 지인들, 부모님께서 언젠가는 이런 내 모습을 보게 될 것이다. 그러나 어느 것 하나 내 의지가 간여하지 않았다. 끝이 어디까지 갈지 모르지만, 끝 날에 나 자신에게 부끄럽지 않으면 되리라고 마음을 달랜다. 북에서도 시간이 지나면 내 능력에 따른 나의 역할이 있을 것이다. 그 역할이 민족을 위한 일이 된다면 기꺼이 열정을 다할 것이라 자위했다.

진행자가 각국 대표자를 소개할 때 나를 남조선 대표 '박철희'로 소개한다. 박수 소리가 다른 사람보다 크다. 남과 북이 대치한 상황에서 참석한 남쪽 대표라 하니 해외 참석자들이 보내는 각별한 격려였을 것이다. 북한에서는 이런 경우 절대로 실명을 밝히지 않고 가명을 사용하는데 주로 김철이나 박철희 등으로 소개한다고 했다. 만약 남조선에서 유명 인사가 올라와 직접 행사에 참석한다면 그 자체로 선전이 되기 때문에 당연히 실명을 알릴 것이다. 내 경우는 당사자인 나를 보호하기 위해 새 이름을 부여했으며 그것은 일종의 보안책이다. 연설이라야 당에서 준비해 준 연설문을 읽어 내리면 그만이지만 내게 대중연설은 어려운 일이 아니었다.

첫 번째 연설자로 연설대에 올라 제스처를 적당히 써 가며 연설문을 읽어나간다. 인민대회당을 가득 메운 6,000여 눈동자가 나의 연설을 듣고, 연설 중간중간에는 박수가 너울을 탄다. 피부 색깔, 눈동자 색깔이 다른 청년들이 내 말 한마디 한마디에 환호하는데 저들을 육성으로 제압하자는 욕구가 나의 목울대를 키운다.

"아시다시피 우리는 전쟁으로 폐허가 된 잿더미 속에서 사회주의 낙원 건설에 나서고 있습니다. 저는 북쪽 청년들이 사회주의 건설을 위해 한 손에는 펜을, 다른 한 손에는 곡괭이를 들고 밤낮으로 땀 흘리는 모습을 똑똑히 보았습니다. 저는 같은 또래 남쪽 청년으로서 이 같은 북조선 청년 일꾼들의 가열찬 투쟁에 크게 감동했습니다. 지금 남조선의 뜻있는 청년 학생들도 사회주의 통일 전선에 합류하기 위하여 투철한 사상 무장으로 민주화 투쟁을 떨쳐 나가고 있습니다. 여러분의 렬렬한 지지와 박수를 요청합니다!"

내가 한 호흡을 쉬자 박수가 천정을 때린다. 나는 좌중을 일별하며 박수가 잦아드는 것을 기다려 다시 마이크를 당긴다.

"서울 구로공단에는 어린 소녀들이 피땀 흘려 고무신을 생산하고 있습니다. 그런데 악덕 기업주들은 자기들 이익만 챙기고 어린 소녀들 인권을 유린하여 공분을 사고 있습니다. 오죽하면 어린 소녀들이 떨쳐나서서 배고파 못 살겠다고 하소연을 하겠습니까? 이런 부당한 악덕 기업주들은 남조선 당국의 묵인하에 소녀들의 주린 배를 채워주기는커녕 임금 착취에만 눈이 벌게져 있습니다. 비단 이 고무공장뿐만 아니라 전국에 산재한 일터에서 프롤레타리아 혁명의 기치를 높이 든 노동자들이 일떠 나서고 있습니다. 이런 남조선 괴뢰 정권을 깨부수려면 남조선에 혁명의 물결이 절실합니다. 만장하신 국제 사회주의 청년 동지 여러분! 북남의 청년들이 투철한 사상으로 하나가 된다면 언젠가는 다가올 북남 통일의 날에 우리 북과 남은 같은 민족으로서 얼싸안고 힘든 오늘을 회고하게 될 것입니다. 여러분!"

박수가 다시 일어 잠시 말을 끊다가 마이크를 당겨 잡는다.

"세계 사로청 동지 여러분! 우리 다 같이 남쪽 애국 청년학도들에게 힘찬 격려의 박수를 보내야 하지 않겠습니까?"

연설을 마치자 열렬한 박수의 여운이 인민대회장을 흔든다. 사회자가 다가와 손을 잡더니 두 손을 힘껏 치켜세운다. 다시 박수가 쏟아지고 나는 얼굴이 벌게져서 장내를 훑어보았다. 연설문을 미리 한 번 읽었으나 심정적으로 공감이 가는 부분은 없었다. 북에서의 데뷔전이라 할 수 있는 행사였기에 연설 원고에는 내 생각을 담고 싶었으나 언감생심이었다. 다른 사람이 쓴 연설문을 읽어야 하는 심사가 뒤틀렸다. 그런 나의 연설이었기에 청중이 보인 열띤 반응은 의외였다. 당 간부들은 내가 역할을 충분히 해낸 것으로 여기는 듯했고 몇몇 나라 대표가 내게 다가와 사진을 찍자며 포즈를 취했다. 내 연설 뒤에 세 사람이 더 연설했고 민속공연이 뒤를 이었으며, 마지막에는 대회장인 김일성 주석이 연설했다.

원고 없이 마이크를 잡은 김일성 주석은 목소리에 강단이 있고, 노련한 몸짓으로 청중을 제압하는 카리스마가 남달랐다. 세 시간 남짓한 대회가 마무리되자 참가자들은 나라별로 그룹 지어 관광 일정에 들어갔다.

삼일 뒤 지도원 동무가 중앙당의 전갈을 보내주었다. 김일성 주석을 대회장 영접실에서 만날 것이라 했다. 중앙당 부부장이 나를 데려가는 길에 당부의 말을 전한다.

"수령님께서 따로 부르는 건 례삿일이 아니오. 수령님을 대할 땐 최대한 례의를 갖춰야 하고 남반부 방식대로 답하지 말고 신중해야 합네다. 크게 말하고 수령님께서는 조국을 위한다는 대의에서 박 동무 답변을 바라실 터이니 머리가 우수한 박철 동무는 잘 해내리라 믿갔소."

"알겠습니다. 부부장 동지."

신과 마주하다

　인민대회장 영접실은 황금색 가구들로 장식된 대형 룸이다. 큼지막한 금강산 담채화가 뒷벽을 채워 김일성 주석의 배경이 되었고 김 주석은 당당한 풍채와 부리부리한 눈매로 나를 압도한다. 불호령이라도 내리면 사자의 포효로 들릴 듯하다. 주석 옆자리에는 최용건, 김일, 최현이 배석했는데, 키가 작달막하고 다부진 인상의 최현은 내게 각별한 시선을 보내준다. 나이로는 내가 자식 정도로 보일 것이다. 나를 옆 세운 부부장이 주석을 향해 머리를 조아린다.

　"수령님, 남조선 대표로 련설한 박철희 동무입네다."

　앞에서 마주 본 주석의 첫인상은 사진으로만 본 선입관과 다르다. 투쟁적이고 야무진 인상만이 아니다. 구김살 없는 얼굴에 품격과 포근함이 보인다. 부부장의 당부가 있었음에도 김일성과 만나는 자리가 편한 것은 주석의 부드러운 시선 때문이리라. 부리부리한 눈과 짙은 눈썹에서 나오는 온화함이라니! 의외다. 하지만 그 눈꼬리에서 흐르는 차가운 뒷맛이 섬뜩하다. 묘한 느낌이라니! 그러나 나는 주눅 들지 않고 자연스럽게 고개 숙여 예를 표한다. 주석은 큰 눈을 깜박이면서 자리를 권한다.

　"그래요. 어제는 수고했소. 동무."

　"감사합니다."

　"박철희 동무, 담배 피우나?"

　김 주석이 담배 케이스를 열면서 나를 흘낏 본다. 나이로도 어른이고, 더구나 이런 자리에서는 주석과 맞담배를 할 수는 없을 것 같다. 주석의 뜻밖의 물음은 배려심이었을 것이다. 담배를 즐기는 편이지만 못 피운다고 사양하니 주석 혼자 담배를 빼어 문다. 김 주석이 우호적인 눈빛으로 나를 바라본다.

"박 동무요…."

"예."

"어제 린민대회당 련설은 아주 훌륭했어요. 세계에서 온 사로청 청년들 반응이 대단했잖아! 파리 류학생들은 력시루 다르단 말이디. 중국 공산당의 주은래, 류소기, 주덕, 등소평 같은 대단한 혁명 닐꾼들이 모두 파리 류학생 출신니잖아. 내래 파리 출신들 좋아하는 리유가 다 있는 거이디. 난 남조선 출신 파리 류학생들에게 큰 기대를 하고 있디요. 파리 류학생들 실력이 구라파 학생들보다 월등하다는 소식을 잘 들었고. 특별히 박철희 동무 소식 말이디."

한 호흡 쉬며 내게 보내주는 주석의 눈길이 평온하다.

"고맙습니다."

당 간부들한테 들은 말과는 달리 주석은 끝까지 편한 분위기로 대화를 이어 나간다. 내가 대답을 크게 할 이유가 없어 낮은 목소리로 또박또박 답했다.

"그런데 말이야. 박철희 동무가 파리에서 왔으니께니 속으로는 실망이 컸겠다."

잠시 시선을 맞춰오는 주석에게 언뜻 대꾸할 말이 떠오르지 않는다. 무슨 말을 하려는지 김 주석은 담배 재를 털며 목소리를 깔고 있다.

"북반부 좋다는 얘기만 들었갔는데 벌써루 보았겠디마는, 우리가 아직은 많이 부족해, 려러 게디루! 하지만 조금만 노력하면 우리도 잘살게 될 거이야. 통일도 가능할 테고. 문제는 남반부에 숭미 사상이 아직 너무 많단 말이야. 소련 놈하고 중국 놈들이 꽹과리만 쳐 줘도 곧 통일이 될 텐데. 글쎄 고놈들이 그걸 안 해주잖아! 앞으론 우리도 잘살게 될 거야."

소련 놈하고 중국 놈들이 꽹과리만 쳐 줘도 곧 통일이 될 터라는 말이 선뜻하다. 그들이 꽹과리를 쳐 주지 않는 데에는 나름대로 계산이 깔려 있을 것이다. 세상 어느 나라도 자국 이익이 우선이다. 미국과 소련이 한반도에 들어온 것이 정의를 위해서, 인도적인 차원에서의 주둔만은 절대 아닌 것처럼. 이를 잘 아는 김일성이 주체사상의 필요성을 주장하는 것도 같은 이유이다.

사회주의 지상 낙원을 만들기 위해 선두에서 지휘하는 철권 통치자가 자기 나라가 부족하다느니, 실망했겠다고 한다. 하긴 통일교 문선명 목사가 북에 왔을 때 김 주석이 '목사님 기도 하시디요'라고 기도를 주문해서 선수를 쳤다고 했다. 남한의 이후락 중앙정보부장에게는 방북하자마자 지하 탱크공장에 데려가 기를 죽여 놓은 뒤 '당신은 영웅이오!'라며 비행기를 태웠다고 한다. 또 주석이 피우는 담배도 국산이고 테이블에 오른 음료수도 모두 국산이며 주석은 옷까지 인민복 차림이어서 분위기부터 검소하게 연출하고 있다. 자연스럽게 남한에서 만난 이승만 대통령이 오버랩된다. 대통령은 북이 좋은 사람은 북으로 가라고 해서 아쉬웠다. 김 주석이 담뱃

재를 다시 턴다. 눈꼬리에서 다시 그 차가움이 살아난다.

"박 동무. 난 이걸 참 알았으면 좋겠단 말이야. 남조선 린민들 미국에 대한 환상이 아주 많은 것 같단 말이디. 정말 남반부 닌민들이 어떤 사상을 개지고들 있는 거인디. 박 동무는 그 점을 어케 생각하나?"

김일성 주석 눈에 심지가 돋는다. 나는 반사적으로 자리를 고쳐 앉으나 생각을 고르잡지 못해 잠깐 멈칫하다가 어렵사리 입을 뗀다.

"그 부분은…, 남쪽이 워낙 반공교육을 치밀하게 시켜서 아직 깨우치지 못한 사람들이 많은 것 같습니다."

"그래?"

김일성이 바로 말을 받고는 뒤에 말이 없다. 다음 말이 무엇인지 초조해 하는 최용건의 모습이 부담스럽다. 내가 '열심히 하겠습니다' 할걸. 내 말에 김 주석이 실망했겠구나. 주석은 그러나 화제를 다른 것으로 돌린다.

"음…. 박철희 동무는 무엇을 공부하는가?"

"건축 미학을 공부합니다."

당시 김일성은 건설 분야에 관심이 많았다. 러시아나 동유럽에서 들어오는 원조를 대부분 건설에 쏟아부었다. 인민들이 당장은 좀 배가 고파도 참고 건설 사업에 매진하여야 앞으로 잘살게 된다고 했다. 1호 행사 때마다 입만 열면 건설, 건설을 입에 달고 다녔다. 주석은 내가 건축 미학을 공부하고 있고 파리의 권위자들이 인정한 건축 분야 엘리트이니 활용 가치가 있다고 여기지 않을까? 때마침 적소에 써먹을 곳이 있어서 공들여 데려온 게 아닐까 하는 생각을 했다. 그런데 김일성의 침묵이 길어지니 분위기가 어색해진다. 단도직입적으로 혹시 내게 건축 분야에서 일하라고 하지 않을까? 그러나 나의 기대를 저버리고 주석은 다른, 의례적인 말을 꺼낸다.
"평양에 와서 고충은 없나? 불편한 점이 없나?"
처음 몇 달은 무척 불편했다. 지도원 동무가 늘 붙어 지내는 것도 거북했다. 처음에는 무엇이든지 도와서 고맙기만 했는데 점점 부담스러워졌다. 돕는 게 아니라 붙어 참견하고 감시했다. 알 것을 다 알게 된 지금에 와서는 그러려니 하고, 새삼스레 불평할 일도 없다. 불평이란 북한식 사회주의에 불만이 되는 논리다. 불만은 곧 반동으로 통하니 불평불만이 자리할 곳은 없다. 내 대답은 뻔했고 이 공식은 어디서나 어떤 경우에도 적용되었다.
"괜찮습니다. 잘 지내고 있습니다."
"그래. 열심히 합시다."
주석이 자리에서 일어나 내게 손을 내민다. 맞잡은 주석의 손길에 힘이 담기지 않아 아쉬움이 남는다. 기대한 만남이 이렇게, 이 정도로 끝난다. 못내 부족함이 있는 시간이지만 내가 북에서 나의 바람을 담아내려면 시간이 더 필요하리라 생각하고 만다. 자리를 물러날 때 최헌이 내게 다가와 어깨를 다독인다. 최헌은 인품 있는 노익장으로 내게 따뜻한 눈길을 주곤 하는 어른이다. 이후로 나는 김일성이 참가하는 1호 행사 때마다 초대받았고, 6~70명이 모이는 자리에서도 주석 테이블 바로 다음에 자리를 배정받곤 했다. 김 주석이 나를 자기 가까이에 두면서 챙기고 있다는 생각이 들었다. 주석과 마주한 분위기가 가시지 않은 뒤라서 조금은 의외라는 생각도 했다.

언제였나, 뒤로 몇 테이블 건너에 신상옥 최은희 부부가 앉아 있어서 깜짝 놀랐다. 두 사람이 왜 평양에 왔는지 모르지만 내심으로는 반가웠으나 신상옥 부부와 대화를 나눌 일은 없었다. 두 사람을 대하니 떠오르는 일이 있었다. 문화부장이 어느 날 나를 불러 물었다. 박 동무는 령화를 좋아하냐고.

"자주 봅니다. 파리에서 많이 보았습니다."

"그 말이오. 박철희 동무는 령화 산업을 어케 생각하고 있는디 말이오. 외화벌이 차원에서 북한 령화를 만들면 어떻갔소?"

남한에서는 TV라는 새로운 산업이 생기면서 영화는 사양길로 들어설 것이라는 말이 돌 때였다. 그대로 말했다.

"영화는 사양산업이 되지 않겠습니까? TV로 보는 비디오, 그러니까 포르노라면 돈이 벌릴지 몰라도."

"포르노요? 그거이 섹스하는 거 아니요?"

"우리가 포르노를 산업으로 할 수야 없지 않겠습니까? 하하하."

이 선문답은 신상옥, 최은희 부부가 북에 올 것을 염두에 둔 것이었을 것이다. 나는 북에 와서도 큰 인물들을 대할 때 별 부담 같은 건 없이 편하게 대했는데, 성장기에 부친의 걸출한 친구분들과 자주 대면했던 경험이 작용한 것 같았다. 내가 매사에 무덤덤하지 않고 하고 싶은 말을 다 했다면 그 결과가 좋았을까? 김일성을 만나고 집에 들어온 날 수경은 맥주 상을 준비해 기다리고 있었다. 나만큼이나 기대가 컸을 수경은 어려운 자리에 다녀온 나를 위로하고 싶었나 보다.

"어땠어요? 주석한테서 무슨 특별한 언질이라도 있었나요?"

수경은 이 체제에서 장래가 보장되리라는 기대는 애초부터 하지 않은 사람이었다. 도리어 빌미만 생기면 남쪽 타령을 하면서 언젠가는 짐 싸 들고 남으로 내려갈 여행객처럼 생활했다. 오늘은 주석을 만난 자리였으니 남편에게 걸맞은 제안이라도 하지 않았을까 지레 기대했을 것이다. 남쪽 바라기를 하루도 거르지 않는 사람이지만.

"김 주석은 의외로 다정다감했어. 어제 연설 잘했다고 그러더군. 내 전공을 물어서 건축 미학이라고만 대답했어. 내 답변에 별다른 말이 없더라고. 내가 더 적극적으로, 건축 쪽 업무를 하고 싶다고 나서서 말할 걸 그랬나 싶긴 했어."

아내는 고개를 저으며 내 잔을 채운다.

"아녜요. 잘했어요. 그런 말 했다가는 그 길로 코가 꿰어 불려 다니다 나중에는 기존 세력들에게 밀려 쫓겨날 거예요. 이 사회가 그렇지 않나요?

도리어 잘된 일이에요. 거슬리지 않게 처신하고 있다가 기회를 잡아 우리는 반드시 남쪽으로 가야 해요, 어떤 방법으로든지 기회는 올 거예요.

여보. 우리가 꿈을 펼칠 곳은 남쪽이에요. 설혹 눌러앉는다고 해도 남쪽 출신인데 발이나 제대로 붙이게 할 것 같아요? 이용 가치가 있을 때까지만 우리를 잡고 있다가 다했다 싶으면 바로 숙청할 거예요. 이 사회라고 줄이 없고 빽이 없겠어요? 혈혈단신 남쪽 출신한테 한계는 뻔해요."

수경은 이 사회를 정확하게 진단하고 있다. 내가 미치지 못하는 부분까지 챙긴다. 오늘 일도 나로서는 낭패스럽기만 하다. 아내 말대로 이곳이 지상 낙원이라도 자기 하고 싶은 일을 못 하면 무슨 살아가는 의미가 있을까. 내가 나의 예술마저 포기할 수는 없다. 나는 수경에게 하루빨리 당당한 나를 보여주어야 한다. 하지만 무한 상상이 제한되고 틀 속에 갇힌 환경에서 예술 창작이 가능하기는 할까? 수경이 내 잔에 맥주를 채운다.

"조 선생님! 당신 얼굴에는요, '나는 순진합니다'라고 쓰여 있거든요!"

수경이 풋풋하게 웃으며 던지는 농이다. 우린 건배할 일 없는 술잔을 마주친다.

"언제가 될까? 수경 앞에 보란 듯이 뭔가를 이뤄낼 그날이!"

"나도 당신이 설계한 건축 작품을 평양에서 보게 되려나 했지요."

입맛이 씁쓸하다. 내 가정은 북에 와서 나는 북쪽으로, 수경은 남쪽으로 남과 북으로 갈라져 있었다.

1호 행사의 해프닝

국제 사로청대회가 성공을 거두자 신문에서는 연일 후속 기사가 오른다. 주먹을 흔들며 연설하는 내 사진도 신문에 실렸는데 내가 아닌 듯 낯설기만 하다. 대회 참가자들은 금강산 관광 일정에 나섰고 일주일 지나 사로청대회 뒤처리가 마무리되었다.

어느 날 지도원 동무가 주석님을 또 만나게 될 것이라고 알려주었다.

1호 행사에 참석하라는 통지였다. 1호 행사는 김일성 주석이 참석하는 행사를 말한다. 말하자면 나는 근접 수행원이었다.

평양역에서 주석단을 태운 1호 열차는 신의주역으로 향했다. 신의주에 세운 비날론(비닐론) 방직공장 준공식에 가는 길이라 한다. *비날론은 무연탄과 석회석을 변형 없이 그대로 사용하여 폴리비닐 알코올에서 얻어내는 합성섬유로 1939년에 남쪽 출신 이승기 박사가 개발했다. 벨기에의 듀폰사가 개발한 나일론에 이어 세계에서 두 번째로 개발한 합성섬유로 나일론에 버금가는 품질을 인정받았다. 빛과 화학약품에 강하고 자연 섬유에 가까운 특성이 있어 김일성은 이를 '주체 섬유'라고 부르며 생산을 독려하여 북한에 의복 혁명을 일으켰다. 그러나 화학약품에 강하다 보니 염색이 잘 안되고 생산 비용이 많이 드는 단점이 드러났다. 당시 이승기 박사와 자웅을 겨뤘던 화학자 여경구 박사(여운형의 아들)가 비날론의 대량 생산에 반대하고 나섰는데 사상 검토를 받고 여 박사는 결국 자살하게 되었다고 전한다.

주석단에 낀 나는 평양시가 아닌 다른 도시를 보았다. 두 도시는 차이가 많았다. 압록강 건너 단둥시와 마주한 신의주시는 야트막한 건축 색깔부터 잿빛 일색이며 인민들 복장은 남루하기만 했다. 그나마도 자세히 살필 시간이 없었다. 북에서는 김 주석마저도 하층 인민들이 어떻게 살아가는지 모르는 게 아닐까 하는 의구심이 생겼다. 신의주역 광장은 마중 나온 신의주시 당 위원장과 인민들, 군악대, 당 간부들로 북적였으나 광장에서의 환영식은 없었다.

* 출처 ; 네이버 지식인 자료 인용

주석단 일행은 곧장 식장인 신의주 대극장으로 들어갔다. 김 주석은 최용건과 함께 VIP 대기실로 갔고 나는 장관급인 부장, 당 선전부장 등과 주석단에 섞여 앉았다. 극장은 1, 2층 객석 구조였는데 앞에는 반원형의 큰 무대를 가지고 있었다. 주석이 VIP실에서 대기하는 동안 우리는 극장 2층 앞자리에 앉았고, 장내는 신의주시 당 간부들과 시민들로 빈자리 없이 찼다. 접대부 동무의 안내에 따라 자리에 앉아 주위를 둘러보는데 안내 방송이 찌렁찌렁 울린다.

"우리 린민의 위대한 령도자이신 김일성 수령께서 립장 하십니다!"

주석의 등장을 알리는 여성 방송원의 격한 안내 방송에 맞춰 열광적인 환호성이 인다. 일제히 자리에서 일어나 보내는 박수와 환호는 몇 분간 이어지더니 뒤이어 사회자의 선창에 따라 만세 삼창이 장내를 흔든다. 군중은 만세 삼창이 끝나서야 다들 자리에 앉는다. 그런데 이상하게 주석 자리에 있을 김일성은 안 보인다. 그때다. 인민복 차림의 간부로 보이는 사람이 구석진 단 아래에서 마이크에 대고 큰 소리를 내지르고 있다.

"박수가 약하고 만세 삼창도 그거이 뭡니까? 이거이 되갔습니까? 위대한 수령님께서 이 먼 곳까지 오신 날이란 말입니다. 저 2층 뒷자리 말이야요. 더 렬성적으로 박술 못 치기요? 목청껏 소리를 내지르란 말이야요. 만세를 부를 때는 거저 손을 최대한으로다가 올리기요. 알갔소? 제대로 좀 하란 말이오. 이자 막 수령님께서 도착하셨는데 이래 개지고서는 안 됩니다. 자, 마지막으로 한 번만 련습 합세다."

예행 연습을 다시 한다. 더 크게 더 렬성적으로 장내가 들끓고. 이윽고 끓는 물에 찬물 붓듯이 장내가 가라앉는다.

"1호 행사는 항상 예행 연습을 합네다."

옆 지도원이 귀띔한다. 이런! 속웃음이 나오는 걸 참았다. 연습도 열렬히 해야 하는가.

"우리 민족의 위대한 령도자 김일성 수령님께서 립장하십니다!"

격한 감정으로 장내 방송원이 선언하듯 일갈하자 주석단을 이끌고 인민복 차림의 수령이 걸어 들어오며 환호에 손을 흔든다. 장내는 다시 끓어오른다. 박수는 주석이 자리에 앉은 뒤에도 몇 분간 이어졌고 주석은 아래로 뒤로 손을 흔들어 답한다.

"우리 민족의 위대한 령도자이신 김일성 수령님 만세!"

"만세! 만세! 만세!"

만세삼창이 끝나자 주석이 앉았고 장내가 다시 물 뿌린 듯 조용해진다.

김 주석이 자리에 앉기 전 주위를 돌아보다가 나와 눈길이 잠깐 마주친다. 주석이 눈빛으로만 내게 아는 체한다. 내 자리는 최용건 다음 자리여서 미처 몰라본 간부들이 또 한 번 깜짝 놀라는 눈치다. 아무리 큰 극장이라도 사람들이 꽉 들어차서 함성과 박수를 한 번에 내지르니 거대한 용광로에는 기운이 들끓고 내 소매 속에는 소름이 돋아 오른다. 뒤이어 주석단을 소개할 때는 단발식으로 박수가 나왔고 내가 최용건 다음에 자리하고 있음에도 내 이름 박철희는 호명하지 않는다. 신의주 중앙당 서기의 경과보고에 이어 방직공장 설립 연보와 앞으로의 비전 등이 극화된 공연으로 큰 무대에 펼쳐진다. 인민배우들은 모두 열정적으로 공연하여 열성 신도들이 신에게

올리는 제례 의식 같은 분위기를 연출한다. 이날 주석의 연설은 없었다.

신의주 방직공장을 방문하는 동안 김일성 주석이 인민에게서 신으로 추앙받는 절대 권력의 소유자라는 인상을 받았다. 김일성은 신이 아니고서는 받을 수 없는 경의와 찬사를 받고 있었다. 행사를 마치고 주석이 자리에서 일어나 최헌 쪽으로 걸어올 때 최헌이 나를 다시 인사시켰고, 주석은 나와 눈을 맞추며 고개를 한번 끄덕였다. 최헌은 다른 모임에서도 나를 만날 때마다 유난히 반기며 챙겨준다. 최헌은 김일성 곁에서 항일 전투에서 이겨낸 투사라고 들었다.

저녁에는 신의주 시내의 고급 초대소(안가)에 들었는데 저녁 식사에 보니 놋그릇에 덮개가 덮여 있어 어릴 적 전라도에서 본 깔끔한 식기 생각이 났다. 다음 날 신의주 시내 유치원, 공장들을 견학할 때는 아내가 따라나섰는데 평양과는 다르게 시설이 많이 낡았다.

견학을 마치고 집에 돌아온 수경은 평소보다 더 언짢아했다. 유치원을 돌아보면서 평양에 남겨진 아이들 생각을 했으리라. 이곳의 교육은 규격에 맞춰진 듯 부자유했고 능동적인 사고를 싹부터 잘라버리는 구조라는 생각을 하게 하였다. 내 자식들 교육이라고 다를 바 있을까. 나는 수경의 걱정을 눈치채고 다독거렸지만, 수경은 뜻밖의 말을 끄집어냈다.

"나는 오영 박사 가족과 안도희를 생각했어요. 오 박사 가족은 어찌 되었을까요. 아마도 우리랑 비슷한 길에 있겠지요? 오 박사는 세뇌 교육 중에도 남들과는 다른 부분이 많았는데 지금은 어디서 무얼 할까요? 오 박사 부인의 처지도 나와 다를 게 없겠지요? 무척 궁금해요. 매사에 자기주장은 접어야 하는 이 체제에서 오 박사가 그 엄청난 일을 끝내 해낼까요?"

"글쎄 말이오!"

"참, 안도희가 고국에 귀국하지 않았으면 그때 사정으로 보아 아무래도 월북했을 가능성이 크지요? 평양에 온 뒤 도희가 떠올랐으나 물어볼 사람도 없고 정보를 접할 길이 없었어요. 오늘은 도희가 어딘가에서 불쑥 나타날지 모른다는 생각이 머리에서 떠나지 않았어요. 얘가 혹시 신의주에 살지 않을까 싶었거든요. 도희는 어디서 무엇을 하는지……."

나도 처음 몇 해까지는 아내와 같은 마음이었다. 안도희를 우연히라도 만났으면 했으나 생소한 북한 생활에 적응하느라 차츰 잊었다. 수경은 내게서 답을 얻으려는 듯 나만 바라보았다.

"누구에게 물어보기도 그렇고. 선배들과도 연락이 안 돼 갑갑했어. 평양에 들어왔다면 벌써 만났겠지. 혹시 미주 쪽으로 공작을 나갔을까?"

도희가 불쑥 나타나 수경의 외로움을 달래주면 얼마나 좋을까. 파리에서도 수경에게는 가까운 친구가 도희밖에 없는 듯했다. 오영 박사 가족은 어떻게 되었을까. 두 딸은 혁명학원에 다니고 오 박사 부부는 해외 어딘가로 공작을 떠난 것으로 알려졌다. 그들도 꿈을 잃어버리고 하릴없이 세월만 죽이고 있는 게 아닐까.

강 부부장이 찾아왔다. 어느새 낯이 익어 가까운 이웃 같은 사람이다. 하긴 평양 사람 중 가장 자주 만났고 북한과의 인연 초기부터 알았으니 이웃이라야 맞다.

"이자 우리 박철희 동무래 당원이 되셔야 하갓소. 조선노동당 당원이 되는 거이는 령광 중에도 령광이야요. 남반부처럼 당비만 내면 아무나 들어가는 그런 당원이 아니야요. 우리 공화국 조선노동당 당원은 '당원의 령광!' 바로 그거야요."

달갑지 않은 말이다. 나는 귓등만 내준다.

"박철희 동무요. 이거이 형식적이니께 여기에 서명하라요. 당원이 되면 벌써루 대접부터가 달라져요. 박 동무는 적구 당원이 되는 거인데 적지에서 싸우는 당원이란 뜻이야요. 남조선 출신 포섭자에게는 신뢰가 중요하기 때문에 잘 내주지 않는 특별 당원이야요. 어서 서명하라요."

당원이 된다는 생각은 전혀 안 했다. 북한 사람의 신분이 된다는 증서다. 일이 이렇게까지 꼬여 들 줄은 몰랐으나 인제 와서 못 하겠다는 것 또한 말이 안 된다. 내가 주저하는 눈치를 보이자 부부장이 손을 끌어 서류에 대면서 덧붙인다.

"박철희 동무요. 당에서 동무를 믿기 때문에 특별 당원까지 배려하는 거요. 어서 서명하라요. 남들은 다 부러워할 거요. 어차피 평양서 활동하려믄 이거 꼭 필요해요. 박 동무는 벌써 알았겠지만 이미 특별 대우를 받고 있으니께니 사실은 이거이 형식적이야요. 서로 립장이 있는 거이니 달리 생각하지 말고 어서 사인하기요."

북에서 굳이 당원 가입을 강요하는 이유는 감투를 씌워 옴짝달싹 못 하게 하려는 것이다. 그걸 알면서도 나는 서명하고 말았다. 입당 원서에 서명하기까지 나는 한마디도 하지 않았으나 서명을 피할 수는 없었고, 나는 조선노동당 특별 당원이라는 올가미를 목에 걸고 있었다.

마중글 그림자 없는 삶을 추적하다 _ 3

증언 I

실종 _ 7

우림에서 뜬 별 _ 15

퐁네프다리의 첫눈 _ 57

나는 새가 되어 _ 103

나는 수괴다 _ 149

김일성과 마주하다 _ 175

증언 II

전통문 타전 _ 209

비색 翡色 _ 213

그림자 없는 사람들 _ 241

밥벌이 예술 _ 275

나는 북한 공작원이다 _ 309

리턴 Return _ 359

발문 소설의 자율성과 주제가치 _ 396

닫음글 진상미로에 마거릿 피면 _ 403

전통문 타전

GOODBYE
PARIS
GOODBYE
PARIS
GOODBYE
PARIS
GOODBYE
PARIS

눈설레 몰아치는 대동강 변의 동틀 녘, 검은색 지프를 앞세운 군용 트럭이 야트막한 둔덕 아래로 질주해 들어간다. 2006년 11월 28일, 강을 등진 둔덕 앞에 말뚝 3개가 새 먹잇감을 기다린다. 지프에서는 군관과 인민복 차림의 중앙당원이 내리고, 군용 트럭에서는 검정 죄수복에 얼굴 가리개를 뒤집어쓴 두 사형수가 병사들 손에 이끌려 땅에 부려진다. 두 사형수는 지체 없이 말뚝 뒤로 손이 묶이고, 군관의 지휘에 따라 다섯 병사가 거총 자세로 사형수들과 마주 선다. 차가운 주검이 만들어지는 현장, 처형장에 흐르는 침묵 사이로 눈발이 갈기를 세운다.

"조준!" 병사들이 방아쇠에 손가락을 건다.

"사격!"

군관의 신호에 맞춰 다섯 개의 총구가 일제히 불을 뿜고. 3발씩, 간격 없이 울리는 총성이 둔덕에 되 받쳐 메아리로 묶인다. 그중 3발만이 실탄을 날랐을 것이다. 사형수들 고개가 떨어지고, 얼굴 가리개 밑으로 긴 머리가 치렁거린다.

"철수!"

임무를 마친 형 집행 일꾼들이 일사불란하게 차에 올라 눈발 분진을 일으키며 형장을 떠난다. 곧이어 낡은 트럭이 시신 처리를 위해 뒤뚱뒤뚱 현장에 들이닥친다. 이곳은 공개 처형장이 아니었다. 두 사형수를 공개 처형하지 않은 이유는 알려지지 않았다. 다음 날. 우리 측 동해안 경비사령부가 해안 경비대에 긴급 전통문傳通文을 타전한다.

- 11월 30일 06시경 북측 해역에서 비무장 어선 한 척이 어로 한계선을 넘어 남하 예정. 사격 금지, 화물만 인수한 뒤 어선은 돌려보내고 부대장은 조치 상황을 즉시 보고할 것. 이상, 전통 끝.

연안 경비대가 경계 태세에 돌입한 새벽 여섯 시경이다. 북측 해상에서 작은 목선 한 척이 새벽 윤슬을 타고 고물고물 남하해 온다. 우리 측 해역에 대기한 경비정에서 이를 포착, 추적하여 해안 초소로 유도한다. 뱃머리에 백기를 단 낡은 목선은 선원 한 명이 키를 잡았는데, 조정간 앞에 나무관 두 개가 텐트로 덮여 있다. 대원들이 이를 수거했고 북한 목선이 안전하게 회항하도록 유도, 북측 해역으로 돌려보낸다.

- 목관 두 개 수거. 의무관 입회하에 이를 해체한 결과 수의 속에서 사람 몸무게의 흙덩이가 각각 들어 있음을 확인함. 북한 목선은 즉시 돌려보냄. 08시 상황 종료. 이상.

이 일은 조영우 선배가 고국의 품에 돌아와서 아내를 잃은 시점에 일어난 일이다. 이 상황은 이야기의 말미에 그 미스터리가 풀린다. 선배의 이야기는 다시 30년 전, 평양에서 시작한다.

비색 翡色

마침내 기회
맞단추를 끼우듯
내 한 몸 잉걸불에
비색의 발현

GOODBYE
PARIS
GOODBYE
PARIS
GOODBYE
PARIS
GOODBYE
PARIS

마침내 기회

　대동강 변 버들가지에는 연둣빛이 도는데 평양 시민의 봄은 아직 인민복 속에 갇혀 있다. 내 나이가 서른다섯이니 세상 저편의 소식을 못 들은 지 다섯 해째다.
　수경은 평양행을 결정할 때부터 석고상이 되어 있었다. 우리가 세뇌 교육을 받는 동안에도 수경의 닫힌 마음은 열릴 기미가 없었다. 금강산에 갈 때는 1호 특급 열차까지 대기했고 나는 철없이 우쭐했다. 하지만 이 모든 게 하층 인민들과 접촉을 막으려는 조치였고 객실 밖 속사정이 날것으로 드러났을 때 수경은 그것 보란 듯 내게 눈총을 주었다. 평양시도 모래성에 지나지 않아서 부자들만 산다는 평양 뒷골목에는 굶주린 인민의 허기진 생활이 풀을 뜯었다. 그리고 수경은 이 '지상 낙원'에서 뜻밖의 일을 당한다. 수경은 백화점에서 소매치기당하고 들어와 그간 참아온 화를 쏟아부었다.
　"이런 허접한 꼴 보여주려고 날 데려왔군요! 속았어요. 이건 아녜요."
　나는 대꾸할 말이 떠오르지 않아 멍~해 있다가 푸념 섞인 말을 토해놓아야 했다.
　"그래 당신 말이 맞아. 내가 속았어."
　나오지 말아야 할 말이었다. 수경은 알고 있었다는 듯 말이 꼬리를 문다. 탈북이라도 할 생각이냐. 탈북해서 남쪽에 가면 반겨주기나 하겠냐. 탈북이 가능은 하냐고 가슴에 묻었던 말을 끄집어낸다. 나는 말싸움을 피하고 싶었으나 수경은 끝내 어린 두 아이를 끌어안고 울먹거린다.

"내가 이런 말 해도 당신은 끝까지 아니라고 우겨야 하지요. 그래야 내가 이 모진 땅에서 당신 하나 바라보며 살지 않겠어요?"

기가 막힌다. 그래! 내 잘못이다. 우리 사이에 이런 격한 말들이 오가야 한다니! 나는 창문을 드르륵 열어 밖으로 시선을 던진다. 와락 달려드는 어둠 타고 수경의 탄식이 뒤를 쫓는다.

"당신은 파리에서 로마 대상감이라고들 했어요. 공부 마치고 귀국했다면 서울에는 최고의 건축물이 세워졌을 거예요. 모두 당신을 기대하며 바라볼 때 당신은 북쪽으로 시선을 돌렸어요. 겨우 이 모습 보여주려고 조국을 등졌나요?"

수경은 입술을 바르르 떤다. 이상향을 꿈꾸며 굽은 길을 좇아왔으나 이 끝 모를 격절감을 언제까지 가져야 할까. 내가 북쪽으로 시선을 돌렸다니!

그건 아니다. 우리는 그날 밤을 한탄으로 지샜다. 어쩔 수 없는 선택의 순간에도 북에는 절대로 가지 않겠다는 걸 어렵사리 설득했다. 북에 온 뒤로 아내는 얼굴 화장은커녕 이웃이 없는 고독한 일상을 보내고 있다. 당에서는 그런 수경에게 대남방송 요원의 굴레까지 씌웠다. 수경의 남한 말씨를 활용하는 것이다. 당에서 내린 허황한 내용을 전파에 실어 내보내는 새빨간 거짓의 입술, 아내는 앵무새 노릇이 끝나고 돌아오면 남쪽을 들먹이며 눈시울이 벌게지곤 한다. 수경을 제대로 마주하지 못하고 창 너머 빈 하늘만 바라본다. 상식이 통하지 않고 말더듬이 길 더듬이로 평양살이를 살아야 하는 나는 깃털 뽑힌 새가 되어갔다.

세뇌 교육을 받으면서도 북한에서 나의 예술을 펼칠 기회가 오리라는 믿음은 놓지 않았다. 나의 간절함에 하늘이 답했을까? 그 봄, 당에서 안면이 익은 간부가 초대소에 찾아왔다. 오십 줄에 인민복 차림으로 눈이 또랑또랑한 사내였다.

"두 분 선생께 드릴 말씀이 있어서 왔습네다. 내년은 수령님 환갑이 되는 햅네다. 박철희 선생이 수령님께 드릴 환갑선물을 준비할 수 있을지 알고 싶습네다."

뜬금없이 환갑선물을 준비하라니. 내가 시답잖은 표정을 짓자 간부는 위아래로 눈을 흘긴다.

"우리 박철희 선생이라면 충분히 감당할 겁네다. 수령님 생일은 련중행삽네다. 한데 이참에는 환갑이 되십네다. 개인이 수령께 선물 바치는 거이는 대단한 령광입네다. 아무한테나 주어지지 않는 기회니께니 이자 구라파에서 오신 선생께서는 그리 알고 준비하기오."

당 차원에서 개인에게 전갈을 내리는 건 기대하는 것이 있다는 뜻이다. 유럽에서 온 걸 들먹이니 더욱 그렇다. 그때 뇌리에 무엇인가가 번쩍 스쳐 지났다. 이 일은 내게 기회일 수도 있다는 생각이 들었다. 반드시 잡아야 할 기회!

"예…. 생각해 보겠습니다."

중앙당은 절대로 사람을 함부로 쓰지 않았다. 천천히, 완전히 익은 다음에야 적재적소에 사람을 꽂아 넣었다. 그 기다림의 시간 동안 나의 감성은 하루하루 녹슬어갔다. 북한 체제에서 내 소망은 부질없는 곁가지일 뿐 거대한 사회주의 바다 밑에 숨은 여로 잠겨놓아야 했다. 내 소망을 이루는 것은 오직 이 체제를 벗어나는 길뿐이었다.

내가 북에서 명승 유적지를 본 것은 조그마한 소득이었다. 강서 대묘 북벽에서 사신도를 보았을 때 내 가슴은 방망이질했다. 한 작가의 작품을 한 화폭에 고스란히 담은 현무 벽화! 유럽에서는 르네상스에 와서나 나타나기 시작한 개인 화폭의 그림을 우리 조상들은 저들보다 7~8세기나 앞서서 이처럼 개인 화폭에 그려내었다! 4신 중에서 거북과 뱀의 형상으로 표현한 현무는 두 개체가 서로 몸 휘감고 엉켜 있었다. 이런 동물적 역동성이 현란한 색채와 함께 작가의 손길에서 신비로운 이미지로 환생하고 있었다. 그림이 아니고서는 절대로 표현할 수 없는 예술의 극치를 만난 날이었다.

나는 일본에서 태어났지만, 고국에 다녀온 뒤로는 일본 문화를 지워버렸다. 우리 문화재 중에서 반가사유상을 볼 때는 민족적 동질감에서 오는 감성이 육화되어 우리 것에 긍지와 애착이 생겼다. 또, 고려청자의 신비로운 빛깔을 후손들은 왜 제대로 재현해 내지 못하게 되었는지 의아했다.

경성 도자기 공장 방문 때다. 도자기 일꾼들이 자기에다 코발트에 가까운 청색 안료를 칠해놓고는 청자라면서 모두 소련으로 수출한다고 자랑해서 깜짝 놀랐다. 북한도 내 나라다. 혹시 내게 조건만 주어지면 꼭 고려청자를 한번 제대로 만들어 보고 싶었다. 그때의 다짐이 해무 속 등대로 떠오른 것은 수령 환갑을 대비하자고 방문한 중앙당 간부를 만날 때였다. 마침내 기회가 찾아온 것이라는 예감이 들었다. 나는 들썩이는 마음을 가라앉히며 용의주도하게 중앙당을 설득할 명분 정리에 나섰다. 이틀 뒤 중앙당 간부가 다시 왔다.

"어케 주석께 드릴 선물은 생각해 보았습네까?"

"만약에 내가 고려청자를 빚어 선물하면, 그보다 좋은 선물이 없을 겁니다."

나는 즉각 대답했고, 고려청자를 알기나 하는지 간부는 초점 놓친 표정이다.

"고려청자요? 그 거이를 어케 하겠다는….'

"고려청자는 우리 민족이 자랑하는 세계적인 문화유산입니다. 그러나 고려청자의 제작기법은 온전하게 전수해 내려오지 못했습니다. 제가 이걸 제대로 재현하면 역사적인 일이 됩니다."

간부는 진중하게 듣지 않다가 차츰 귓바퀴를 세우는 눈치다.

"청자라니! 아니 그럼 박 선생이 고려청자를 직접 만들겠다는 거이네? 동무래 지금 그 사업에 자신이 있다는 말이디요?"

"예! 여건만 주어지면 해내겠습니다."

간부는 나를 똑바로 마주 보면서 말을 잇지 못한다. 나는 힘주어 시선을 받아냈다. 간부는 제자리에서 몸을 한 바퀴 돌며 골똘히 내 말을 되새기다가 묻는다.

"고려청자라! 그거이 만들려면 어케 시작합네까? 당장에 뭐이 필요합네까? 박 선생."

간부가 서둘러 노트를 펼치려다가 펜을 떨어뜨리면서 호들갑이다.

"동지께서 좋다고 하시면 기획안을 만들어 보겠습니다."

"그것으로 그럼 기획안을 당장 만들어 보기오! 준비되면 내가 중앙당에 올려 비준받아 내갓소."

노트를 접은 간부는 목소리를 높이며 발길을 돌렸다.

나는 고려청자의 가치와 재현해야 하는 이유, 재현했을 때의 문화적 성과와 외화벌이 가능성을 기획서에 꼼꼼히 적었다. 과연 내 손으로 청자를 만들어 낼 수 있을지 내심 걱정은 되었으나 경북 문경 여행할 때 보았던 도자 굽는 현장의 기억이 떠올라 충분히 해낼 수 있다고 단정했다. 나는 벌써 잘 빚어낸 청자가 내게 다가오는 환영을 만나고 있었다. 걱정이라면 손발이 맞는 조력자를 찾는 일이었다. 누군가가 반드시 있을 것이다.

삼 일 뒤 간부는 기획서를 받아 대충 살펴 읽더니 흡족해하며 바삐 돌아갔다. 그에게 신바람을 태워 돌려보냈으나 확실한 조력자를 찾는 일은 여전한 부담이었다.

함승환 부장이 중구역 해방산동에 있는 중앙당 청사에서 김일성 수령에게 보고서를 올린다. 보고서에는 고려청자 재현을 건의한 기획서가 첨부해 있다. 이 부장이 자리에 앉자 김일성 수령이 고개를 든다.

"이, 뭐이요?"

"수령님. 고려청자를 재현하겠다는 사람이 있습네다."

"뭐요, 고려청자를? 그 뉘기요?"

"이참에 파리에서 데려온 남조선 류학생 박철희 동무입네다."

"파리 류학생 그 박철희 동무가? 어디 보기오. 으음…. 그래 이거이 잘 되갓소?"

"고려청자 재현은 북남 어디서도 제대로 해내지 못하는 거인데 이걸 잘 만들면 력사적인 일이 됩네다. 기획서를 첨부했습네다."

수령은 내용을 일별하더니 고개를 끄덕인다.

"그래요! 잘 챙겨보오. 가능하면 당 결정으로 책봉하갓소."

"알갔습네다."

청사를 나서는 이 부장의 발걸음이 가볍다. 주석의 회갑 선물뿐만 아니라 역사적인 일을 해낼 것 같은 믿음에서였을 것이다. 주석의 비준을 초조하게 기다린 닷새째 날 간부가 싱글싱글 웃으며 초대소에 왔다.

"선생, 기획안이 채택되었어요. 어케, 청자를 만들어 보았갔디요?"

"도자기를 직접 만들어 본 일은 없습니다."

순간 간부의 동공이 확장하며 말투가 급격히 빨라진다.

"이 보라요. 수령님 재가까지 받아놓았잖소. 아니 그럼, 어케 청자를 재현하겠다는 거이네? 박 선생."

낭패스러워하는 간부 앞에서 나는 여유롭다.

"공화국에도 청자를 빚어 본 사람이 있을 겁니다. 한 명이라도 좋습니다. 설마 내가 무모하게 청자를 재현하겠다고 하겠습니까? 내게 방안은 있습니다. 다만 조력자가 한 사람만이라도 있으면 좋겠습니다. 기획안이 당에서 채택되었으니 사람을 꼭 알아봐 주세요."

시작이 반이라 했다. 일은 시작되었고 사람부터 찾아야 한다. 못 해낼 일은 아니라고 마음에 새겼다.

"청자를 빚어본 사람…. 알갓소! 내 찾아보리다."

맞단추를 끼우듯

　제비가 둥지 떠나듯이 훌쩍 자리를 뜬 간부는 3일 만에 소식을 물고 돌아왔다.
　"전에 고려청자를 빚은 경험이 있고 청자 지식이 해박하다는 사람을 찾았스요. 같이 가서루 그 사람 만나보기요."
　지식이 해박하다는 말이 구미를 당긴다. 많이 안다는 건 경험이 풍부하다는 것이다. 평양 도자기공장은 대동강 동북쪽 강변에 자리 잡고 있었다. 기다란 단층 적벽돌 건물이 그럴싸했으나 가마는 어디에 있는지 황량하여 도자기를 제대로 빚겠나 싶은 곳이었다. 찾던 사람은 그 공장 화부였다. 대기실에서 기다리는데 오십 대 초반의 눈 심지가 깊은 사람이 들어왔다. 화부는 나를 정면으로 마주치지 않으려는 듯 어설피 고개를 숙이며 먼지가 뽀얀 간이 의자를 닦고 앉았다. 한눈에도 예사 사람은 아니었다. 나는 조심스레 말을 건넨다.
　"고려청자를 빚어보셨다고요?"
　화부는 대답 없이 엉거주춤 서 있다.
　"들으셨겠지만 내년은 수령님 환갑이 되는 해랍니다. 청자를 빚어 수령님께 선물하려고 합니다. 이 일은 중앙당에서 허락이 났습니다. 청자를 재현하는 일에 어르신 도움을 받고 싶습니다."
　어떤 생각을 하고 들어왔을까? 내가 할 말은 다 하고 답을 기다리는데 그는 즉각 답하지 않고 자세를 고루 잡다가 더듬거리는 어투로 말한다.

"고려청자를…. 재현한단 말입니까?"

화부는 발꿈치로 시선을 내리며 되묻는다. 남쪽 말투의 건조한 쇳소리다.

"예, 이 일은 국가적으로 의미가 큽니다. 어르신 이야기는 이미 들었습니다."

"글쎄요. 그 일이……."

"어르신 도움을 받고 싶습니다."

"제가……. 잘 모르겠습니다."

화부가 머뭇댄다. 답이 쉬 돌아오지 않고 반응이 시원찮다. 몇 마디를 더 건네 보아도 대화가 겉돌고 청자를 잘 모르는 사람으로 보이려는 눈치가 엿보인다. 또는 청자 재현이 그리 쉬운 줄 아느냐는 핀잔 같기도 하다. 밀어붙인다고 될 일은 아니었다. 나는 일단 물러서기로 했다.

"이 일은 예삿일이 아닙니다. 생각 좀 해 보십시오. 또 들르지요."

며칠 뒤 다시 찾아가 화부의 주변을 살피며 마음을 얻으려 하였으나 화부는 여전히 진정성 없는 태도로 일관했다. 그러나 그 화부에게서는 내가 포기할 수 없는 진득한 무엇인가가 느껴졌다. 공장을 돌아본다는 명분으로 세 번째 방문하면서 고심 끝에 내 신분을 밝히기로 했다. 어떤 일이 있어도 본래의 신분을 밝혀서는 안 되는 절대 금기 사항을 깨뜨린 것이다.

그것은 내가 북한에 온 뒤 가장 먼저 다짐받은 약속, 금기 1호였다. 또 나의 안위가 걸린 문제였다. 화부는 기술만 빼앗고 자기를 제거하리라고 생각하는 것일까? 그가 무엇을 두려워하는지는 모르나 나의 청자 재현에 갖는 진심을 이해한다면 화부의 닫힌 속내가 열리리라 믿었다. 화부를 다시 불러냈다. 이번에는 선생으로 호칭을 바꿨다.

"선생님. 저는 남조선에서 왔습니다. 오래전부터 고려청자를 재현하고 싶었습니다. 동백림사건으로 남쪽 일꾼들이 북으로 여럿 넘어왔는데 저는 그중 한 사람입니다. 이번 기회에 청자를 꼭 재현하고 싶습니다만 제가 도자기를 직접 만들어 본 경험이 없습니다. 이 일은 청자를 잘 아시는 선생의 일이기도 합니다. 저는 선생이 이 일을 하도록 빈틈없이 도울 겁니다."

대답 없이 발꿈치에서 시선을 거두어 설핏 고개를 들고 있지만, 전에는 못 보던 눈빛이 감지되었다. 화부가 드디어 녹슨 철문 같은 입을 열고 있다.

"저도 남조선 출신으로 전쟁통에 북으로 왔습니다만 청자 재현은 쉽지 않은 일입니다. 그리고 선생님이란 호칭은 듣기 거북합네다."

화부의 붉어진 뺨에 미세한 경련이 인다. 남쪽 출신이라니! 이미 우린 마음을 통한 것이다. 남조선이라는 말이 파장을 일으켰을까.

"보셨겠지만, 이런 조건에서는……. 청자 재현이 안 됩니다."

화부는 역시 가능성부터 생각한 모양이다. 그의 마음을 알았다. 조건은 새로 갖추면 된다. 청자 재현이 쉽지 않다는 말까지 진심의 물꼬가 터지는 소리로 들린다.

"내게 복안은 있습니다. 당의 결정 사항이니 일이 어렵지는 않을 겁니다."

화부는 침묵이 길어지더니 가느다란 눈썹을 파르르 떨면서 말없이 고개를 주억거린다. 이윽고 나를 마주 본다.

"예……. 알겠습니다. 그럼, 한번 해 보지요."

쉽게 열지 않은 마음 문이 열리니 더 미덥다. 그와는 오직 청자 재현을 위한 열정으로 맞단추를 끼우듯 한마음이 되어야 한다. 나는 조심스레 내 이름을 밝혔다.

"박철희라고 합니다."

남한에서의 본명을 대려다 말았다.

"우서랑 입니다. 이런 날이 올까나 했습니다. 좋은 분을 만났습니다."

한시름이 놓였다. 우서랑은 기력이 많이 쇠해 있었다. 일하려면 우선 체력부터 보충할 필요가 있어 보였다. 초대소에서 함께 생활하는 게 좋은 방법일 것이다.

복무원이 찻잔을 내온다. 우리는 주고받은 시선을 무겁게 한 의혹을 털어버리며 의자를 붙여 앉아 청자에 관한 여러 이야기의 물꼬를 튼다. 나의 예상은 어긋나지 않았다. 우서랑은 막힘이 없었다. 이야기가 길어질수록 만수위의 댐 수문이 열린 듯 고려청자에 관한 지식이 무량무량 쏟아져 나왔다. 청자를 빚을 흙에서부터 성형과 혼을 깃들이는 제작 과정, 완성품을 대하는 시각까지. 우서랑은 청자를 잘 아는 정도가 아니라 청자 재현의 비법을 훤히 꿰는 무형의 문화재감이었다. 흡족한 동반자를 만나 기뻤다. 우서랑은 자신의 속 이야기를 풀어 놓았다.

"고려청자에 매료된 일본인들은 일찍이 고려 도공들을 데려가 청자를 재현하려 했습니다. 고려청자는 이후 맥이 끊겨 사라졌지만 일제 강점기 때 도굴 때문에 다시 세상에 알려졌습니다. 고려 도공들의 후손에게서 고려청자의 제조법을 전수한 일본인들이 있었습니다. 일제 강점기에 조선인이 도자기를 빚는 일은 꿈도 못 꾸었지요."

우서랑의 눈가에 회한이 깃든다.

"예. 그랬을 겁니다."

"나는 내 손으로 청자의 신비로운 비색을 꼭 빚고 싶었습니다. 일본인이 경영하는 도자기공장에 들어가 전수자의 몸종 노릇을 자처하며 비법 전수를 간청했습니다. 내 집념을 본 일본인 전수자가 '자네 나라 것이니 자네가 해내라'며 나를 정식으로 받아들였지요. 우리 것인데 일본 사람에게서 배울 수밖에 없는 시절이었습니다."

우서랑은 이어서 청자의 소재, 제조 방법, 쓰이는 흙, 무늬 형상 수법, 유약의 화학적 분석에 이르기까지의 숙지하는 데이터를 빠짐없이 끄집어냈다. 이런 사람을 북에서는 고열의 소성로 앞에 화부로 앉혀 돌가루를 뒤집어쓰게 했으니!

"박 선생 만나 행운입니다."

우서랑의 목소리가 촉촉해져 있다.

"우서랑 선생을 만나다니요! 오히려 제게 행운입니다."

우리는 웃으며 속마음을 섞었다. 테이블로 자리를 옮겨 청자 재현의 구체적인 방법을 짚어보았다. 먼저 청자를 만들 흙은 어디서 구해야 하는지를 물었다. 청자를 만들 소지 즉, 태토는 이 나라 팔도강산 어디든 다 있다고 한다. 지역에 따라 성분의 차이는 있다. 도자기 재료로 쓸 만한 흙을 찾아 잘 걸러서 주물러 내 흙으로 만들어야 한다며 우서랑이 찌푸린 눈주름을 편다.

"유약은요?"

"유약은 재災 만 있으면 될 일입니다. 유약은 재를 물에 담가 숙성한 것이지요. 어떤 나무의 재를 사용하느냐가 중요합니다. 가마는 경사진 지형이 있으면 이상적이고 내가 직접 만들겠습니다."

우서랑의 낯빛이 터널을 지난 것처럼 밝았고 더는 추레해 보이지 않았다. 미리 써 놓은 각본 읽듯 서랑의 대답은 거침이 없었다. 우리는 장작 쌓듯 차곡차곡 고려청자 재현의 밑그림을 쌓아 올렸다. 청자를 빚는데 흙만큼이나 중요한 것이 불이다.

"땔감은요?"

"땔감은 적송이 가장 좋습니다. 적송은 화염이 길고 재가 많이 쌓이지 않으나 참나무는 재가 많아 재 때문에 불길을 제대로 올리지 못하니 적송만 못합니다."

"우선 적송부터 구해놓아야 하겠습니다."

"적송은 북쪽에 많이 있습니다. 그거 모자라면……."

우서랑은 나를 찬찬히 바라본다.

"내 몸이라도 태우겠습니다."

우서랑이 의미심장한 미소를 얼굴에 새길 때 비색 띤 자기가 어른거린다. 몸이라도 태우겠다는 서랑 선생의 결기! 그 말 듣는 순간 뒷맛이 섬뜩하다.

내 한 몸 잉걸불에

 중앙당에서 비준이 떨어지니 일이 수월했다. 마침 평양 외곽에 지형 조건이 적합한 초대소가 있었다. 나는 그곳에서 우서랑과 숙식을 함께하겠다고 요청하였고 당에서 즉시 받아들였다. 초대소는 식사부터가 북한에서는 최고 등급이었다. 우리에게는 담당 지도원이 따르고 식사를 관장하는 복무원, 차량과 운전사가 상시 대기했다. 초대소 뒷산 경사면을 약간 파서 기다란 구덩이를 내고 좌우에 진흙 망숭이(둥근 흙벽돌)로 벽과 천장을 둥글게 쌓아 오름 가마를 제작하였다. 한편으로는 고령토를 준비하고 유약을 만들었다. 가마 옆으로는 토막 난 적송 장작이 가마 키만큼 쌓여서 불꽃으로 타오르기 위해 전열을 가다듬었다. 시한은 8개월로 한정되었고, 우리는 기간이 너무 짧아 집에 들르지 않고 작업하기로 했다.
 우서랑의 요청으로 화부 한 사람을 더 배당받았다. 같이 일하던 김련철이라는 화부로 우서랑보다 세 살이 아래였다. 김련철은 과묵하면서 눈치 빠르게 일을 습득해가며 우서랑 바로 옆에서 일을 거들었다. 중앙당에서는 이따금 간부 몇몇이 들려 가마를 살폈고 간부 중에는 김련철 화부의 먼 친척이 있었다. 일이 끝나기 3개월 앞둔 날 친척이 힘을 썼는지는 모르지만, 중앙당에서는 김련철까지 초대소 생활을 하도록 허락해 주었다. 우서랑이나 김련철은 신분으로 보면 초대소에는 절대로 들일 수 없는 사람이었으니, 중앙당에서 보는 이 사업의 비중을 가늠하게 하는 대목이었다.
 이 초대소는 전의 특급 초대소보다 여러 가지로 수준이 낮았다. 이곳에서 주방을 담당하는 복무원은 고개를 빳빳하게 들고 다니며 빨치산 출신 가문이라는 티를 냈다. 나는 복무원을 아주머니 동무로 불렀는데 이 여인이 우서랑과 김련철을 지나치게 하대하면서 몽짜를 부려 불편했다. 네까짓 천한 것들이 이곳이 어디라고 들어와 내가 지은 밥 얻어먹느냐고. 그날도 식탁에 앉아서 저녁상을 기다리는데 아주머니는 두 사람 앞에 수저를 툭툭 내던졌다. 나는 안 되겠다 싶어 자리를 털고 나섰다.

"이 보라요, 아주머니 동무."

여인이 동작을 멈춰 서더니 나를 바라보지는 않고 다음 말을 기다렸다.

나는 짐짓 목소리를 깔며 일갈했다.

"이 나라는 노동자 천국이 아니요? 사회주의는 누구나 공평한 사회요. 이 두 노동자가 나라를 위해, 더구나 수령님께 드릴 청자를 만들고 있는데 얻다 대고 태도가 그렇소? 지금부터 태도를 고치시오. 또 그런 태도를 보이면 당에 보고하겠소."

화는 나지만 목소리는 일부러 낮추었다. 아주머니는 움찔하면서 나를 힐긋 보더니, 고개를 숙이며 바로 잘못했다고 했으나 퉁명스럽기는 마찬가지였다. 식사가 끝난 뒤 주방으로 가서 10달러짜리 한 장을 찔러주었다.

그다음부터 복무원 아주머니는 우서랑과 김련철에게 나를 대하듯 잘해주었다.

우서랑은 숙련의 햇수만 쌓아 올린 단순한 도공 수준이 아니었다. 오랜 숙련만으로는 절대로 도달하지 못하는 경지가 있다. 청자에 집념을 품고 월북한 지 십여 년 동안 우서랑은 청자에 관한 유약분석 자료와 발 물레를 포함한 연장들을 지키며 때를 기다린 장인이었다. 우서랑은 그간 보관해 온 도자기 정형용 연장들을 초대소로 옮겨왔다. 매일 닦고 문지른 듯 모두 깔끔하고 반지르르했다. 우리는 본격적으로 청자 재현의 시동을 걸었다.

어느 날 집에 들러서 보니 수경의 안색이 사뭇 밝았다. 수경은 말했다. '하고 싶은 일 할 때의 내 표정'이 어린아이 같다고. 아무것도 생각하지 않고 일에만 열중하는 모습, 그 순수한 열정이 열매를 맺나보다고 했다. 아내는 가마터에 오지 않는 대신 집에 들렀을 때 고려청자가 만들어지는 과정 하나하나를 물었으며 8개월을 기꺼이 기다려주겠다고 했다.

우리는 본격적으로 태토(바탕흙) 확보에 나섰다.

머리카락을 보면 머리의 영양 상태를 알 수 있듯, 서 있는 나무에서 흙의 성질이 나온다. 우리 땅에 진달래와 소나무가 많은 것은 땅이 척박해서다. 게다가 중국에서 날아오는 모래바람 때문에 황토가 많다. 우리 땅이 금수강산은 될지언정 도자기 빛을 옥토가 아닌 이유이다. 이런 흙을 소재로 옛 도예인들은 주무르고 주물러서 흙의 기포를 제거하여 자기 흙을 만듦으로써 기어이 신묘한 고려청자를 일궈내었다.

우리 세 사람은 서랑의 이론에 맞춰 격자 틀에 무명천을 깔고 흙을 채운 뒤 물을 섞었다. 천을 쥐어짜서 고운 흙물을 걸러 받았다. 적당히 응고된 이 흙덩이를 수없이 주무르고 바닥에 내리치고 맨발로 짓이기기를 거듭하면서 세 사람이 박자를 맞췄다. 이런 공력으로 작은 기포 하나까지 없앤 다음 숙성 기간을 거치니 흙이 점력 있는 태토로 변했다. 점력이 높으면 형태의 운용이 수월하고 구울 때 금이 가는 것을 막을 수 있으니 자기 흙 만듦은 그만큼 중요했다.

  청자의 형태는 매병으로 정하고 굽에 새길 문양과 몸통 이미지의 형태를 잡아 나갔다. 매병의 위아래 굽에는 15cm의 전통 무늬 문양을 두르고 몸통에는 김일성 주석이 자랑하는 보천보 전투 장면을 넣기로 하였다. 김 주석과 관련한 그림은 전담 화가에게 의뢰했고, 최고 존엄의 얼굴은 청자에 드러내지 않기로 하였다.

  태토를 물레판에 얹어 물레대를 발로 차면서 점토 덩어리를 성형해갔다. 자기 흙을 얻은 우서랑은 신들린 듯 발 물레를 차며 매병 형태를 차근차근 성형해갔다. 김련철 화부는 우서랑 옆에서 장작을 대고 흙을 내 흙이 될 때까지 주무르며 꼼꼼히 일을 챙겼다. 도자를 성형할 때는 물레질이 리듬타 세 사람 입에서 흥얼흥얼 콧노래가 새어 나왔다. 서랑이라는 이름이 부르기도 좋고 발음도 괜찮아 서랑 선생으로 자주 불렀다. 말 그대로 흥이었고 우리나라 사람들은 일에도 흥이 실려야 신명이 났다. 김련철은 '서랑'을 아예 노랫말로 차용하여 흥얼거렸다.

  성형물의 건조는 매우 예민해서 잘못 건조하면 형태에 치명적인 왜곡이 발생하기에 그늘에서 건조하여야 한다. 마침 초대소에는 3m 폭에 길이가 12m 되는 방공호가 있었다. 적정한 습도와 온도가 성형물을 건조 숙성하기에는 최적의 장소였다. 매병들은 건조가 된 후 약 900도 정도로 초벌 소성이라는 유약을 입히기 전의 과정을 거치고, 유약을 입혀 본 소성에 들어간다.

성형된 점토 덩어리를 건조한 다음 우서랑은 아래 굽에 당초문을, 주둥이 부분에는 연변(연꽃잎) 문양을 조형하고, 나는 화가가 그려 온 보천보 전투 장면을 백상감으로 조심스럽게 새겨나갔다. 나는 이미지를 조형하는 굽 칼이나 긁는 칼의 사용법을 여러 차례 연습으로 익혔지만, 성형된 상태에 처음 칼을 들이댈 때는 백옥에 칼로 흠집 내는 것 같아서 손이 떨리고 가슴이 두근거렸다.

평면이 아닌 곡면에 일정한 압력으로 세밀화를 새기는 작업은 극도의 집중력이 필요하다. 도자기를 빚는 작업에서는 모든 과정이 그러하지만, 조금만 호흡의 리듬이 흐트러지거나 집도한 손의 강도가 달라도 복원이 안 되기 때문에 파손 처리하고 처음부터 다시 시작해야 한다. 이 과정에서 도예인들의 호흡과 혼이 깃드는 걸 체득하면서 나의 예기를 다 쏟았다.

여러 차례 시행착오를 겪으니 비로소 굽 칼 잡은 내 손에 내공이 드는 느낌이었다. 나는 비색의 은근한 색조를 염두에 두고 백상감과 흑상감을 교차하면서 신중하게 이미지를 새겨나갔다. 굽 칼을 타고 흐르는 손끝 감각이 고운 결을 내기 시작하면서부터는 자신감이 붙었다.

그간 잠든 내 감성이 깨어나 손끝에 모이는 것일까. 그것은 춤추고 소리 지르고 싶은 가슴 설레는 첫 경험이었다. 나는 비로소 내 힘으로 도자기를 빚는 것이다.

초대소 길섶에 살살이 꽃이 흐드러질 즈음 청자에 유약을 입혀 가마에 앉히고 첫 불을 지폈다. 감격스러운 순간이었다. 가마 봉통에서 깃을 세워 뿜어져 나온 불길이 불춤을 추었다. 서랑 선생도 김련철도 불춤에 어깨를 내주었다. 첫 소성은 가마가 덜 마른 탓에 예상보다 시간이 더 걸렸다.

"거의 30년 만에 지펴보는 장작 가마입니다."

 열을 서서히 올리려면 굵은 장작부터 불길을 다듬어 피우기 시작하여야 한다. 900도 이상의 열이 오르면 칸 불을 피우기 위해 옆구리의 작은 불문에 가는 장작을 찔러 넣는다. 온도 계수는 장작 든 사람의 감感으로 조절한다. 도자기를 빚을 때 가장 큰 어려움은 불 온도를 조절하는 일이다. 그래서 예로부터 도자기를 불의 예술이라 한다. 서랑은 서른 시간 동안 잠 한숨 못 이루고 장작을 던져 넣으면서 불과의 대화를 쉼 없이 이어가고 있었다.

 "장작 태워 도기 만들랴 나를 태워 자기 만들랴
 가마는 네 몸 받아 붉게 붉게 달궈지는데
 나마저 태워야 한다면 이 한 몸 잉걸불에 던지리니,
 도자가 제 몸에 비색 두를 때
 나는 마른 가슴 홀로 태우는구나!"

 우서랑의 흰옷 입은 뒷모습은 영락없이 옛 장인을 데려와 앉혀놓은 것 같았다. 불길은 가마에서 갈래지어 오르고 장작은 우서랑의 손에서 춤췄다. 그 흥을 받아 내 손길에서도 춤췄다.

비색의 발현

"서랑 선생님. 청자의 비색은 어떻게 나옵니까?"

나는 우서랑 곁에 다가앉으며 우정 물었다. 불빛 맞은 얼굴에 미소가 더하니 건강이 아주 좋은 듯했다. 서랑의 눈에서 빛이 일렁인다. 나는 그때, 해맑은 노 소년의 눈빛을 보았다. 예술은 이토록이나 사람을 순수의 바다로 끌어들이는 마력이 있는가.

"고려청자의 비색은 잘 조절된 환원염 속에서 흙과 유약이 어울려 빚어냅니다. 이제 기다려 보십시오."

나는 처음 그 뜻을 이해하지 못했지만, 첫 소성이 끝나고 3일째 되는 날 가마를 열고 기물들을 꺼내 보고 나서야 깨달았다. 재로 만들어진 유약이 불에 녹으면서 회색빛 태토에 오묘한 색을 입혀주고 있다는 것을! 물론 첫 소성에서 완벽한 색이 나오지는 않았다. 그러나 부분적으로 발색한 기물에서 신묘한 청자의 비색이 익어가는 걸 엿볼 수 있었으니! 첫사랑이 될 여인 대하듯 마음이 설렜다.

바탕흙은 철 성분이 약해야 좋다. 이 흙이 환원염(산소가 부족한 불꽃)을 만나면 연둣빛을 낸다. 여기에 유약이 스미면 곧 청자의 비색이 드는 것이다. 유약을 두세 번 입히면 상감이 묻혀 버린다. 고려청자는 단 한 번의 본 소성으로 끝나기 때문에 태토에 묻힌 다른 색깔의 태토가 선명하게 나타나 문양이 오롯이 드러난다. 중국 청자의 유약은 눈에 보일 만큼 두껍지만, 고려청자의 유약은 표피에 보일까 말까 할 정도로 피막이 얇아야 한다. 마치 복어 회를 뜰 때 접시의 무늬가 엷은 회를 투과해 보이는 것처럼. 고려청자는 엷은 유약에서 나오는 비취빛 색이 뚜렷하다. 선만 이용하는 선각의 경우 날카롭게 조각된 자리에 유약이 고여 색감이 은은하다. 그 색조의 아름다움을 어찌 말로 다 형언할 수 있을까!

상감기법은 자기가 마르기 전에 표면을 칼로 긁어서 무늬를 파고 그 부분에 다른 색토를 채워 넣는 것이고 박지기법은 상감을 칠한 뒤 문양을 그대로 두고 바탕을 긁는 기법이다. 고려청자의 참 멋은 상감기법과 박지기법의 혼용에서 나온다. 고려청자는 오랜 세월 쌓인 도공들의 공력이 예술혼으로 피어나 빚는 신기였다.

가파른 능선에 거꾸로 엎드려 잉걸불 속으로 태우면서 가마는 고려 천년 불의 사연을 태토에 토해낸다. 고려청자 비색의 탄생은 태토와 유약이 불춤 속에서 달여지고 익혀져 빚어지는 조화의 결정체다. 황토색 매병 상단에 연꽃잎 문양을 상감하고 그 아래 보천보 전투 장면은 흑과 백으로 상감하였다. 이 이미지는 유약 속에서 신묘하게 살아나 청자가 보존되는 한 영원히 화석으로 남겨질 것이다.

몇 차례의 소성 과정 중 가마 상태에 문제점이 드러났는데 결함의 처치 방법은 뜻밖에 김련철이 찾아냈다. 자기가 허릅숭이가 아님을 증명하듯 한 건을 제대로 해내었다. 그렇지만 시간적 여유가 없어 약간의 보완작업으로 갈무리했는데 김련철은 처음으로 투정 섞인 불만을 털어놓아 청자 재현에 대한 집념을 드러냈다. 우서랑 역시 파손 처리할 작품이 나올 때마다 울먹이며 잠을 못 이루었다. 김련철은 서랑 선생이 청자를 들어 면밀히 살피고 있으면 가슴 졸였고 내던질 때면 파손된 청자 부스러기를 안타깝게 매만지며 한동안 자리를 뜨지 않았다. 그런 김련철을 호되게 질책하는 우서랑은 한 치의 오류를 용납하지 않는 살천스러운 장인의 모습이었다.

서랑은 1,200도의 열기에 자신의 열정을 보탰고 그의 뒤에는 늘 김련철이 그림자가 되어 지키고 있었다.

고려청자를 재현하면서 나는 우리 민족의 숭고한 미의식, 단순하나 단아한 조화에서 나오는 힘의 진원지가 어디인지를 깨닫게 되었다. 그건 창작자 자신의 강렬한 자아 표출에서 나오고 있었다. 바로 우서랑이 그랬다.

학자들은 우리 미의 가치를 소박한 질감에 있다느니, 해학적이라고 했다. 지구상 어느 곳에 가도 민중 속에서 나온 공예품은 질박하고 해학적이지 않은 것이 없다. 우서랑이 내게 보여준 우리만의 미의식은 곧은 힘이었다. 그 힘은 옛 고구려인의 기상에서부터 이미 있었던 것이다.

초겨울 햇살이 빛살로 내리는 초대소의 아침, 연옥빛 비색을 두른 고려청자 여섯 점이 수줍은 듯 줄지어 섰다. 원래 완성품은 반구형 구부에 동체가 유려하게 흐르는 구경 8cm, 최대 복경 35cm, 저경 31cm에 높이 약 70cm인 대형 매병 열세 점이었다. 그중 두 점이 고려청자에 가장 가까웠고 여섯 점까지는 만족스러우나 나머지 일곱 점은 파손하여 끝내 사금파리 구덩이에 던져버렸다.

강렬한 햇살 품은 듯 초대소 정원에 다소곳이 선 여섯 점의 매병이 신비한 정물로 거듭났다. 매병 청자 여섯 점을 진열하고 나서 아쉬운 듯 두 손을 턴 도예인 우서랑. 그는 첫애를 낳은 여인 모습이었고 깊은 눈길에 혼이 깃든 여섯 점의 청자를 품어 들였다. 우서랑이 여느 때와는 다른 무게로 입을 열었다.

"박철희 선생님. 우리 일은 끝났습니다."

일의 마감 선언이었다. 나는 서랑의 손을 맞잡고 한동안 그대로 서 있었다. 말이 필요 없는 순간이나 말이 나왔다.

"서랑 선생님, 애썼습니다. 그리고 제 이름 박철희는 당에서 내린 가명입니다."

"예. 되었습니다. 제게는 박철희 선생입니다."

서랑은 단호하게 내 말을 자른다. 끝내 꺼림칙하여 본 이름을 밝히려 했으나 우서랑 장인은 생각이 다른 것 같았다. 같이 청자를 재현해 낸 박철희라는 이름을 바꾸어 기억하고 싶지 않았던 모양이다. 우서랑 장인은 내 손을 한동안 만지작거리며 망연히 내게 눈길을 보냈다. 나는 장인의 가녀린 몸을 안아주었다. 우리가 하나 되어 청자를 일궈낸 것이다. 다만, 이곳은 평양 땅이었다.

진열된 고려청자를 꼼꼼히 들여다본 중앙당 부장 동지가 우서랑과 나를 점심 식사에 초대하였다. 고려청자는 비단 보에 싸 적송으로 만든 상자에 포장하기로 했다. 부장이 김련철 화부를 데리고 나타난 것은 의외였다.

"두 분, 애썼소이다. 박철희 동무 말대로 대단히 큰일을 했소. 우리 수령님께서 대만족하실 좋은 환갑선물이 되갔소. 허허허."

"모두 우서랑 선생의 공입니다. 그리고 청자 재현은 이제 시작입니다."

부장 동지가 고개를 크게 끄덕이며 내 말을 받았다.

"그렇소. 그래야디요! 참 어케 김련철 동무를 빠뜨려서 내가 데려왔소이다."

"말씀이 없으셔서요. 잘하셨습니다."

부장 옆에 뻘쭘하게 선 김련철은 내 말이 떨어져서야 우서랑 장인 옆자리에 앉는다. 부장이 청자를 포장할 적송 상자를 이리저리 살피다 흡족해하며 말을 잇는다.

"나 같은 사람은 청자가 평범한 그릇으로만 보인다는 말이오! 뭐이가 그렇게 가치 있는지 잘 몰라서리. 박 동무가 이참에 좀 갈쳐 주기요. 수령님께서 물으시면 내래 답변이 궁하지 않갔습매?"

청자에 무지한 사람이 자리를 깔고 있다. 이 사업이 힘 받으려면 부장 같은 사람부터 고려청자를 알아야 한다. 부장은 벌써 수첩을 꺼내 받아 적을 준비다. 나는 17세기의 문턱에 유럽을 뒤흔든 한 사건을 들춰낸다.

"당시 네덜란드 해군이 포르투갈 상선을 나포해서 보니 화물칸에 중국 도자기가 가득 차 있었습니다. 6만 점이었고, 그중에는 고려청자도 있었습니다. 네덜란드가 이 도자기들을 경매에 부치니 전 유럽의 왕후 귀족들이 다투어 사들였습니다. 이전까지 볼품없는 토기나 철기 그릇뿐이었던 그들 식탁에 새 물결이 닥친 겁니다. 도자 그릇은 신이 빚어낸 듯 미려하고 신비로운 빛깔로 동양 도자기를 소유하는 것이 큰 자랑거리가 되었습니다.

왕궁에도 동양 도자기를 으뜸 자리에 앉혀 놓을 정도였으니까요. 이후 동양 도자기는 유럽의 생활문화를 바뀌어 놓았지요. 대규모의 연회보다는 소모임에서 도자기를 중심으로 대화하는 문화가 생겼고, 영국에서는 중국식 차 문화로 프랑스에서는 살롱 문화로 번져나갔습니다. 유럽의 르네상스 꼭짓점에 동양 도자기를 올려놓은 격이었습니다. 이렇듯 그릇의 신문명을 전한 동양 도자의 색을 중국에서는 비밀스러운 색이라는 뜻의 한자 비색秘色을 씁니다. 고려청자에서 쓰는 비색翡色은 글자 그대로 비취색 청자로 고려인의 자긍심이 배어 있습니다."

부장은 물론 우서랑이나 김연철이 처음 듣는지 귀를 세우고 있다.

"앞으로 이 사업은 누가 나서든 고려 시대를 재현한다는 각오가 서야 합니다. 고려의 선인들이 고려청자를 만든 똑같은 조건으로, 만드는 공정을 그대로 재현해야 합니다. 재현과 복원은 다릅니다."

필기하던 부장이 내 어깨를 토닥인다.

"박철희 동무, 고려청자가 그리 대단한지 몰랐수다. 한데 도자기에 대한 린식이 당뿐만 아니라 린민들에게는 별로입네다. 정작 사업이 시작되어도 걱정이란 말이디요. 우리 박 선생이 나서준다면 또 모르겠디마는."

"저도 같은 생각입네다."

김련철이 거든다. 김은 말없이 제 몫은 해내는 인물이었다. 말이 너무 없는 편이라 한때는 우서랑을 감시할 목적으로 당에서 심은 사람이 아닐까 염려했으나 우서랑 장인과의 친밀한 관계를 보면서 의심을 거두었다.

"이번 기회에 나라 안팎으로 고려청자가 널리 알려졌으면 좋겠습니다. 고려청자는 송나라에서 들여와 우리 것으로 재창조한 점이 중요합니다. 고려는 흉내 내는 차원이 아니었습니다. 고려 시대에는 고려청자가 세종

시대에는 분청사기가 이후로는 백자가 있었습니다. 고려가 죽고 분청사기가 나왔습니다. 우리는 시대의 산물로 새로운 도자기를 내놓아야 합니다."

부장이 어떻게 듣든 나는 속 시원하게 생각을 부려놓았다. 부장이 빙그레 웃는다.

"학습 많이 했수다. 고맙수다, 박 동무."

부장은 노트를 접고 내게 손을 내민다. 우서랑은 그 새 눈가가 벌게졌다.

청자를 포장하기 전에 수경을 불러 완성품을 보여주었다. 비취빛 고려청자를 본 수경은 크게 반기지는 않았지만, 고개를 돌리며 한 마디 한다.

"두 점은 집에 보관해요. 하나는 당신. 하나는 아들 몫으로요."

마음에 든다는 소리였다. 나는 비로소 허깨비 탈을 벗은 듯했다. 주석의 환갑이 많이 남아 있었지만 본래 계획대로 고려청자 4점을 일찍 주석궁으로 보냈다.

청자 재현의 8개월. 하지만 나의 예술은 그뿐, 어설픈 단역 배우의 마지막 무대에 불과했다. 그 먹먹한 시간을 마지막으로 우서랑 장인과 다시는 만나지 못했다. 내게는 예술이 아닌, 공작 임무의 어두운 터널이 기다리고 있었다

그림자 없는 사람들

마리엔 광장의 테러
한태호가 되어 남미로
남미로 간 파리
족쇄
개성 상인의 딸
소꼬로 소꼬로!
예기치 않은 벽

GOODBYE PARIS
GOODBYE PARIS
GOODBYE PARIS
GOODBYE PARIS

마리엔 광장의 테러

　박정희 대통령의 삼선개헌을 반대하는 데모가 대학가를 중심으로 화이트칼라까지 들썩이게 하여 국제사회의 이목을 끌었다. 이런 시기에 나는 한국 유학생들을 포섭하라는 공작 임무를 받고 유럽으로 나왔다. 또 다른 월북 유학생들을 생산하려는 북한 공작이었다.

　평양에서의 세뇌 교육 효과가 낮고 사상적으로도 그들의 기대에 못 미친 나는 노재호처럼 선택받지 못하고 공작 일선에 내몰린 것으로 판단된다. 서방 세계에서 능력을 인정받은 인물이라도 주체사상에 경도되는 정도에 따라 임무 배정에 차이가 났다. 내가 주체사상을 온전히 받아들였다면 북한의 문화 분야에 한 역할을 주었을지 모른다. 그러나 그건 내가 바라는 모습이 아니었다. 세뇌 교육이 끝나는 시점까지도 나의 관심은 북한에 대한 단순한 호기심 충족에 그쳤다. 나의 예술을 향한 조바심은 끝내 떨쳐 내지 못하였다.

　유럽의 몇몇 도시를 드나들며 4년 동안 한국 유학생들을 접촉하였으나 성과가 없었다. 유럽의 유학생 사회는 물과 기름이 되어 말 섞기조차 어려운 형편이었다. 동백림사건의 충격파가 가시지 않은 유학생들에게 북한 이야기를 조금만 비춰도 뒤로 물러섰다. 이런 환경에서는 북에서 원하는 '공작'이 먹혀들 리 없었다. 이데올로기에 갇히지 않아 내심으로는 당당했던 내 어깨에서 힘이 빠져나갔다.

　그날 저녁에도 뮌헨의 마리엔 광장 번화가에서 학생들을 만났다. 나는 독일 맥주를 어울려 마시면서 내가 유학생 시절 만났던 선배들처럼 후배들에게 남북한 체제의 차이와 전망을 이야기했다. 그러나 학생들 머릿속은 이미 우주여행을 떠나 있었다. 아폴로 우주선이 달에 착륙한 뒤 몇 년이 지났지만 젊은이들 사이에 회자한 우주여행의 꿈이 내가 전하려는 메시지를 겉돌게 했다. 그럴 때면 나를 부추긴 옛 선배들이 생각났고 결국은 기울어진 판을 바로잡을 수 없다는 판단을 내려야 했다.

저녁 늦은 시간에 학생들과의 술자리를 끝냈다. 홀로 숙소로 발걸음을 옮기면서 파리 과학원에 있을 노재호 선배를 생각했다. 수경에게 집요한 구애 작전을 펼쳤다는 노 선배. 하지만 수경은 노 선배가 자기 스타일이 아니었다고 했다. 노재호 선배는 지금 파리에 있다. 북한행을 택한 아홉 명 중에서 노재호 한 사람만이 북에서 제 몫을 다하고 있었다. 반면에 가장 기대를 모았던 나는 남한 유학생에게서도 외면당하는 신세가 되었다.

감수성이 예민한 나 같은 예술인에게 북에서 내린 공작 임무는 애초부터 무리였는지 모른다. 당에서 내게 진정 원했던 건 이게 아니었을 것이다.

이 기간이 얼마나 길어질지, 앞으로 어떤 과업을 줄지 안갯속이었다.

유럽 유학생들은 이름까지 바뀐 나를 알아보지 못했으나 내가 건축 미학을 이야기할 때는 부러운 시선으로 나를 보았다. 후배들이 권하는 대로 와인도 아닌 맥주를 마다하지 않고 받아 마시다 보니 취기가 올랐다.

숙소로 향하는 길은 차량이 드문 외진 골목이었다. 더구나 밤길에 술기운이 도니 터벅터벅 구둣발 소리가 무겁게 들렸다. 나는 조 아무개가 아니고 박철희로 신분이 세탁된 북한 사람이었다. 예전의 파리 한인회장, 로마 대상 후보가 아니었다. 파리를 떠나면서부터 내게서 미감의 순도는 현저히 떨어져 갔다. 동백림사건이 불쑥 떠오른다. 사람은 왜 자기 의지대로만 살아갈 수 없는가. 사람에게 간여하는 괴물 같은 운명의 실체가 궁금했다.

가로등 불빛이 약한 주택가의 좁다란 골목길로 접어드는데 검은색 지프가 내 방향으로 헤드라이트를 쏘며 다가왔다. 차가 지나가기에는 빠듯한 폭이라서 나는 벽에 몸을 바싹 붙여 지프가 지나가기를 기다렸다. 빠르지 않은 속도로 다가오던 지프는 내 옆에서 돌연 멈춰 서더니 조수석 뒷문이 덜컹 열린다. 나는 순식간에 두 사내의 강한 완력에 이끌려 지프 뒷자리에 앉힌다. 두 사내가 내 양팔을 끼어 앉자 지프는 강한 엔진 소리를 내며 앞으로 질주했다. 골목의 쓰레기통과 내다 버린 집기들이 차에 부딪히면서 파편이 되어 날았다.

"당신들 누구요? 왜들 이러시오?"

나는 두 사내 사이에 껴 소리를 질렀으나 날아온 것은 강력한 어퍼컷이었다.

'한국 사람들이?' 아니, 이들이 왜?

나는 순간 머리가 핑 돌면서 머릿속이 하얘졌다.

멀리서 잡소리가 윙윙대며 밀려온다. 무엇인가가 부서지고 쇠붙이가 찌그러지며 퉁탕거린다. 나는 그 리듬에 맞추어 이리저리 흔들거리는 짐짝이 된다. 갑자기 내 몸이 허공에 떠 올랐다가 떨어지는지 둔중한 충격이 등을 후린다. 잡소리는 어느 틈에 바로 내 귀밑까지 치고 든다. 나는 사내들의 육박전 가운데 놓인 것 같은데 몸이 움직여지지 않는다. 상황을 살피니 차는 두 대인데 한 대로 들러붙어 찌그러졌고, 틈바구니로 보니 사내들이 육탄전을 벌이고 있다. 내 머리에서는 진득한 물기가 흘러내리지만, 특별히 아픈 곳은 없는데 몸 전체가 화끈거린다. 이 열기에 몸의 감각이 무뎌졌을까? 사내들은 몇 분 동안 얼크러져 싸우다가 몇몇이 나자빠지는 등 서서히 정리되고 있다. 한 사내가 나를 차에서 뽑아내어 일으켜 세운다.

독일인으로 보이는 사내의 까칠한 수염이 내 뺨을 긁는다. 사내는 숨을 몰아쉬면서 나를 부축해 현장을 벗어난다. 골목이 끝나는 지점에 다다랐을 때 검은색 BMW 세단이 다가와 문을 열더니 나를 뒷자리에 밀어 넣는다. 몸 가누기 어려울 정도로 전신이 화끈거린다. 세단은 경찰차와 엠블란스의 사이렌 소리를 뒤로하며 마리엔 광장 끝 방향으로 질주한다. 내가 구조되었는지 어디로 끌려가는지 모르겠다. 사내들이 영어로 몇 마디를 주고받았고 나는 독일어로 물었다. 당신들은 누군지. 옆자리에 앉은 사내가 독일어로 답한다.

"걱정하지 마시오. 안전하게 대사관에 데려가겠소."

독일어에 익숙하지 않은 말씨로 보아 독일 사람은 아닌 것 같다. 다만 사내의 시선과 목소리에 적의가 없다. 차는 한달음에 북한 대사관 입구까지 질주하여 관저 앞에 멈춘다. 대사관저 정문 불빛 아래서 경계병이 쭈뼛거리며 다가온다. 옆자리 사내가 먼저 내려서 내게 내리라 손짓한다. 내가 몸의 균형이 안 잡혀 뒤뚱거리며 내리자 사내는 차에 올랐고, 차 창밖으로 한마디를 던진다.

"굿-럭!"

세단은 어둠 속으로 질주해 갔다. 터덜터덜 관저 정문을 향해 걷는데 옷에서는 핏물이 뚝뚝 떨어진다. 다가온 초병이 나를 부축해 관저로 들인다.

한태호가 되어 남미로

상처는 심하지 않아도 아직 열기가 남았는데 사흘 만에 퇴원했다. 내 앞 앉은 부부장의 낯빛은 말이 아니다.

"멍 자국이 아직 그대로네! 그만해서 다행이오. 이자 우리 정리 좀 해 봅세다."

부부장은 회복이 덜 된 내 앞에서 사무적인 말을 꺼낸다. 부부장이 하려는 말을 짐작한 내가 먼저 본론을 끄집어낸다.

"한계가 보입니다. 이대로는 안 됩니다. 가짜 여권도 언제 탄로 날지 모르겠고. 이번 테러로 보아 나의 신분은 이미 알려진 겁니다. 이 상태로는 오래갈 수 없으니 서둘러 새 여권을 만들든지 다른 방법을 찾아야 할 때입니다. 부부장님."

몸 이곳저곳에 화기가 인다. 생각에 열이 오르니 몸의 열기도 따라 오르나 보다. 부부장은 냉정하게 서류만 뒤적이며 내 몸 상태는 물어오지도 않는다. 누가 나를 구했을까? 중요한 화두는 그것인데 부부장은 당에 보고할 걱정만 하고 있었다. 이곳에서 이미 정체가 드러난 나는 쓸모없는 물건이 된 것이다.

처음 나를 낚아챈 사내들은 세 명의 남한 요원들이었다. 나는 그들 중 한 명에게 턱을 얻어맞고 정신을 놓았다. 내가 2차 충격에서 의식이 돌아온 것은 다른 차와 충돌에서 느낀 충격파 때문이었다. 나는 사내들이 뒤섞여 육탄전을 벌일 때 한 사내의 도움을 받아 현장에서 벗어났다. 영국인이거나 양키들이었다. 영어를 유창하게 썼고, 독일어에 서툴렀다. 나를 구한 이들 정체는 무엇인가? 나를 모르는 자들이 나를 납치했고 나를 모르는 자들이 나를 구했을 리가 없다. 두 그룹의 조직에 내 신분이 노출되었다. 정체가 드러나면 공작도 끝이다. 적어도 이 대륙에서는 나의 신분 세탁 효력이 정지된 것이다. 유장식 부부장도 나와 다를 바 없어서 같은 의문을 가질 뿐이다. 그들 어느 쪽 하고도 북한과의 커넥션이 없었는지 당에서는 다른 특별한 조처가 내려오지 않는다. 생활을 같이하는 유장식 부부장은 양손을 맞잡아 비비며 난감해한다.

"그러티요? 알 만합네다. 그럼 어쩌디요? 안 된다는 말로는 보고할 수 없습네다. 당장에 대안을 만들어내야 하디요."

예측한 상황이다. 다행히 내게는 미리 염두에 둔 곳이 있었다.

"부부장 동지. 저는 남미를 생각해 보았습니다. 남미 아르헨티나는 나치 잔당들이 주로 신분 세탁을 하던 곳입니다. 신분 세탁이 쉬운 아르헨티나에서 새롭게 활동하면서 공화국의 새로운 거점을 만들어보면 어떻겠습니까?"

"남미요? 아르헨티나라······."

"남미에도 우리 교포가 많다고 들었습니다.

이민 가는 남조선 교포도 많고 미국 들어가기 위해 정거장처럼 들리는 남반부 교포들도 많답니다. 충분히 기반 닦아볼 만한 곳입니다. 신분 세탁과 함께 교포들을 상대로 공작이 가능할 것입니다. 또 우리 공작원들이 자본주의 사회에 적응하도록 도울 수 있을 것입니다. 남미는 공화국의 촉수가 미치지 않은 처녀지가 아닙니까."

아르헨티나에서는 처신이 훨씬 자유로울 것 같아서 나는 강하게 밀어붙였다.

"그렇기는 하디요. 아르헨티나는 어떤 나랍네까?"

"수도 부에노스아이레스를 남미의 파리라고 부릅니다. 대단히 큰 나라지요. 주변 나라들도 우리가 들어가서 활동하기에 괜찮아 보입니다."

"글쎄요, 아르헨티나는 석유가 나오디요?"

"예. 많이 나옵니다. 아르헨티나가 남미 대륙의 부자 나라인 건 석유 때문입니다. 나를 믿고 대포를 한번 쏴 보십시오. 쏜 대포가 되돌아오지 않으리라는 각오로 한번 쏘아 보십시오. 무슨 길이든 대포가 지나간 길로 뚫리지 않겠습니까? 공화국에는 새길이 열리는 거지요."

"허허! 대포라니…."

나는 아르헨티나를 동경해왔다. 일본 동경미술대학 시절이었다. 아르헨티나의 안데스산맥을 배경으로 양 떼 모는 여성의 그림을 본 적이 있다. 대 자연의 품에 안긴 여인과 한없이 평화로운 분위기! 신비로운 안데스의 땅이 보내는 평화의 메시지가 담겨 있었다. 안데스산맥은 꼭 한번 가 보아야 할 곳으로 머리에 각인했고 그때 품은 자기 암시가 이제는 나를 아르헨티나로 이끌었다. 금강산과 백두산이 평양행을 부추겼고, 이젠 안데스산맥 그림이 아르헨티나행을 부추기고 있었다. 나의 감은 늘 적중했다. 아르헨티나행이라면 수경이 누구보다 반길 것이다.

"동무 말대로 그리해 봅세다."

결론을 내렸다. 우리는 초라한 공작 보고서를 올렸다. 초라함에 꼬리를 달지 않고 남미에서의 새로운 공작 계획을 첨부하였다. 당에서는 신속하게 결정을 내려주었다. 다만 내가 혼자 떠나는 조건이었다. 부부가 가더라도 아이들만은 북에 남겨두어야 하리라 예상은 했다. 이젠 성장하여 철이 든 자식들 교육이 문제지만 엘리트만 다니는 혁명학원에서 잘 보살펴 준다고 하니 이곳 시스템에 맞출 수밖에 없다. 자식들은 인질로 남겨질 것이다. 우선은 혼자라도 새로운 길을 찾아 나서야 앞으로 다른 길이 열리든 막히든 변화할 터였다.

수경은 은근히 반겼다. 수경은 이번 기회가 북한 탈출의 실마리가 되겠다고 생각하는 눈치였다. 그러나 처음에는 같이 떠날 줄 알았다가 혼자 가는 조건임을 알고 망연자실했다. 아내와 아이들을 놔두고 지구 반대편 먼 나라까지 떠나야 하는 마음은 여느 여정 때와는 확연히 달랐다. 몇 달이 걸릴지 모르는 장기 출장 보따리를 꾸렸다. 유럽에서는 별다른 성과가 없었으니 이곳에서는 반드시 성과를 내어 당에 무언가를 보여주어야 한다. 그 사명이 나의 예술과 상충하지 않기를 바랐다.

출발하는 날 이른 새벽, 아파트 아래로 짙은 안개에 덮인 평양 시가지가 내려다보였다. 잠든 아이들을 한참 내려다보면서 회한을 억누르지 못했다. 깨우려는데 아내가 말렸다. 누구보다 귀하게 서울에 있는 할아버지 할머니의 사랑 받고 자라야 할 아이들이었다. 두 아이 뺨에 얼굴을 대자 눈물이 고였다. 수경의 손이 눈물을 닦아주었다. 아내와 긴 입맞춤을 했다. 수경은 입술을 부들부들 떨었다. 수경은 현실을 직시하는 것 같았다. 사랑하는 사람과 몸 부딪는 지금 이 짧은 시간이야말로 가장 행복한 시간일지 모른다고. 수경에게는 자식들과 남편 외에는 말 한마디 붙일 사람이 없는 생활이었다. 수경은 지옥 같은 북한 땅에서 홀로 이겨내야 할 시간을 가늠해 보았을 것이다. 수경에게는 정말 미안한 이별이었다.

"당신이 내게 오도록 조건을 만드는 공작부터 시작하겠소. 곧 부를 테니 걱정하지 말고 기다려요. 아이들이 걱정이네! 오래 걸리지는 않겠지만 당신이 내게 오더라도 아이들은 남아 있어야 할 거야. 그간 아이들한테 신경 좀 쓰고, 당신마저 아르헨티나에 합류하게 되면 우린 그나마 조금 나은 환경에서 살게 될 것이오."

남편 뜻대로 떠나는 남미 행이라 생각하는지 수경은 애써 표정 관리를 했지만 목소리에는 덜덜덜 이 부딪치는 소리가 섞였다.

"홀로 객지에 나서는 당신이 걱정이지 나야 별일 있겠어요? 다만 한가지, 당신 신변이 우리가 모르는 자들에게 요주의 인물로 찍혔을지 모르잖아요. 뮌헨의 테러가 우연은 아니라는 생각이 들거든요. 당신을 구한 사내들 정체가 아직 오리무중이고. 아르헨티나에 가면 당신은 이념으로 갈라진 세계 두 진영의 틈새에 놓여 있음을 잊지 마세요. 또 남미라는 대륙은 마약 밀매 조직들의 세력다툼이 잦은 곳이어서 위험하다는 말도 들었어요. 부디 몸조심하세요. 아이들은 성인이 다 되었으니 이곳 걱정은 말고, 매사에 신중하고 절대 무리하지 마세요. 여보!"

수경은 드로잉 북을 챙겨주었다. 수경이 파리에서 준 선물이었다. 두 권이 남아 있었는데 그간 세월 때가 묻어 있었다.

"그래. 최대한 빨리 데리러 올 테니 그리 알고 기다려요. 나는 한동안 한태호라는 이름으로 활동할 거야. 애들 부탁해." "한태호……."

나는 여권을 열어 보았다. 나의 여권에는 한태호라는 이름이 적시되었다. 반정부 투쟁에 앞장섰던 저 학력자. 남한의 반체제 노동자 한태호, 내가 남미에서 공작할 새로운 신분이었다. 이 익숙지 않은 이름을 내 의식에 심어야 하는, 예사롭지 않은 일이 생겼다. 한 번도 아니고 두 번씩이나 이름이 바뀌니 나도 혼란스러웠다. 나는 몇 번이고 한태호를 의식 안에 잡아넣으려 속말로 중얼거렸다. 그러나 내 머릿속에는 뮌헨의 테러가 풀어지지 않은 채 먹빛 구름이 되어 내 주변을 배회하고 있었다.

그들은 한국인이었다. 북측 사람들이 아니었다. 남한의 정보부에서 내 얼굴을 알고 있으니 어떤 목적을 갖고 납치하려 했을 것이다. 나를 구한 양키들은 북한 대사관에서도 모르고 있었다. 나는 상대가 모르는 인물이어야 하고 상대는 내가 알고 있어야 한다. 그런 환경에서만 공작이 가능하다. 한태호는 아르헨티나에서 태어나야 할 새로운 나였다.

남미로 간 파리

　40시간 가까이 비행하여 부에노스아이레스의 에세이사 국제공항에 내렸다. 공항에서부터 탱고 이미지와 탱고 음악의 영웅 '가르델'의 큼직한 벽화가 눈에 들어왔다. 공항에서 22km 떨어진 시가지는 이곳이 라틴아메리카의 파리라 불리는 이유를 설명해주었다. 파리에서 본 유럽풍 건축물들이 시가지를 형성하였고, 중심부의 ´7월 9일 대로´는 도로 폭이 29차선의 넓이로 뻗어 큰 나라의 넉넉함을 보여주었다. 영어보다는 스페인어가 더 많이 들렸고 석유 대국이라지만 서민들은 그다지 넉넉해 보이지 않았다. 이 나라도 달갑잖게 잘사는 사람들만 잘사는 모양이었다.

　나는 북한 대사관도 없는 이곳에서 한태호로 태어나 오로지 홀로 서야 했다. 나는 이제부터 내가 살아온 일본, 남한, 북한, 프랑스에서의 나를 잊어야 한다. 북한은 첫 번째로 잊어야 하며, 유사시에도 나는 남한에서 반정부 활동 중 수배령이 내려 탈출한 남한 사람으로 행동하여야 한다. 나는 그렇게 그림자 없는 사람이 되어야 한다. 나뿐만이 아니라 내게로 와서 이곳에 뿌리내릴 공화국 요원들도 그림자부터 지워야 한다. 낯선 땅에서 낯선 신분이 되어 주어진 공작을 완수해야 하는 우리는. 다리는 많으나 달팽이집을 지고 다니는 게가 되어야 한다.

　내게는 기초생활을 할 정도의 달러 외에 준비된 게 없었다. 값싼 여관에 임시로 숙소를 잡고 거처부터 확보하여야 했다. 값싼 여관은 우리네 여인숙처럼 단층 건물에 음습한 방들이 동물 우리 모양 들어서 있었다. 상상도 못 한 가난이라는 삶이 내게로 왔다. 가난을 살아내기 힘에 겨울 것 같았다. 다행히 전에 스페인어를 착실히 공부했기에 어느 정도는 말이 통했다. 그러나 독학의 한계는 의사소통의 불안으로 드러났다.

이 나라가 석유 대국이지만 빈부격차가 심하여 화려한 시가지 이면에는 판잣집이 무척 많았다. 판자로 벽 대고 슬레이트를 얹은 판잣집은 우리에게도 익숙한 주거 형태였다. 부산의 피난민촌에서 본 판자촌이 남미에서 펼쳐졌다. 나는 여관을 나와 판잣집이 많이 군집한 동네에 조그만 숙소를 정했다. 형편에 맞는 집을 찾다 보니 저녁에는 가로막은 판자 사이로 바람이 들었고, 더운 나라지만 새벽에는 기온이 섭씨 6도까지 내려가 외투를 몽땅 꺼내 덮고 자야 했다.

판자촌은 탱고의 고향인 라-보카 항구 뒤편에 많았다. 우리의 달동네처럼 골목이 구불구불 이어지는 전형적인 빈촌이었다. 우선 주변의 교민 현황을 살폈다. 이 구역에는 50여 가구의 한국 교민이 살고 있었다. 무슨 방법을 쓰든지 교민 속에 들어가 수경이를 데려올 구실부터 만들기로 하였다. 남한의 반체제 노동자 한태호는 판자촌에서부터 가난한 남미 생활의 구두끈을 조였다.

교민 중에는 구멍가게나 조그마한 식당을 운영하는 사람들이 더러 있었다. 그들이 자연스레 접촉하는 교포들이었다. 교포가 운영하는 중국음식점에 어릴 적 먹은 음식 종류가 있어서 자주 들려 주인과 가까워졌다. 손님이 없이 한가한 날 주인과 마주 앉았다. 50을 갓 넘은 주인은 사교적인 사람이었다. 이 사람과 대화를 터도 좋겠다는 판단은 이미 서 있었다.

"우리나라는 자본주의를 표방하는 민주주의 국가인데 이러다가는 남한식 독재주의가 생길 것 같아요. 숨이 막혀 못 살 나라라니까요. 나 같은 사람 붙잡아서 뭐 하려는지, 노동자도 제대로 못 살게 하니 이렇게 도망 나왔습니다."

나는 남한의 실정을 들은 것보다 부풀려서 말해 반체제 인사임을 자처하면서 주인의 동정심을 끌어낼 생각이었다.

"교포 중에 선생 같은 사람이 더러 있어요. 그래도 고국이니 어쩌겠어요. 교민 사회도 쉽지는 않아요. 기왕 먼 나라까지 왔으니 몸조심하고 잘 적응해 보세요."

하루 한 끼 정도는 아예 중국 식당에서 해결하면서 더 친해지자 신분 세탁을 위한 징검다리를 놓을 수 있는지 운을 떠 보기로 했다.

"제가 아직 쫓기는 신분이라서 이 나라 사람으로 신분이 바뀌어야 안심할 것 같아요. 사장님, 방법이 없을까요?"

주인은 주저하지 않고 선뜻 호의를 나타낸다.

"걱정하지 마세요. 내가 경시청에 잘 아는 사람이 있어요. 이야기해 놓을 테니까 도움받아보세요."

일이 수월하게 풀렸다. 중국음식점 주인이 경시청 사람을 소개해 주었다. 신분 세탁을 하려면 우선 출생증명서가 필요하다. 이를 확보하려면 경시청을 끼는 길 외에는 방법이 없는데 중국음식점 주인이 흔쾌히 나섰다.

나는 경시청 직원을 만나 밑에서 서류가 올라오는 방법으로 신분증 만들어냈다. 의외로 빠르고 쉽게 일이 마무리되었지만, 아르헨티나가 아닌 다른 나라에서는 신분증만으로 여권을 발급받지 못한다고 했다. 출생증명서는 우리로 말하면 호적 같은 것이라서 쉽게 만들 수 없는 서류였다. 아르헨티나에서도 여권 연장이 안 된다니 신분 세탁의 한계였다. 여권 기한이 지나면 공작지를 아예 다른 나라로 옮기든지, 새로 신분 세탁을 시작해야 한다. 이 모든 일을 먼저 경험하고 일러주는 선임자가 없어 내가 첫 길이었고, 나는 공화국 사람들 신분 세탁의 역사가 될 터였다.

족쇄

숙소에서 가까운 곳에 교포가 운영하는 채소가게가 있었다. 60대 초반으로 보이는 한국인 부부가 운영하고 있었다. 가게에 세 번째 들렀을 때 당근과 감자 등을 사서 계산하는데 주인 영감이 아는 체를 했다.

"아무래도 한국 사람인가 했습니다. 맞지요? 반갑습니다. 김진세라고 합니다."

"아! 반갑습니다. 전 한태호입니다."

"어떻게 혼자 오셨어요?"

머리가 조금 벗어진 것이 평범한 이웃집 영감 인상이었다.

"저, 사실은 정부에 밉보여서 급히 떠나왔습니다. 제 처는 따로 옵니다."

"아, 그렇군요! 아까운 인재들 다 쫓아내면 나라는 누가 관리합니까? 한국도 세상이 바뀌어야 하는데…."

마음 빗장 열게 하는 말이었으나 교육받은 대로라면 마음을 바로 주면 안 된다. 내가 신분을 감췄듯이 상대도 자기를 감췄는지 아닌지가 드러나려면 시간이 지나야 한다. 하지만 교포 부부가 오랫동안 자리 잡은 가게였다. 김진세 어르신에게 한발 다가갔다.

"선생님도 그리 생각하시는군요! 고맙습니다. 이런 부분은 좀 조심스러운데, 같은 시국관을 가진 교포 어르신을 만나니 마음이 좀 편해집니다."

그도 그랬을까. 영감님이 손을 내밀어 악수를 청한다.

"사실은 말이지요, 처음에는 선생을 많이 경계했습니다. 혹시 간첩인가 하고요. 하하하. 미안합니다. 내가 출국할 때 말이지요. 교육받는데 외국에 나가면 간첩이 접근할 수 있으니 조심하라며 몇 가지 지침을 주더라고요. 우리 한 선생도 그런 말 들었는지 모르지만."

내가 속으로 움찔하는 걸 모르고 영감이 껄껄껄 해맑게 웃는다. 지침이란 게 무엇일까? 혹 내가 그 지침에 해당하는 인물일까. 어색한 질문을 던진다.

"무어라 하던가요?"

"못 들으셨구먼! 들어보세요. 첫째 외국어 잘하는 놈, 둘째는 독신으로 오는 놈, 셋째는 달러를 많이 쓰는 놈이라 했어요. 이 외진 곳까지 설마하니 북한 간첩이야 오겠습니까?"

"그럴싸합니다. 그래도 조심하셔야지요."

뜨끔했다. 모두 나에게 해당하는 내용이었다. 제대로 짚은 말이라는 생각에 양념거리를 사서 돌아가는 발걸음이 족쇄가 걸린 듯 무거웠다. 다음부터는 김진세 어르신의 말을 되새기며 누구 앞이라도 조심했다. 채소가게 주인이 어느 날 또 물었다.

"선생은 왜 하필 이 가난한 나라에 오게 되었어요?"

어르신은 물건값만 받고 돌려보내기 안쓰러워 물은 말이겠지만 나는 대답이 쉬 나오지 않았다. 반사적으로 경계심이 일었으나 얼른 둘러댔다.

"저는 반정부 투쟁을 했습니다. 노동조합에서 데모를 주동했고, 검거되면 훗날이 걱정되어 고국을 떠나 있기로 작정했습니다. 쫓기는 신세다 보니 이 나라 저 나라 가릴 형편이 못 되었습니다. 사실 가족을 데리고 와야 했지만 아직은 준비가 안 돼 저만 왔습니다."

"쯧쯧! 어쩐지 똑똑해 보이시더니만."

"예. 한데 전 이 나라가 이렇게 가난한 나라인 줄은 몰랐습니다."

"하기야 부자들도 많은 나라지요. 나라가 가난한 게 아니라 부자들만 부자예요. 남미에서는 제일 부자나라일 거예요."

"자본주의 허점이 그거 아니겠어요?"

나는 아차 하고 말 맺음을 했다. 말이 더 나가면 안 된다. 그때 현지인 듯한 여자 손님이 가게에 들어와서 물건 사려고 스페인 말을 했다. 어르신이 이를 제대로 알아듣지 못하고 있어 내가 대신 손님의 말 받아 물건을 챙겨 주었다. 손님이 나가자 그는 적이 놀라며 나를 훑어보았다.

"어떻게, 스페인 말을 하시네요. 고맙습니다. 자 안으로 좀 들어가시지요."

어른은 나를 다시 보면서 부인을 불러 인사시키고, 음료수를 내놓고 현지인들에 관한 이런저런 이야기를 해주었다. 모두 내게 도움이 되는 말이라서 고맙게 들으며 친분을 쌓았다.

그 일이 있고 나서 김진세 어른하고는 더 가까워졌고 이따금 부인이 만든 한국 음식을 나누어 먹었다. 이 어른이 나를 무 학력자이거나 노동자 출신은 아니라고 여기는 듯하여 조심스러웠으나 차츰 잔정이 붙으면서 신뢰가 깊어졌다. 어느 날은 김 영감이 나를 집안으로 들이더니 와인을 대접하면서 자기 사업 이야기를 꺼냈다. 유럽 생활에서 즐겨 마신 와인이라 나는 단숨에 잔을 비웠다. 어른은 대작할 상대라도 만났다는 듯 더욱 살갑게 다가앉았다.

"우리 한 선생, 그래 부인은 언제 오십니까?"

"바로 건너오기는 어렵답니다."

"혼자 사느라 고생이 많겠네요. 아침 식사는 하셨나요?"

"예. 사모님이 찬거리 가져다주셔서 아주 잘 먹고 있습니다. 고맙습니다."

"고맙기는요. 동포끼리 돕고 살아야 하지요. 참, 한 선생, 내가 말이요, 사고 싶은 땅이 나왔어요. 도통 말이 안 통해서 계약 못 하고 있어요. 그 땅 잡기만 하면 바로 큰돈이 되거든! 선생이 통역 좀 해 주실래요? 성사되면 따로 보상해 드리리다."

스페인어를 알아듣기에는 좀 모자라던 참이라 주저하는데 그 댁 아이를 보니 스페인어를 곧잘 재잘거렸다.

"이 아이를 데려가면 도움이 될 것 같습니다. 내 아직 듣기는 좀 모자라니 이 아이 역할이 있을 것 같아요. 얘를 데려가 한번 해 보지요."

"아이고 고맙습니다. 돈이 눈에 보이는데 안 살 수도 없어요. 그렇지요?"

내가 나서 계약을 성사했다. 포도밭 근처의 제법 큰 개활지를 사들였다. 이 지역은 검은 강으로 불리며 아마조나스강의 강줄기를 끼고 있어 관수가 잘 되는 데다가 햇살이 좋아 과수 농사에 제격이었다. 24hr를 12만 달러에 샀다. 땅 파는 상대는 과라니족인데 성깔 꽤 있어 보였고 땅을 급히 처분하여야 할 사정이 있는 듯 서둘렀다. 상대방이 서두르니 흥정이 빠르게 진행되어 땅을 쉽게 매입할 수 있었다. 매입한 땅은 곧 개발되어 땅값이 두 배 이상이나 치솟았다. 정보를 어떻게 입수했는지, 김진세 어른은 이국에서까지 천부적인 사업 감각을 발휘했다. 그는 내게 옆의 자투리 땅을 사라고 권했으나 북에서 올 때 최소한의 생활 자금만 받아 온 처지라 눈앞에서 거액을 놓쳤다.

개성 상인의 딸

"한 선생 부인은 언제 오시오?"

"두어 달 더 걸릴 것 같습니다."

통역 사례금을 내게 건넨 김 영감이 아내를 나보다 더 기다렸다. 아니면 내 아내를 통해서 달리 소통하고 싶은 속사정이 있는지는 알 수 없었다. 더욱 가까워져 식사 시간에도 나를 불렀다. 어느 날, 저녁 식사를 마칠 즈음 어른이 준비해 둔 이야기보따리를 풀었다.

"나 미국으로 떠날 겁니다. 이곳에 온 것도 미국으로 들어가기 위해서였지요. 한데 아시겠지만 내가 가방끈이 짧아서 미국 말을 못 한단 말이오.

미국에 가면 할 일이 많아요. 한국 제품 수입해서 파는 일이지요. 한국에 준비는 다 해 놓았어요. 믿을 사람이 곁에 있어야 하는데 아무래도 딱 한 선생이란 말이에요! 나랑 가면 매달 1,500달러씩은 줄 수 있어요. 적은 돈이 아니지요? 어때요, 이런 곳에서는 승부가 안 나요. 같이 가서 한번 살아 보지 않겠어요?"

적은 돈이 아니었다. 마음 같아서는 곧 따라가고 싶었다. 돈은 부족하고 불편한 생활은 익숙지 않아 더 그러했다. 그러나 내 몸은 이미 다른 배를 타고 있었다.

"어르신 제안은 고맙습니다만, 전 이곳에서 할 일이 있습니다. 죄송합니다."

"아쉽네요! 할 수 없지요. 사실 처음에는 우리 한 선생이 간첩인 줄 알았다니깐요. 허허허!"

"예? 그럼, 간첩이 아니라는 거는 언제 아셨어요?"

나는 찔끔하여 되물었다. 내 신분이 노출될 뻔했다면 낭패였다. 그의 말은 그냥 듣고 넘길 일이 아니었다. 나는 신분 세탁의 기술자가 되어야 하는데 그간 내게서 약점이 노출되었다니. 김 영감이 의심하지 않더라도 나는 내 표정부터 새로 고르잡아야 했다. 김 영감이 목소리를 낮춰 껄껄 웃는다.

"얼마 전에 북한 대사관이 생겼잖아요. 대사관 직원들이 돌아다니면서 교포들에게 일일이 인사를 했어요. 북한 그놈들 걷는 모습을 뒤에서 보니 완전 촌놈들 걸음걸이였어요. 그런데 한 선생은 걸음걸이가 벌써 세련되었더라고요! 하하하."

"그러셨어요? 앞으론 걸음걸이부터 신경 좀 써야 하겠네요. 하하하."

웃어넘기지만, 일리가 있는 말이다. 교포들 시선을 무시해선 안 될 일이다. 북에서 내려오는 요원들 신분 세탁에 앞서 행동거지부터 세탁해야 할 것 같다. 그러나 오랜 세월 몸에 익힌 몸짓이 쉽게 바뀔지가 문제다. 의식이 바뀌면 행동도 따라 바뀐다지만 습관을 바꾸기는 어렵다. 그리고 이 어른이 나의 정체를 이미 꿰뚫은 것 같아 한 편으로는 꺼림칙했다.

"세련된 사람이 촌사람 흉내는 못 내는 거예요! 흐흐. 어쨌거나 부인 빨리 오셔야지 혼자 있으니 같은 동포로서 보기가 좀 그래요. 집사람도 말동무 생긴다고 좋아할 텐데. 그전에 우린 떠나게 되었으니, 우린 인연이 그만큼인 모양이지요."

어르신이 얼굴에 아쉬움을 드러낸다.

"신경 써 주셔서 고맙습니다."

"가져온 돈 떨어져 가겠네요. 내가 아는 요꼬 집이 있거든, 일하는 사람을 찾는다는 얘길 들었어요. 혹 그 일이라도 해 보시려우?"

"요꼬요? 요꼬 짜기……."

"맞아요! 털실 공장이 있어요. 한 선생한테 쉬운 일은 아닐지 모르지만, 그래도 푼돈이라도 돈벌이가 되는 일이니 내가 소개해 줄까?"

"고맙습니다. 돈도 궁하고, 아내가 오기 전 무슨 일이라도 하고 싶었습니다."

내 신분 위장에도 도움이 되리라는 생각이 들었다. 그 뒤, 나는 김 영감의 소개로 털실 공장에 들어가 요꼬 짜기를 하게 되었다. 요꼬 집 사장도 우리 교포였다. 하지만 요꼬 짜기는 수월한 일이 아니고 주급도 너무 적었다. 평소 노동이라고는 한 적이 없는데 쓰지 않던 근육을 부리려니 힘에 겨웠다. 옷에 땀이 배고 흘러내려 내 발 디딘 곳에는 땀이 흥건하게 고였다. 그러나 당에서 내려오는 지원금으로는 생활비가 턱없이 부족해서 나름대로 자생의 길을 찾아야 할 형편이었다. 당장 한 푼이라도 돈 되는 일을 마다할 수 없었다. 요꼬 짜기를 하면서 교포들을 많이 사귀다 보니, 이젠 혼자 생활하면 더 의심받을 지경이 되었다.

"애들이 많이 컸겠네!"

요꼬 짜기에 열중하던 교포 아주머니가 갑자기 아이들을 묻는데 나도 모르게 얼굴이 벌게졌다. 나의 이런 표정을 이상하게 보기보다는 자식들 걱정하는 것으로 생각했기에 탈 없이 넘겼지만, 이런 때를 대비한 몇 마디는 준비해 놓아야 했다.

"공부 끝나면 건너오기로 했어요."

"하긴 애들 걱정까지 할 여유가 있겠어요? 우리 애들도 오고 싶어 하지만 이곳 형편이 이 모양이니 말 그대로 이산가족이지요."

나는 퇴근하자마자 북에 보고서를 보냈다. 현지에 적응은 잘하고 있으나 아내가 같이 있어야 교포들에게 신뢰받겠다. 속히 아내를 보내 달라며 장

황하게 사유를 곁들였다.

북한 대사관이 들어섰으나 대사관에서도 나의 존재는 모르고 있었다. 소위 공작을 위해 파견된 사람은 철저하게 신분이 감춰져야 한다. 내가 한태호로 신분을 세탁한 것부터 그렇다. 북한 대사관에서 한태호라는 인물 정보는 남한의 민주화 투쟁꾼, 반체제 인사 정도였을 것이다. 나는 북한 대사관 사람들은 얼굴도 모르고, 신경도 안 쓰며 지냈다.

김진세 어른이 미국으로 떠나고 보름이 지날 때쯤 수경이 혼자 공항에 나타났다. 어디서 샀는지 서양식 감색 여성 정장 차림에 북에서 벗어났다는 해방감, 새로운 세상을 맞는 기대감으로 얼굴이 상기되어 있었다. 우리는 공항 로비에서 한동안 부둥켜안고 있었는데 수경은 비로소 올가미에서 벗어났다는 감회에 겨워 울먹였다. 나는 수경이 양손에 준혁이와 서윤이, 두 아이의 손 잡고 비행기 트랩을 걸어 나오는 상상을 했었다. 그러나 수경은 당연히 혼자였으니, 참 어처구니없는 상상이었다.

아이들 이야기를 하면서 수경은 또 울먹였다. 숙소까지 가는 동안 수경은 차창으로 보이는 새 도시에서 눈을 떼지 않았다.

"신기해요! 모든 게."

차가 빈촌으로 들어설 때 수경은 실망하는 내색을 내보이지 않으려는 듯 일부러 신기하다는 말을 거듭했다. 무엇이 신기할까? 수경은 숙소에 들어와 세간살이를 보며 어이없어했다. 남의 이야기 같은 궁핍의 현장을 처음 맞닥뜨려서일 것이다. 평양에서나 독일에서나 이렇게까지 궁핍하게 살지는 않았는데 그동안 내가 판잣집에서 혼자 산 허접한 흔적이 고스란히 보였을 것이다. 수경은 샤워할 생각도 하지 않고 부엌에 가 소매를 걷어붙이며 세상에! 세상에를 몇 번이나 되뇌었다.

  한국의 재력가 집안 자식들이 우리 교포가 운영하는 공장에서 요꼬 짜기로 연명하는 생활을 시작하였다. 당에서 준 돈은 북으로 들어갈 항공료로 비상금이었다. 요꼬 작업은 쉽지 않아서 솟을 바늘이 깨지지 않으려면 지날 때 재빨리 추를 채 주어야 한다. 바늘이 깨지면 한 달 봉급이 날아갈 판인데 그런 일이 있으면 하루에 한 끼로 견뎌야 했다. 육체노동을 하니 에너지는 땀으로 빠져나가고 고생 끝에 낙이 온다는 보장도 없는 노역이었다. 다만 공작의 부담감은 그만큼 줄어들었다. 공작을 서두를 이유는 없었다. 북에서는 절대로 서두르지 않았다. 완전히 익어서 먹고 싶을 때까지 과일을 따지 않고 내버려 두는 게 북한에서 사람 쓰는 방법이다.

  유럽에서 인정받았던 예봉은 이미 무뎌졌다. 나이가 서른일곱이니 다른 체제였더라면 한참 활동이 왕성할 시기다. 남쪽 출신 인재들을 북한은 이렇게 마구잡이로 써 버렸다. 방 하나, 좁다란 응접실에 부엌이 딸린 판잣집이 내 집이다. 난방은 갈탄을 땐다. 이곳은 6.25 전쟁이 끝난 뒤의 우리나라와 닮은 남미 빈곤층의 허접스러운 생활공간이다.

  우리 부부는 어디에서도 가난을 몸으로 겪어보지는 않았다. 북에서는 철저하게 차단막을 친 이면에서만 생활하다 보니 북의 빈곤층을 눈으로 보지 못했다. 어린 시절 부산에서 동냥치들을 본 적이 있지만, 가난을 모르는 우리 부부가 처음으로 가난을 경험하는 나날이었다. 가난을 체득하면서부터 사람의 삶에는 이렇게 다른 면이 있는 것을 알았다.

아르헨티나에는 어렵게 사는 사람들이 많았다. 가난에 익숙해지다 보니 불편하기만 한 가난이 나중에는 가난 같지 않았다. 어떤 날은 교민회장 댁에서 한 끼 얻어먹고 하루를 버텼다. 아내는 '공순이' 처지가 되었지만, 요 꼬 일감이 떨어지는 날이면 그나마도 출근을 못 한다. 그런 날은 온종일 무료하게 집에서 남편을 기다렸다. 낯선 나라, 낯선 도시에 치안까지 좋지 않아서 혼자 외출은 생각도 못 한다. 말로는 저녁 늦게 돌아오는 남편을 위해 저녁밥 지어 놓고 기다리는 맛도 있다고 했다.

수경은 남미에 온 뒤 남한 생각을 더 하는 것 같았다. 남쪽의 친구, 친척들이 불쑥불쑥 떠오른다고 했고, 북에 남겨둔 자식들 이야기 할 때면 맥을 놓아버려 저러다가 병이라도 날까 두려웠다. 그렇다고 눈 앞에 그려지는 어떤 희망도 없었다.

<u>소꼬로 소꼬로!</u>

평양에서 부에노스아이레스까지의 거리만큼 올가미를 쥔 곳과는 멀어졌다. 그렇지만 누구에게도 우리 거주지를 알릴 수 없으니 마음속 올가미는 더 조여들었다. 또 프랑스 국립대학 출신이 글 모르는 무식쟁이로 살아야 하는 노릇도 보통 일이 아니었다. 그리고 파리 유학생을 대표하는 회장이었지만 내게는 졸업장이 없다. 정체성을 잃어버린 생활이 언제까지 갈지. 자식들은 언제나 볼 수 있을지, 수경의 얼굴에는 늘 그림자가 어른거렸다.

수경은 남미까지 온 마당에 북한으로 돌아갈 일은 절대로 없을 것이라고 혼잣말하곤 했다.

요꼬 짜기 하는 중에도 나는 수경을 대할 낯이 없었다. 그 나이 차도록 맺은 인연과의 단절만으로도 수경에게는 이미 감옥일 터였다. 자유분방한 DNA를 가진 나는 더할 나위가 없었다. 최근에는 북한으로부터 특별한 공작 하달이나 요원 파견이 없으니 격절감이 오히려 심했다. 초등학교도 안 나온 신분이 되었으니 일용직을 감수해야 하지만, 살기 위해서 무슨 일이든 마다치 않는 아내도 이미 부잣집 개성 상인의 딸이기를 포기했다. 우리의 처지가 그럴수록 신분은 더 그럴사 해서 남한 정부의 반체제 인사 한태호 부부는 아르헨티나에 성공적으로 연착륙하고 있었다. 저녁 퇴근길에 나는 드로잉북을 세 권 샀다. 이 드로잉북은 나의 손 감각을 지켜 줄 유일한 벗이 될 것이었다.

더운 나라라도 기온이 6~7도가 되면 한기가 심해 난로에 갈탄을 피워야 한다. 봄비가 추적추적 내리고 을씨년스러운 날이었다. 저녁 퇴근 시간이 다가오면서 빗줄기가 더 굵어졌다. 빗길에 퇴근하여 수경이와 와인 잔을 부딪치면 오늘 하루 노역도 지날 것이었다. 한데, 사장이 갑자기 현장에 들이닥치며 하는 말에 가슴이 철렁했다.

"한 선생. 큰일 났어요. 빨리, 빨리 집에 가 보아요."

"예? 무슨 일입니까? 우리 집에 무슨 일이?"

"아주머니가 집에서 소꼬로! 소꼬로! 하고 있대요. 내 차 줄 테니 얼른 가 봐요."

'소꼬로, 소꼬로'라니! 그건 '살려 달라'는 말이다. 앞이 캄캄해서 그 자리에 붙박이가 되어 서 있었다. 사장이 뭐하냐고 핀잔을 주어서야 정신이 들었다. 나는 사장이 내준 차를 몰고 부리나케 집으로 향했다. 머리와 팔다리가 따로 놀아서 언제 집에 도착했는지도 몰랐다. 빗줄기가 굵어진 가운데 현관문이 열려 있고, 이웃집 현지인 아주머니가 수경을 방에서 끌어내는데 수경은 맥을 놓아 사지가 늘어져 있었다. 이럴 수는 없었다. 기가 막혔다. 결국은 내가 수경이까지 죽이는구나 생각하니 사지가 부들부들 떨렸다.

"아니, 뭐 하세요?"

맥을 놓아 멍청해진 내게 이웃 아주머니가 핀잔을 주었다. 나는 이웃 아주머니의 도움 받아 수경을 차에 밀어 넣고 정신없이 병원으로 향했다. 여인은 수경의 의식이 돌아오게 하려고 뺨을 두드렸고 멀지 않은 병원이 그날따라 너무 멀었다. 수경이 죽어가고 있다는 생각에 머리를 세차게 흔들며 가속 패달에 힘을 가했다.

"고맙습니다, 아주머니! 대체 무슨 일이지요?"

내가 묻는데 내게 들렸다. 그런 뒤 조금 정신이 돌아오는 것 같았다.

"어떤 분이 지나가다가 부인의 비명이 들린다며 우리 집 문을 두드렸어요. 그분은 요꼬 공장에 알리러 가겠다면서 내게 바깥공기를 쏘여주라고 당부했어요."

"가스 중독이 맞지요? 병원은 왜 이리 멀지요?"

"일산화탄소 중독이에요. 비 오는 궂은날에 이런 사고가 종종 있어요. 얼른 병원에 가서 처치해야 살아날 텐데…."

수경은 날이 추워 숯불을 피우다가 쓰러진 것이라 했다. 숯불에서 나온 일산화탄소 중독이었다. 빗줄기는 드세고 차는 느렸다. 빗길이지만 맑은 공기를 마시게 하라는 말에 창 유리를 다 내리고 비를 흠뻑 맞으며 달리는데 오만가지 생각이 다 들었다. 차라리 같이 죽어버리는 것이 수경이와 떨어지지 않는 길이었다. 부모의 시신 앞에 눈물 흘릴 아이들 생각이 났다. 이렇게 모든 것이 끝나는구나! 세상 일이 너무 허무했다. 그때, 수경의 가느다란 목소리가 헛소리처럼 귓바퀴에 맴돌았다.

"여보. 나…. 괜찮아요! 집으로 가요."

깜깜한 터널에 들어오는 빛살 같은 소리였다. 가슴이 방망이질했다.

"어머나! 의식이 돌아왔네요."

"수경이. 정신이 들어?"

나는 얼른 길가에 차를 붙여 세운 뒤 뒷좌석 문을 열고 수경의 옆자리에 올랐다.

"응. 괜찮아! 내가 정신을 잃었네. 아주머니가! 고맙습니다. 어서 집으로 돌아가요, 여보!"

"살아났구나! 수경아."

늘어진 수경을 안아 일으켜 꼭 끌어안았다. 나는 내처 병원에 가서 응급실에 수경을 내려 앉혔다. 의사는 일산화탄소 중독이지만 오는 길에 마신 신선한 공기로 더 치료할 일이 없다고 진단했다. 놀란 가슴을 진정시키며 집으로 돌아왔다. 하마터면 수경을 영영 잃을 뻔한, 돌이키기 싫은 시간이 그렇게 지나고 있었다. 수경은 소꼬로 기억 때문에 이후로는 숯 냄새 트라우마에서 벗어나지 못하고 있다.

집으로 향하던 길에 옆집 아주머니에게 물었다.

"혹시 그 사람 누군지 아세요? 아내의 비명을 듣고 알려준 사람이요. 고맙다는 인사라도 해야 할 텐데."

모르는 사람이라고 했다. 이 동네 사람은 아니고, 한국말을 한 번 하더라고. 그분이 아마 공장에도 알렸을 거라고. 한국 대사관 직원이었을까? 북한 쪽 사람일리는 없다.

"지나가다가 들었다고 했어요?"

"예. 좀 이해가 안 되긴 해요. 상대가 여자라도 그렇지 위급한 상황인데 직접 처리하지 않고 왜 이웃에게 알릴 생각부터 했을까요?"

"요꼬 공장까지 들려서 전해주고……."

나중에 확인했으나 요꼬 공장에도 그 사람을 아는 사람은 없었다.

"상수경, 제발 아프지만 말아. 당신은 하늘이 내린 천사야. 난 천사를 제대로 지켜주지 못하는 바보야. 이 고운 손을 가난에 찌들게 하다니! 당신 말대로 우리 꼭 고국으로 돌아가자. 우리가 살아야 할 곳에서 사는 그날까지 같이 이겨내자. 사랑해!"

나는 수경의 헝클어진 머리칼을 쓸어내리며 예쁜 눈에 입술을 맞추었다. 수경의 눈물이 귓불을 타고 내렸다. 사흘간 요꼬 일을 쉬면서 수경을 돌보았다. 이 외지고 먼 땅에서 수경이 잘못되었을 경우를 상상해보니 넌더리가 났다. 나는 수경의 곁을 떠나지 않고 몇 번이고 입으로 사랑을 전했다.

그는 누굴까? 내 정체를 아는 사람이 있을 리는 없다. 나는 끝내 사나이의 정체를 알아내지 못했고, 사나이의 존재는 수경을 살려냈음에도 가슴 한쪽에서 은근히 걱정거리로 자라났다. 그가 자기 신분을 감춰야만 할 사람이었다면 나의 정체를 알고 있다는 말이 되기 때문이다. 예사 사람은 아닐 것이다. 뮌헨에서의 테러. 한국인들과 서양인 두 조직이었다. 두 사건을 하나로 묶을 단서는 없다. 내가 모르는 그림자의 존재는 치명적이다. 소꼬로 사건은 짐 하나를 더 안겨 주었다. 하지만 마치 나의 신분을 잊지 말라고 확인시켜 주기라도 하듯, 이따금 보이는 미행은 그만큼이었고, 더는 별다른 조짐이 없어 미행자의 존재를 차츰 잊어버렸다. 드로잉 북은 아직 열어보지도 못하고 있었다.

예기치 않은 벽

내가 아르헨티나에서 수행할 임무는 북한에서 내려온 요원들의 국적 세탁이다. 나 자신의 신분을 직접 세탁한 뒤 그 방법대로 다른 공작원들의 시민권이나 여권을 만들어주었다. 남미는 대체로 교육 수준이 낮았고 시골은 더했다. 시골 등기소에 가면 담당자들이 단순해서 쉽게 서류를 만들어 주었다. 관공서에 갈 때 나는 일본인 행세를 하기도 했다. 일본인들은 돈이 많아 씀씀이가 한국인과는 달라서 현지인들의 보는 시각이 더 열려 있었다.

국적 세탁에는 원칙이 있다. 돈으로만 해결한다. 돈이 들어가면 상대 입에 재갈 물리는 격이었다. 말단 공무원이 제일 쉬웠고 돈 쥐여 주면 그들은 쉽게 무너졌다.

어려운 생활 속에서도 이따금 라-보카 항구의 카미니토 거리에 나가 탱고 리듬에 흥을 얹곤 했는데 곳곳에서 탱고 복장 커플이 리듬을 타고 있었다. 그중 '마케레나'라는 댄서는 우리 부부를 각별히 맞아주었다. 그녀와는 아사도 자리를 자주 했다. 아사도는 입에 넣자마자 혀 끝에 닿는 식감이 뛰어난데 우리 요리로 비교하자면 잘 요리된 족발 같은 맛이다. 아사도는 수경이 특히 좋아했다. 이 나라는 인구보다 소가 더 많다. 드넓은 초지가 있으니 목축이 성하다. 그래서 이따금 라-보카에 나가 싼값에 질 좋은 소고기를 많이 먹었다.

아사도는 아르헨티나의 원주민인 가우초들이 먹던 전통 요리다. 양이나 닭, 소고기에 소금만 적당히 뿌려 숯불에 서서히 굽는데 아르헨티나 사람들은 귀한 손님을 초청하여 이 요리를 즐겼다. 아내는 숯불 향을 기피했으나 아사도는 곧잘 먹었다. 우리 부부는 플로리다 거리에도 나가 음악과 더불어 생활하는 이곳 사람들의 문화를 익히곤 했다. 에비타의 오월 광장을 들러보았고 안데스산맥을 배경으로 그린 그림을 떠올리며 휴일에는 안데스 산마루에 직접 올랐다. 그런 날은 아이들 생각이 더 간절했다.

공작원은 사람이 살아가는 최소 단위마저 저버려야 한다. 부모와 자식 간에는 어떤 연락도 취할 수 없고 친척 간에도 존재 자체를 묻어야 한다. 그러므로 나의 생존 기록은 오히려 신분 감추는 기록이 된다. 뿌리는 남쪽에 있으나 몸통은 북한에 소속되어 남미를 부랑하는 비정상적인 삶이 내 인생 항로였다.

　모처럼 드로잉 북을 챙겨 안데스에 오른 날, 수경이 바위에 엉덩이를 내리자 나는 수경의 가슴에 머리를 묻고 밭은 고동 소리에 귀를 기울였다. 수경의 존재감, 이 귀한 존재에게 나는 무엇인가. 나는 수경이 사랑하는 내가 아니었다. 산 정상을 감아 돈 신비로운 구름 띠가 질긴 끈으로 보였다. 나는 북한이 쥔 끈에 목이 졸려 있었다. 그렇게 나를 그렸다.

　요즈음은 소화불량 증세가 심했다. 신경이 쓰이는지 아내가 물었다.

　"소화는 신경계와 연관이 있어요. 너무 자신을 탓하지 마세요."

　"그래! 엎질러진 물인데 신경 써 보았자 야! 신분 세탁 때문인 것 같아, 신분 세탁은 사람이 달라지는 것이거든. 나의 사유는 단순해야 하고 말씨에도 노동자들 층에서 사용하는 거친 습성이 나타나야 해. 문학이나 예술에 대하여서는 될 수 있는 대로 말을 피해야 하고. 알아도 모르는 것처럼 보이려면 말을 하지 않는 쪽이 편해. 한데 쉬운 일이 아니야. 그런 생활이 하루 이틀도 아니고 끝도 없이 계속되니 그 스트레스로서 소화불량이 생겼나 봐."

　"맞아, 그래요. 생각을 너무 깊게 하지 말고 한 발짝 물러나세요."

　그러나 나를 감추는 일은 쉽지 않아서 결국 사달을 내고 말았다. 교포 중에는 학식이 풍부한 사람들이 많았다. 교포 모임이 있는 어느 날 나는 나이가 조금 아래로 보이는 사람에게 경남중학교를 졸업했다고 말한 적이 있다. 무식쟁이라며 살아가는 생활이 너무 어렵고 모르는 척해도 불쑥불쑥 행동으로 나오기에 십상이었다.

　유경철이라는 그 사람은 경남중학교 후배였다. 주변 교포들이 보기에 나라는 사람이 아주 무식쟁이는 아니게 보일 것 같았다. 아무래도 중학교 정도의 학력은 이야기해 놓아야 의심을 안 받을 것 같다고 판단했다. 그런데 매사에 철저하지 못한 게 화근이었다. 하필 한국 대사로 새로 부임해 온 사람이 경남중학교 출신이었다. 유경철은 대사에게 찾아가 한태호를 칭찬하며 경남중학교 2년 선배라고 했단다. 유경철이 내게 달려왔다.

　"한 선생님, 대사께서 만나보고 싶다고 전하라 했습니다."

　후배는 즐거운 소식이라고 보고했으나 나를 곤경에 빠뜨린 말이었다. 나의 전력을 모두 알릴 수는 없는데 후배 대사 부부와 만찬을 하면서 교분을 두텁게 해야 할 처지가 되었으니 말이다. 예기치 않은 벽이 나타났다. 벽을 피하든지 밟고 넘어야 한다. 나는 짐짓 위엄 있게 선배다운 태도로 후배에게 일러주었다.

　"이보시오, 유 선생, 우리 경남중학교는 명문입니다. 아무리 대사라도 선배가 후배를 먼저 찾아가 인사하는 법은 없어요. 후배는 대사께 그리 전하시오."

　무슨 생각인지 후배 대사가 나를 찾아오지는 않았지만, 마음이 조급해졌다. 서둘러 거주지를 다른 나라로 옮길 준비를 했다. 다음 거주지는 파라과이였다. 갑자기 이 나라를 떠나야 할 때를 대비하여 점찍어 둔 나라였다.

밥벌이 예술

색깔 깔아놓기
신분 세탁
문설주에 기대다
나는 아티스트인가?
세르반테스와 허균
남한 요원과의 조우
미소의 그늘
수경의 상술

GOODBYE PARIS
GOODBYE PARIS
GOODBYE PARIS
GOODBYE PARIS

색깔 깔아놓기

파라과이에서도 어디든 나서려면 내가 한국에서 반정부 인사였다고 밝혀야 했다. 그래야 동조하는 사람이 생기고 반대하는 사람도 있어서 접근해야 할 사람과 멀리할 사람의 분별이 가능했다. 파라과이 교민들도 나를 보면서 이 양반이 도대체 뭘 하는 사람인지 궁금해했다. 파라과이는 우리 교민이 남미에 첫발을 디뎌 정착한 나라였다. 이 나라 경제는 아르헨티나에 많이 뒤져 있었다. 아순시온은 한 나라의 수도로서는 작은 도시지만, 남미에서 우리 교민이 가장 많이 거주하는 도시로 교민의 수를 헤아리지 못한다고 했다.

"난, 이놈의 정부하고는 별로야!"

나는 작정한 대로 내 색깔을 미리 깔았다. 일종의 자기 보호 수단이었다. 북에서 나올 때의 약정이 있다. 어디에서든 정체가 드러나거나 잡히면, 북한과는 상관없고 동백림사건으로 도망 다니는 남한 사람인 양 처신하기로 했다. 그건 북한이 내리는 지침이며 자기방어 수단이었다.

파라과이에는 미국으로 들어가기 위해 영주권을 원하는 한국 교포들이 많이 거주하고 있었다. 신분 세탁이 쉽고, 돈이면 모든 것이 해결되었기 때문이다. 미국은 입국 심사가 무척 까다로웠다. 파라과이는 우리 교포들이 파라과이 영주권 따서 미국에 진출하는 교두보였다. 나에게 오는 교포들은 대체로 가난한 사람들이었다. 5~60명의 교포가 내게 영주권을 만들어달라고 부탁했다. 적어도 몇천에서 몇만 달러를 주어야 가능한데 나는 천오백 달러로 영주권을 만들어 주었다. 내가 수수료를 최소로 잡은 것은 모두 우리 동포였고 내 동족을 돕는 일이라서였다. 나는 남쪽과 북쪽을 가리지 않고 동포들에게 봉사했다.

나의 이런 국적 세탁은 이 나라 감사원장과 가까이 지내는 교포가 있어 가능했다. 교포는 소기업을 운영하는 사람이었는데 겉으로 보기와는 다르게 씀씀이가 헤펐고, 고위 관료들과 친하게 지냈다. 남한의 모 대기업과 연줄이 있다는 설도 돌았다. 나를 잘 본 그가 이 나라 감사원장을 만나게 해 주었고, 감사원장이 내게 내무부 장관을 소개해 주면서 길이 열렸다. 몸이 좀 비대한 편인 내무장관을 단독으로 만나던 날 내가 영주권 이야기를 꺼냈다.

"내 나라 교포들을 돕는 일입니다. 좀 챙겨주십시오. 장관님."

"몇 명이나 영주권을 원하나요?"

"1차로 예닐곱 명 됩니다."

"알았어요. 내 알아서 처리하겠소."

내무장관은 숫자가 기대에 못 미친 듯 실망한 표정이다. 쉽게 승낙이 떨어지는 데는 이유가 있는 법이다. 나는 장관이 기다리는 말을 꺼낸다.

"어떻게…. 한 사람에 600불 정도면 되겠습니까?"

이 나라에서는 큰돈이다. 그러나 장관은 달갑잖은지 퉁명스레 대답한다.

"너무 싸요!"

나는 아차 싶었다. 앞으로 이 일을 계속하려면 지금이 중요한 순간이라는 판단이 섰다.

"장관님. 1,000불씩 하겠습니다."

"200불 더 붙이시오."

"예! 그럼 한 사람에 1,200불 드리겠습니다."

"오케이!"

장관이 호방하게, 깔끔하게 금액을 정해 버리니 차라리 좋았다. 나는 가방에서 달러 묶음을 꺼내 숫자에 맞추어 장관에게 건넸고, 내무장관은 한 장 한 장 천천히 달러를 셌다. 그 뒤로 50여 명의 우리 교포들 영주권을 해결해 주었는데 교포들은 적은 수수료가 미안했는지 나에게 고급술과 담배를 선물했다.

신분 세탁

북에서 두 남녀가 왔다. 똑똑하니 장기 목적으로 키우라는 지령이었다. 남자는 32살의 이지적인 용모로 잘 교육하면 큰 재목이 될 인물이었다. 부부로 짝지어진 여인은 나이 서른에 순박하고 예쁘장한데 영어에 능하고 야무진 인상이었다. 이들은 우리 부부의 판박이였다. 우리가 이 대륙을 떠나면 좋은 대역이 될 것이다. 이들은 나처럼 고생하지 않아도 되리라. 내가 먼저 와서 개척해 놓은 텃밭이니 공작 농사가 한결 쉬울 것이기에. 우선 이들 숙소를 알선해 준 다음 신분 세탁 작업에 들어갔다.

하급 공무원부터 약을 써가며 두 사람의 북한 산 파라과이 시민을 탄생

시켰다. 두 사람이 이 고장 몇 번지에서 태어났고 자라난 것으로 서류가 만들어졌다. 내가 이 일로 공무원 실무자와 일을 보고 있으면 높은 신분의 지인이 실무자에게 전화해 주었다. 그 사람 편리를 잘 보아주라고. 파라과이는 세상에 없는 사람도 돈으로 만들어내는 기적의 땅이었다. 이런 방법으로 신분을 결정지은 다음 두 사람의 적구화敵區化 작업에 들어간다. 적구화란 적의 구역에 적응시킨다는 말인데 장기 포석으로 해당 지역의 혁명가를 서서히 키워내는 일이다. 십 년이고 이십 년이고 서두름이 없이 요원들을 현지인화하며 도중에 신분이 탄로 나지 않도록 관리하는 일도 나의 몫이었다.

젊은 부부는 나와는 상당한 거리를 두고 거주지를 마련했다. 이들은 이들 나름의 공작 업무가 있다. 우리 사이의 관계가 외부에 알려지는 것은 바람직하지 않았다. 나는 우선 이들의 신분을 세탁해 주어야 하고, 특별한 지시가 없으면 일정 기간이 지난 뒤 전혀 모르는 사이로 갈라져 살아가야 한다.

젊은 부부는 몇 년 뒤 중 고등학교 과정에 해당하는 검정 시험을 보아 합격했다. 다음에는 대학에 진학할 것이다. 이들은 아르헨티나의 유능한 자산으로 성장하여 정계에 진출하거나 국가 공무원이 되기도 하여 자국 북한을 지원하는 혁명 일꾼 역할을 하게 된다. 북한이 똑똑한 자원을 보내 미래의 현지 혁명 일꾼으로 키우는 데 공을 들이는 이유가 그것이다. 이들은 국외 교포를 포섭하는 공작에 투입되거나 특별한 경우에는 테러나 파괴 공작 등의 지령을 수행하게 될 것이다. 또 현지에서 선거철이 되면 투표용지가 나와 참정권을 행사한다. 그러나 요원들은 나에 의해 수시로 분석되고 만약에 요원들이 자유주의 사상에 경도되고 있다는 판단이 서면 즉시 북으로 송환시킨다. 한편 요원들도 나를 감시하여 북으로 보고하는 크로스 체킹의 사슬에 서로 엮이게 된다.

  내가 남미에서 제대로 정착하자 북에서 미주 대륙에 들어오는 요원들은 남미의 거점을 거치도록 조치했다. 이런 방식의 적구화 작업은 남한에서도 같은 수법으로 이루어진다고 들었다. 북의 수법을 간파한 남한 정보요원들이 엉뚱한 사람을 지목, 적구화 된 고정간첩으로 낙인찍어 억울한 희생양을 만들어서 북풍 깜으로, 또는 정치적으로 이용하는 예가 그것이다. 이를테면 남쪽 해안가 섬마을의 한 어부를 지목하여 북의 적구화 된 간첩으로 신분을 임의로 조작해 놓고 본인이 인정하도록 고문해 실토하게 한다. 정치적으로 이용할 시기가 되면 이를 북풍 감으로 활용, 간첩단 사건을 대대적으로 보도하여 대북 경각심 고취한다. 국민을 반공 사상으로 길들이는 수단이다. 북한에서도 같은 방법을 이용, 남한 사람으로 신분을 세탁한 자들이 5년에 한 번 정도 주기적으로 남한에 다녀온다는 말을 들었다. 5년이고 10년이고 만나는 사람 하나 없이 조용히 있다가 북으로 돌아가는 사례도 있다고 한다. 이 모두가 언젠가 결정적인 시기가 오면 북의 지령에 따라 남한에서 공작할 수 있도록 숙성하는 과정이다.

  아이들이 몹시 궁금하여 몇 번 평양을 다녀오는 길에 좋지 않은 소문이 들렸다. 당에서 나를 비판하는 목소리가 조금씩 나오고 있다는 것이다.

  '남미에 나가도 별다르게 성과가 없다. 사람 하나 내보낼 때 들어가는 달

러가 얼만데, 외화벌이가 얼마나 힘든데 그 돈 가지고 나간 한태호 동무가 성과가 없으니 될 말이냐?'

나를 화나게 하는 소문이었다. 적어도 사람이 기본 생활을 할 수준의 자금은 주어야 한다. 더구나 부유한 집안에서 생활해 온 우리 부부이니 금전적인 어려움만으로도 이미 큰 형벌이다. 우리에게는 시간이 더 필요하다. 속이 뒤틀렸다. 나는 그런 말이 들리자 4년이 되도록 뻗대고 평양에 들어가지 않았다. 그 뒤로 나의 변절을 놓고 설왕설래한다는 말이 또 들렸다. 내 아이들을 내가 살던 고급 아파트에서 기숙사로 옮겨버린 시점도 그때였을 것이다.

문설주에 기대다

1976년, 나이 마흔을 넘었다. 파라과이 아순시온으로 거처를 옮긴 뒤 돈벌이가 되는 일을 찾고 있었다. 돈이 된다면 무엇이라도 해야 할 만큼 생활이 쪼들렸다. 생활이 쪼들리니 스케치북은 귀퉁이에서 잠잘 수밖에 없었다.

아순시온에는 고급 단독주택들이 있는데 주택 대문마다 부조 형태의 조각 장식을 부착하고 있었다. 12세기 초에 성당의 대문 전면부를 장식했던 파사드(얼굴이라는 뜻)가 있는데 그것과 매우 흡사한 형태였고, 교회 대문인 포르탈이 에스파냐의 문화로 유입되어 이 나라에서는 가정집 대문 장식으로 정착한 것 같았다. 하지만 대부분이 어설프고 눈에 거슬렸다. 볼 때마다 나의 미감에는 맞지 않아 내 손으로 제대로 된 장식을 한번 만들어서 붙이고 싶었다.

나는 소일거리 삼아 대문 장식을 위한 나무 조각 형태를 스케치해 보았다. 스케치한 그림에 따라 장식물을 직접 만들었다. 나무 선택이나 조각칼, 사포까지 사서 조형물을 만드는데 뜻하지 않게 손바람이 일었다. 이탈리아나 아랍풍의 문양을 조각하여 깔끔하게 마감처리를 한 뒤 우선 내가 기거하는 집 대문에 조각을 붙였다. 옆집 조각과 직접 비교되었다. 어느 틈에 다가온 집주인이 이리저리 보면서 손뼉을 쳐댔다. 예상한 대로 이웃집이나 다른 동네 사람들이 관심을 두기 시작했다.

유독 돋보이는 대문 장식이 입소문을 타서 먼 데서도 대문 조각을 보러 왔고, 제작을 원하는 사람이 하나둘 찾아왔다. 그때마다 꼼꼼하고 개성 있는 조각을 만들어 주었다. 나는 애초에 상품을 만든다는 생각은 없었다. 더구나 나의 제작물에 돈으로 가치를 매긴다는 것은 말이 안 되었다. 값을 따로 요구하지 않고 주는 대로 받았다. 주문한 사람들이 오히려 값을 후하게 쳐주어 푼돈이라도 아쉬운 시기에 크게 도움이 되었다.

어느 날부터는 대문 조각을 의뢰하러 면담하러 온 사람들이 문밖까지 줄지어 기다렸다. 특색 있는 디자인에 현지인들은 웃돈까지 얹어주면서 코리언 넘버원이라 치켜세웠다. 내 살림살이에 여유가 생기니 모든 매듭이 잘 풀려나갔다. 나는 어느새 나만의 작업장을 소유하게 되었고, 연일 일거리로 바빠지면서 내가 북파 공작원이라는 신분을 까맣게 잊었다. 소일거리로 시작한 조각 일이지만 나름으로는 소소한 창작 활동을 한 것이다. 나는 급기야 한국에서 온 문설주 조각가로 소문났는데, 장사가 아닌 순수 창작 작품을 만든 결과여서일 것이다.

그날은 고급 승용차가 대문 앞에 서더니 50대 중반의 귀부인이 내렸다. 8등신 맵시의 여인은 이 나라 국회의장 부인이라고 자신을 소개했다.

"한국에서 온 문설주 조각가 소문 들었습니다. 선생님이신가요?"

"누추한 곳까지 찾아주셔서 영광입니다."

"솜씨가 좋으시다는 말씀을 들었습니다. 우리나라는 남자들이 유난히 자기 집을 자랑하고 싶어 합니다. 제 남편은 '스탄데이'라고 합니다. 제가 선생님 대문 장식이 뛰어나다고, 들은 소문을 말하니 당장 대문 장식을 부탁하라고 성화입니다. 우리 집 대문 조각은 좀 특별하게 신경 써 제작해 주십시오. 조각가님 작품에 합당한 대금을 지불하겠습니다."

나를 조각가라 부르는 부인은 말씨도 정중했다. 국회의장이라면 내가 이 나라에 와서 만나는 제일 높은 직위다. 나는 부인의 차에 타고 그 댁 대문을 직접 답사했다. 대문을 보니 꽤 넓어서 일이 오래 걸릴 것 같았다.

"고맙습니다. 대문은 목공소에서 만들고 저는 조각만 만들겠습니다."

"감사합니다. 잘 부탁합니다."

나는 스탄데이라는, 이 나라 국회의장의 격을 생각하여 좀 더 정성껏 형태를 조각했다. 조각품 마무리를 끝낸 일주일 뒤 작품을 보겠다며 부인이 왔다. 부인은 조각 장식물을 이 방향 저 방향에서 관찰하더니 손을 내밀어 악수를 청했다.

"아주 멋집니다. 남편 맘에 쏙 들 겁니다. 그런데 얼마 드릴까요?"

합당한 대가를 주겠노라 한 말을 떠올릴 뿐, 내 노력으로 만든 제작물에 대가를 말하기가 어려웠는데 수경이 나섰다.

"16만 과라니면 되겠습니다. 이 작품에는 작가의 정성이 담겼습니다."

나는 깜짝 놀랐다. 거상의 딸다운 수경의 입담이었다. 이 나라에서는 1,000달러가 넘는 큰돈이었다. 다른 조각들보다 열 배가 되는 금액이었다. 좀 세게 부르지 않았나 하고 은근히 걱정하는데 의장 부인이 웃으며 받아들였다.

"신경 쓰셨다니 좋은 작품으로 알겠습니다. 곧 드리겠습니다."

나는 두 사람의 입만 바라볼 뿐, 속으로는 어이가 없었다. 내 창작물을 놓고 가격을 흥정하는 모습이 마땅찮기도 했다. 그래도 달러가 들어오니 거부할 수 없는 유혹이었다. 그때부터 조각 작품의 값은 수경이 결정하고 나는 작품 하듯이 조각에만 열중했다.

부유층 주문이 연이어 들어왔다. 수경은 조각 값을 차츰 비싸게 매겼다. 주문이 많아 부부가 팔 걷어붙이고 달라붙어야 했다. 수경은 나만큼이나 일을 즐겼다. 조각이 형태를 갖추면 거친 피파로 사포질해 래커를 바르고, 다시 가는 피파로 사포질한 다음 래커를 또 발라 마무리한다. 이 과정에서 시간이 오래 걸리고 힘들었다. 수경의 가느다란 손가락 마디에 물집이 생기면서 손이 거칠어졌다. 하지만 수경은 개의치 않았다. 파리에 있을 때 자기는 40살까지만 살겠다고 하던 수경이었다. 여자 나이 사십이 넘어가면 미모가 부실해지니 그렇게 살고 싶지 않다고 했는데 사십을 넘기면서는 그 나이를 50으로 잡는다고 했다. 요즘 수경은 그런 말조차 잊은 것 같다. 환경은 상수경의 여성이 지녀야 할 자존심까지 무너뜨리고 있었다. 예술, 돈, 북한의 올가미로부터의 탈출, 그 무엇으로부터도 나는 이미 자존심을 놓아버리고 있었다.

  돈이 좀 모이니 작업장을 제법 그럴싸하게 꾸몄고, 살림은 넉넉해졌다. 그때야 나는 수경에게 조금이나마 면목이 섰다. 제법 일거리가 많아서 바쁘게 1년이 지났다.

  이번에는 이 나라 금융감독원장 부인이 자기네 현관문 조각을 해야겠다면서 아예 자기 집으로 초청했다. 부인은 몸집이 크고 서글서글한 눈매가 눈길을 끌었다. 부인은 넓은 응접실에서 마떼 차와 지빠(빵 종류)를 내놓고 싱글벙글 웃으면서 내게 와인을 권했다.

  "보다시피 집을 새로 지었습니다. 현관 조각은 물론이고 안목 있는 선생께서 필요한 가구를 추천해 주셨으면 하고 모셨습니다."

  단순한 대문 장식 디자인이 아니라 인테리어를 주문하고 있었다.

  "알겠습니다. 제가 집을 좀 꼼꼼히 둘러보고 의견을 말씀드리겠습니다."

  "고맙습니다. 얼마든지 둘러보세요. 선생님, 와인 좋아하시지요? 천천히 즐기시면서 보아주세요."

  부인은 벌써 나의 술 취향까지 전해 들은 모양이었다. 정원이 넓고, 단층이지만 설계가 제법 잘된 가옥이었다. 나는 몇 가지를 살펴 투시도로 스케치한 다음 집에 돌아와 가구들의 배치 모양을 그려서 그녀를 불렀다. 부인은 내가 제시한 투시도를 한참 동안 살펴보더니 손뼉 치며 목청을 키웠다.

"어머나! 선생님, 진짜 대단한 인테리어 디자이너세요! 이렇게 멋진 가구를 그려서 보여주시다니요. 감동입니다. 선생님 그러지 마시고 그 실력으로 가구, 문짝을 다 만들어 보세요. 판매는 내가 얼마든지 소개해 드릴게요."

부인은 아예 사업 파트너를 하겠다고 나섰다. 발이 넓다는 그녀를 파트너로 사업을 시작해도 될 듯했다. 아내도 반색하면서 나서서 사업 계획을 짰다. 나는 우선 값싼 기계를 구입하여 일을 시작했다. 싸구려 기계를 사용해도 조각 작품은 잘 나왔고, 이 나라 부유층 부인들 입담을 타고 고관대작들에게 소문이 나니까 장관 댁마다 해 달라는 주문이 잇달았다.

"비싼 나무를 사서 고급 가구로 만들어 비싸게 파는 고가 전략을 펴요. 우리가 이 나라에서 허접한 물건 만들 이유는 없잖아요. 고객들이 마침 돈 많은 고관이니 그들에게 맞춤 전략으로 나가요."

수경은 장인어른으로부터 물려받은 거상 DNA를 유감없이 발휘했다. 나는 거기까지는 미처 생각 못 하고 이 일이 과연 작품다운 작업인가를 가늠해보는 정도였다. 예술을 실생활에 접목하는 일. 순수미술을 생활에 적용하는 응용미술이었다. 나는 산업디자이너로서 인테리어를 디자인하는 아티스트가 되어가고 있었다.

"좋은 아이디어야. 나는 오로지 디자인만 신경 쓰면 되겠네. 전략은 당신이 짜고 판로는 확보되어 있으니 사업을 위한 삼박자가 갖춰진 셈이네!"

나의 남미 생활은 내 디자인 감각과 수경의 경영 능력이 결합하여 숨통이 트이면서 나름대로 자리가 잡혀갔다. 돈이 벌리니 평양에 대한 자신감이 생겼다. 돈을 좀 싸 들고 당당하게 평양 땅을 밟을 것이다. 나는 평양에 가서 자식들 만날 날을 손꼽았다.

나의 미적 감각은 남미에서 엉뚱하게 빛을 냈으나 이따금 작업장에서 손길을 멈추곤 했다. 그런 날은 온종일 일손이 잡히지 않았다. 이대로 내 삶이 흘러가면 안 된다는 회의에 빠진 날이었다. 나는 서울뿐만 아니라 세계에서 손꼽는 건축 디자이너가 될 재목이라 예단한 교수들이 많았다. 하지만 북한과 엮인 뒤 나의 감각은 무뎌져 가고 있다.

내게 과연 나의 예술을 펼칠 기회가 다시 올까? 수경은 대문 장식에 몰두하는 나를 보면서 예술가로서의 내 모습이라 여기는 듯했다. 수경의 그런 시선이 편치 않았다. 꿈에도 생각하지 않은 밥벌이를 위한 예술! 아무래도 나의 이 작업은 예술이 아니었다. 단순 노역이었고 영혼이 없는 작업이었다. 나는 기술자가 되어가는 자신을 돌아보면서 수시로 파리를 떠올렸다. 돌아가고 싶은 파리였다.

나는 아티스트인가?

"생활도 넉넉해졌으니 다른 일을 찾아봅시다."

어느 날 기어이 내 입에서 불거져 나온 말이다. 한 번도 내색을 안 했기에 수경에게는 뜻밖으로 들린 모양이다.

"갑자기 무슨 말이에요? 우린 달러를 가능한 한 많이 모아야 해요."

"아니야. 작업하면서 줄곧 생각했어. 이상한 예술 행위는 그만 끝내야 하겠어. 이건 아니야. 예술은 진실에서 나와야 해! 지금 우리가 하는 일은 그 진실의 남용에 지나지 않아. 내가 나서서 나의 예술을 이렇게 남용할 수는 없어."

수경이 고개를 살래살래 젓는다.

"그렇지 않아요. 이건 남용이 아니고 활용이에요. 당신 마음먹기에 달려 있어요. 우린 예술을 응용하여 생활재로 활용하는 거예요. 조금만 더 참아요. 우린 달러를 모아야 할 확실한 이유가 있지 않나요? 잊었어요?"

수경은 나보다도 더 응용미술에 관한 개념 정립이 되어 있었다. 어차피 장식 디자인이었다. 그리고 달러를 더 모아야 할 당위성도 수경의 편이었다. 나는 수경의 의견을 수용하는 수밖에 없었다. 이후 수경은 고급스러운 작업에는 더 많은 대가를 요구했다. 나는 자연스럽게 상류사회와 교류를 텄고 이를 신분 세탁에 활용하느라 나날이 바빴다. 북한의 절제되고 통제된 생활 습관에서 서서히 벗어났다. 수경의 인상도 확연히 밝아졌으나 자식들 나이 또래를 볼 때마다 한숨 쉬는 버릇은 여전하였다. 나는 수경에게 평생 지고 갈 짐을 안긴 것 같아 마음이 무거웠다.

"준혁이 꿈을 꿨어요. 이틀째 준혁이만 보여요. 생일이 돌아오건만 아이들 얼굴도 못 보고, 북한은 먹을 게 턱없이 부족한 땅인데 몸이 약한 그 아이가 자나 깨나 걱정이에요. 애들을 데려온다면 한이 없겠어요. 힘들고 어렵게 살면서도 자기 자식들을 품고 있는 아낙들을 보면 손에 잡히는 게 없고 죄책감만 앞서요."

수경이 또 꿈 이야기를 꺼낸다. 생활이 넉넉해지니 자식들 생각이 부쩍 날 것이다. 그러나 아이들을 데려올 길은 없다. 북에 들어가 같이 사는 길만이 자식들 품을 유일한 방법이다. 아이들을 데리고 남한에 귀환하여 부모 자식 3대가 함께 하는 생활, 남들에게는 쉬운 그 생활은 꿈속에서도 이루어지지 않을 것 같았다. 그러나 오영 박사를 만나면서 또 하나의 가능성을 보았다. 자본주의는 화폐가 권력인데 북한 위정자들은 그 화폐, 달러에 굶주려 있다. 북한 위정자들을 잡는 총알은 달러였다. 나는 오영 박사의 미션이 성공하기를 바라는 마음으로 입을 땐다.

"그래, 멀리 보고 준비합시다. 우선은 달러를 모으면서 우리 자식들까지 살 곳을 새롭게 찾아봅시다."

내 말에 위로받았을까? 수경이 고개를 끄덕인다.

"그래요. 꼭 남한으로 한정할 필요는 없어요. 남한으로 돌아가는 일이 쉽지 않을 수 있어요. 남한으로 돌아가더라도 우리의 서울 생활은 이방인이 될지 몰라요. 도둑맞은 세월이 생활방식마저도 가져가 버렸어요. 자유주의 나라라면 어디든 좋아요! 나는 캐나다가 좋아요."

나와 통했을까? 캐나다는 내가 점찍은 나라였다. 캐나다는 자원이 풍부하고 자본주의 국가 중에서도 가장 신사적인 정치를 하는 나라였다. 이민자들을 위한 복지도 좋다고 들었다며 맞장구 친다.

"다행이군! 퀘벡이라는 도시가 있어요. 언제 일정 잡아 캐나다에 다녀옵시다."

"중앙당과 사이가 좋으니 우리 일 년만 살아보고 와요. 내가 일정을 잡을

게요."

수경의 얼굴에 생기가 돈다. 우리가 그간 생각을 공유한 것이라니! 수경은 그러나 뜻밖의 말을 꺼낸다.

"참. 당신에게 할 말이 있어요. 시장에서 일하는 현지인 엄마가 있어요. 과라니족인 듯해요. 사람이 참 착해요. 남편이 마약 밀매 조직과 연루되어 지난해에 세상 떴나 봐요. 남편 없는 그 엄마에게 아들이 있는데 우리 준혁이와 같은 나이라네요. 내가 한 번 보았어요. 참 착하고, 효자로 보였어요. 그 모자를 보면서 준혁이 생각을 많이 했어요. 여보. 나, 그 애를 좀 돕고 싶어요."

수경의 마음 씀씀이가 곱다. 얘기를 들어보니 내게도 짚이는 부분이 있었다.

"준혁이 때문에 맘이 더 가네. 어떻게 도와주려고?"

"달리 방법이 있겠어요? 형편이 어렵다니 돈 좀 주려고요. 잘 쓰겠지요."

준혁이 나이라면 성년일 테고 그 방법도 괜찮을 것이다. 그렇게라도 해서 수경이 아들 생각을 던다면 다행이라는 생각이다.

"마침 요즘은 여유가 좀 있으니 돈을 좋은 데 쓰면 다 복이 될 거야. 오-케이!"

"그 애가 곧 기술학교를 졸업한대요. 좀 도와주면 아이한테는 큰 도움이 되겠지요. 우리가 이날까지 남 돕고 살아본 적도 없잖아요!"

"그래! 이곳에서 오래 있으리라는 기약도 없으니 당신 말대로 해요. 묘목 같은 젊은이한테 거름을 줍시다."

"당신도 그 애를 만나보면 좋아할 거예요."

아들 생각이 나서라지만 어느새 수경이 나눔을 실천하고 있다니 어려웠던 세월을 반추하게 된다. 내가 미치지 못한 부분인데 수경이 고맙다. 다음 날 현지인 엄마가 아이를 데리고 집에 왔다. 젊은이는 과라니족이라 선지 외관상으로도 낯설어 보이지 않고 또랑또랑한 눈매에 총기가 있었다. 수경은 청년에게 적지 않은 돈을 건넸다. 졸업 축하한다며 무엇이라도 시작해 보라고. 수경의 당부에 모자는 눈물을 흘리며 고마워했고 청년은 두 손을 모아 잡으며 고개를 숙여서 손에 입을 맞춘다.

"귀한 선물 받았습니다. 반드시 성공하여 갚아드리는 방법을 찾겠습니다."

젊은이는 내 자식처럼 애정이 갔고 수경은 그날 온종일 행복해했다. 청년 이름은 아옌데였다.

세르반테스와 허균

이번에는 에콰도르에 새 둥지를 틀었다. 에콰도르에도 한인 교민들이 많이 거주하고 있었다. 우리는 익숙하게 교민들 사이에 들어가 자리를 잡았다. 그런데 한인들 가운데는 얼마 지나지 않아 우리 부부를 좋지 않게 보는 사람들이 생겼다. 수경은 나보다 한 살이 위였어도 얼굴이 어려 보였다. 한국에서 반정부 투쟁하다 넘어온 부부라고는 하지만 행동거지가 자기들과는 달라 시샘이 생겼을까? 끝내 우리 부부가 바람피우다 쫓겨 왔다고 하는 소문이 돌았다. 수경은 똑같이 응수할 가치가 없다며 별 신경 쓰지 않았다. 우리가 그러거나 말거나 개의치 않았던 이유는 그러한 소문이 도리어 신분 위장에 도움이 되어서였다.

에콰도르에 아주 귀화해 버려야 일이 수월하겠다는 판단이 섰다. 귀화 신청을 하려니 아르헨티나에서 세탁한 호적 등본이 걸림돌이었다. 세탁 흔적을 지울 길은 없었다. 하지만 이 나라도 안 되는 일은 없기는 마찬가지였다. 에콰도르 사람들도 유럽 성향을 띠고 있어서 낮에는 열심히 일하고 저녁이면 파티를 즐겼다. 고위직일수록 파티는 자신의 직위를 과시하는 방편이었는데 내가 대문 장식을 해 준 파라과이 국회의장의 초대를 받아 외교위원장이 주선하는 파티에 참석하게 되었다.

풍채가 좋고 이목구비가 정연한 위원장이 스페인어로 대화하길래 내가 스페인어로 말을 받았더니 매우 놀라워했다. 기왕 말이 나온 김에 내가 피카소, 미로의 작품을 들먹이며 서양 미술의 흐름에 관해 소신을 들어러내자 위원장은 악수를 청하면서 자기 의원 사무실에 꼭 들러달라고 당부했다.

남미의 고위층이나 식자들은 사람을 출신 신분이나 학력을 가지고 평가하지 않는다. 대화가 통하면 대화의 격에 따라 사람을 평가하는 성향이 있다. 나는 국회의장과 두어 번 식사 자리를 가진 뒤 약속한 날 의장 사무실에 들렀다. 비서의 곡진한 안내를 받아 위원장실에 들어갔다. 실내 책장에는 책이 빼곡했고 유럽 화가들의 그림과 값진 장식물로 실내가 화려하게 꾸며져 있었다. 위원장은 자리에서 벌떡 일어나 마주 앉으며 시가를 뽑아

권했다. 시가를 피운 경험이 없으나 불을 붙였다.

"반갑습니다. 동양은 신비한 곳이지만 한 선생은 더욱 신비한 분입니다. 그래 스페인에서는 얼마 동안이나 사셨나요?"

"여행할 곳이 많을 것 같아 스페인어를 좀 공부했습니다만 아직 못 갔습니다. 스페인은 제가 꼭 가봐야 할 나라입니다. 그러니 아직은 말이 아주 서툽니다."

위원장은 눈이 동그래지더니 고개를 흔들며 엄지를 올린다. "아녜요. 아주 잘해요. 스페인에서 살다 오신 분 같아요. 허허허!"

"그렇게 들어주시니 고맙습니다."

"시가는 어때요? 좀 특별한 건데…. 괜찮지요?"

특별한 거라서 그런지 좀 독해서 부담스러웠으나 고개를 끄덕이며 화제를 돌린다.

"예, 시가가 참 좋습니다. 책이 많군요! 위원장님께서는 책을 많이 읽으시는 것 같습니다. 훌륭하십니다."

"그래요! 책 신세를 많이 지지요. 모든 길은 책 속에 있다고 하지 않습니까?"

"옳은 말씀입니다. 위원장님. 저는 유럽의 문예부흥을 이끈 세르반테스를 무척 존경합니다. 그 작가의 세계관을 사랑합니다. 돈키호테는 세 번 읽었습니다."

위원장 눈이 동그래진다. 나를 보는 눈길이 훨씬 우호적이다.

"그래요? 대단하십니다. 나도 한 번밖에 안 읽은 돈키호테를 어떻게 세 번씩이나! 선생이 훌륭하십니다."

　돈키호테를 외국어로 번역한 글이 다른 외국어였다. 한국 사람인데 일본어로 번역한 세르반테스를 읽었다. 그래서 이해하려고 거듭 읽다 보니 세 번이나 읽게 되었다고, 세르반테스야말로 대단한 작가라며 치켜세웠다.

"그래요. 그런데 내 생각엔 한 선생이 대단하십니다."

　위원장은 내가 맘에 드는 모양이나 정작 내가 세르반테스를 거론한 것은 다른 이유가 있었다.

"별말씀을요! 세르반테스와 셰익스피어가 대단한 작가들이지만 사실 우리나라에도 그들과 비슷한 작가가 있었습니다."

"그렇습니까? 흥미롭습니다. 누구입니까?"

　나는 허균을 생각했다. 우리 역사상 허균처럼 뛰어난 개혁 사상을 가진 인물이 있었던가. 그리고 보니 세르반테스와 동시대를 산 인물이었다. 위원장이 바짝 다가앉는다. 나는 이 사람에게 우리 문화를 제대로 알려주고 싶었다.

"우리나라에 조선이라는 왕조시대가 있었습니다. 유럽의 문예부흥을 이끈 그들과는 같은 시대에 두 살 차이로 살다 간 허균이라는 소설가를 소개해 드리겠습니다. 우리나라에서 중국글자가 아니고 우리 한글로 처음 소설을 쓴 작가지요. 이분 작품 속의 사상이 세르반테스의 '돈키호테'와 많이 닮았습니다. 허균도 시대를 앞서 간 이단아였지요. 허균이 유럽에서 태어났다면 훨씬 혁명적인 사상으로 유럽 역사를 바꿨을 겁니다. 허균은 '천하에 두려워할 바는 백성뿐'이라며 낮은 곳으로부터의 평등을 주장하여 당대의 정객이나 학자들을 놀라게 했습니다. 유럽으로 치면 중세 시대에 민주주의를 하자고 주장했던 것이지요."

"놀랍습니다. 선생 말씀대로라면 민주주의 역사가 다시 써져야 하겠습니다."

위원장이 믿을 수 없다는 듯 고갯짓이다. 동양의 작은 나라에서 인류사에 횃불을 밝힌 인물이 있었다니 쉬 믿어지지 않았으리라. 나는 허균 이야기를 이어갔다.

"우리나라는 당시에 유교 사상이 지배하고 있었는데 천재 문장가인 허균은 조선 왕조 시대에 이미 만민 평등사상을 주창하였고, 그 이상향을 실현하려다 반역으로 처형되고 말았습니다. 허균은 자기 이상향을 소설로 제시할 수밖에 없었습니다. 그렇게 지은 소설이 '홍길동전'입니다. 우리 한글이 창제되어 있었지만, 한문을 중요하게 생각하고 한글은 운문이라며 천한 백성만 쓰는 글자로 천대하던 시대였습니다. 백성이 누구나 읽을 수 있는 한글 소설을 처음으로 저술하여 천한 백성에게도 글 읽는 기회를 주었습니다. 미겔 대 세르반테스와는 그런 면에서 닮았다는 말씀입니다."

허균은 임진왜란 이전에 계급사회의 틀을 바꾸려 한, 혁명적인 사상으로 산 풍운아였다. 허균이 우리에겐 얼마나 소중한 자산이었는가를 깨닫지 못하는 이들이 많아 아쉬웠는데 남미의 정객에게 그 이야기를 하게 될 줄은 몰랐다. 위원장은 눈을 치켜뜬다.

"매우 흥미롭습니다. 어느 국가나 불평등의 문제, 소유의 불균형 문제는 있으니까요. 한국이라는 동양의 작은 나라가 대단한 것 같습니다. 말씀을 들어보니 선생의 훌륭한 국가관을 알 것 같고요. 한 선생, 당신은 정말로 대단한 분입니다!"

위원장은 나의 잔에 와인을 채우며 연거푸 고개를 갸웃거린다.

"선각자들은 대두분이 불행합니다. 깨달음은 그 불행을 딛고 전해지지만."

"한 선생 말씀에 동감입니다. 자, 잔 드시지요. 그래 선생은 왜 우리나라에 와 계십니까? 좀 들은 말이 있습니다만."

"저는 이 대륙의 거인 '체 게바라'를 찾아 이곳까지 왔습니다. 그는 '많은 사람이 자기를 모험가라 부르지만, 자신의 의견을 증명하기 위해 목숨을 거는 모험가'라고 스스로 말한 사람입니다. 그분 삶도 제 삶과 많이 닮았습니다. 체 게바라는 저의 정신적인 멘토입니다. 저도 나름대로 모험을 좇아 예까지 왔습니다."

"오. 그렇군요! 체 게바라를 통해 선생을 이해하게 될 것 같습니다. 선생은 고국에서 핍박받아 피신 중이신데요. 선생을 핍박하는 한국이라는 나라가 안타깝습니다. 혹시 아직도 한국을 사랑하고 계십니까?"

"내 조국을 누구보다 사랑합니다. 그러나 정치가 군부에 돌아가면서 독재가 심해 많은 지식인이 국외로 도피해 살고 있습니다. 나는 차라리 에콰도르에 귀화하여 자유롭게 살면서 조국의 반독재 단체를 지원했으면 합니다만 좀 어려움이 있습니다."

위원장은 자기가 도울 일이 있다는 것에 기꺼워한다.

"반가운 말씀입니다. 우리나라로서는 큰 재원을 얻는 일이지요! 하하하. 참 훌륭한 분을 만났군요. 그래, 뭡니까? 제가 무엇을 도울 수 있을까요, 한 선생."

이 사람의 마음을 얻었다. 주저 없이 나를 내보일 순간이 왔다.

"저는 아르헨티나 호적을 가지고 있습니다. 신분 세탁을 했지요. 이걸 파고들면 제 신변이 위험해집니다."

위원장은 의자를 붙여 앉으며 고개를 끄덕인다.

"오라! 그 문제라면 추천서 두 장이면 끝나는 겁니다. 선생처럼 핍박받는 분에게는 흔히 있는 일입니다. 걱정하지 마세요. 당장 추천서 두 개를 해결해 드리죠."

"위원장님 고맙습니다. 은혜를 잊지 않겠습니다."

"은혜라니요. 별말씀. 우리 자주 봅시다. 허균이라는 한국의 역사 인물을 더 알고 싶고요. 앞으로 내 파티에는 꼭 초대하리다."

이 멀고 외진 나라에서 큰 지원군을 얻었다. 허균과 세르반테스를 대신한 것인가! 위원장은 진심으로 내 편이 되어 주었다. 그날 이후 외교위원장은 일주일에 한 번씩 여는 아사도(숯불구이 요리 잔치)에 나를 꼭 초청했다. 이분은 장차 대통령감으로 불릴 정도로 인맥이 넓어 내가 그 그늘에 들 수 있었다.

남한 요원과의 조우

한편 남미의 관료들은 대부분 미 CIA와 교류가 많은데 우리나라로 말하면 이 나라의 안기부 차장급인 하메니 대령도 그중 한 사람이다. 의장이 주관한 아사도 파티에서 소개받아 친해지면서 어느 날 그가 내게 뜻밖의 질문을 던졌다.

"한 선생은 재주도 많고 좋은 분 같은데 말이오."

"별말씀요. 고맙습니다."

"한데, 당신 도대체 정체가 뭐요? 정말 반정부 투쟁하는 사람이 맞아요? 인상으로 보아서는 그런 일 못 할 분 같아서 말이오."

정체가 뭐냐는 질문에 깜짝 놀랐다. 나의 정체를 되돌아보게 하는 질문이었다. 나는 도대체 누구며 정체성은 무엇인가? 대령은 불편한 부분을 물으면서도 호의적인 안색이었다. 정보통에 근무하는 직업인들의 특성일 것이다. 그는 나를 제대로 보고 있었다. 나는 본시 예술가이다. 그러나 예술가가 아닌 지금의 얼굴은 내가 만든 것이니 대령이 헷갈릴 만도 하다.

"글쎄요. 나는 나를 찾아 이곳에 있는 겁니다. 대령님은 참 자신을 찾으셨나요? 왜 그런 질문을 하시는지요? 제가 보기와는 어떻게 달라 보입니까?"

내가 되묻는다. 어떤 대답이 나올까 은근히 걱정이다. 대령은 갑자기 호방하게 웃는다. 자기의 질문을 의식한 웃음 같다.

"질문이 선문답이 되고 말았군요! 역시 내가 한 선생을 제대로 보았네요. 사실은 말이오. 지금 한국 정보 당국에서 요원이 들어왔는데 한 선생을 관심 깊게 관찰하고 있어요. 알고 있는 게 좋을 듯해서 정보를 드리는 겁니다."

대령이 한쪽 눈을 깜박이며 넌지시 건네주는 말이다. 고마웠다. 에콰도르에는 우리 국정원에서 이해근이라는 요원이 파견되어 활동하고 있었다. 훤칠한 키의 40대 초반 인물이었다. 이해근은 이러저러한 모임에서 얼굴을 익혀 동포로서 눈인사 정도를 나누는 사이다. 바로 그 이해근을 지칭하는 말이었다. 이해근의 눈에는 내가 스페인어를 잘하고 대문 조각품으로 관료들과 자주 어울리니 신경이 쓰인 모양이었다. 대령과도 무슨 말이든 오갔을 것이다. 아직 한국의 정보원들과는 전혀 부딪치지 않았고 그럴 기회도 없었지만 대령의 말을 들은 뒤로는 이해근과는 적절히 거리를 두고 지냈는데, 거리를 좁혀야 하는 일이 생겼다.

하메니 대령 아들의 결혼식이 있었다. 하메니는 지인들 50여 쌍을 집 정원에 초청하여 가든파티로 혼례를 치렀다. 마침 이해근 부부가 축의금을 접수 중에 우리 부부를 보더니 깜짝 놀라고 있었다. 나는 일부러 모르는 체하며 축의금 접수대에서 보니 이해근의 금액이 내 축의금의 열 배는 되어 속으로 놀랐다. 이해근은 예쁘장한 부인을 데리고 나와 같은 테이블에 앉게 되었다. 한국 사람끼리 합석시킨 것은 하메니 대령의 배려 차원인 것 같았다. 두 부부가 인사도 제대로 못 나누고 어정쩡하던 차에 마침 하메니 대령이 테이블에 오니 이해근이 돌연 언성을 높였다.

"대령님, 왜 이 사람을 초대했습니까? 더구나 한 테이블로요!"

호스트에게 큰소리치는 이해근은 초대받은 사람이 아닌 것 같다. 그가 소리를 버럭 지른 것도, 그의 말까지도 난센스지만 하메니는 허허허 웃는다.

"이보시오, 이 선생. 내 손님에게 그 무슨 결례요? 나는 호스트고 여긴 내 집이오. 오늘 좋은 날이니 같은 한국 사람끼리 앉은 건 내 아량이었소이다. 허허허!"

"나, 자리 옮기겠어요!"

이해근은 얼굴이 붉어지면서 자리에서 일어난다. 이해근 부인은 오히려 우리에게 미안하다는 말을 남기며 자리를 뜬다. 이해근이 자리를 비운 뒤 대령이 와서 한마디 거들었다.

"이해근 선생은 이미 우리 한 선생을 반정부 요인으로 낙점해버린 모양이니 앞으로는 알아서 처신하세요."

"고맙소, 대령! 내 알아서 처신하리니 걱정하지 마시오."

나는 껄껄껄 웃고 말았다. 나를 반체제 운동권 출신 도피자 정도로 보았다면 이해근은 헛다리를 짚은 것이다. 다행이었다. 이해근이 반대로 내게 살갑게 대했다면 그것이 오히려 걱정거리였을 것이다. 나는 그의 찢어진 눈꼬리부터 싫었다. 이후 이해근을 다시 만날 기회는 없었다.

북에서는 자생하라며 경제적인 지원을 완전히 끊어 버렸다. 78년부터다. 하지만 우리는 이미 자생의 터전이 마련된 뒤였다. 파리 보자르 대학에서의 꿈같은 시절이 떠올랐다. 최고 수준의 공부도 필요 없었다. 대문 장식 조각은 이미 잃어버린 내 꿈의 한 조각이었다. 내가 만든 대문 조각은 수경에게 드리운 어두운 그림자를 밀어내고 문고리를 채워버렸다.

미소의 그늘

생활이 안정될수록 북에 남긴 자식들 생각이 새록새록 했다. 나는 자식들 데려오는 방안을 찾을 겸 마음먹고 평양에 다녀오기로 했다. 46세 때였다. 수경은 심란해했다. 다시는 돌아가지 않으리라 마음먹은 곳을 아이들 때문에 또 들어가야 한다니, 마음 결정이 쉽지 않았을 것이다.

　소련을 거치는 비행 노선을 선택하였다. 소련에는 좋은 신약들이 있다는 이야기를 들어 많이 사 가기로 했다. 소련 사람들은 조선 사람이 좋아하는 약들을 이미 다 알고 있었고 그들이 권하는 대로 다 샀다. 약만으로 가방 하나를 가득 채웠다. 평양에 오니 두 아이는 키가 부쩍 자라 있었다.

　준혁은 어려서부터 약골이었는데 엄마가 챙겨주지 못해선지 몸이 야위었다. 한 살 아래인 서현은 제 어미를 닮아 건강하고 예쁘다. 네 식구가 부둥켜안고 한바탕 울고 나니 눈들이 부어 퉁퉁해진다. 아들은 스물한 살, 딸은 스무 살로 남포 혁명학원에 다닌다. 남포 혁명학원은 혁명 일꾼들이나 희생자들의 자제와 수재들만 다니는 일류 학교다. 아내는 아들 걱정을 많이 했다. 부모와 살면서 부모로부터 가정교육을 받으며 자라야 할 아이들인데 혹시 사상적으로 공산주의에 경도된다면 어쩌나 걱정이었다. 저녁 식사 자리에서 대화를 나누던 중 자식들이 북한 체제에 대한 인식을 은연중 드러냈다.

　남미 행이 결정되었을 때 아들은 제 어미보다 더 좋아했다. 특히 파리에서 유치원을 다닌 기억이 있어 파리 향수가 많은 듯했다. 어렸을 때지만 왜 북한으로 와야 했느냐고 진지하게 물을 때는 식은땀이 났다. 그러나 딸애는 북한 사회에 관하여 긍정적인 말을 많이 했는데 나이가 한 살 차이라도 파리에서의 기억이 오빠보다는 덜 해서 그러려니 했다. 오영 박사의 두 딸과 왕래하는지를 물으니 왕래는커녕 본 적도 없다고 한다. 당에서는 오 박사 딸들과의 접촉을 차단해 버렸을 것이다.

초대소 시절에 나는 아이들을 데리고 이따금 영화를 보러 갔다. 지도원 동무와 함께였다. 두 아이는 서로 내 옆에 앉겠다고 다투기 일쑤였다. 영화는 대부분이 혁명 투쟁을 다룬 흑백영화였는데 영화가 재미없어 졸았다. 옆자리 지도원이 내 옆구리를 쿡쿡 찔러 깨웠다. 그리고 지도원 동무가 자리에서 벌떡 일어나 손뼉을 쳐대면서 우리에게도 일어나 손뼉 치라는 눈짓을 보냈다. 마침 화면에 김일성의 얼굴이 나왔기 때문이다. 그 시절은 영화 감상도 당에서 내린 교육의 일환이었다. 돈이 좀 있을 때는 달러만 받는 외화상점에 가서 아이들에게 필요한 것을 사주었다. 아이들과 보낸 초대소에서의 생활이 가장 행복한 시절로 기억되었다.

"지금부터 비밀번호는 애들 생일로 정해요. 우리가 떨어져 살아도 자식들 생일은 잊어버리면 안 되지 않겠어요?"

우리 부부는 떨어져 사는 동안 모든 비밀번호는 자식들 생일이 들어가도록 설정하여 사용하였다.

4년 만에 밟은 평양 땅이다. 중앙당 간부들과 지도원 동무들에게 골고루 약을 선물했다. 중앙당 간부들이라도 공화국을 떠나 외국 한 번 나가지 못한 사람들이 많아 소련제 약은 대단히 귀한 선물이 되었다. 나는 그들이 무엇보다도 약 선물을 반기고 좋아한다고 들어 알고 있었다. 나와는 별다른 친분이 없거나 불편했던 지도원들까지 약을 챙겨서 나누어 주었다. 약값이라야 별것 아닌데 너무들 고마워했다. 당에도 현금 2만 달러를 전했더니 다들 눈이 동그래졌다. 당시만 해도 2천도 아닌 2만 달러를 개인이 당에 헌금하는 일은 아주 드물었던 모양이다. 그러나 내가 귀국하지 않은

4년 동안 자식들은 푸대접받고 있었음이 드러났다. 나에게 선물을 받은 당 간부는 면목이 없었는지 며칠 뒤 자식들 아파트를 좀 나은 곳으로 옮기도록 조처했다. 그러나 엉뚱한 눈길이 나를 또 살피고 있었다.

 - 큰돈을 당에 립금하고, 선물도 많이 사 왔으니, 리보라요 동무. 한태호 동무래 자식들에게는 얼마나 많이 주었겠는가. 생각해 보라.
 - 글킨 하디요?
 - 리참 리사짐 옮길 때 잘 좀 뒤져 보라요. 뭐인가가 분명 나오지 않갔슴매? 딸라라든지 말이에요.
 - 알갔슴매. 내래 잘 확인해 보갔슴네다.

이사하는 날, 당에서 두 지도원이 나와 짐 옮기는 걸 돕는다는 핑계로 집 안을 샅샅이 훑고 있었다. 장판 밑과 천장 속까지 확인한 두 지도원은 땀을 뻘뻘 흘리며 무안해했다. 둘이 내 앞에 섰다.
"사실은 당에서루 한 선생 아이들 집을 확인해 보라는 전갈이 왔댔슴네다."
"뭐요? 어쩐지 도우러 오신 분들 같지가 않았어요. 그래 뭘 확인했소?"
"확인 못 했댔슴네다. 아무것도 없었슴네다. 고케 알아서리 보고할 겁네다. 이거이 참, 저희가 미안하게 되었슴네다."
"흐흠! 없는 거 찾느라 애썼수다. 동무들, 맥주나 한 잔씩 들고 가시라요."
아내가 맥주 쟁반을 가져왔으나 술을 못 한다며 두 지도원은 머쓱해져 돌아갔다. 나중에 들으니 그 동무들이 깜짝 놀랐다고 한다. 아파트를 옮기는 과정에서 집안에 숨겨둔 것이 당연히 나오리라 생각하고 낱낱이 뒤졌는데 전혀 없었으니 말이다. 나의 진심을 안 지도원들이 나에 대하여 좋은 보고서를 올렸고, 당에서는 나에게 여러 가지 재량권을 알렸다. 앞으로는 얼마든지 나 개인 소유의 차를 살 수 있고, 무슨 일을 하든지 나중에 알려만 주면 된다는 지령이었다. 그러나 자식들을 동반하여 북을 떠나올 수는 없었고, 그런 기대는 하지도 않았다. 조금 더 자유를 얻은 것, 그것이 이번 평양 방문의 소득이었다.

수경의 상술

파라과이에는 지우닷 델 에스텔(GDS)이라는 작은 국경도시가 있다. 이 소도시는 무관세 지역이어서 상거래가 활발하여 남미의 홍콩으로 불리는 도시다. 내가 거주하는 지역과는 자동차로 네 시간 거리다. 그곳 교포 중에 이을용이라는 사람이 있었다. 이을용은 고국에서 돈을 많이 가져와 여러 사업을 벌였으나 모두 말아먹고 나중에는 약국을 차렸다고 한다. 약사가 없어도 약국을 차릴 수 있으니 손대 보았는데 약국이 뜻밖에 잘되었다고 으스댔다.

약국에서 팔리는 약들은 바이엘, 라도 쉐어, 로체 등으로 혈압 강하제, 성흥분제 등의 특효약이다. 세금이 없는 남미 최대의 면세지역이라서 국경을 넘나드는 사람들은 이곳에서 통과의례로 약을 사 가곤 한다. 약국이 잘

될 수밖에 없는 구조다. 사업이 망해 힘들게 살다가 약국이 잘 돼 돈이 생기고, 여유를 갖게 되면서 교포 부부 사이에 균열이 가기 시작했다. 부인은 허영심이 좀 있어 보이긴 했는데 남자가 돈을 버는 족족 없애다 보니 남자가 약국을 팔아 버리겠다고 나선 모양이다. 약국을 팔기가 아까웠는지 이을용은 가깝게 지낸 나에게 약국을 넘기고 싶다고 운을 뗐다.

"장사 잘돼요. 형님이 인수하세요. 값은 헐하게 쳐 드릴게요. 이 사람들이 좋아하는 약들은 다 있어요. 무관세 지역이라서 값이 싸니 무조건 사는 거예요. 내가 그동안 까먹은 돈 이곳에서 다 보충했다니까요. 헤헤헤."

다 인정해도 이을용이라는 사람에게 믿음이 안 갔다.

"글쎄, 고맙긴 한데 도통 장사를 안 해 보아서 말이야." "약은 포장에 정보가 다 쓰여 있어요. 이 사람들은 묻지도 않아요. 뭐 달라고 하면 그냥 약 이름 보고 꺼내주면 그만이에요. 가격도 쓰여 있고. 이 사람들은 흥정을 몰라요. 워낙 싸니 그렇죠. 잘해 보세요. 돈 좀 벌어서 한국에 돌아가 선생님 핍박한 인간들 혼을 좀 내주세요. 내 몫까지도요 흐흐흐."

"고맙긴 하네만, 우리는 다른 일이 있으니."

"아니요. 제 말대로 하세요. 쉽게 내린 결정이 아녜요. 형님, 좋은 기회입니다."

"고맙네. 그리 생각해 주니."

그는 내가 이미 마음을 굳힌 것으로 여기는 듯 고개를 끄덕이며 말을 잇는다.

"다만 한 가지 약속해 주실 게 있어요."

이을용은 심각한 투다.

"마누라 때문에 처분하는 사연은 아실 테니 지금부터 3년만 잘 운영하시면서 돈을 버세요. 삼 년 뒤 제가 돌아옵니다. 그런 조건이니 그 가격에 드리는 겁니다. 이거 세 곱은 받아야 넘길 약국입니다. 아셨죠? 형님. 흐흐흐."

이을용이 내 손등을 툭툭 친다.

"그럼 그리하겠네. 타국 생활이니, 부인과 부디 잘 되길 바라네."

나는 짐을 꾸려 이사했다. 약국 뒤편으로 공간이 충분하여 그곳에 주거지를 마련하였다. 아내는 약사 면허증이 없을뿐더러 너무 생소한 장사라 처음에는 어려워했지만, 차츰 적응하더니 나중에는 개성상인 딸의 상술을 발휘하기 시작했다. 수경은 파리 생활에서 익힌 친화력으로 짧은 시간에 단골손님을 확보해 나갔고, 이따금 들리는 현지 경찰이나 공무원들도 나서서 잘 요리했다. 약사는 한 명을 고용했으나 약을 사고 파는 사람은 수경이었다. 약제사에서 약을 가져오면 팔릴 약 안 팔릴 약을 철저히 구분했고, 비싸게 팔릴 약 위주로 구매했다.

가까운 거리의 주민이 오면 약사는 기본적인 처방만 내리고 수경은 두세 가지 약을 얹어 팔았다. 수경의 논리인즉 그중 하나가 제대로 맞으면 병이 나을 것이라 했다. 수경의 예측은 잘 맞아서 약을 사 간 뒤 회복한 현지인들이 선물을 들고 와 고마움을 표했다. 이을용 부부가 하던 것과는 반대로 장사는 수경이, 관리는 내가 했다.

환율이 낮아서 퇴근 시간이면 현금 상자를 은행까지 수송하는 일이 잦았다. 예금을 많이 하니 은행에서 특별 관리를 받아 6개월짜리 투자를 권했다. 수경은 은행에 투자하여 6개월 만에 5만 달러를 벌어들였다. 하지만 은행의 또 다른 투자 제안은 거절했다. 당시에는 환율 변화가 심하여 매일 환차익 두드려보는 즐거움도 있었다. 수경은 환차익에서 오는 이익을 챙겼다. 나는 여유가 생기는 대로 몇 번 중앙당에 달러를 보내어 신뢰를 돈독히 쌓았다.

　3년이 지나자 예상대로 이을용 부부가 나타난다. 그들 나름으로 새 일을 하고 있어서 꼭 되돌려 받지 않아도 된다고 하여 약국을 시세대로 치르고 소유했다. 내가 이곳에서 약국을 넘기고 다른 지역으로 떠날 때 내 손에는 현금 17만 달러가 남았다. 당시에는 꽤 큰돈이었다. 내가 이렇게 살아도 되는가? 나는 어느새 사업가로 변신해 있었다.

나는 북한 공작원이다

행사 같았던 혼사
임수경의 옷차림
조여 오는 그림자
이중 스파이가 되라
나는 북한 공작원이다
CIA의 선물
예기치 못한 일
이산의 이산

GOODBYE
PARIS
GOODBYE
PARIS
GOODBYE
PARIS
GOODBYE
PARIS

행사 같았던 혼사

장에 다녀온 수경의 낯빛이 여느 때와는 사뭇 다르다. 집에 와서 장 봇짐을 부린 뒤에 멍하니 하늘만 바라보고 앉았다. 또 자식들 생각이려니 하고 거동만 살피는데 수경이 혼잣말처럼 중얼거리는 말이 들린다.

"이모가 맞아! 우리 이모야."

아니, 이모라니! 지구 반대편에서 핏줄을 보았다고? 내가 잘못 들었나 했다. 이모 같았으면 말이라도 걸어 보지 그랬을까? 내가 말을 못 붙이고 있는데 수경이 못내 눈물을 글썽거린다.

"나는 왜 이렇게 살아야 하는 거야!"

수경은 철퍼덕 주저앉으며 흐느낀다.

"무슨 소리야? 진정하고 말 해봐, 천천히."

수경이 눈물이 흥건해서 입을 연다.

"시장에서 정육점에 앉아 주문한 고기를 기다리는데 한국 여인이 스쳐 지나가잖아요! 과라니족도 우리와 생김새가 비슷하긴 하지만 그 여자는 분명히 과라니족은 아니었어. 낯익은 얼굴이라 놓치지 않고 쫓으면서 거동을 살펴보니 이모였어. 맞아요! 이모."

수경은 가슴을 두근대며 혼잣말을 중얼거리는데 눈물이 그렁댄다.

"아니, 그럼 왜 아는 체를 안 했어?"

나는 아차 했으나 내가 뱉은 말꼬리를 어쩌지 못한다. 아니나 다를까 아내의 되받아치는 말이 튀어나온다.

"여보! 당신은 한 치 뒤도 모르는군요! 그렇담 아예 신상 다 알리고 우리 남쪽으로 가든지요!"

망치로 한 대 맞은 기분이다. 나는 재빨리 내 말을 거둬들인다.

"내가 정신이 없군!"

"눈을 마주치진 않았어요. 20년이 넘었으니 나를 봐도 몰라볼지 모르지만, 이모님 얼굴은 예전과 같았어요. 너무 놀라워서 입 밖으로 나오는 '이모' 소리를 손바닥으로 막았어요. 혹시 아닐지 모르지요. 아무튼, 이역만리 외진 땅에서 이모를 보니 엄마를 본 듯 가슴이 뛰었어요."

수경은 이미 눈물범벅이다. 우리는 어디에 있든 신분부터 감춰야 하고, 사이가 조금이라도 가까워지면 의도적으로 거리를 두든지 아예 다른 나라, 다른 지역으로 옮겨가야 한다. 다른 사람도 아니고 오랫동안 보고 싶었을 피붙이요 어머니 같은 이모를 봤으니 당장 달려가 회한을 풀고 싶었을 것이다. 그러나 수경은 안색을 고치며 태연하게 내가 할 말을 대신하고 있다.

"아니에요! 당분간 시장에는 가지 말아야 하겠어요. 이모가 확실하긴 했어요. 지금 생각하니 오늘 눈을 마주치지 않은 것만으로 다행이에요. 이모가 나를 먼저 보았다면 일이 어떻게 되었을 것 같아요? 아찔해요. 이모 아니라 엄마가 나타나도 모른척해야 하는 처지잖아요. 우린!"

수경은 자리에서 일어나면서 가슴에 남은 향수의 찌꺼기를 내려놓는다. 나는 대꾸할 말이 없어 건너편 판잣집 지붕만 멀거니 바라볼 뿐이다.

"어떻게 이 나라까지 오게 되었을까? 관광인지, 다른 용무가 있는지….

반가운 혈육을 보고도 못 본 척해야 한다니. 아니에요, 맞아요! 당분간은 거리에 나가지 말아야 해요. 조심스러워요."

"그러다 다시 만나면 차라리 운명이라 맞아들입시다."

그랬으면 좋겠다. 우리가 이곳에 살게 된 것도 운명이고 이모를 만나는 것도 운명이라면, 그래서 이 생활을 청산하게 된다면 그것 또한 운명이 아닐까. 우리는 어차피 운명의 부림대로 살아왔다. 그러나 수경은 못 들었는지 하늘을 우러러 혼잣말하더니 고개를 돌려 다른 말을 꺼낸다. 눈에 눈물은 이미 지웠다.

"참. 그 청년이 다녀갔어요. 아옌데라는 청년이요. 당신을 한참 기다리다 갔어요. 고마운 마음 품고 살아가려나 봐요. 아옌데와 준혁이. 준혁이는 형제도 없는데, 형제 맺어주면 좋겠어요."

"그래, 좋은 생각이야! 애들 보고 싶네. 우리 평양부터 먼저 다녀옵시다."

수경이 이모의 등장은 북한 행 일정을 재촉했다. 비행 거리가 너무 멀어서 그렇지 보고 싶을 때마다 북한에 들어가면 되는 일이긴 했다. 수경을 그렇게 달랬다. 자식들과의 만남, 수경의 기분이 많이 풀렸다.

평양에서 귀국해도 좋다는 명령이 내려왔다. 나는 모스크바를 거쳐 또 약품을 다량 사들였고 모처럼 만에 평양 땅을 다시 밟았다. 여느 때보다 가벼운 여행길이었다. 아이들은 건강하게 잘 지내주었다. 살이 좀 오른 아들은 얼굴이 환했다. 그간 아들의 여자 친구댁에서 혼담이 있는 모양이었다. 북에서는 연애가 드물며 두 가정의 어른이 짝을 지어주는 옛 풍습은 그대로 남아 있었다. 나로서는 내 신분 정리도 제대로 되지 않은 마당에 아들의 혼담은 부담이었고 당황스러웠다. 아이들이 혼기에 차니 새로운 걱정이 생겼다.

북한에서 아이들을 짝지어주면 반드시 돌아가야 할 남한과는 괴리가 생길 것이다. 수경은 절대라는 말로 거부 의사를 분명히 밝혔다. 고향의 부모들 모시고 남쪽에서 짝을 맺어주어야 한다고 잘라 말했다. 형제를 맺어주려고 했던 남미의 아옌데 이야기는 꺼낼 분위기가 아니었다.

아들이 사귀는 여자 친구를 집에 데려왔다. 이 씨 성을 가진 북한 노동당원 집안 딸이고 아들과 혁명학원에서 같이 공부하는 사이였다. 북한산 오페라인 〈꽃 파는 처녀〉의 아역에 출연한 미모의 규수였다. 〈꽃 파는 처녀〉는 김일성이 원작자로 알려졌고, 북한에서는 불후의 명작으로 인민배우들만 출연하는 극이다. 수경은 겉으로만 좋은 내색일 뿐 은근히 달갑잖아 하는 속내를 드러냈다. 마침내 우리는 생니를 앓는 고민에 빠졌다. 어느덧 현실적인 결단을 부추기는 일을 만들어냈다.

"만약에 말이다. 부모가 남한행을 하게 되고 여건이 만들어진다면 너희도 남한으로 갈 수 있겠니?"

준혁이만 불러 앉히고 내가 조심스럽게 물었다. 자식들 결혼 상대를 북에서 맺어주다니! 준혁은 머뭇거렸다.

"생각해 보지 않았는데요."

준혁이 얼굴을 붉힌다. 서먹서먹한 분위기에 침묵이 흐른다. 준혁이 달라졌다. 아무래도 떨어져 사는 동안 자식들과 틈이 났나 싶어 마음 한구석이 켕하다. 그 구석에 숨어 있던 독버섯이 싹을 낸 느낌이다.

"그 애는 남한을 어떻게 생각하던?"

"내 부모님이 남한에서 오셨으니 관심은 두기는 해도 자기는 이곳 태생이니 남조선을 좋게 생각하지는 않을 거예요. 우리가 정말 남한으로 갈 수나 있겠어요? 요즘 두 체제의 거리가 점점 더 멀어지고 있어서요."

"이런 사회에서 살아야 할 너희들이 안 됐구나."

수경은 더 말할 이유가 없는지 말끝이 차갑다.

"죄송해요."

그때, 서현이 들어오면서 말을 이어받는다.

"오빠는 기반을 평양에서 닦았는데 남조선에 가서 살 수 있겠어요? 새언니 될 사람도 그렇고요. 이 문제는 엄마 아빠도 오빠의 입장을 헤아리셔야 할 듯해요. 우리가 남한 사람들 대하듯 남한 사람들도 우리를 북한 사람으로 대하지 않겠어요? 그 간격을 메꾸는 일이 쉽지 않겠죠. 친구들도 없고……."

딸 입에서까지 그런 말이 나오니 가슴이 더 허해진다. 이 일을 어쩌란 말인가.

"알았다. 좀 시간을 가져보자꾸나."

딸이 현실을 짚어주었다. 말 맺음을 못 하고 지내는 중에 사돈 쪽에서 서둘렀다. 나의 신분을 알고 있으니, 들어온 김에 혼례를 치렀으면 좋겠다는 전갈이 왔다. 그쪽은 준비가 다 된 모양으로 예식장 예약까지 들고나왔다. 수경은 잠을 설치며 아들에 대한 섭섭한 마음을 끄집어냈다.

"자식들이 성장하면서 환경의 지배를 받았겠지요. 우린 그걸 놓치고 있었어요. 애들이 자라지 않고 우리를 기다린다고만 생각했어요. 애들은 결국 당에서 주는 꿀물을 받아먹고 키운 꼴이 되었어요."

"세월이 우리 가정을 갈라버렸소. 우린 그동안 세월과 가족을 놓치고 있었소."

정글에 버려진 아이는 야수를 닮아 타잔이 되었다고 하지 않는가. 원치는 않았지만 당에서 자라고 교육받은 아이를 내 잣대로 재면서 탓할 수는 없다. 밤을 꼴딱 새운 다음 날 수경은 새 가정을 꾸릴 아들과 며느리를 불러들이더니 마지막으로 당부의 말을 전하고 있었다.

"이 세상에 좋은 나라는 많다. 남한이 아니라면 다른 나라에서라도 너희들과 같이 살고 싶구나. 이 어미 소원이다. 부디 그럴 날이 오면 좋겠다."

"알겠습니다. 어머님"

아들은 답했으나 새아기는 고개만 숙였다. 수경은 어쩔 수 없다는 듯 눈을 감는다. 아들을 위해서는 다른 방도가 없다. 일단 상대 부모를 만나보기로 했다 양가는 고려호텔에서 간단한 상견례를 가졌다. 그날 사돈은 북한의 위정자들에게서 보이는 거드름을 보이지 않았다. 안 사돈도 넉넉한 품성을 지닌 사람으로 여겨졌다. 말을 주고받다 보니 출국 일정이 정해진 내 쪽에서 혼례를 서둘러야 하는 처지가 되어버렸고 사돈 쪽에서 이를 양해하여 열흘 뒤에 유경식당에서 결혼식을 하기로 정하고 헤어졌다.

수경은 예상과는 반대로 아들 생각을 쉽게 수용하였고 나는 판단력이 빠른 아내의 결정에 따르기로 했다. 마음 한쪽이 서늘해 온 것은 자식들마저 북에 내주고 마는 박탈감 때문이었다. 수경은 모든 걸 받아들이자고 했다.

꿈에서도 그리던 자식들과의 결합은 결혼이라는 인륜대사 앞에서 허물어지고 있었다.

결혼식에는 하객을 제한했다. 혼주가 비밀 요원이기에 개인적인 대화가 어려우니 혼례도 약식으로 치러야 했다. 대부분이 신부 측 손님인 30여 명의 하객 앞에서 양가 대표가 축배를 들면서 신랑 신부에게 축원하는 것으로, 마치 무슨 공식 행사를 하듯 혼례식을 치렀다. 부모나 혈족은 물론 파리의 선배들, 생사를 같이한 파리 유학파 동료가 한 사람도 없는 혼사라니, 못내 아쉽기만 했다.

"어차피 북쪽에서 맞을 사돈인데 사돈댁이 듬직하고 새 식구도 맘에 들어요. 아들이 사랑하는 짝을 만났으니 우리도 홀가분하게 생각하도록 해요."

수경이 나를 위로했다. 그러나 아내는 자식들 결혼만이라도 남한에서 일가친척들 모셔서 갖는 축복된 시간을 상상했을 것이다. 아내 심정을 헤아릴 수 있었기에 즐겁지만은 않은 결혼식이었다. 자식 결혼까지 평양에서 치렀다. 내 아파트는 아들 내외에게 내주었다.

임수경의 옷차림

그즈음 남한에서 여대생 임수경이 월북하여 화제를 뿌렸다. 평양에서 열린 세계청년학생축전에 참석하기 위해 남한의 여대생 임수경이 입북했다는 뉴스가 노동신문 1면을 큼지막하게 장식했다. 청바지에 면티를 입은, 예쁘장한 얼굴에 결기가 서린 인상이었다. 노동신문은 연일 임수경의 활동상을 싣고 남한의 비방을 격렬히 항의하는 사설을 내었다. 북한 대학생들은 남한에서 임수경이라는 여학생이 입북한 소식에 놀라움을 감추지 못했다. 남쪽은 도대체 어떤 사회이기에 저런 연약한 여학생이 북한에까지 올 수 있을까? 이게 어떻게 가능한 일인지, 믿기지 않는다는 분위기였다. 또 하나는 남한에서 벌어지는 반정부 시위를 TV와 사진으로 보면서, 임수경이라는 영웅적인 학생보다 TV에 나오는 남한 대학생들의 옷차림이 더 화제로 떠올랐다.

"남조선 학생들은 잘사는 집안만 대학에 가는 거 아니네?"

"려학생들 치마 짧은 거 좀 보라우! 리거는 류럽 학생들보다 더하고만! 남쪽도 우리 민족인데 저래도 되는 거이야?"

"아니, 남쪽이 우리 린민들보다 잘 사는 거이야? 빌딩도 수 없이 많고만!"

북쪽보다 못 살아야 하는 남한인데 대학생들 옷차림을 보니 서구 선진국 학생들과 다를 바가 없었다. 남한에서 이는 반정부 시위보다는 학생들 옷차림이 대학가에 회자하자 당황한 당에서는 남한의 반정부 시위 뉴스를 막아버렸다.

"저를 어쩌지! 제법 용감하긴 한데 제네 집 3대가 쫄닥 망하겠고만!"

"저 갓나, 정말 예서 살아나 보고 저따위 소리를 하라지!"

누군가 같은 소릴 했다. 임수경 연설을 들은 학생 중에는 이렇게 꾸짖는 학생들이 많았다. 하필 아내도 이름이 수경이었다. 상수경.

아내는 신혼살림에 관하여 며느리에게 여러 당부를 했다. 특별히 오빠와 같은 공간을 써야 하는 딸에게 당부가 길었다. 가족들과 시간을 가지니 참 따습고 행복한 시간이었으나 이별의 시간이 어김없이 다가왔다. 떠나기 전날 저녁 아내는 준혁이, 서윤이를 불렀다. 며느리가 없는 자리였다.

"나는 우리 식구가 모두 남한으로 가서 사는 날만을 손꼽으며 살아왔다. 남과 북의 사이가 좋아지고 기회가 오면 꼭 그러고 싶다. 너희들 생각은 어떠냐?"

서윤은 내 손을 잡고 고개를 끄덕거렸으나 준혁이는 입을 열지 않는다. 그때 딸애가 분위기를 잡아 나간다.

"새언니하고 한 말이 있어요. 새언니도 남조선을 궁금해했거든."

준혁이가 말을 받는다.

"시부모님을 따를 사람이나 우리들 힘만으로는 될 일이 아니잖아요."

아이들을 알 만했다. 가족의 결합은 어차피 우리 힘만으로는 안 될일이다. 자식들 생각을 알았다. 수경은 두 아이를 다독인다. 준혁이 말한다.

"아버님 어머님, 잘 살겠습니다. 걱정하지 마시고 몸 성히 다녀오십시오. 저희가 철없이 부모님 말씀을 거스르는 일은 없을 겁니다. 부모님 어려움은 저희가 잘 알고 있습니다."

준혁이 말을 듣고서야 수경이 곧은 자세를 푼다.

"준혁아, 나는 반드시 남쪽으로 간다. 북남 관계에도 그런 분위기가 조성되었으면 얼마나 좋겠니? 안 되면 다른 선진국에라도 가서 같이 살아보자.

그리 알고 서두를 필요는 없겠다마는 며느리에게 마음 준비를 시켜야 한다. 알겠니?"

"쉽지는 않겠지만 제3국이라면…. 아무튼, 알겠습니다."

"고맙다. 내 아들아! 그리고 엄마 아빠가 있는 에콰도르에 아옌데라고 하는 네 나이 또래의 과라니족 청년이 있다. 그 애 볼 때마다 널 생각했단다. 그 애도 우릴 부모처럼 생각하고 있으니 훗날 좋은 일로 만나길 바란다. 너는 형제가 없지 않니. 내 말 잊지 말아라. 좋은 형제가 될 아이다."

"예. 알겠습니다."

수경이 말을 마치며 끝내 울음을 터트리니 딸애가 어미를 달랜다. 수경은 아들을 믿기로 한 것 같았다. 그나마 며느리가 남조선을 궁금해했다니 다행이었다.

새벽 여명이 밝자 우리는 자식들 배웅을 받으며 가난하고 먼 남미 대륙으로 발길을 돌렸다. 떠나는 발걸음이 예전 같지 않았다. 어차피 품 안에서만 자식이라 한다지만 그걸 인정하더라도 준혁이는 다를 것으로 믿었다. 예사 아이들과는 출발이 달랐기 때문이다. 그러나 준혁이도 당의 교육기관에서 공부하며 자랐고, 사상도 그 틀에서 다듬어졌을 것이다. 그동안 어쩔 수 없이 북한 사람이 되었을 것이다. 애들을 낳기만 하고 기르는 일은 당의 몫이었으니 이제 와서 내 자식이라고 할 수도 없는 노릇이었다.

혼사가 있는 뒤부터 중앙당의 나에 대한 대접이 달라졌다. 돈의 힘이었다. 돈을 모르고 살아온 사람이 돈의 가치를 알게 되었고, 나아가서는 궁핍이 주는 불편함에서 궁핍의 가치를 깨닫게 되면서 나는 내 삶을 돌이켜

보았다. 화폐 권력의 힘을 가늠할 수 있었다. 돈 몇만 불에 북에서는 나를 더 신임했고, 나의 족쇄 한쪽을 풀어주었다. 그 돈의 힘을 빌려 아이들을 어떻게 해 볼 양으로 평양에 들어갔으나 아이들을 데리고 가겠다는 말도 못 붙였고, 뜻하지 않게 아들 혼례를 치렀다. 아들의 혼례는 북한과의 끈 하나를 더 엮는 결과를 낳았다. 그 점이 아내를 힘들게 했을 것이다.

  당에서는 새로운 방침이 내려왔다. 이후로는 내가 의사 결정을 자유로이 해도 좋다고. 사업이 잘되어 달러만 많이 보내면 된다고 숨김없이 그대로 당부하는 간부도 있었다. 중앙당에서는 나의 가치를 달러벌이 일꾼 정도로 치부하는 듯하여 불쾌했다. 달러벌이 일꾼에게 미행이 따른 것은 이때부터였을까? 미행은 족쇄 하나를 풀어주는 대가였다. 미행은 또 다른 족쇄요, 덫이었다. 북에서는 내게 밀착 감시를 붙인 것이 틀림없었.

  에콰도르에서 지내는 수년간 교민이라면 꼭 안면을 트고 지내는데 거리를 두면서 주변을 맴돌기만 하고 다가서지 않는 사람들이 더러 있었다. 내가 다가가면 뒤로 물러서는 사람은 나를 겨냥한 북한 요원이 확실했다.

  에콰도르에 돌아온 뒤 수년이 지나서 다시 평양에 들어갔다. 아들은 아들을 낳아 삼대가 대면하는 자리가 되었다. 손자를 안으며 이렇게 세월이 흐르는구나 싶었다. 이번에는 딸의 혼사가 있었다. 아들을 보낼 때와 비슷한 일정으로 혼사를 치러냈다. 사위는 평양공과대학 교수다. 다만 딸은 하객이 많았고 제법 혼례식답게 치렀다. 사위댁 어른들 역시 고위 당원이었다. 가족의 재결합이라는 생각에서는 영 멀어지는 느낌이었다. 수경은 그 애틋함을 못 견뎌 하며 내 품에서 나의 가슴팍을 두드렸다.

"이 모두 운명이 아니겠소! 당신도 자식들에 대한 집착을 좀 버리시오. 자식들에게도 식구가 딸리지 않겠소."

"아니요!"

수경은 오히려 결연한 투로 오기 같은 것이 느껴지게 했다. 이번에 자식들을 남겨두고 평양을 떠나는 심정은 전과는 아주 달랐다.

그러던 중 동유럽이 붕괴하는 것을 지켜보면서 기분이 좋아지며 웃는 일이 많아졌다. 1990년대 초였다. 공산권이 분열하면 북한이 제일 먼저 붕괴할 것 같았다. 이런 분위기에서는 북으로 돌아가지 않고 남미에 남아 있는 것이 최선이라는 생각이 들었다. 남한의 안기부 요원이 대사관을 들락거리는 것을 보면서 한 생각이 떠올랐다.

"국제 정세가 우리에게 길을 터주는 것 같아. 우리 파티 한번 열어볼까?"

"엉뚱하게 무슨 파티요? 당신 생일파티?"

"응. 남쪽에서 온 안기부 요원을 집에 초대하는 거야."

"예? 무슨 꿍꿍이가 있군요! 위험을 자초할 이유는 없고."

"내 생일, 집에 오도록 초대장을 보낼 거야. 준비 좀 하라고."

"그래서요?"

나는 안기부 요원에게 나의 생년월일을 알려줄 계획이었다. 그건 내 정체를 넌지시 알리는 것이고, 그가 나를 체포하도록 유도하는 것이 된다. 최근의 국제 정세 흐름에 대해 말을 나눴던 수경은 곧 눈치를 챘다. 표정이 밝아졌다.

"그 사람, 집에 올까요? 기대되는데요!"

"안 와도 상관없어. 내가 자수하지 않고 남으로 송환되는 방법이 아니겠어?"

"언젠가는 닥쳐올 일이긴 해요."

내가 초대장을 보냈으나 요원에게서는 답이 없었다. 내 신분에 대해 전혀 눈치를 못 채고 있다는 사실은 그를 만나 술을 마시는 자리에서 드러났다. 나는 몇몇 대사 이름을 대며 나와는 어떤 관계라는 말을 해 주었다. 나를 조사해라, 내가 누군지 좀 알아봐 달라는 메시지였다. 그제야 요원은 내 신분을 확인하느라 정신 못 차리고 허둥댔다. 그 뒤로는 그 요원이 눈에 띄지 않았다. 나의 소환 방법 대하여 연구 중이었으리라. 그런 일이 있고 한참 뒤, 뜻밖에 여동생으로부터 국제 전화가 걸려 왔다. 남쪽 가족으로부터 전화라니! 상상도 못 했던 사건이었다.

"오빠! 영우 오빠 맞아요?"

"누, 누군데?"

"나, 수연이. 오빠, 지금 미국이야, 남미야? 우리 오빨 생전에는 못 볼 줄 알았는데 이젠 만나지려나 보네! 오빠는 수연이가 보고 싶지도 않았어?"

"수연이, 수연이 너구나! 그래 넌, 지금 어디냐? 어디서 전화하는 거냐?"

"여긴 밀라노야. 이탈리아. 오빠 이리 올 수 있어? 빨리 보고 싶어. 일단 우리 만나자. 이리로 올 수 있지?"

내게 여동생이 있었다! 동생도 나도 입이 덜덜거려 말이 제대로 안 나왔다. 우선은 목소리가 혈육의 정을 끌어내었다. 나는 칠 남매 중 장남이다. 가족 구성원으로서 가족을 잊고 사는 삶이었으니 사람 사는 것이 아니었다. 혈육 간의 원초적인 그리움이 솟았다. 당장 달려가서 동생을 만나고 싶었으나 내가 움직이는 것은 여의찮았다. 대신 수경을 이탈리아로 보냈다. 수경이 밀라노로 날아갔다. 밀라노에는 남동생이 와 있었다. 그리고 남동생 친구가 안기부 요원이라고 했다. 밀라노에서 돌아온 수경에게서 서울 소식을 들었다. 우리 부부가 서울로 송환되는 문제도 거론되었다고 들었다. 그러나 듣는 것만으로 그뿐, 나는 다시 공작원 신분에 충실하여야 했다.

북에 남긴 자식들의 운명이 내 처신에 따라 정해진다는 참담함이 걸림돌이었다. 이탈리아에 다녀온 수경은 평양도 아니고 서울도 아닌 제3국에서 살아보는 것은 어떤지를 묻기 시작하였다. 선진국이라면 더 좋을 것이라 했다.

그 일 후 나는 북미주에 관심이 커지면서 선진국에 정착한 새 삶을 그려 보았다. 특히 캐나다의 퀘벡시는 내 동경의 대상이었다. 수경의 생각이 나와 같으니 남미의 후진국 생활을 정리하고 일단 북미주 여행 계획을 구체화했다. LA에서 뉴욕을 들러 캐나다 퀘벡으로 북미주 여행 일정을 잡아, 예약을 마쳤다. 내가 동경해 온 선진국의 살아보고 싶은 도시들을 체크했다. 긴 세월 몸과 마음이 피폐해진 수경을 위한 여행이기도 했다.

퀘벡은 가족이 결합할 경우 살아볼 만한 곳 중에서 첫손가락을 꼽은 도시였다. 수경은 어느 때보다 즐겁게 여행 꾸러미를 챙겼다. 행동이 자유로웠으나 미행이라는 달갑잖은 꼬리를 자르지 못하는 한계는 벽이었다.

조여 오는 그림자

　뉴욕 빌딩 숲에서 며칠간 거대 건축물들을 눈여겨본 뒤. 차를 빌려 캐나다 퀘벡으로 향했다. 뉴욕에서 수경은 또 누군가가 미행하는 낌새가 있다며 주의를 환기했다. 중절모를 깊이 눌러 쓴 동양인이라 했다. 북한 요원이 틀림없을 것으로 생각했는데 택시와 버스를 갈아타며 따돌려보았으나 다시 보이곤 했다. 차라리 맞닥뜨려서 처리하려다 그냥 놔두기로 했다. 다행히 퀘벡까지는 따라오지 않았다.

　퀘벡은 살아보자고 마음을 모은 곳이라 여행 중에도 이곳저곳에 들려 물가를 확인하고 생활의 시스템을 점검해보았다. 캐나다는 넓은 땅만큼이나 모든 것이 여유롭고 자본주의가 이상적으로 밴 땅이라는 생각이 들었다. 나는 퀘벡의 힐튼호텔에 투숙하면서 약국 개업을 가정한 여러 가지 준비 상황을 점검했다. 아내도 약국 경영만은 자신이 있다고 했다.

　약국을 경영하며 내 예술에 전념하는 모습을 상상했다. 나는 아름다운 건축물 설계를 병행하면서 아내를 도울 것이고 아들 부부와의 결합도 이곳이라면 쉬울 것 같았다. 더욱이 퀘벡 같은 도시라면 늦게라도 내 하고 싶은 예술의 불꽃을 지필 수 있으리라. 우리는 마음이 부풀어 황혼 녘에 맞을 행복한 그림을 그리며 낭만적인 기분이 되었다. 선진국, 안정된 정치, 여유로운 땅. 캐나다는 복 받은 나라였다. 그러나 우리 팔자에 그런 복은 언감생심일까? 때마침 북에서 급히 귀국하라는 전갈이 왔다.

　"이거는 소환 통보나 마찬가지네! 갑자기 왜 들어오라지?"

"귀국해야 할 사유가 구체적이지 않네요. 무슨 일일까요?"

왠지 이번 귀국 명령은 달갑지 않았다. 미행이 보이지 않아서 다행이라 여겼는데 아예 업무를 종결한다는 통보라니! 오영 박사와 관계 지어진 일일까? 공작원 생활 중 당에 확실히 밝히지 못 한 일이 있다면 오영 박사와 연루된 한 가지뿐이었다. 그나마 우림에서 탈출한 요원들에게서 보고를 받았을지 모른다. 오 박사와 엮이게 된 두 요원의 행보가 궁금했다.

이 넓은 땅은 우리 부부를 위하여 마련된 땅이 아니었다. 낭떠러지가 아니면 거꾸로 선 벽이 느껴졌다. 귀국 통보는 피할 수 없는 지령이었다. 약국 개업을 위한 잡다한 설계에 빠져 있다가 모든 것을 놓아버리고 귀국 채비를 서둘렀다. 떠나기 아쉽고 더 머무르고 싶은 퀘벡! 우리 부부는 퀘벡에 들어와 반년을 못 채우고 마이애미행 비행기 트랩에 무거운 발길을 옮겼다. 북에서는 그날도 귀국을 독촉했다.

마이애미에서 뉴욕, 유럽을 통해 평양으로 귀환하는 일정을 잡았다. 이번에 북에 들어가면 자식들을 데리고 나오는 길을 더욱 적극적으로 모색해 보자고 말을 맞췄다. 자식들을 향한 아내의 강한 집착이었고 만약을 위하여 달러도 충분히 마련했다. 수경은 손주들의 옷가지를 챙기면서는 그렇게도 싫어했던 평양행을 흐뭇해했다.

우리가 마이애미 공항 게이트를 막 나가려는데 FBI 요원으로 보이는 두 사내가 다가오더니 돌연 우리 여권을 낚아챘다. 방어할 틈도 없이 순식간에 일어난 일이다. 우리 부부는 뭐라고 항의할 겨를도 없이 각기 따로 연행되어 감금되었다. 북에서 소환 통보가 온 것을 알아챈 미국 측의 움직임이 아닐까 생각되었다. 북의 소환 통보에 이은 미국 요원들의 예기치 못한 행동. 나는 우리 부부에게 압박해오는 거대한 두 조직의 힘을 느꼈다. 내 신분은 여권상으로는 남한의 반정부 인물이었다. 나를 왜 마이애미에서 잡았을까? 마이애미에서 한국으로 들어가는 것으로 알았다면 계속 나를 놔두고 지켜보지, 왜 잡아야 했을까?

"그랬구나!"

떠오르는 일이 있었다. 이 일이 있기 전, 과테말라 비행장에서 소매치기 당한 적이 있었다. 과테말라 공항에서 입국 수속 중 수경에게 짐을 잘 지키라고 당부하고 화장실에 갔다. 수경이 그사이 여권을 도난당했다. 인제 보니 FBI가 소매치기에게 꼬드겼을 것으로 짐작된다. 여권과 함께 에마누엘 칸트의 미술 관련 책을 분실했다. 신분이 세탁된 여권이라서 분실하면 일이 복잡해지고 새로 여권을 발급받으려면 다시 조회해야 하니 그때는 가짜가 탄로 나게 되어 있었다. 그러나 다른 방법이 없어 혹시나 하는 심정에서 바로 과테말라 대사관에 여권을 신청하였다. 한데 심사도 받지 않고 즉시 여권이 발급되었다.

"이런 것을 잃으시면 안 되지요!"

담당자가 그 한마디만 하고 발급해주었다. 좀 이상했다. 순순히, 그처럼 빨리 여권을 발급해 줄 리가 없는데 보이지 않는 손이 작용했는지. 아니면 그때 잃어버린 여권이 다른 동양 사람을 만나 한태호 행세를 했을 것이다.

"어디 가느냐?"

FBI 요원이 윽박지르듯 묻는다.

"왜 나를 잡는 거야? 당신들은 내 여권을 함부로 탈취해도 되나?"

내가 도리어 화를 내자 요원들이 앞뒤로 막아서며 더 거칠게 나온다.

"이 자식, 너 이곳이 어딘 줄 알고 그래? 여긴 미국이야!"

행동으로 나오지는 않으나 건너오는 말 매너가 범죄자를 다루 듯하고 몸에 피스톨 정도는 지녔을 행색이다. 이것저것 심문이 이어진다. 그러나 그들의 심문까지도 나를 혼란스럽게 했다. 이들마저 나를 잘 못 짚은 게 아닌가 하는 의문이 꼬리를 물었다.

이중 스파이가 되라

저녁이 늦어지자 심문자들이 고위급으로 바뀌면서 매너가 조금 부드러워졌다. 다음 날은 다른 고위급이 왔다. 그들은 신분증을 제시하며 매너 있게 행동했다. 그러나 차츰 드러난 CIA 요원들의 나를 잡은 이유는 정말 우스꽝스러웠다.

"미스터 한은 미국에 남아 우리를 도와주십시오. 그동안 선생의 쫓겨 온 생활이 보람으로 보상될 겁니다."

어라, 미국에 남아서 자기들을 도와달라니! 내가 어떻게 이들을 도울 수 있을까? 이들은 나를 여전히 남한의 반체제 인사로 알고 있음이 확인되는 순간이었다. 잘 못 짚은 상대를 자기들 편으로 만들려는 속셈이었다. 나는 그동안 내 신분을 완벽하게 세탁하여 철저하게 감춰오는 데 성공한 것이다. 세계 질서를 쥐락펴락하는 거대 조직이 잘못된 정보로 나를 회유하고 있으니 한심한 수작이었다. 그러니까 CIA 요원들은 나를 남한 정부의 프락치로 만들어 이용하려는 의도였다. 북한 요원을 잡아놓고 남한 프락치가 되어달라니 어불성설도 유분수였다. 더 놀라운 것은 미국의 최고 정보 당국 요원들이 북한보다는 한국 정부를 더 적대시하는 시각이었다. 이럴 때 국제 정치의 흐름을 살펴 행동하지 않으면 엉뚱한 피해를 볼 수 있다. 이러다가 내가 2중 간첩이 될지 모르는 상황으로 일이 꼬여 들었다. 내 정체는 아직 드러나지 않은 것이다.

협상에서 제일 중요한 요소는 상대보다 많은 정보를 가져야 하는 것! 적이 나를 전혀 모르고 있으니 나는 유리한 입장에서 협상에 임할 수 있다. 이들은 계속 잘못 수집된 정보를 전제로 어설픈 협상을 시도해 오고 있으니 주도권을 내게서 뺏을 수 없을 것이다. 미국 측 요원이 자못 부드럽게 회유를 시작한다.

"선생은 한국에 왜 들어가려 하십니까? 미국에 남으면 우리가 보호해 줄 수 있습니다. 한국의 정치는 몇 차례의 혁명적인 대규모 군중 시위에도 달라지지 않았습니다. 남한 당국에서 선생의 행적을 다 알고 있으니 한국에 들어가 보았자 핍박이 무척 심할 겁니다. 세월이 강산을 수없이 바꾸어 놓았지만, 선생네 나라는 바뀐 게 없단 말입니다. 한국에 가지 마십시오. 선생이 귀국해서 받을 핍박의 정도를 알고 있어서 권하는 말입니다."

"상황을 좀 정리해보겠습니다."

일이 묘하긴 했다. 나는 내 의지로는 남쪽행을 결행할 수 없는 몸이다.

그렇다고 내가 북쪽 요원이라고 불어도 안 된다. 그건 더 큰 사달이 나서 북에 억류된 자식들에게도 문제가 심각해질 것이다. 스스로 잡혀 들지는 않았지만, 우리 부부에게는 북의 그물망에서 벗어날, 어쩌면 종착점이 될 외길이 나타나 준 것인지 모른다. 끝이 보이지 않았던 불안한 여정, 외줄타기 인생의 끝이 다가오는 건가?

이렇게 된 바에야 남쪽 요원들이 우리 부부를 남한으로 연행해 간다면 일이 제대로 되는 게 아닐까? 내가 남한에 자수하거나 미 CIA에 이대로 잡혀 들어가면 북에서 보기에는 실패한 공작원이 되는 구조다. 공작 실패에 따른 엄중한 책임 추궁은 물론 북의 자식들에게도 어떤 형태로든 위해가 가해질 것이다.

언제였나, 나는 파라과이에 있을 때 한국 대사관 행사에 참석하여 내 나름으로는 의심받을 만한 행동을 의도적으로 보인 적이 있었다. 정체성에 혼란이 가중되어 차라리 남쪽 요원들에게 잡혀 남한으로 들어갔으면 하고 바란 때였다. 그러나 한태호를 의심하는 한국 요원들은 단 한 명도 없었다. 그때 나는 남한 정보당국의 정보력이 얼마나 허술한지를 간파했다. 나는 결과적으로 미 CIA에 체포된 것인데, 이건 나의 피동적 선택의 결과일 수도 있다.

차라리 잘된 일이다. 이들이 아직은 내 정체를 모르고 있다. 한국행을 여러 각도로 가정해 본다. 요즘은 시대가 문민정부로 바뀌었고 고국은 예전과 같지 않다고 들었다. 내가 한국에 들어가 핍박을 좀 받더라도 그 정도는 감내하면서 남은 인생을 고국에서 보내자. 고국에서 내 작업이 가능하다면 나의 험난한 여정이 보상될 것이다. 언제나 그런 것처럼 금강산이 나를 북으로 인도했고 안데스산맥의 신비로움이 나를 아르헨티나로, 퀘벡시의 여유로움이 나를 퀘벡으로 이끌었다. 이제 서울에서 작품 활동하는 단순한 상상이 나를 고국으로 데려가리라 믿고 싶다. 운명은 나를 작은 실마리에서 출발하여 큰길로 이끌어 들이곤 하지 않았던가.

다른 CIA 요원이 수경을 데리고 온다. 수경은 상기된 얼굴이다. 수경의 심정을 알 만하다. 우리는 저들이 마련해 준 숙소에서 저녁을 보내게 되었다. 짐을 푸는 수경의 손길이 가볍다.

"여보, 이번 일은 예사롭지 않아요. 우리의 여정이 끝을 보려나 봐요. 우리가 남들처럼 보통 사람으로 살아간다면 얼마나 좋겠어요? 자식들과 함께라면 더 좋겠지요. 이 기회가 처음이자 마지막일 듯해요."

수경은 나와 다르지 않았다. 그러자! 이젠 한국으로 돌아가자. 고국행은 어쩌면 나보다는 더 절실한 수경의 오랜 꿈이 아니던가!

"우리에게는 손주가 있지. 남한으로 갑시다. 아이들 다 데리고 가도록 해 봅시다. 미국 같은 큰 조직이 움직이면 반드시 길이 있을 것이오."

"아이들은 물론이지요! 그동안 사람이 한세상 살면서 가족의 정, 이웃의 정을 모르고 살아온 세월이었어요. 고국에 돌아가면 우리도 그 정을 찾을 수 있을 거예요."

"그래요. 그럽시다. 북한은 김정일이 집권하면서 경제적으로 더 어려워지고 있소. 자식들을 나 몰라라 할 수는 없소. 우린 자식의 식구들을 북으로부터 구하는 방법을 찾아봅시다."

"제발요! 애들은 절대 포기 못 해요."

수경은 정에 굶주려 있었다. 정 없이는 살아갈 수 없는 DNA를 타고난 민족이 우리 민족이다. 나만 해도 일본에서 태어나서 프랑스로, 독일로, 북한에서 아르헨티나로, 파라과이, 에콰도르까지 살아오면서 정붙이고 살아본 곳은 고국에서의 어린 시절뿐이다. 긴장이 풀어져서일까? 허탈감으로 나를 지탱해 왔던 정체성이 무너지는 것을 느낀다. 이 허탈감은 내가 과연 무엇을 위해 살아왔는가 하는 자성의 감정이다. 미국 땅에서 북한과 남한이라는 좌표를 앞에 두고 푯대를 잃어버린 듯했다. 이제는 이성이 이끄는 대로 길을 찾아야 할 시점이다.

나는 어디에 있는가? 이 밤이 지나면 우리 부부는 새로운 세상을 맞을 것이다. 그러나 쉬 잠들지 못한 긴 밤이었다.

나는 북한 공작원이다

이튿날 우리 부부는 공항에 마련된 취조실 같은 곳에서 다시 CIA 요원 두 명과 마주 앉는다. 어제와는 다르다. 이들이 나의 적이며, 협상에서 이겨야 할 상대는 아니다. 하긴 내가 이들에게 줄 선물을 준비하고 있으니 적이라는 등식은 성립하지 않는다. 나는 나의 고백으로 내 영혼이 자유로워질 것이고 이들에게는 커다란 선물이 안겨질 것이다. 그래서인지 눈에 보이는 모든 것이 새롭게 지각된다. 자유를 획득한 들뜬 감정이 사물을 새롭게 지각하는 현상이랄까. 멀게만 보였던 자유분방한 사람들, 연인들, 단란한 가족들 모습이 새삼스럽게 나의 영역 안에 들어오고 있다. 저마다 짝지어 날아다니는 새들까지 새들만의 일이 아니다. 내가 준비한 선물은 저들이 보장해주는 내 자유에 대한 보상이다. CIA 요원들이 내 말을 들으면 우물에 두레박을 내렸는데 금모래가 담겨서 올라오는 느낌일 것이다. 나는 기도하는 심정으로 마음속 빗장을 풀기로 했다. 응접실 같은 곳에서 요원들이 대기하고 있다가 자리에서 일어난다.

"선생들 잘 쉬셨습니까?"

우리가 자리에 앉는 것을 기다려 미국의 두 요원이 웃으며 인사한다.

"안녕하시오. 오늘은 좋은 이야기를 나눴으면 합니다."

나도 가볍게 응대한다.

"물론이지요. 기대하고 있습니다."

"그래요! 오늘 나는 당신들에게 줄 선물이 있소이다."

"우린 받을 준비가 되었습니다. 편안하게 말씀하세요, 한 선생님."

두 요원은 눈빛을 반짝이며 귀를 세운다. 여성 스텝이 차를 내온다. 녹차 향이 그윽하다. 커피도 두 잔이 놓인다. 젊은이들 눈초리가 예리해 보인다. 그러나 이들은 내가 줄 선물이 무엇인지 상상도 못 할 사람들이다. 커피잔을 들며 내가 운을 뗀다.

"나는 도대체 누구인가요? 내가 어떤 사람이라 생각하고 있소? 당신들은 내 본명을 아시오?"

요원들은 곁눈질만 오갈 뿐 대답을 못 한다. 나는 커피를 마시기 전 헛기

침으로 목청을 가다듬으며 입을 연다.

"CIA는 대단한 조직으로 알고 있소만…, 이보시오, 나는 당신들이 생각하는 사람이 아니오. 남한의 반정부 투쟁꾼인 노동자 한태호? 나는 그런 사람이 아니오."

"말씀하세요."

찻잔을 잡으며 말을 받고, 다른 요원은 서류를 다시 살핀다.

"한국 정보당국에 나의 이력을 확인해보았소? 한태호라는 반체제 인물에 대해서 말이오."

"물론이지요. 말씀하세요."

대답이 믿기지 않아 헛웃음이 나온다.

"이보세요. 한태호는 존재하지 않는 인물이요! 나는 그렇게 간단한 인물이 아니오. 내 말을 하기 전에 분명히 말해두지만, 내가 궁극적으로 갈 곳은 서울이오. 부디 나를 도와주시오. 당신들은 나를 잘못짚었어요. 하지만 운이 좋았소."

눈이 동그래진 요원들이 한동안 서로 마주 보더니, 손바닥을 든다.

"잠깐만 기다려주십시오. 장소를 옮기겠습니다."

우리는 보안이 더 잘 되는 사무실로 자리를 옮겨 마주 앉는다. 테이블 옆에 SONY 브랜드의 녹음 장치가 있다.

"선생의 말은 녹음될 것이나 이 자료를 선생에게 해롭게 사용하지는 않겠습니다. 우리를 믿고 이야기하십시오. 현재 시각 10시 15분, 선생의 증언에 미스터 카우먼, 미스터 슐츠가 임석합니다. 시작해도 좋습니다."

요원이 녹음기 키를 누른다. 수경에게 눈길을 돌린다. 수경은 고개를 끄덕이며 미소를 보임으로써 내가 꺼낼 말에 힘을 보탠다. 이 순간은 힘들었던 여정의 정점이고 이데올로기의 선을 넘는 중요한 시간이 될 것이다. 만감이 교차하는지 수경은 지그시 눈을 감으며 내 팔짱을 낀다. 온갖 회한을 떠올리는가 싶다. 나는 요원들을 바라보면서 차분하게 이야기 매듭을 푼다. 내 말은 녹음테이프에 감겨 멀리 고국에까지 날아가 나의 신상을 드러낼 것이다.

"북한에는 내 자식들이 살아 있고 남한에는 내 부모 혈족들이 있소이다. 내가 어디로 가든 내 혈족들이 다치면 안 됩니다. 먼저 이걸 보장받았으면 좋겠소."

요원들은 잠시 서로 눈빛을 맞추다 답한다.

"오케이! 말씀의 성향에 따라 여러 가지 방안을 강구할 것입니다."

답이 너무 쉽게 나온다. 조직이 크니 생각보다는 어렵지 않을 수도 있으려나. 나는 다시 목청을 다듬고 내 심중에서 억눌렸던 회한의 물줄기를 뿜어낸다.

"우리 부부는 파리 유학 중에 동백림사건을 맞아 평양으로 피신했습니다. 나는 당시 프랑스 한인회 회장이었소. 동백림사건이 터지자 한인회 회장으로서 군사정권의 무차별 연행에 대항하였습니다. 유럽 지성들을 움직여서 무고한 한인들을 석방하도록 구명운동을 주도했고요. 내가 평양을 선택할 수밖에 없었던 이유입니다. 그 뒤 나는 신분을 세탁하여 여러 나라를 전전하면서 한태호라는 이름으로 북한의 지령에 따른 공작 활동을 해

왔소이다. 그러니 나는 북한에서 파견한 공작원이오. 다시 말하지만 나는 남한 정부의 반체제 운동꾼이 아니라 남한에서 북한으로 들어가 북한 공작원이 된 사람이라는 말입니다."

두 요원은 눈 한 번 깜빡이지 않고 나를 주시하고 있다. 나로서는 쉽지 않은 진술을 했다. 30년 동안 목에 걸린 가시를 뽑아내는 데는 '나는 북한 공작원이다'라는 말 한마디로 충분했다. 몸과 마음이 가벼워지니 머릿속까지 개운하다. 이들에게 나는 대단한 선물을 안겨주었다. 그러나 앞에 앉은 두 CIA 요원은 예상과 달리 놀라는 분위기가 아니다.

"선생의 본명이 '조영우'라는 걸 우린 이미 알고 있었습니다. 다만 한태호가 동일 인물이라는 사실은 지금에서야 알았습니다. 그러니 선생을 반만 알았지요. 한데 우린 한태호에는 관심이 없습니다."

"그러신가? 아무튼, 내 정체를 제대로 알렸으니 나를 좀 도와주시오. 나는 우선 남한의 가족들 근황을 알고 싶소."

수경은 눈으로만 대화의 진행을 좇는다. 미국 측 요원들은 녹음 장치를 의식해서인지 부드럽고 친절하게 이야기를 듣고 메모하며 호의로 대한다. 전날과는 사뭇 분위기가 다르다. 옆의 요원이 또 묻는데 그는 흑인의 피가 섞인 듯하다.

CIA의 선물

"조 선생님. 우리 관심은 오로지 북한의 최근 동향입니다. 선생 가족들 근황은 따로 알려줄 사람이 있습니다."

"따로? 그 사람이 누구요?"

"기다리세요. 먼저 두 분이 자유의 품으로 돌아오신 걸 축하합니다. 자, 다시 말합시다. 선생은 핵물리학자인 노재호 박사 친구입니다. 이제 자유의 품으로 돌아왔으니 북핵 개발 프로그램에 관해 우리에게 할 얘기가 있을 것입니다. 또 동유럽이나 남미 쪽 나라들과의 커넥션을 알고 있을 것입니다. 북한에서는 남미 대륙에 요원을 파견하여 마약 관련 지령을 내린다는 정보가 있습니다. 선생은 남미에서 오래 활동한 사람이니 이 건도 정보를 주면 좋겠습니다."

이들이 전부터 나를 좇아온 이유를 알만했다. 이들은 내게서 나의 함량보다 훨씬 큰 무엇을 얻어내리라 기대하는 거였다. 그야말로 황장엽 수준으로 보았을까. 북한에 들어가 초기에는 서열이 높은 자리에 앉기도 했다. 그러니 이들이 보기에 나는 대단한 인물일 수 있다. 하지만 지금의 나는 이들에게 미안할 정도로 수준 미달의 인물이니 어쩔까. 오영 박사의 마약 관련 정보를 요구하지만, 그건 내 목숨을 걸고 지켜내야 할 비밀이다. 그 정보는 언젠가 오 박사의 거취에 따라 밝혀질 일이다.

"이보시오. 듣자 하니 나를 추적해 왔다면서 당신들은 나를 제대로 모르는 것 같소. 난 핵무기 같은 엄청난 것하고는 거리가 먼 사람이오, 내 임무는 알다시피 북쪽 요원들의 신분 세탁이었잖소!"

"선생은 자신이 밝힌 대로 파리 한인회 회장이었어요. 북에서도 김일성이 챙긴 인물이었고. 진실을 말해 주십시오. 어차피 북한을 떠나지 않았소?"

"공연히 말만 길어지네요. 속단하지 마시오. 나는 기껏 남미의 신분 세탁 소장일 뿐이었소!"

요원들은 고개를 젓는다. 긍정인지, 부정인지 모를 고갯짓이다. 한 요원이 자료를 뒤적거리더니 나를 똑바로 바라보면서 묻는다.

"선생은 노재호라는 인물을 알고 있지 않습니까. 파리에서 동료였고, 동백림사건 때는 구명운동을 돕지 않았습니까?"

감이 잡힌다. 이들의 노림수는 한가지다. 나와 노재호와의 핵 관련 고리다.

"파리에 있을 때 같이 공부했소. 나는 노재호라는 핵물리학자의 사망에 당신들 나라가 관여한 것으로 들었소. 맞지요?"

역공이다. 요원은 펜을 놓더니 나를 빤히 바라보면서 검지를 좌우로 흔든다. 아니라고 고개를 젓는다.

"노우, 노우! 노재호는 우리가 처리하지 않았습니다. 그의 암살에 관여한 배후 세력을 여태 밝혀내지 못하였습니다. 북한은 우리 소행이라 떠들어 댔지만 그건 사실이 아닙니다. 자기들 내부에서 발생한 사건, 이를테면 자기들 강온파 사이 세력 다툼에서 나온 테러입니다. 러시아나 유럽 등 제3국일 가능성은 전혀 없습니다. 우리 정보망을 쉽게 보지 마십시오. 우리가 틀린 정보를 임의로 생산해 낼 수는 있으나 우리가 얻는 정보는 절대로 틀리지 않아요. 제 말 알아들으시지요?"

"노재호 박사는 내 친구요. 노 박사 피살에 대해서는 나도 알고 싶었소."

노 박사는 한국의 박정희 대통령이 핵 개발을 추진하려 한 시점에 맞추어 평양과 파리를 분주히 오가면서 북핵 연구에 한 역할 한 인물이었다. 남한의 핵 개발을 이끌던 모 박사가 의문의 죽음을 맞은 비슷한 시기에 노재호 박사가 사고를 당했다. 하지만 나는 그런 사실을 알지 못했고 노 박사 소식을 북에서 내려온 요원들에게서 처음 들었다. 내 말을 경청하던 두 요원은 작은 목소리를 주고받더니 한 사람이 서류를 챙겨 자리를 떠난다.

"오-케이! 노재호 박사 이야기는 이만 끝냅시다."

남아 있는 요원이 녹음기 스위치를 끈다. 이들은 오로지 노재호 박사와의 커넥션에만 집중한 것 같다. 남미의 마약 관련 건은 더 추궁해오지 않아서 다행이라는 생각을 하는데, 곧바로 남미 이야기가 나온다

"선생은 남미의 아르헨티나, 파라과이, 에콰도르에서 많은 공작을 했어요. 신분 세탁이 아닌 공작은 무엇이었습니까?"

"말했듯이 나의 주요 임무는 북측 요원들 신분 세탁이었소이다. 때에 따라서 요원들이 오면 적구화 작업을 하여 적응시켰고요. 나는 남과 북 어느 쪽에도 해로운 일은 하지 않았소이다. 나는 북쪽 사람이건 남쪽 사람이건 내 동포들을 도왔고, 우리 공작원들도 인간적으로 도왔소. 나는 말하자면 예술을 사랑하는 예술인이고 다만 내 나라에서 뿌리를 내리지 못했을 뿐, 내 나라를 사랑하는 민족주의자요."

CIA 요원은 다 아는 걸 왜 이러냐는 태도다. 더 물어도 더 해 줄 말이 없는 나는 수경을 바라보며 딴전을 피운다.

"당신 많이 피곤해 보이네."

수경이 고개를 끄덕인다. 자리를 떴던 혼혈 사내가 돌아온다. 그가 나선다. 마치 분위기를 수습하려는 듯.

"됐습니다! 다음 이야기는 천천히 진행합시다. 두 분의 자유 진영 복귀를 진심으로 환영합니다. 저희도 선생들께 선물을 준비했습니다. 두 분에게 반가운 사람을 보내드리겠습니다. 기대해도 좋습니다! 오늘 중 만날 테니 기다려 보십시오."

귀가 쫑긋 선다. 이럴 때 반가운 사람이라니! 아까 말한 딴 사람일 것이다. 한데 떠오르는 사람이 없다. 아내도 눈을 크게 뜨고 나와 시선을 맞춘다. 우리를 재미있다는 듯 바라보던 사내가 시글시글 웃으며 또 한마디를 던진다.

"상상력을 발휘해 보세요. 엄청 반가운 사람일 테니!"

"한국에서 우리 가족이 올 리는 없고, 누군지, 얼른 만납시다."

오영 박사가 혹시 이들과도 연계되어 있을까? 그렇다면 오 박사 자식들 구출 작전이 시작된 걸까? 답은 금방 나온다. 요원은 내 앞자리의 메모지에다 영문 글자를 그리고 있다. 요원의 손길을 따르던 수경과 나의 눈이 휘둥그레진다.

- Mrs. Ahn -

"안? 안도희?"

우린 이름을 동시에 부른다.

"그래요. 안도희 여사를 아시지요? 우리 직원입니다. 동백림사건 때 선생들과는 반대의 길을 택했습니다. 미국 대사관으로 피신해 들어와 우리에게 신변 보호를 요청하였지요. 안도희 요원은 선생들이 북한을 떠나온 이후에 잠시도 두 분을 놓치지 않고 추적하면서 우리에게 정보를 제공해 주었습니다. 가족 안부가 궁금하다면 안 요원에게 물어보십시오."

우리는 서로 얼굴만 마주 본다. 파리를 떠날 때의 방향에 따라 안도희와는 반대의 운명이 결정된 것이라니!

"어머나! 도희가…."

"안도희 씨는 어디 있습니까?"

"오늘 중으로 만날 수 있습니다. 그동안 공항 내 지정한 숙소에서 쉬면서 기다리십시오."

우리는 그들이 마련해준 숙소에 들었다. 도희가 북한으로 들어갔을 것으로 단정했었다. 북에 있을 때는 은연중에 안도희 소식을 기대했다. 도희가 미국을 택했으리라는 생각은 못 했다. 또 남미 생활을 시작하면서부터는 안도희를 까맣게 잊고 살았다.

"안도희가 CIA 요원이 되었다는 건가요? 도희도 우리 못지않게 굴곡진 세월을 살았을 것 같네. 얘가 결혼은 했을까?"

수경은 도희를 들먹인다. 도희는 동백림사건 전에 미 대사관 직원과 사귀었다. CIA에 신분을 노출하니 그간의 안갯속 일들이 하나둘 명료해지고 있다. 우리는 미국에 있는 안도희를 북한에서 찾았다. 도희가 CIA 요원이라는 건 의외다. 그녀가 어떤 모습으로 나타날까.
  벨이 울리고 객실 안내원이 쪽지를 놓고 나간다. 두 시간 뒤 안도희가 이곳 숙소로 방문하겠다는 메모다. 조바심이 난다.

예기치 못한 일

  머리를 뒤로 쪽진 날씬한 여인이 검정 타이츠에 검정 가죽점퍼, 옅은 선글라스를 쓰고 문 앞에 서 있다. 예전 모습은 오간 데 없다. 균형 잡힌 몸매와 멋스럽고 세련된 옷차림이 옛 친구라는 살가움을 지워버린다. 마치 첩보영화에서 본 여전사다.
  "어머! 너, 안도희 맞니?"
  "상수경!"
  두 여자는 잠시 멈칫하고 거리를 둔 채 마주 서 있다. 30년이 넘는 세월의 간격을 뛰어넘기가 어려워 틈을 메우는 절차다. 이윽고 도희가 하얀 이를 환하게 드러내 웃으며 걸어 들어오면서 수경과 길게 포옹한다. 둘은 서로 등을 쓰다듬고 눈빛 맞추고 얼굴을 비벼댄다. 한참 동안 만남의 절차를 마치자, 안도희가 이번에는 내게로 다가오면서 두 팔을 벌린다. 알 수 없는 꽃향기가 훅 끼친다. 나와 포옹을 끝낸 도희는 나이도 잊고 수경의 손을 맞잡아 한참 흔들다 자리에 앉는다.

"우리가 미국에서 만났네요! 수경아, 고생 많았지? 여기까지 오는 시간이 30년 걸리다니! 조 회장님, 수경일 이렇게 고생시켜도 되는 거예요?"

도희는 안경을 벗고 눈시울을 매만지며 목소리를 키운다. 웃는 얼굴에 눈물이 고이고 목소리에서는 그동안의 목마른 정감이 감긴다.

"도희 씨! 그동안 잘 사셨군요! 우리 긴 이야기는 차차 하지요."

갑작스러운 만남에 수경이 더 좌불안석이다. 수경이나 나나 도희를 갑자기 만난 것도 그렇고, 안도희가 미 정보국 요원이라는 신분도 쉬 받아들여지지 않는다. 두 여자는 그간 못다 한 정을 한꺼번에 풀려는 듯 손을 놓지 않고 응접세트에 붙어 앉아서 몇 번이나 포옹을 풀고 죈다.

"도희가 정말 멋지게 변했네! 그렇죠, 여보?"

"CIA라는 조직이 사람을 이렇게 만드는 구석도 있나 보네."

"정말 놀랐다. 도희야, 결혼은 했겠지? 남편은? 애들은?"

"우리 애들은 뉴욕 대학에 연구원으로 근무하고 있어. 남편은 미국 사람이야."

"그랬구나! 네가 멋있어진 이유를 알겠다. 부모님은 서울에 계시고?"

"그렇단다. 내 얘기는 천천히 해도 되잖겠니?"

"그래! 우린 그간 열린 세계를 모르고 살았어. 우리 가족은 잘들 계시니?"

도희는 음료수를 들이켜더니 하얀 이를 드러내 웃는다.

"그럼! 내가 보기에 두 사람에게는 이번이 좋은 기회야. 왜곡되게 살아온 삶을 정리할 계기가 온 거야! 내 생각은 그래. 어때요? 조 회장님."

고마운 말이다. 도희는 우리의 사정을 전해 들은 듯하다. 도희가 CIA 요원이라는 신분상의 거리에도 분위기가 좋게 흐른다.

"도희 씨가 제대로 짚었어요."

수경이 내 말을 잇는다.

"우리에게는 아주 중요한 시기야. 좀 복잡한 문제들이 있는데 네가 좀 도와줘. 우리 부모님은 안녕하시니?"

"내 정보로는 무탈하셔. 이 말이 섭섭하게 들리겠지만, 아마도 남한 가족들은 두 사람을 벌써 포기했다고 보아야 해. 이해하겠지? 미스터 조 아버님은 군사정권이 들어선 뒤 사업을 이어갈 수 없자 어머님께서 이천에 도자기 사업을 시작하셨대요. 참, 이 말은 좀 나중에 하려 했는데, 조 회장님! 애통해하지 마세요. 부친께서는 돌아가셨어요."

"……!"

내가 맥 놓고 털썩 주저앉는 걸 수경이 부축한다.

"언제, 어떻게 돌아가셨지?"

수경이 묻는다.

"사인은 내가 몰라. 한 3년 됐어."

시야가 홀연 아뜩해진다. 자리에서 일어나 허방 짚듯 밖으로 나온다. 화장실 거울에 불효자식이 서 있다. 아버님을 생각하자 얼굴이 찌그러지며 눈물부터 나온다. 거울에 비친 불효자식을 주먹으로 치며 복받친 울음을 쏟는다. 돌아가시면서 날 얼마나 원망하셨을까! '아버님! 임종도 못 한 이 불효자식은 어찌해야 합니까? 그간 손주들 자라는 모습 못 보여드리고! 이 불효를, 아버님 용서하십시오.'

나는 화장실에서 슬픔을 삭였고, 수경의 노크를 듣고도 움직일 줄을 몰랐다. 겨우 일어나 밖에 나온다. 수경은 내 눈물을 닦아준다. 도희가 다가와 어깨를 내게 걸치며 말을 잇는다.

"조 회장님 동생이 사업을 이어받아 잘 꾸려나가고 있어요. 남한에서는 손꼽는 도자기 회사로 성장했어요."

아버님이 돌아가셨다는 말은 천둥 치는 소리로 들렸다. 나는 머리를 숙이고 말을 잇지 못한다. 머릿속이 하얗다. 수경의 손이 내 손을 감싼다.

"어차피 불효한 자식들이니, 어머님이나 잘 모시도록 해요."

충격 속에서 어머니가 만든 도자기 이미지가 떠오른다. 수경이 묻는다.

"도자기 사업이라 했지? 옹기 굽는 그런 거? 언제부터 시작하셨대?"

"옹기가 아니고 고려청자 같은 고급진 것 같아. 박정희 정권이 들어서면서 조 회장 부친의 사업이 어려워지자 어머님이 바로 도자기 사업에 뛰어들었나 봐. 지금은 청와대에서도 조 선생네 도자기를 쓴다네."

우연일까 필연일까. 어머니가 도자기를 구우셨다니. 비슷한 시기에 부모님과 나는 남북으로 갈라져 서로가 전혀 모르는 채 같은 일을 했다. 어머니는 일본에서 새로운 주방 문화를 눈여겨보셨고, 귀국해서는 우리 주방 문화가 개선되어야 하겠다고 생각하셨으리라. 수경이 다시 묻는다.

"내 친정 쪽에는 별일 없고? 그런데 도희 넌, 어떻게 CIA 조직에 들어가게 되었니? 놀랍다."

"수경이네 쪽은 무탈하셔. 두 사람은 모르겠지만 나도 사실은 그때 동베를린 북한 대사관을 다녀온 전력이 있었거든! 금강산까지는 안 갔어도. 나는 도피처를 미국으로 택했던 거야."

"그랬어? 내가 모르게 어떻게 그럴 수 있었니?"

"그럴 사정이 좀 있었어."

당시 동백림사건으로 안토니 기숙사의 한인 학생들에게 포위망이 좁혀 드는 시점에서 미스터 브라운이 관용차를 몰고 약속 장소에 나타났다. 그때 파리에 주재하는 대부분의 한국 교민이 북한을 다녀왔기 때문에 누구누구를 가릴 처지가 아니었고, 무작위로 납치하다시피 잡아들여 강제 귀국하게 하는 공포의 시간을 겪어야 했다. 안도희는 브라운을 만나 어떤 처신이 좋을까를 묻고 싶었는데 도리어 브라운이 안도희를 낚아채다시피 관용차에 태우더니 미 대사관으로 향했다고 한다.

"날 어쩌려고? 마스터 브라운, 나를 책임질 수 있어?"

미 대사관 건물이 다가오자 핸들을 잡은 브라운에게 안도희가 다급히 물었다. 브라운은 껄껄 웃었다.

"내가 도희 남자 친구인데, 이런 환난에서 나 몰라라 할 수는 없지, 어찌 보면 내게는 좋은 기회가 아니겠어? 안도희, 자! 내 우산 속에 들어와. 지금 소낙비가 엄청나게 내리고 있잖아!"

시선은 앞을 주시하며 던지는 브라운의 말에 도희는 깊은 애정을 느꼈다.

"그래, 고마워! 하지만 다른 친구들이 걱정인데, 지금 미국이 나설 수는 없는 거야? 나만 구해주는 거야? 브라운은 대사관 직원이 아니었어?"

"내 회사는 미국 CIA야. 도희의 안전은 내가 책임질 수 있어. 하지만 다른 친구들에게는 관심이 없어. 이 문제는 한국의 안보 상황에서 빚어진 한국의 내정일 뿐이야. 도희는 나를 따라 미국행을 결심해 줘야 해. 나는 도희를 위험에서 구해야 한다는 생각밖에 없어, 오케이? 날 믿을 수 있지?"

브라운이 CIA 요원이라는 말에 놀라기도 했지만 믿음이 더했고, 그가 멋져보였다. 미 대사관의 정보에 따라 한국 상황과 안토니 기숙사 상황, 친구들 상황을 인지하고는 있었으나 브라운의 재촉으로 미국행을 서둘러야 했다. 그리고 그때의 미국행이 안도희의 인생을 결정지어 주었다.

"미스터 브라운이 CIA 요원이었다고?"

"그래! 그 사람. 그는 내게 한국에 돌아가면 감옥밖에는 갈 곳이 없다고 했지. 그들 조직의 특성상 일체 비밀리에 미국행을 결행한 거야. 내 부모님에게도 수개월이 지나서야 사실을 알렸거든. 미국에 오니 본부에는 한국 사람들이 꽤 있었어. 물론 내가 첩보영화에 나오는 사람들처럼 활동하지는 않아. 내 근무처는 늘 컴퓨터 앞이지. 하지만 필요한 정보의 바다에서 세계의 모든 첩보를 걸러내어 정보화시키는 일은 매우 중요하거든!"

"그런 널 평양에서 찾았다니까!"

"너 모르게 일이 벌어져서 미안했어. 그땐 경황이 없었어!"

"우린 그런 줄도 모르고…."

"이래 봬도 나는 정보통이야. 조 선생 부부도 사실은 내 첩보망에서 들락날락했어. 나는 두 사람을 포착한 뒤로는 한 번도 놓치지 않았지. 두 사람은 그만큼 정보 가치가 있는 중요 인물이거든. 생각해 봐, 파리 한인회장, 동백림사건의 해결사, 북한이 공들여 포섭한 유럽의 천재 예술가, 김일성이 가까이에 두고 챙기는 인물, 핵물리학자인 노재호 박사의 친구. 조영우 회장님은 북에서나 남에서나 미국에서까지 요주의 인물로 정보 사정권에서 놓쳐버리면 안 되는 대상이었어. 유럽에서는 조영우 회장 쟁탈전이 일어난 적도 있으니깐!"

"우리를 미행한 사람들도…."

"이건 내가 말해 줄 수 있어. 두 사람이 어려움에 빠져 있을 때 알 수 없는 누군가의 도움이 있었다면, 아마 나와 연결된 코드가 작동했을 거야. 그러니 두 사람이 이 자리에 오기까지는 내게 신세를 진 거지."

"아! 그랬구나. 우린 늘 그런 낌새를 느꼈지만, 도리가 없었어. 정체를 밝히지 않고 따라붙었던 미지의 존재가 바로 너였구나!"

"뮌헨에서는 남한 정보부에서 조영우 회장을 납치하려 했거든, 그때 우리 조직원들이 조 회장님을 보호했지만, 북한 대사관에 인계한 게 실수였어. 기억나시죠?"

뮌헨에서의 일, 물론이다. 이제야 그들의 정체를 알게 되었다. 당시 미국은 남한 군사정부의 정체성에 의문을 가지고 있었다. 나를 북한 대사관에 인계한 것은 인권 차원이었을 것이다. 한편 아르헨티나에서의 소꼬로 소동도 안도희와 관련되었을 것이다. 그때 도움을 준 사람이 한국사람 같았다고 했으니. 프랑스 한인회장이 동백림사건 뒤 내로라하는 인재들과 함께 사라졌다. 그 뒤 평양의 국제 행사장에서 김일성 옆에 모습을 나타냈다. CIA에서 특별관리에 들어갈 것은 자명한 일이다. 나는 수많은 정보 요원의 눈길 안에서 나만 그들을 모른 채 세상을 헛되이 살았던 거다. 오영 박사? 그에 관해서 묻고 싶었으나 끝까지 입에 올리지 않는다.

수경은 도희 이야기에서 빠져나오며 긴 한숨을 내쉰다.

"안도희, 문제는 우리 애들이야."

수경의 목소리가 착 가라앉는다.

"아는지 모르지만, 우리 애들은 평양에 있어. 다들 성인이 되었고, 결혼해서 손자까지 있어. 자식들은 인질이야. 공작을 수행하러 공화국을 떠난 우리를 대신해 잡아두는 거지. CIA는 지구상에서 가장 힘 있는 조직이잖아! 너희 조직을 동원하여 우리 자식들을 북에서 빼낼 방법은 없을까? 이건 내가 목숨을 바쳐서라도 반드시 해결해야 할 일이거든. 나는 쫓기는 생활 속에서도 아이들 생각을 하루도 놓지 않았어. 도희도 애들이 있으니 내 맘을 알 거야."

혈육의 애착은 어미 쪽이 더한 것 같다. 수경이 살아가는 궁극의 목적은 자식들과의 결합이었다. 애들을 북에서 데려올 수만 있다면 어떤 일이라도 마다치 않을 사람이다. 오렌지색 물결을 타고 자유화가 세계 곳곳으로 번지고 있다. 북한도 체제의 성격상 오래갈 정권이 못 된다. 자식들이 북에 그대로 있다가 어떤 곤경에 처할지 모른다. 자식들과 결합하는 방법이 없을까?

우린 애들을 작년에 마지막으로 만났다. 딸의 혼례를 치르고 6년이 지났다. 아들은 김책공대, 딸은 김일성대학을 각각 졸업했고 딸 서윤이도 결혼하여 각기 아들 하나씩을 두었다. 아이들은 고위급 간부들이 사는 평양 고려호텔 옆 아파트에서 살고 있다.

남한 생활을 상상하며 우린 생각이 많았다. 우리는 30년 이상의 세월을 눈감고 살았다. 젊었을 때의 지인들은 모두 고국에 있다. 고국에 들어가면 우리가 저들의 살가운 이웃이 될 수나 있을지. 그리고 새로운 인연을 만들어질 수나 있을지. 북한에서 살아온 사람이라는 선입견은 어떻게 나타날지. 30년간 정이 쌓이면 사람 사이가 어떻게 관계지어지나. 내 가족은 그런 안정된 생활을 못 했고, 정붙이고 산 곳이 없다. 고국에 들어간다면 우리야말로 세상 물정 모르는 햇병아리가 될 터이다. 그런데도 불구하고 남한은 내 조국이다. 30여 년 조국을 떠났다가 돌아온 우리가 또 어디로 가겠는가. 퀘벡이 좋긴 해도 우리가 뼈를 묻을 곳이 못 되는 이유이다.

자식들까지 남한에 오게 된다면 모든 것이 처음이니 새 세상에서 새로 시작해야 할 것이다. 식구를 무사히 데려오려면 오 박사 말대로 국가 간의 거래 외에 무슨 방법이 있을까. 오영 박사 판단이 옳았다. 내 자식들 문제는 남북한의 관계로 보아 미국 같은 제3국이나 국제적인 조직의 힘에 의존하여야 풀어질 일이다.

이산의 이산

수경은 자식들 이야기를 꺼내면서 눈에 핏발이 선다. 오영 박사의 미션도 떠올랐을 것이다. 그 간절함을 도희가 이해할까? 아이들 문제를 듣고 난 도희가 입을 연다.

"이산가족 문제네! 북한도 사람들 사는 곳인데, 안 될 일이야 있겠어?"
베테랑다운 결이 느껴지는 대답이다. 햇살을 막은 가림막이 걷히려나! 도희의 편안하고 안정감 있는 태도가 기대를 부풀린다. 혹 자식들이 남한에 적응하기 어렵다면 미국이나 다른 선진국에서 살아도 될 일이다. 우리는 벌써 퀘벡에 시장 조사까지 마쳤다. 도희가 구세주로 보였을까. 수경이 당겨 앉는다.

"그래? 역시 큰 나라가 나서야 일이 해결되는구나. 고맙다!"

수경은 도희의 두 손을 잡고 무릎 꿇는다. 그러나 도희 안색이 달라진다.

"그런데……."

도희가 입을 열다 말고 입맛을 다신다. 무슨 조건을 말하려는가. 수경의 안색이 심상찮게 변한다. 수경 앞에서 도희는 말을 잇지 못한다. 불길한 예감에 조바심이 난 수경에게 도희는 눈동자를 굴리며 나직이 묻는다.

"애들이 남한으로 오려 해? 오겠대?"

예상하지 못한 물음이다. 수경이 멍한 시선으로 나를 바라본다. 수경은 다시 도희를 보며 따질 기세다. 침묵이 길지 않았다.

"그게 무슨 말이니? 당연하지! 삼십 년을 기다렸어! 우린 꼭 합쳐야 할 가족이라고. 지금 도희 너, 무슨 말을 하려고 그러니?"

수경은 조바심이 나는지 목소리가 덜덜거린다. 분위기가 이상하다. 도희는 시선을 내리깔면서 어렵사리 입을 열고 있다.

"혹시 말이야, 이런 생각은 안 해 보았니?"

도희는 나와 눈길을 맞추더니 수경의 두 손을 잡는다.

"아이들이 다들 성장했고, 평양에서 결혼도 했다며? 수경이네 가족이 재회에 성공한다면 얼마나 좋은 일이겠니! 한을 풀게 되는 일이지. 그런데……. 네 가족의 결합은 북에서 또 다른 이산가족이 생긴다는. 그런 아이러니도 신중하게 고려해 보아야 하지 않을까?"

또 다른 이산가족! 자식들에게도 자식들이 있다. 북에서는 자식들 나름대로 혼인한 상대의 집안 어른들과 가정을 이루고 있다. 남미로 떨어져 나간 부모 생각이야 하겠지만 자식들 가정은 자식들 나름으로 둥지를 틀었고, 나름으로 행복할 수 있다. 어정쩡하게 남한행에 토를 달던 아들 모습이 떠오른다. 녀석이 돌아앉는다. 눈빛이 내 것이 아니다.

"어쩌라고!"

수경은 긴 한숨으로 도희 말을 덮는다.

우리가 우리 생각만 했을까? 내 자식들만 남한으로 데려온다면 북에 남은 가족들에게는 또 다른 이산가족이 된다. 이산이 이산을 낳는 구조다. 그러나 수경이도 그랬고, 나는 그 생각을 하다가 절벽을 만나곤 하였다. 그 생각을 더 이어가지 않았던 이유다. 그리고 우선은 북한이 사람 살 만한 곳이냐가 문제다. 우린 자식들의 부모이니 우리가 북으로 돌아간다면 무슨 문제가 있을까만 북한이 정말 살만한 사회인지. 나만 해도 북한과의 고리는 반드시 끊어야 한다고 생각해 왔다. 실현 가능성이 없는 꿈을 놓지 못하고 살아왔다.

나는 좀 늦더라도 고국에서 나의 예술을 펼치겠다는 믿음을 저버린 적이 없다. 나의 잘못된 선택으로 자식들이 북한에 뿌리를 내렸지만 내가 뿌린 씨는 내가 거두어야 한다. 또 하나, 자식들 문제는 30년 가까운 세월 수경의 가슴에 쌓인 한이다. 그러나 어쩌랴, 이 문제가 해결되려면 통일 밖에는 답이 없으니 말이다. 문제는 수경의 집념이다. 예상대로 수경은 머리를 흔들며 목소리를 높인다.

"내가 내 자식들 보겠다는데, 아이러니는 무슨 아이러니니?"

수경의 목소리가 높아질수록 허허롭기만 하다. 수경이 그런 생각을 안 했을 리 없다. 막상 꿈같은 일이 현실로 다가오니. 수경의 높은 목소리는 한풀이거나 넋두리로 들린다. 도희는 침착하게 말을 받는다.

"결국은 두 분이 알아서 결정할 일이지만 가슴 아픈 일은 이번으로 끝나는 게 어떨까. 가슴 아프게 만드는 일 또한 가슴이 아플 테니. 통일? 언젠가는 되겠지만, 너무 변수가 많은 일이고! 수경아. 이런 말 꺼내는 내 맘도 편치는 않아."

그러나 수경은 몸을 뒤틀며 목멘 소리를 낸다.

"안 돼, 난, 내 자식들을 포기할 수 없어. 내가 북에 가서 사는 한이 있더라도 그건 안 돼! 내가 이런 환경에서도 목숨을 부지해낸 건 내 자식들과 살아야 한다는 하나 때문이었어. 그게 전부였어!"

도희가 더는 말을 잇지 못한다. 나는 수경의 절망을 잘 알기에 흐느끼는 어깨를 감싼다. 시간은 수경을 현명한 여자로 만들 것이다. 지금까지는 자식들을 몸부림치면서 보고 싶어 했지만, 이젠 자기가 나서서 포기하자고, 잊어버리자고 나설 이성적인 여자다. 수경의 마음을 헤아리는 내 마음이 아리다.

"네 맘 이해해. 어려운 문제구나. 우리 천천히 생각해 보자. 내일은 한국 요원들이 올 거야. 나머지 이야기는 내일 하고 오늘은 좀 쉬렴."

도희는 수경을 다독이면서 내게 쓴웃음을 보낸다. 도희 입에서는 미국에 남으라는 권유가 나오지 않는다. 수경은 돌아서는 도희에게 끝내 눈길을 주지 않는다. 그날 저녁 수경은 우리가 북으로 귀환하면 어떻게 될까를 물으며 잠을 못 이룬다. 그토록 싫어한 북한인데 아주 북한에서 살아보자는 말까지 하다니. 그러면서 수경은 자식들이 자리를 잡았고 사돈댁과 왕래하면서 손주들 재롱을 보고 살아 보는 방법은 어떨까를 또 묻는다. 묻는 게 아니고 혼잣말 같기도 하다. 막상 합칠 길이 열렸는데 이게 무슨 날벼락이냐고 목소리를 낮춘다. 나중에는 '아니야'를 몇 번 되뇐다. 와인을 거푸 따라 마신다. 잠옷 바람에 베란다에 나가 울먹이는 것을 내가 데리고 들어온다. 수경은 알코올 기운에 못 이겨 내 품에 얼굴을 묻고 흐느끼다가 마침내 잠이 들었다. 잠든 수경을 내려다보면서는 내 슬픔이 시작되었다. 자식들과 손주들 얼굴이 어른댄다. 아버님 얼굴까지…. 참 길고 긴 밤 동안 눈이 감기지 않는다.

다음날 안도희는 한국 안전기획부 요원 두 명을 앞세워 나타났다. 나는 연행이라는 절차를 따라야 했다. 내가 자수하면 자식들에게 해로운 일이 생긴다. 자초지종은 도희를 통하여 이미 전달된 것이 틀림없을 것이다.

남한의 안기부 요원들과 정중하게 인사를 나누었다. 40대 중반에 케쥬얼 차림의 한국 요원들은 예전에 누군가가 했던 말처럼 북한 요원들에 비해 말씨부터 세련되었다. 눈가가 퉁퉁 부어오른 수경을 도희가 다독인다. 나는 CIA의 회유를 뿌리치고 한국 요원들에게 잡히는 길을 택하기로 한 것이다. 내가 북으로 돌아가겠다고 해도 그들이 나를 놔줄 리가 없다. 내게는 한국으로 가겠다고 말할 수밖에 없는 운명이 길을 내었다. 이번에도 거역할 수 없는 외길이었다.

"조 선생님, 연행이 아니고 귀순을 선택하면 어떻겠습니까?"

김길영이라고 자신의 신분을 밝힌 요원의 말이 자못 정중하다. 샌님 같은 얼굴에 지적 연륜이 느껴진다.

"내 자식들이 북에 있습니다. 내가 귀순을 선택하면 내 자식들이 죽습니다."

내 말은 단호했다. 공작원에게 연행은 순국이고 귀순은 배반이다. 배반은 공작원에게는 목숨과 바꿔야 할 필요 덕목이다. 내가 북쪽을 배반하면 나 대신 인질이 다치는 구조를 모를 리 없는데 왜 이렇게 물을까. 김길영이 고개를 끄덕인다.

"조 선생님, 제가 북한 사정을 모르겠습니까? 이번에 고국에서는 대선이 있습니다. 이런 고국 분위기는 선생에게도 기회가 될 수 있습니다. 선생께서 고국을 위해 좋은 분위기를 잡아주실 수 있다는 말씀이지요. 한번 생각해 보십시오."

기억나는 단어가 있다. 북풍이다. 남이나 북이나 필요하면 상대 쪽 바람을 일으킨다. 적당히 긴장감을 끌고 가는 것은 남북 위정자들이 권력을 유지해가는 수법이다. 이들은 지금 내게 북풍 놀이를 제안하고 있다. 내가 귀순하여 만세 부르는 장면이 신문에 실리면 수많은 이야깃거리가 기사로 만들어지고 누군가에게는 크게 도움이 될 것이다. 이런 이벤트는 남쪽이나 북쪽이나 비상한 관심거리가 된다. 나에 관하여 낱낱이 알려지고 누군가는 따가운 시선을 보낼 것이다. 하지만 그다음에 나는 어떻게 되는가? 내가 비록 북한 공작원 신분으로 연행되지만, 이 세월 동안 나 자신을 속여본 적은 없다. 더구나 내가 싫어서 떠난 위정자들의 편에 서서 만세를 불러 줄 수는 없다. 이들은 무슨 생각으로 내게 귀순을 제의하는가. 그러나 나는 확인해야 한다. 내게 돌아올 것이 무엇인지, 혹 내가 틀릴 수도 있으므로.

"내게는 무슨 기회가 온다는 말이오?"

내 입에서 나온 질문이지만 대꾸에 지나지 않는 말이다. 기대하는 건 있다. 이참에 북의 자식들까지 같이 고국에 돌아가는 길이 열린다면 얼마나 좋을까. 이들의 답이 그것일까? 그게 가능하기나 할까? 만세를 부르면서 비행기 트랩을 내려오는 사진이 신문마다 도배되고, '남한 출신 북한 공작원 귀순'이라는 타이틀의 정치면 머리기사가 그려진다. 나는 머리를 가로저었다. 나는 김길영 요원의 답변 듣기를 이미 거부한 거나 다름없다.

"선생님. 고국은 많이 달라졌습니다. 오랜 세월을 떠나셨던 선생에게는 어려운 일들이 많을 겁니다. 그중 선생이 당면한 어려운 문제가 해결될 수 있습니다."

김길영의 대답이다. 그 말이 무엇을 포함하든 나는 고개를 저었다. 자식들 문제는 이미 점검이 끝났다. 고개를 저을 필요도 없지만, 최소한 예의를 보인 것이다. 그러나 김 요원의 회유도 집요하다.

"두 분, 비행시간이 깁니다. 충분히 생각해 보십시오."

김길영은 더 묻지 않았다. 비행시간은 그리 길지 않을 것 같다.

리턴 Return

아웃사이더
미전향 수
진상미로에서 수도승처럼
우서랑, 장작 타는 소리
뜻밖의 문상객
보은의 표시
배신의 흔적
리턴 Return

GOODBYE
PARIS
GOODBYE
PARIS
GOODBYE
PARIS
GOODBYE
PARIS

아웃사이더

우리 부부는 고국행 국적기에 몸을 실었다. 1997년 내 나이 61세다. 우리나라는 대선을 앞두고 거대 양당의 대통령 후보 사이에 팽팽한 기 싸움이 전개되고 있었다. 박빙의 판세였기에 집권당에서는 한때 동백림사건의 주요 인물로 북으로 넘어갔던 사람이 귀순하면 소위 북풍이 일어 선거판에 좋은 영향을 주리라고 판단, 나를 회유했다. 하지만 나는 '귀순'이라는 그들의 회유를 수용하지 않고 북한 공작원 신분으로 고국에 '송환'되는 길을 택했다. 귀순과 송환은 차이가 컸다.

에콰도르에 있을 때 88올림픽 개막식 중계방송을 보면서 달라진 고국 모습에 놀랐지만, 사십 년 만에 돌아와 서울의 이모저모를 보면서 생각이 많아졌다. 뿌듯함과 소외감이 교차했다. 우리는 고국이 이렇게 발전하는 동안 어디에서 무얼 했는가. 나는 이 고국에 철저하게 아웃사이더였다. 차는 공항을 벗어나 한강 변에 뚫린 올림픽 도로를 질주해 서울 심장부로 들어간다. 이 큰 길이 바로 번영의 길이었다. 곳곳에 선 대형 건축물, 랜드마크에 가슴을 쓸어내렸다.

우리는 김포 공항에서 바로 안기부에 연행되었다. 어차피 피할 길 없는 절차였다. 안기부에서 나를 보는 시각은 한가지였다. 동백림사건에 주요 역할을 한 거물이니 캐면 나올 게 많지 않겠느냐 하는 기대였다. 차 안에서 요원이 내게 말했다.

"선생은 월북해서 오랜 세월을 북한 공작원으로 일했습니다. 그동안 우리 사회는 많이 달라졌습니다. 민주화도 되었고요. 선생들이 타국 생활을 하셨으니 우리 사회에 적응하는 일이 쉽지는 않을 겁니다. 저희가 일정 기간 두 분을 보호하면서 우리 사회에 잘 적응하도록 도와드릴 겁니다."

안기부 사람들의 접근하는 태도는 프로다웠다. 북쪽과는 환경이 다르고 인성이 좋은 사람들 같아서 마음이 편했다. 물론 내 조국이라는 선입관도 작용했다.

"적응 기간이 얼마나 걸릴 것 같습니까? 그전에는 가족들을 볼 수 없습니까?"

"선생님들 하시기 나름입니다. 협조하시면 오래 걸리지 않습니다."

"나를 북한 공작원으로만 생각하지는 말아주십시오. 참작할 정황이 많을 겁니다. 내가 북한을 위해 내 의지로 한 일은 없습니다."

"알겠습니다."

차는 곧장 안가라는 곳으로 질주해 들었다. 내 젊었을 때 심문을 받던 남산일까? 그러나 가는 길이 달랐다.

안가에서 받는 첫 심문이다. 서류를 한동안 살피던 심문자가 나를 바라본다. 부드러운 눈매지만 날이 섰다. 이 사람은 최원식 검사다.

"벌써 오래된 일입니다만, 선생은 동백림사건 연루자들 석방을 앞에서 지휘한 키맨이었지요? 그 길로 월북하여 공산당에 입당했고, 여러 나라에 파견되어 공작 활동을 하셨잖아요. 북한을 위해 한 일이 없다고 하셨다는데, 그거 북한을 위한 일 아닌가요?"

40대 초반, 깔끔한 차림에 차가운 눈길, 성깔이 호락호락하지 않을 것 같다.

"내가 앞장서 무고한 사람들 석방에 일조했지만, 그 일은 정의로운 일이었습니다. 그러나 막상 내가 갈 곳은 없었습니다. 북한은 내 생명을 보존하기 위해 택한 유일한 피신처였습니다. 나는 북한을 위해서 내가 자발적으로 한 일은 없습니다."

최 검사는 고개를 절레절레 흔든다. 권력을 가진 자의 위력이 느껴진다. 그러나 나는 그런 위세에 눌려본 적이 없다. 최 검사의 말투에 가시가 돋는다면 나도 가시를 세울 것이다.

"지금 선생의 신분을 아세요? 자수는 했지만, 전향을 안 한 북한 공작원입니다. 더구나 월북한 신분에 공산당 당원이고요. 이대로 대한민국 사회에 나갈 수는 없어요. 전향서를 쓰고, 남한 사람 포섭한 명단을 빠짐없이 대세요."

말도 안 되는 추궁이다. 나의 어떤 모습이 이런 상상을 제공했을까? 남한 사람들 포섭은 상상도 못 한 일이다. 당으로부터 그런 지령을 받은 적도 없다. 나를 캐면 고구마 줄기 달리듯 나올 게 많다고 생각하는 것은 이들의 망상이다. 나는 끝까지 내 진실을 말할 것이고 양파는 아무리 벗겨도 결국 양파일 것이다.

"자수를 택한 마당에 포섭한 사람이 있다면 그 사람을 위해서라도 말했겠지요. 나는 천성적으로 남에게 해코지할 사람이 못 됩니다. 검사님."

"남미에서 한 공작이 다 그런 거 아니겠어요? 선생의 답변은 상식적이지 않습니다. 포섭한 사람 명단을 대셔야 해요."

젊은 검사 입에서 까칠한 말투가 거듭 나온다. 나이가 한참 어린데 기분이 몹시 상한다. 대답하고 싶지 않았으나 중요한 부분이라는 데 생각이 미친다.

"북에서 온 요원들 신분 세탁이 내 임무였습니다. 달리 포섭한 사람은 없습니다."

나는 잘라 말했다. 내게서 얻고자 하는 것이 무엇인지를 이제야 알겠다. 그런 면에서 나는 둔감하다. 내가 포섭한 사람이나 조직이 있다면 나는 남한으로 돌아오지 않았을 것이다. 나는 나 때문에 다른 사람들이 어렵게 되는 일은 못 하는 위인이다. 그러나 젊은 검사는 내가 입을 열지 않고 버티는 걸로 간주하는 것 같다.

"선생은 지금 북한 공작원 신분이었으면서 북한을 위해 벌인 공작 활동을 부인하고 있습니다. 그러니 조서에 쓸 게 없어요. 남한에 온 북한 공작원을 전향도 안 한 상태로 우리 사회에 그냥 내보낼 수 있겠어요? 한번 생각을 해 보세요. 이대로는 나갈 수 없습니다."

검사의 말이 틀리지 않았으나 내가 틀린 것도 없다. 검사나 나나 길은 하나다. 이래서 법이 존재한다. 법이 답이다.

"검사님, 법대로 하시오."

나는 단호하게 말하며 더 대꾸하지 않겠다는 마음을 다졌다. 법에서 나의 생활을 제한하면 받아들일 것이다. 어차피 그런 생활에 길든 지 오래다. 검사는 달래는 투로 나온다.

"지금이라면, 선생한테 그때의 상황이 다시 온다면 어떻게 하겠습니까?"

"똑같이 할 겁니다."

나는 주저 없이 답했고 다음 질문에는 응하지 않았다.

미전향 수

안가의 회유가 계속 이어졌다. 고무줄처럼 그 시간은 길기도 하고, 짧기도 했다. 몇 달이 지나니 이런 주고받음이 일상화되어 상대 요원들과 소통이 잘 되었으나 그들이 내게 원하는 것은 일관되게 한 가지였다. 내 손으로 전향서를 작성하여 제출하라고. 문제는 전향할 일이 없는 나에게 있었다. 설혹 전향서를 쓴다 해도 북에 남은 자식들 문제가 해결된다는 보장은 없었다.

줄다리기를 밥 먹듯 하며 그들과 18개월을 보냈다. 내가 할 말은 다 했고, 그들의 말을 다 들었으며 그들의 마지막 요구를 나는 끝내 들어주지 않았다. 나는 북에서나 파리에서나 내 양심대로만 행동했기에 그대로를 이야기했다. 말을 지어내거나 달리하면 그거야말로 죄라 할 것이다. 북에서도 내가 나서서 한 일은 없다. 내가 나서서 북을 찬양한 적도 남한을 일방적으로 비방한 적도 없다. 어디서 건 나의 예술을 생각했고, 내 가족을 생각했고, 민족의 예술을 우선했다. 궁핍을 경험하면서는 삶의 다른 면을 배웠다. 그러나 중정에서 보기에 나는 확실한 북풍 깜이었나 보다.

그들이 바라는 전향은 사상 문제였다. 그러나 이데올로기를 떠나서 있는 내게 전향이라는 말은 터무니없다. 저들의 기록에 내가 미전향 수로 남더라도, 그 결과 어떤 처벌이 내리더라도 나는 전향서에 사인하지 않을 것이다. 전향이라는 말 자체가 인간에게 씌우는 좌우익 프레임이라는 것이 내 의지다. 나는 남이든 북이든 사상이나 이데올로기를 초월해 있었다. 나는 새였다. 내 날갯짓에 따라 창공을 날다 보니 철책을 넘게 되었다. 하지만 철책 너머에서 나는 날개를 다 잃었다. 철책을 날아 되돌아오고 싶어도 날 수가 없었다. 더구나 날아오를 기회도 없었다. 안기부는 날개 잃은 새에게 이데올로기의 잣대를 들이댔다. 젊은 날 잘못 찾아든 길을 걷는 동안 나는 자식들을 빼앗겼고, 스승을 잃었고, 아버님을 잃었다. 나의 예술을, 파리를 떠나보냈다. 그리고 북에서도 남에서도 배척당할 처지에 놓였다. 내게 끝까지 가슴 안쪽에 남는 회한 하나는 아버님께 불효자가 된 것이다.

중정을 나서야 할 시기가 되었다. 그리운 고국에 왔으나 정녕 고국이 아닌 곳에서 새사람으로 태어나야 했다. 그건 허물을 벗는 일이었다. 나서기 전 마지막 허물을 벗어 던져야 하는 것이 전향서였다. 마지막 줄다리기를 시작하는 자리다. 낯이 익은 젊은 검사와의 사이에 놓인 책상 하나마저 익숙하다.

"조 선생님, 오랫동안 고국을 떠나 있다가 돌아오신 선생의 어려움을 덜어드리고 짧지 않은 기간 우리 사회에 적응하도록 교육을 해드렸습니다. 교육을 통해서 아셨겠지만, 대한민국은 그동안 사회 시스템이 많이 달라졌습니다. 인제 그만 나가셔야지요! 편하게 전향서를 쓰시고 나가서 가족들 만나고 여생을 안락하게 보내십시오."

"고맙습니다. 인제 보니 내 가장 큰 과오는 돌아가신 부친 임종을 못 한 불효였습니다. 나는 불효자식입니다. 검사님."

검사의 표정이 전에 없이 부드러워진다.

"북에 가셨으니 그리되었지요. 우리나라 국가 시스템이 부족하던 시절에 적지 않은 인재들이 이런저런 이유로 북에 들어갔고 결과적으로는 북쪽을 위해 일을 했습니다. 선생도 그들 중 한 사람으로 오늘날 남북 대립이 심화하는 데 한 역할을 한 건 분명하지요. 어떤 형태로든 그 부분에 대해서는 유감 표명을 해야 하지 않겠습니까? 그게 대의라는 생각입니다."

나는 결과적으로 북쪽의 일원이었다. 그 사실 만 가지고도 북에 일조한 것이다. 최 검사의 말이 틀린 말은 아니다.

"그 점은 인정합니다."

최 검사는 잠깐 뜸을 들이더니 말을 잇는다.

"그러시지요? 감사합니다. 원인은 결과를 만듭니다. 그러니 결과는 결과일 뿐이지요. 정 어려우시면 선생님 말씀대로 부친께 올리는 글이라는 생각으로 전향서를 쓰시면 되지 않겠습니까?"

원인이 결과를 변명할 수는 없다. 나는 그 원인의 원인을 가지고 있다. 결과에 관한 책임, 결과에 대한 유감 표현은 당연히 하여야 한다. 그 점은 검사 말대로 유감이었다. 나는 가슴으로 내 조국에 유감을 표했고 최원식 검사가 준 말미를 다시 확인했다.

"부친께 올리는 글로, 그거면 되겠습니까?"

"그리 쓰십시오."

"약속하신 겁니다."

나는 다짐을 받고 종이를 건네받았다. '아버님'이라 쓰는데 무척 긴장되었다. 이글은 하늘에서 아버님께서 굽어 읽으실 것만 같았다.

- 아버님, 그간 아버님께 잘못했습니다. 늦었지만 반성합니다. 부디 이 자식의 불효를 용서해 주십시오 -

이 세 마디를 쓰고 아래에 날짜와 이름을 적었다. 최 검사는 조용히 지켜보았고, 나는 종이를 검사 앞으로 내민다. 최 검사의 얼굴이 찌그러진다.

"이거 뭡니까? 정말 이러지 마십시오. 조 선생님, 전향서 안 쓰면 오늘 또 못 나가십니다. 가족들 만나셔야지요."

"약속했잖아요? 전향할 게 없는 사람과 같은 말만 하면 누구 잘못입니까?"

최 검사는 한숨을 몰아쉬며 바닥으로 시선을 떨구더니 담배를 문다.

"복사를 부탁합니다."

그가 내 뿜는 담배 연기를 피하여 내가 한 말이다. 나름으로는 결연한 어투였다. 최 검사가 자리에서 일어나더니 예전의 까칠한 목소리를 한 단계 높인다.

"뭐 하시게요? 이건 반성문이잖소!"

"검사님과 나눠 보관하려고 그럽니다."

최 검사는 눈을 들어 한동안 나를 바라보더니 쓴웃음을 지으며 직원을 부른다. 들어오는 여직원에게 검사가 종이를 건넨다.

"복사해 와요. 두 부."

직원이 종이를 받아 나가더니 2부를 복사해 가져온다. 복사본은 내게로, 원본은 검사에게 디민다.

"최 검사님, 신세 많이 졌습니다."

검사가 반성문 원본과 복사본을 한동안 바라보더니 자기 앞으로 가져간다.

"잘 적응하십시오. 당분간 자주 연락하시고요, 조 선생님."

졌다는 말인가? 검사는 눈을 내리깔고 있다.

"그러지요. 감사합니다."

검사실을 나서는 기분이 전과는 다르다. 남한의 검사실을 나서면서 비로소 북의 올가미에서 온전히 벗어나는 기분이 드는 건 웬일일까. 나는 검사실을 나오다 말고 돌아서서 한마디를 꺼낸다.

"참, 최원식 검사님. 혹시 그 반성문을 다르게 이용하면 이 복사본을 즉시 언론사에 보낼 겁니다."

최 검사가 시선을 내리깔고 배시시 웃는다. 전향서를 반성문으로 대체했다. 저들의 말한 바로는 나는 사실상 미전향 수다. 한국으로 송환되어서 1년 6개월 동안 나름으로는 달라진 한국 사회를 많이 알게 되었지만, 가족을 만난다는 설렘도 있지만 다른 두려움이 엄습해온다. 우리 부부는 이마에 북한 공작원이라는 딱지를 붙인 채로 이곳을 나가기 때문이다. 전향서를 쓰지 않으려면 애초에 귀순을 택해야 했다. 귀순과 전향, 그것을 마다한 대가는 지금부터 내가 치러야 할 몫이었다.

진상미로에서 수도승처럼

이십 대 초반에 출국하여 초로의 몸으로 돌아온 고국 땅, 나는 부모 형제에게 통한의 세월을 안긴 몹쓸 인간이다. 고국에 들어와서도 18개월을 더 기다린 식구들과 만나게 되었다. 어머니마저 돌아가신 뒤라는 걸 그제야 알았고 슬픔이 밀려왔다. 어머니라도 잘 모시고 싶었는데 차가운 묘비석만 그러안아야 했다.

어릴 적 헤어진 형제나 혈족들을 불효자식이 되어 어떻게 다시 만날지 두려웠다. 더구나 다른 체제에서 살다 온 나의 존재는 쉬 섞이지 않는 군식구일 수도 있을 것이다. 하지만 핏줄은 핏줄이었다. 형제들, 친지들이 눈물로 따습게 맞아주었다. 처가댁의 배려도 무척 고마웠다.

어머님은 다른 식구들이 나를 다 잊어버려도 나를 놓지 못하셨던 것 같다. 어머님은 짬만 나면 서울 근교의 큰 절에 가서 첫아들의 안위를 걱정하여 치성을 드리곤 했는데 어느 날은 영험한 스님을 만나 내 사주를 보셨다고 했다. 다행히 쉬 죽을 팔자는 아니라는 말을 듣고 내가 돌아올 날을 손꼽아 기다렸다고 한다. 누렇게 변한 사주 용지를 보관하셨다며 동생이 내게 내보일 때 내 눈에서 펑펑 떨어진 눈물방울이 변색한 종이를 흠씬 적셨다.

수경이 파라과이 시장에서 보았다고 한 수경의 이모를 만났다. 이모는 남미에 다녀온 적이 없었다. 향수를 못 견딘 아내가 비슷한 외모의 여인을 이모로 착각했음을 확인하였다. 동생은 어머님께서 일군 사업을 이어받아 잘 경영하고 있었고 이천에서도 손꼽는 도자기 회사였다. 동생은 내게 좋은 환경에서 도자기 작업을 하도록 여건을 마련해 주었다. 이천의 진상미로 동산 기슭에 아버지 가마터가 있는데 아버지 호를 따 광하요廣廈窯라 하였다. 나는 그곳에 도자기 연구실을 꾸미고 도자기 굽는 일에 몰두하면서 자식들과 손주들 생각에 가슴 저미는 수경을 달래고 있다.

진상미로에 든 뒤에도 이따금 안기부에서 전화가 왔고, 요원들이 내 거처까지 방문하곤 한다. 이 역시 전향서를 쓰지 않은 대가의 하나라고 받아들인다.

한국의 일상은 많은 인연과 관계 지음으로 영위하는 생활이었다. 어차피 친구가 없는 나는 수도승인 양 가마터를 지키는 장인이 되어가고 있지만, 수경은 새로운 인연을 만들며 새 사회에서의 생활 영역을 넓혀나갔다.

나는 가마터에 앉았을 때 행복하다. 도자 작업을 할 때는 오롯이 도자기만 보니 좋다.

어느 날 아내와 함께 이천의 도자 단지를 돌아보았다. 남한 도자기는 그간 상당한 발전을 이루어 형태나 빛 감에서 격조 높은 작품성으로 옛 선조의 예기를 뛰어넘는 도예 작품들을 내놓고 있었다. 그것이 시대적인 경향으로 읽히기는 했으나 조형적으로는 내가 생각하는 우리 고유의 도자 이미지와는 달랐다. 나는 우리 도자기의 조형적인 특징을 곡선이 아닌 직선에서 확인하고 싶었다. 북에서 우서랑과 작업할 때 깨우친 나름의 형상적 확신이었다. 또 틈틈이 옛 기억을 되살려 나름대로 건축물을 스케치하곤 하였다. 내가 만든 도자기 수가 제법 늘어났다. 갤러리에서 전시 의향을 물어오긴 했으나 때가 아니라는 생각으로 거절했다.

우서랑, 장작 타는 소리

우서랑 장인 소식이 궁금했다. 그는 수령의 총애를 받는 만수대 예술단에 입단했다는 소식에 이어 공훈 예술가에 올랐다고 한다. 우서랑의 승승장구 소식은 내가 남미 지역에서 공작 임무를 수행하는 중에 들었다. 시들어가던 나무에 생기가 돋고 꽃이 활짝 피기도 한다. 나를 만나고부터 우서랑이라는 한 인간의 역정이 화려하게 꽃피는 것 같아 기뻤다. 내가 북에 들어가게 되면 꼭 만나볼 생각이었으나 막상 북에 들어가서는 여의치 않았다. 우서랑이 기어이 인민 예술가 반열에 오른 것은 내가 마이애미에서 CIA에 검거되기 직전이었다. 우서랑의 청자 사랑을 떠올리며 아내와 함께 박수를 보냈다. 고려청자를 향한 우서랑의 집념이 나를 불렀고 우서랑은 나를 거름 삼아 고려청자를 빚었으며 끝내 북한 예술인 중 정상에 올랐다. 내가 떠난 뒤로 북한에는 고려청자 재현의 터전이 마련되었을까?

고국으로 돌아온 뒤 수년이 지나서 우서랑 장인의 이상한 소문을 들었다. 일본에서 북한 도자기 전시회가 열린다고 했다. 얼른 가서 우서랑의 근황을 듣고 싶었으나 마침 겹치는 일이 있어서 아내만 보냈다. 비가 추적이는 늦가을 저녁녘, 아내가 우서랑 소식을 가지고 일본에서 돌아왔다. 소롱소롱 물방울이 맺힌 창밖으로 가마가 올려다보이는 거실에서 아내가 이야기를 꺼낸다.

"당신이 떠난 뒤 당에서는 우서랑에게 청자를 대량으로 만들어내라고 독촉이 심했답니다. 고려청자를 대량생산하라니 서랑 선생의 성품상 견뎌

내기 힘든 주문이었겠지요. 도자기가 우서랑의 뜻한 대로 나오지 않으면 독촉이 오든 말든 족족 깨버렸답니다."

"허허! 그럴 사람이지. 그래 잘 지낸대요?"

"아니요! 우서랑이 실종되었답니다."

"무, 무슨 말이오? 아니 언제?"

"우리가 떠난 뒤라니까 오래된 일인가 봐요. 우서랑이 스스로 화구에 들어가 목숨을 끊은 것으로 사건은 종결되었다네요."

"말이 돼? 우서랑이 잘 나가고 있다는 소식만 들려왔잖소!"

나는 고개를 도리질하면서 엉뚱하게 아내에 대고 목소리를 높인다. 수경은 나를 다독이듯 조곤조곤 말을 잇는다.

"평양에서는 우서랑의 도자기 파손하는 모습을 마땅찮게 본 동료가 우서랑을 봉 통에 밀어 넣어버렸다는 말이 돈다고 해요."

"뭐요? 우서랑을 봉 통에 밀어 넣어?"

우서랑에게로 상념이 갈마들면서 그제야 가슴이 철렁한다. 전에 들은 소식과는 너무 달랐다. 머릿속이 복잡해진다. 아내가 내 말을 기다리다 덧붙인다.

"그 동료가 화부 출신이라는데 좀 이상하지요?"

"아니, 화부라고? 그 김련철이?"

우서랑이 청자를 파손할 때 못내 아쉬워하던 김련철, 그 얼굴이 어두운 색깔로 바뀌고 있다. 당에서는 계속 재촉하고 도자기를 파손하기만 하는 우서랑, 당의 명령인데 그대로 두면 자기도 죽을 수밖에 없겠다고 생각했을까? 그래서 우서랑을 제거했다? 김련철이 엉너리를 칠 사람으로 보이지는 않았으나 경쟁자를 제거해야 살아남는 사회이다. 왜 우서랑이 제거의 대상이 되었을까. 생각할수록 가슴이 미어진다.

"그런데 1,200도 불길로 우서랑을 집어삼킨 가마의 청자는 일반에게 공개하지 않는답니다."

소문으로만 치부하려던 나는 수경이 덧붙인 말에 간담이 서늘했다.

"주석궁에 보관하면서 특별한 외빈들에게만 공개한답니다. 사실 여부를 떠나서 그 가마에서는 대단한 청자 작품이 나왔나 봐요."

옛적에 인골을 섞은 흙으로 도자를 빚었다는 말은 들었다. 순간 머릿속이 하얘지며 우서랑의 잔상이 떠오르면서 이명처럼 서랑의 목소리가 들린다.

- 내 몸이라도 태우겠습니다 -

서랑의 쉰 목소리가 머리 위에서 떠나지 않는다. 내 몸이라도 태우겠다는 서랑의 목소리는 몇 번이나 머리 위에서 맴돌더니 차츰 낙숫물 소리에 섞인다. 그때. 환청인가? 타닥타닥 장작 타는 소리가 창을 넘어온다. 그 소리는 내 몸을 일으켜 한 발 두 발 창가로 이끈다. 부윰한 창 너머의 가마 봉 통에서 장작불이 솟구쳐 오르며 주변을 황톳빛으로 밝히고 있다. 봉 통 앞에는 하얀 옷을 입은 화부가 장작을 지피는데 앉음새가 익숙하다. 적송 장작을 감싸 오른 불꽃이 봉 통에서 날름거린다. 그가 몸을 일으키더니 불덩이가 된 가마를 쓰다듬으며 천천히 불 아가리로 향한다.

"안돼! 서랑, 우서랑!"

나는 소스라치며 외마디를 토한다. 서랑이 봉 통에 들면 가마 속 잉걸불을 깨워 더불어 불춤을 추리라. 놀란 아내가 나를 부축했고 서랑은 곡두처럼 사라져버린다.

'우서랑! 내가 남미에서 들은 당신의 소식은 무엇이란 말이오.'

나는 우서랑을 되뇌며 자리에 풀썩 주저앉는다. 서랑과 인연이 끊긴 지 벌써 20년이다. 드로잉 북을 열어 우서랑의 모습을 바라본다.

뜻밖의 문상객

가마터 아래 수경을 위한 가옥을 마련해 주려고 설계도를 그렸다. 파리에서 대학 입학시험 때 설계하여 유럽의 교수들을 놀라게 하였던 '작은 음악당' 모양과 닮은 설계다. 자연 속에 앉힌 가옥은 프로방스풍이지만, 우리나라 수목들과도 잘 어울릴 거라며 수경이 좋아했다. 계단은 건축 미학을 완성하는 중요한 요소이나 무릎이 안 좋은 아내 때문에 계단 없이 현관에서 바로 응접실에 들어서도록 설계했고 주위에는 예쁜 정원을 조성했다. 수경의 손길을 탄 정원에서는 철마다 꽃 잔치가 벌어지는데 5월의 마거릿 꽃 잔치는 오월에 내린 눈이 되어 동산을 하얗게 덮는다.

이 집은 자식들이 남으로 오게 될 날을 염두하고 부부가 벽돌 한 개라도 정성으로 얹어 가족의 보금자리로 태어났다. 어느 날인가 아내는 파리에 둔 '미련'을 화제로 올려 물었다.

"세월이 참 많이 지났지만, 파리에 연락이라도 해보면 어떨까요?"

수경은 그 옛날 파리에 남겨두고 온 세간살이들을 잊지 못하고 있었다. 수경은 그때 챙기지 못한 윤비의 한복을 아쉬워했고, 나도 그곳에 두고 온 수많은 자료가 있었다. 잊지 못할 추억이 깃든 물건들이다. 당시에는 이 모든 것을 다시 찾으리라 생각했다.

"설마 그 집이 아직 그대로 있을까? 언제 날 잡아 파리에 가서 찾아보든지."

"프랑스 대사관에 전화라도 넣어 볼까요? 윤비 옷이 범상치 않으니 혹시 박물관 같은 곳에 보관되어 있을지도 모르잖아요."

일리가 있어 수경의 말대로 대사관을 통하여 자초지종을 알아보았으나 역시 아쉬움만 곱씹어야 했다. 아내는 윤비의 옷을 찾기 위해 박물관까지 수소문하였고 나는 내 열정을 다 쏟은 수많은 스케치와 사진 자료들에 미련이 떠나지 않았으나 가슴에만 담아두어야 했다.

윤비의 옷에 집착하던 무렵부터 아내는 자주 피로를 호소했으며 친구들과의 왕래를 줄이더니 나중에는 하루에도 몇 번씩 자식들 이름만 입에 담았고 몸이 시나브로 야위어갔다. 더 늦기 전에 같이 파리에 가서 퐁네프다리를 걸어볼까 했으나 이젠 수경의 몸이 감당 못 하게 약해졌다.

수경은 새로 지은 집에서 생을 접었다. 고국에 돌아온 지 7년째 되는 해였다. 아내는 아이들을 끝까지 품지 못했으나 숨을 거둘 때는 모두 놓아버리는지 편안하게 내 손을 잡았다. 자식들에게 어미의 죽음을 알리지도 못하고 보내야 하는 처절함이 사무쳤다. 나는 비로소 내 사랑이 떠난 것을 알았다. 나를, 내가 기대어 앉을 의자처럼 챙겨주는 존재가 없음을 알았다. 상실감에 몸을 떨었다. 와인 외에는 아무것도 먹지 않았고 혼자 생을 이어가자니 처가에 부끄러웠다.

겉과 속이 달라야 했던 내게는 상수경밖에 없었다. 수경은 평생의 유일한 친구이자 아내였다. 내 사랑을 잃고 삶을 어찌 이어갈까? 아내의 손길이 닿은 새집에 빈소를 마련하였다.

춥지 않은 초겨울 장례식 날에는 진상미로 동산 기슭에 함박눈이 내렸다. 수경과 처음 만난 파리의 퐁네프다리에서 내렸으면 하던 눈이었다. 하얀 꽃 이파리들이 나비 되어 춤추면서 아내와 보낸 회한의 세월처럼 광하요 터에 소리 없이 내려 쌓였다. 외진 빈소에는 처가와 친척들 외에는 문상객 발길이 뜸해 고즈넉했다.

눈송이를 맞으며 문상객이 왔다. 광하요 새집 정원에 검은 세단이 들어오더니 운전석에서 정장 차림의 운전자가 내려 뒷좌석 문을 열었다. 백발이 성성한 구릿빛 노신사가 차에서 내렸다. 검은 정장에 중절모를 벗어들고 빈소에 선 노신사는 영정사진에 한동안 눈길을 주었고, 노익장의 어깨에는 털어내지 않은 눈송이가 세월 계급장처럼 얹혀 있었다. 동행인 건장한 체구의 운전자도 옆에 섰다.

"참으로 애석합니다. 살아 계실 때 뵙고 싶었는데요."

노신사는 허리를 푹 숙이며 내게 위로의 말을 건넨다. 익숙한 쉰 목소리에 가슴이 선뜻하다.

"오 박사님!"

오영 박사다. 만감이 교차하며 울컥 눈물이 나온다. 우린 맞잡은 손을 풀고 서로를 힘껏 안았다. 그때 옆에 선 젊은이가 조용히 읊조린다.

"저도 사모님을 꼭 남한에서 뵙고 싶었는데요. 애통하시겠습니다. 선생님."

"아니 이 누구요? 이기택 요원이 맞소?"

"한 선생님 덕분에 이렇게 이 자리까지 올 수 있었습니다."

"정말 반갑소. 잘했어요! 기택 동지."

옆 사람은 파라과이 우림을 함께 이겨낸 이기택 요원이었다. 깔끔한 정장에 연한 갈색 안경을 쓰고 있어서 얼른 알아보지 못했다. 그의 귀국은 상상도 못 했다. 그리고 한 선생이라니, 모처럼 듣는 호칭이다. 오영 박사는 기어이 한 사람을 전향시켜 고국에 데려왔다. 이기택은 누구보다도 반갑다. 나는 그를 덥석 안았다. 미국과 파라과이 정부의 합동작전으로 국제 마약 밀매 조직을 소탕하였고 오영 박사는 파라과이에서 한국으로 송환되었다. 국제법상으로는 파라과이에서 중죄인으로 처벌받아야 할 사람이 북한도 아니고 고국으로 송환된 것이다. 오영 박사에게는 항상 미스터리한 일들이 따랐고 이번 일도 그리 해석할 수밖에 없었다.

오 박사는 귀국하자마자 마약 밀매 조직에 연루된 혐의로 수감되었는데 신문에는 여유롭게 웃으며 손을 흔드는 모습이 실렸다. 오영 박사 자신이 예언한 그대로 '기꺼운 표정'이었다. 오 박사는 자신의 말을 현실로 만들었다. 이기택 요원까지도. 다만 오영 박사가 말했던 미션, 자식들이 어찌 되었는지 궁금했지만 오 박사도 우리 사회에 적응하기 위한 시간을 가져야 해서 그동안 만날 수 없었다.

오영 박사는 자기 미션을 달성했을까? 오 박사는 나와 비슷한 여정을 걸었음에도 사뭇 다른 삶을 살았다. 파리에서 동백림사건으로 부부가 북한으로 들어갔고 평양에서는 세뇌 교육을 함께 받았다. 나는 아르헨티나로 오 박사는 콜롬비아로 공작을 나서 둘의 운명이 엮이기 전까지는 같이 남미 대륙에 있다는 사실조차 몰랐다. 내가 위기에 처했을 때 나를 구해준, 누구보다도 반가운 선배다.

두 사람과 마주 앉는다. 오 박사가 새삼스레 주위를 둘러본다. 사주 경계는 오 박사에게도 체질이 되어버린 듯 보였지만, 보기 드문 집의 구조를 눈여겨 살피고 있다.

"두 분, 고맙습니다. 눈길에, 먼 길에 어려운 걸음을 하셨습니다."

"우리 조 회장님, 집을 잘 지으셨네요! 이런 좋은 집 놔두고 가버리시다니요! 사모께 지병이 있으셨나요?"

"한 달 전쯤 심근경색 진단을 받았습니다."

"아직은 세월이 많이 남았는데, 좋은 시절 좀 더 보시지 않고 고인이 되셨습니다. 안타깝습니다. 어떻게…. 평양 자식들에게는 소식이 갔습니까?"

"아니요."

"괜한 말을 꺼냈군요!"

오 박사는 아내가 자식들을 품지 못하고 떠나간 것에 마음이 쓰이는 모양이다.

"고국에서 사는 세월이 짧기는 했습니다만 아내의 임종은 편안했습니다. 이 사람을 먼저 보내는 내가 박복한 사람이지요."

"잘 추스르십시오. 아직은 하실 일이 남아 있지 않습니까?"

"고맙습니다. 박사님은 언제 나오셨습니까?"

"며칠 되었소이다. 보석으로요."

"잘됐습니다. 언론에서 알려주지 않아 몰랐습니다. 사모님께서는 안녕하시지요?"

"얼마 전까지만 해도 많이 불편했지요. 요즘은 좀 나아졌어요. 웬만하면 같이 오려 했는데 말이지요. 조 회장님이 고국에서 작업한 작품도 볼 겸 말이에요."

"다행입니다. 날 잡아 한 번 뵙겠습니다."

옆자리의 이기택 요원을 자세히 보니 전보다는 신수가 좋다. 얼굴색부터 달라진 기택에게서 북쪽의 허접스러움은 찾아볼 수 없다.

"기택 선생은 남쪽 생활에 적응이 잘 되던가요?"

반듯한 차림에 다소곳한 모습, 영정 속에서 아내가 무척 반길 젊은이인데 아쉽다. 영정 사진 속 수경의 표정이 살아나는 것 같다.

"박사님께서 많은 도움을 주고 계십니다. 두 분 신세를 언젠가는 갚고 싶습니다."

"신세라니요! 잘 오셨습니다. 참. 윤기중 요원은 어떻게 되었나요?"

두 사람이 서로 눈빛을 교환하더니 오 박사가 말을 받는데 목소리를 한 톤 낮춘다. 조문객 중에 혹 있을지 모르는 어떤 그림자를 의식하는 것일 게다.

"기중은 북으로 소환되었습니다만, 북한에서 나름으로는 나를 돕고 있습니다만."

오 박사가 알 듯 모를 듯 미소 짓는다. 윤기중 요원이 돕는 일이라는 게 혹시 오 박사의 미션과 관련되어 있을까? 지금 오 박사의 미션이 진행 중인가? 오 박사의 미션은 성공했을 것이다. 확인 삼아 에둘러 물으려니 이기택이 먼저 나선다.

"윤기중 요원은 남한 행을 원치 않았습니다. 하지만 그는 북에 들어가서도 박사님 일을 돕고 있습니다."

오 박사가 기택의 말을 자른다.

"조 회장께서 눈치를 채셨는지는 모르나 윤기중은 애초부터 조영우 회장을 감시하는 임무를 가지고 온 사람이었소. 조 회장이 퀘벡에 계실 때 북에서 급히 소환 명령이 떨어진 것은 윤기중 요원의 보고에 따른 중앙당의 조치였소이다. 나로서도 조 회장이 방랑을 그만 끝내고 서울에서 예술 활동을 해야 옳다고 생각했지요. 윤기중은 평양에서도 내 일만은 착실하게 감당해주고 있습니다. 이젠 내가 윤기중의 신세를 지고 있지요."

두 사람을 전향시키는 일은 쉽지 않았을 것이다. 이기택은 남미에서 처음 맞을 때의 감이 틀리지 않았다. 그러나 세뇌되어 로봇 인간이 된 이기택을 자기 사람으로 만든 오영 박사의 능력이 놀랍다.

보은의 표시

"제가 고국으로 오게 된 것 또한 오 박사님 큰 그림이었군요!"
"나는 윤기중 요원에게 나의 바람을 전했을 뿐이요. 결국은 날짜를 특정하여 내게 알렸지요. 그러나 윤기중은 조 회장의 사상 검증이 필요하다는 보고서를 이미 북에 보냈고, 당에서 소환을 결정했지요. 사전에 이를 탐지한 미국 측에서 선수를 쳐 조영우 회장 부부를 검거했고, 결과적으로 조 회장이 남한행을 하게 되었지만 말이오. 허허허."
"박사님은 저를 끝까지 책임지셨습니다. 고맙습니다."
"아니, 아닙니다. 윤기중은 남한행을 절대 고사했고 그 문제가 불거지면서 기택 동무와도 대립이 심각했어요. 요원들은 북에 가족이 있지만, 이 사람 이기택에 비하여 윤기중은 애초에 사상 전환이 불가능한 인물이었습니다. 당 입장에서는 나와 윤기중을 통한 달라 확보 채널이 중요하여 그의 존재를 중요한 포스트로 여기는 겁니다."
"기택 선생만 이산가족이 되었군요! 박사님은 정말 대단하십니다!"
두 사람을 철저하게 분리 관리했어도 윤기중은 이기택에게 일어나는 심리적인 동요를 눈치채고 반동분자가 되겠느냐며 사상 전환을 끝까지 방해했다고 한다. 두 사람의 사상논쟁에 박사는 중재자였고. 윤기중은 북으로 송환되어서도 박사를 돕겠다고 약속을 했는데 조 회장의 변절은 끝까지 용인할 수 없다고 했다. 윤기중의 예를 보아서도 이기택은 어려운 결단을 했을 것이다. 오 박사가 대단하다.

"기택 선생, 용기 있는 선택을 하셨네요!"

"윤기중 동무의 선택도 존중합니다. 나는 박사님을 통하여 자유의 가치를 체험했고 마음이 움직였습니다. 박사님은 자유 대한민국을 행동으로 보여주셨습니다."

오 박사는 손사래를 치면서 영정사진으로 고개를 돌린다.

"참, 우리 사모님께서는 남미에 계실 때 천사 같은 일을 하셨던 것으로 압니다. 파라과이에는 사모님을 어머니로 모시는 인물이 있습니다. 이름이 아옌데라고 하는 과라니족 사업가인데 사모님 덕분에 사업 기반을 잡았고, 성공하여 과라니족 문맹 퇴치 사업에 헌신하고 있답니다. 아옌데는 나의 거처에 찾아와 사모님께 은혜 입은 사실을 전해주었습니다. 누군지 기억하시지요?"

이 말을 듣지 못하는 수경이 안타깝다. 아옌데는 수경의 현지인 아들과 같다. 아들을 북에 둔 수경이 아들 대신 챙겼던 현지 젊은이가 결실로 돌아왔다. 장례에 오지 못한 북의 자식들을 대신하여 남미의 아들에게서 소식이 온 것이다.

"그럼요! 착한 청년이었습니다. 심성이 곱더니 선행을 베푸네요."

"아옌데가 사모님께 전해달라는 사진입니다."

오 박사는 가방에서 조그마한 사진 액자를 꺼내어 영정사진 옆에 세운다. 과라니족 아이들을 모아놓고 글을 가르치는 아옌데의 모습이다. 사진 밑에는 '선생님, 사모님, 사랑합니다. 두 분께 받은 사랑을 제가 이곳에서 사랑의 실천으로 보답하겠습니다.' 라는 메시지와 아옌데의 사인이 있다.

"귀한 선물입니다. 아옌데의 성공에 고인도 위로를 받을 겁니다. 자식이 어머니 장례식에 온 격입니다."

수경이 영정사진 속에서 아옌데를 굽어보는 듯하다.

"박사님 따님들은 지금 어디에 있습니까?"

윤기중이 북한에 들어가서 오 박사를 돕는 일이란 무얼까? 오 박사 필생의 미션. 수경이 잊을 만하면 물었던, 이제는 내가 더 궁금한 일이다. 오 박사가 내 손을 덥석 잡는다. 손에 힘이 들었다. 이기택의 입가에도 알쏭달쏭한 미소가 흐른다.

"내 딸들, 딸들이 드디어 일을 당했소이다! 애들 시신은 무사히 거둬갔습니다."

깜짝 놀랐다. 일이 잘 못 되었구나! 묻지 말아야 했을까? 그러나 오 박사의 말과 표정은 나와 엇갈린다. 오 박사는 여유만만하다.

"무얼 그리 놀라십니까? 조 회장님!"

"어떻게…. 그럼 잘 되었습니까?"

"이보시오, 조 회장님. 필사즉생이라는 말이 있어요. 죽어야 살아 돌아온다는 말이지요. 허허허!"

"예?"

시신이라도 남쪽에 데려오겠다는 말의 복선을 그려본다. 그렇다면 오 박사가 마침내 미션을 해냈다는 뜻이다. 윤기중이 북에서 마지막 퍼즐을 수행했을까?

"아! 박사님 대단하십니다. 어떻게 그 일이 가능했습니까?"

"나는 반동분자가 되었고, 반동분자 자식들 또한 반동으로 몰려 처형당했습니다. 처형장에서 병사들은 내 두 딸에게 총을 쐈습니다. 그들은 그들의 일을 했고, 총에는 모두 공포탄만 장전되어 있었던 거지요. 저들은 저들의 방식대로 일을 처리한 겁니다. 나는 다만 자식들 시신이 든 관만 챙겼고요. 허허허."

"비슷한 상상은 했습니다만, 어떻게 그게 가능했습니까?"

"상식적으로는 불가능한 일이지요. 북한이라는 사회가 상식으로 통하지 않는 나라라 가능했습니다. 그림자가 없는 사람은 그런 일에도 그림자를 남기면 안 됩니다. 나의 미션도 상식을 벗어나 성사될 수 있었습니다."

"하지만 관을 거둬가셨다고 해서요."

"북에서 관이 내게로 왔습니다. 상식적인 장치입니다. 공작이 그렇지 않습니까? 오른쪽을 건드리는 것은 왼쪽을 공략한다는 의미지요. 그게 답입니다. 허허."

"아하! 요소요소에 달러가 약이 되었겠군요!"

"그래요. 동해안에서 거둬간 두 개의 관은 내 딸들의 그림자입니다. 아내는 딸들을 맞으러 북경에 마중 나갔고 나는 관을 수거, 그림자를 접수하는 역할을 했습니다. 나는 평양에서 마음에 새긴 미션을 달성했습니다. 다만 북한이 제거한 인물은 오영과 오영의 딸들이 아닙니다. 당에서 내게 내린 새 이름의 공작원 가족일 뿐입니다. 내게는 아무런 의미가 없는 이름이지요."

"북이 챙긴 것은 오로지 달러였군요?"

"맞아요! 저들은 자기들이 만든 허상의 존재를 거둬들이면서 대신 달러를 챙긴 겁니다. 달러 병에 걸린 북한에는 달러의 처방만이 필요했습니다."
"그런데 저에게는 아직 그 허상의 잔재가 북에 남겨진 꼴이고요!"
박사의 딸들은 북에서 결혼을 안 했다고 한다. 좋은 상대가 나타나 고비도 있었지만, 박사의 의지를 아는 녀석들이 참아주었다고. 통일되기 전까지는 이렇게라도 이산의 고리를 끊어야 했다면서 이제 자기는 선친의 업보를 감당하기 위한 사업을 시작할 생각이라고 했다. 남미 우림에서 오영 박사의 목소리는 추상같은 울림을 주었다. 불가능한 미션을 달성한 오 박사는 부친이 남긴 영욕의 흔적을 다시 거론한다. 그의 능력과 여유가 부럽기만 하다. 오 박사는 이산가족의 사슬을 끊었고 나는 그 사슬을 못 끊었다. 북한에서 죽은 박사의 딸들은 남한에 돌아와 부활한 것이다. 나는 오 박사가 부러웠고 고인이 된 수경에게는 면목이 없어졌다.
"어떤 사업을 구상하고 계십니까?"
오 박사가 내게 보내는 시선이 강렬하다.
"내가 지금 정상으로 보이지요? 내 몸에는 두 종류의 피가 흐르고 있어요. 괴물인 거지요! 일본 제국주의가 물러나면서 만들어 놓은 괴물, 수구와 진보의 피가 같이 흐르는 사람이 어디 나 한 사람뿐이겠습니까? 수많은 사람이 이 갈등의 희생자가 되어 갈라진 땅덩어리에서 가슴을 태우고 살아가고 있을 겁니다."
"무슨 말씀이신지요?"

배신의 흔적

"나는 선친이 물려준 트라우마에서 벗어나지 못하고 있는 사람이오."
"예?"
"들어보시오. 일제 강점기 때는 독립군에게 총부리를 겨누어 조국을 배신했고, 한국전쟁이 나니 다시 인민군에게 총부리를 겨누어 조국을 구한 인물! 오장천 장군, 아시지요? 그분이 나의 선친이오."
의외다. 조국을 향해 배신과 구원이라는 상반된 행위를 했다니! 나는 오장천 장군이 6.25 전쟁에 큰 공을 세운 분으로만 알고 있었다. 오 박사가 시선을 천정으로 올리며 말을 잇는다.
"내 부친은 간도 특설대 소속 지휘관이었소! 부친은 독립투사들 소탕에 앞장선 민족 배신자였소. 간도 지방에서 독립군에게 가장 잔악한 일본군 부대가 일본인들도 아니고 우리 조선인으로만 구성된 간도 특설대였소. 지금 생각하면 이런 부대가 존재했다는 역사적 사실이 믿기 어려울 정도요. 세계 어느 민족에게 이런 치욕적인 역사가 있겠소? 그 부대의 지휘관 중에는 당연히 조선인이 있었소. 조선 사람들이 조선 독립군에게 가장 잔인했다는 사실을 어떻게 받아들여야 할지 모르겠소."
"……!"
"그런 부친에게 맑은 하늘에서 벼락 떨어지는 일이 생겼지요. 천황이 무릎을 꿇고 조선이 해방되었소. 우리 민족에게는 광명이 찾아왔으나 나의 선친에게 '해방'은 천지개벽이었고, 자신의 정체성을 무너뜨리는 쓰나미였을 것이오. 어쩌겠소? 일본인들을 따라 바다를 건넌들 저들이 반겨 맞기나 하겠소?"

"오! 세상에."

"아버님에게 할복 외에는 방법이 없었을 것이오. 그런데 자괴감에 빠져 허우적대는 부친을 쓰나미 파도에서 건져 올린 인물이 있었소. 일제가 물러나자 상해 임시정부는 조선을 관리할 모든 준비를 마치고 귀국하려 했으나 시대는 이승만 정권을 탄생시켰소. 미국에서 돌아온 이승만이 나라를 추스르기 위해서는 관리 경험이 있는, 하다못해 일제에 부역한 사람들이라도 써야 했지요. 부대 지휘 경험을 갖고 국군에 합류한 부친은 한국전쟁이 발발하자 이번에는 전쟁에서 조국을 구한 영웅이 되었소. 이런 예가 어찌 나의 선친에게만 있었겠소? 선친은 전쟁통에 돌아가셨지만, 내게는 독립군에게 총을 겨눈 배신자의 유전자와 조국을 구한 영웅의 유전자가 같이 있소. 내가 어찌해야 하겠소?"

오 박사는 명치를 짚으며 잠시 호흡을 가다듬는다. 시대 상황에 맞게 처신한 사람들이 그 시대가 바뀌면 죄인이 되는 구조, 우리에게는 그런 시대가 있었고 그 후유증이 지금도 갈등의 씨앗으로 엄존하고 있다.

"북한은 나의 이런 배경을 이미 알고 있었소. 그러니 북한으로서는 절대로 받아들일 수 없는 인물이 나였을 것이오. 나의 북한행이 가능했던 이유는 핵물리학자 노재호를 월북시키기 위하여 던진 그물에 같이 걸려들었기 때문이오. 북한이 나를 남미의 마약 소굴에 달러벌이를 위한 총알받이로 보낸 이유가 그것이고. 달러벌이의 초석을 놓은 뒤에는 내가 남미에서 마약 카르텔에 의해 제거되리라는 계산을 했을 것이오. 북한은 치가 떨리게 잔인한 행로에 나를 내몰았지만, 보시오! 나는 이곳에서 내 길을 찾았소."

 제주4·3사건을 근거리에서 겪으며 일본으로 탈출해야 했던 일이 오버랩한다. 우리가 민족 내부에서 화해해야 할 일들이 얼마나 많은가! 이 화해를 전제로 나라가 바로 설 것이다. 오 박사가 말하는 미션의 그림이 그려진다.

"아! 오 박사님을 이해하겠습니다."

 고개를 숙인 오 박사의 낯빛이 붉다. 박사의 말이 빨라진다.

"나는 내 조국에서 부친의 공과를 상쇄하여야 할 운명을 타고났소. 하지만 나는 남과 북에서 내쳐진 인물이오. 그렇다고 내가 조국을 버리겠소? 바람이 세차게 불어 나뭇잎을 털어내지만, 나무는 나목이 되어도 겨울을 이겨 끝내 새 이파리를 틔울 것이오. 남쪽이나 북쪽이나 위정자들은 겨울바람에 떨어져 나가는 이파리에 불과하오. 나는 내 조국에서 기어이 새로운 이파리를 틔워 부친 이마에 새겨진 배신의 흔적을 지울 작정이오."

 오 박사가 말을 마치고 돌아서는데 남미 우림에서 보았던 검은 머리 끈이 펄럭이는 듯하다. 나는 오 박사에게 마음으로 응원을 보냈다. 오 박사는 다시 마초의 얼굴이 되어 결의가 가득하다. 사람은 누구나 제 운명을 타고난다지만, 오 박사는 부친에게서 자신의 운명을 부여받은 사람으로 보인다.

"박사님을 이해하겠습니다. 하지만 박사님 부친이 일제 강점기에 행한 민족적 배신은 6.25 전쟁에 큰 공을 세운 것으로 상쇄한 게 아닙니까?"

"아니요, 그렇지 않소! 공은 세월 바람에 쉬 지워지나 과의 상처를 메우려면 몇 배의 공력이 필요하오."

오영 박사의 생각을 알겠다. 오 박사 부친의 일은 난세가 만들어 낸 그늘진 운명의 조각이다. 일제를 벗어나면서 얼마나 많은 사람이 이런 운명의 얼개에 갇혀 몸부림치고 있을까! 일제에 복역했던 부역자들은 전쟁 이후에도 기득권 세력으로 부를 축적하며 독립운동에 희생된 후손들과 대척하면서 수구적 보수를 자처하고 있다. 그러나 역사는 스스로 정화작용을 한다. 우리 역사는 보수와 진보가 자리바꿈을 거듭하면서 상처를 서로 보듬어 치유하여야 할 것이다.

"괴물로 살아온 나이지만 할 일이 있어요. 난 준비가 끝났어요. 쉬운 것부터 시작할 겁니다. 말하자면 거대한 용광로를 만들 것이오. 보수와 진보의 갈등, 남과 북의 이념 갈등까지를 하나로 녹여내는 큰 그릇 말이오."

"박사님답습니다! 박사님께서는 이 민족을 위한 하늘 명령을 소명으로 받으셨습니다."

"용강로는 반도의 일꾼들에게 황금갑옷을 입혀 줄 것입니다. 모든 일에서, 모든 행함에서 부족함이 없는!"

"황금갑옷, 그 옷 입은 일꾼들이 보이는 듯합니다."

잡은 내 손에 힘을 주는 노익장의 얼굴에 만만한 미소가 그려진다. 그가 앞으로 펼칠 사업은 꼭 성공할 것이다. 오 박사는 상상력을 자산으로 자신의 미션을 해냈다. 그의 상상은 현실이 된다. 아내가 이 말을 듣고 있을까? 뒤를 돌아보니 수경이 영정사진 속에서 오영 박사의 미소를 품어 들이는 듯했다.

리턴 Return

아내를 보낸 뒤 나는 매일 저녁 홀로 와인을 마신다. 그나마 와인이 수경의 빈자리를 채워주고 술기운이 나를 재운다. 늘 쫓기는 꿈만 꾸었다. 무엇인가에 쫓겨 달음질치다 잠을 깨면 새벽 한 시고 두 시고 작업실에 가 도자기를 빚는다. 지쳐서 드러누울 때까지. 도자기 만듦은 내 비밀스러운 공작의 연장 선상에 나를 올려놓았다. 도자기를 성형해가면 마치 나의 분신을 빚는 마음이다. 성형물은 여러 형태로 변형될 때마다 내게 말을 걸어주곤 한다. 곡선은 무수한 직선으로 성형되었으며 나는 곡면을 성형했으나 성형물은 평면으로 유도되면서 나의 공감을 끌어낸다. 북에서 도자기를 빚을 때 우리 민족의 선이 곡선이라는 생각을 접었던 기억이 났다. 곡선은 직선이 철저히 긴장할 때 만들어지는 직선의 왜곡이 아닌가,

우서랑, 그와 함께 지폈던 장작을 지금은 홀로 태우며 속마음을 도기에 담아 간다. 오로지 도자기 외에 내가 이룬 예술적 성취는 없었다. 세계에서 가장 멋진 건축물을 세우는 것은 내가 수경에 새겨준 꿈이었다. 그 꿈은 꿈속으로 사라졌다. 젊은 날 수경에게 한 약속들, 수경의 꿈을 하나도 안겨 주지 못했다. 그러나 수경은 숨을 다하는 시간에도 원망의 말 한마디가 없었다.

젊은 날 나를 취하게 했던 예술의 거리를 추억하며 파리 생각에 젖곤 한다. 그럴 때마다 울컥울컥 회한이 몰려온다. 그 뒤로 많은 세월, 파리는 생채기로 쌓여 여전히 가슴을 저미게 한다. 너덜너덜 세월 흔적을 드러내는

드로잉 북을 열려다 덮어버린다. 이제 이 말을 할 때가 되었다.
 '굿바이 파리!'

*

　한국 매스컴에 '북한 공작원이던 도예가 조영우 실종'이 보도된 것은 지난 12월 4일이다. 진상미로의 도자 연구소 연구원인 박현오 교수가 최초로 그의 빈자리를 확인하였고, 조영우의 동생이 실종신고를 했다. 실종 5일째 되는 날 경찰은 출입국관리사무소에서 조영우의 출국 사실을 확인했는데 목적지가 파리 샤를 드골 공항이었다. 편도 항공편이라 귀국할 날짜를 특정하지 않은 출국이었다. 조영우는 파리 중심가에 있는 르 그랑 호텔 502호실에서 하루를 묵은 뒤 체크아웃한 것으로 확인되었다. 파리의 한국대사관에서 조영우의 이후 행적을 수소문했으나 그를 목격한 교포는 어디에도 없었다.
　한국과 파리 경찰이 공조 수사에 나섰다. 조영우는 나이가 80대 중반을 넘어섰다. 혼자 파리에 와서 행적이 묘연해졌다. 그의 잠적을 놓고 한국과 프랑스의 원로 예술인들 사이에 설왕설래가 많았다. 하지만 파리의 한국 교포 중 조영우와 접촉한 사람은 끝내 나타나지 않았다.
　12월의 파리 날씨는 잿빛이어서 연말 시즌임에도 거리가 우중충했다. 파리 유학생으로부터 주불 한국대사관에 제보가 들어왔다. 22살의 에꼴 드 보자르 대학 서미안이라는 여학생이었다.
　서미안은 눈 감고 생각에 잠기다 입가에 알 수 없는 미소를 짓는다.
　"베이지색 바바리코트 깃을 세우고 추레해 보이는 노 교민이 대학 교정에 나타났습니다. 은퇴한 교수님 같았던 그분은 회한에 젖은 듯 교정을 둘러보고 있었습니다. 내가 발걸음을 맞추며 다가가자 자기는 졸업을 못 했으나 이 대학 선배라고 했습니다. 나의 전공을 물어온 선배는 들려주고 싶은 이야기가 있다고 했습니다. 그를 따라 시태 섬의 레스토랑에 가서 보졸로 누보를 마셨고 노 선배는 호기롭게 와인 잔을 기울였는데 취하지는 않았습니다. 그에게서 안타까운 이야기를 들었습니다. 도쿄에서 시작한 그의 기나긴 여정은 서울과 파리, 피렌체, 베를린, 모스크바로 이어졌고, 평양에서 시작한 새로운 여정은 남미 여러 나라로, 북미로, 고국에 귀국한 다음 다시 파리로 돌아옵니다. 한 인간의 예술을 향한, 가족을 위한 곡진한 여정이었습니다.

이야기를 마치고 때마침 함박눈이 내리기 시작하자 선배는 기다렸다는 듯 두 손으로 눈발을 받으며 자리에서 일어났습니다. 제가 호텔까지 바래다 드리겠다고 했으나 한사코 괜찮다며 퐁네프다리로 향했습니다. 뒤뚱거리는 모습이 힘들어 보였지만 혼자 좀 걷고 싶다고 하시더군요. 선배님은 퐁네프다리를 향하기 전 '얼마나 돌아오고 싶었던 파리인가!' 라고 몇 번이나 중얼거렸습니다. 바람이 일었습니다. 함박눈이 사선으로 빗겨 내리는 날 저문 퐁네프다리가 그를 품어 들였습니다. 노 선배는 슬픈 거인의 뒷모습을 남기며 눈발 속으로 사라져갔습니다."

서미안은 말을 마치며 퐁네프다리에 하염없이 비껴 내리는 눈발에서 시선을 거두지 못한다. 그 뒤 조영우를 만난 사람은 나타나지 않았다. 〈끝〉

GOODBYE PARIS GOODBYE PARIS GOODBYE PARIS GOODBYE PARIS

발문

닫음 글

발문

역사추리소설 『굿바이 파리』
소설의 자율성과 주제가치

우한용 / 禹漢鎔, 소설가, 서울대학교 명예교수

  소설가 박종규의 장편소설 『굿바이 파리』를 원고 상태로 읽었다. 장편소설을 이렇게 몰두해서 읽은 것은 오랜만에 맛보는 소설독서의 묘미였다. 역사와 허구적 상상력이 녹아들어 빚어진 소설이다. 소설의 허구성과 사실성을 가능성 측면에서 생각하던 나로서는 반가움이 앞섰다. 박종규의 소설을 읽는 일은 나 자신의 소설에 대한 반성을 촉구하기도 한다.
  이 글을 읽을 독자에게 부탁이 있다. 이 글을 읽기 전에 소설 『굿바이 파리』를 먼저 읽어 달라는 간절한 당부다. 소설의 예술적 자율성 때문이다. 소설은 예술성까지는 몰라도 어느 정도 '자율성'을 지닌 언어작품이다. 자율성은 소설의 생명력이다. 소설은 몸으로 쓴 작품이다. 소설의 독서 또한 작품과 몸으로 대결하는 과정이다. 몸으로 대결한다는 것은 구체적인 교감, 혼신의 투구를 뜻한다. 설렁설렁 페이지 훌훌 넘기면서 읽은 소설은 읽었다는 기억 말고는 남는 게 없다.
  아무튼 작품을 소문 가운데 두는 것은 게으름 탓이다. 해설, 평설, 비평 따위는 소설 본문에 대한 소문이다. 사랑에 대한 이론은 사랑을 소문 가운데 몰아넣는다. 진짜 사랑은 몸으로 부딪쳐야 한다. 소설에 대한 사랑은 소설을 몸으로 읽는 데서 출발한다. 『굿바이 파리』는 작품을 몸으로 읽는 독자에게 후회를 안기지 않을 것이다. (내 말을 알아듣는 독자는 여기까지만 읽고 곧장 작품으로 다가가길 바란다.)
  박종규의 『굿바이 파리』는 작가가 머리말에서 밝히고 있듯이 '팩션'이다. 팩션이란 실제 사실 혹은 역사를 뼈대로 해서 허구적 상상력을 동원하여 텍스트의 완결성을 추구한 소설이다. 이런 큰 원칙으로 본다면 모든 역사소설은 팩션이다. 이 소설은 역사소설이면서 허구성이 두드러진다. 역사와 허구성은 그 관계가 불편하다. 역사는 사실과 해석의 결과물이다. '사육신'이란 팩트를 규정하기는 매우 어렵다. 해석의 변화에 따라 팩트 자체가 변화를 입을 수밖에 없기 때문이다.

수양대군이 조카 단종을 귀양보내고 자신이 왕좌에 올랐다. 신하들이 잘못된 행동이라고 비판했다. 권력을 잡은 세조는 그들을 잡아다가 목을 잘랐다. 세조가 왕이 되어 얼마간 시간이 지나고 생각해 보니 국가의 왕통을 위해 옳은 이야기를 한 신하들이었다. 그래서 그들을 죄에서 풀어준다. 역모 죄인이 충신으로 전환되는 장면이다. 이런 사태를 두고 무엇을 팩트라고 할 것인가? 실제 있었던 일은 조선의 신하 여섯이 처형되었다는 것뿐이다. 역사소설을 이야기할 때 사실로 다루어야 하는 것은 거기까지이다. 그러니까 해석을 입지 않은 '사실事實'이라야 역사소설에서 다룰 수 있는 '사실史實'이다. 이 사실은 소설가가 발명할 수 없는 영역이다. 소설가는 이러한 사실에다가 허구적 상상을 동원하여 사실의 의미를 풍부하게 한다.

박종규의 『굿바이 파리』에서 다루고 있는 사실은 '동백림사건'이다. 이는 1967년 7월, 중앙정보부에서 발표한 간첩단 사건을 말한다. 당시 중정의 주장에 따르면 한국에서 독일, 프랑스로 건너간 194명의 유학생과 교민 등이 동베를린의 북한대사관에 드나들고, 평양에 가서 간첩 교육을 받으며 대남 적화 활동을 했다는 것이다. 중정은 간첩으로 지목한 교민과 유학생을 서독에서 납치해 한국으로 강제 소환하여 입건하고 재판에 회부했다. 이 사건에 여러 가지로 연루되었던 인사 가운데 작곡가 윤이상, 화가 이응노, 시인 천상병 등을 독자들은 기억할 것이다. 기억하다는 것은 두려운 일이다.

사람들은 자신이 포함된 현실, 사건, 사태에 관심을 가지게 마련이다. 내가 겪었던 일, 그것은 내 삶의 내용이다. 그런 일들은 삶의 방향을 틀어놓기도 한다. 그 방향이 뒤틀렸을 때, 한 인간의 삶은 왜곡되고 무의미하게 끝장이 나기도 한다. 역사가들은 이러한 사건에서 주역을 찾는다. 소설가는 그 사건에 연루되었으나 표면에 드러나지 않은 이면을 추구한다. 『굿바이 파리』는 말하자면 동백림사건의 허구적 재구성물이다.

  동백림사건이 있을 당시 프랑스 파리에 유학하던 젊은이가 있었다. 한국으로 가면 어떤 처벌을 받을지 알기 때문에 북한을 택해 가게 된다. 북에서 결혼하고 아들 둘을 두기도 한다. 그리고 북한에서 김일성에게 고려청자를 재현해서 선물함으로써 예술적 의지를 발휘하기도 한다. 이후 남미에 공작원이 되어 파견되어 공작 활동을 하게 된다. 공작 활동을 하는 중에 파리 시절에 만났던 인사와 다시 접촉하게 된다. 복잡한 국제관계 속에서 북한을 드나들며 활동하다가 남한으로 강제로 송환된다. 의도된 위장 송환이다. 생애의 많은 부분을 정리하면서도 전향선언은 끝내 거부한다. 비전향 장기수로 방면된 주인공은 남한에서 도자기 사업을 하면서, 평생 소원이었던 예술 활동(도예)에 몰두한다.

  위처럼 요약될 수 있는 생애는 몇 가지 화두를 불러낸다. 첫째, 소설 양식의 문제이다. 이 소설은 성격이 다양하다. 동백림사건을 소재로 하고 있다는 점에서는 역사소설이다. 주인공에 대한 추적과 도피를 바탕으로 사건이 전개된다는 점에서는 추리소설이다. 양식론적 명칭을 부여하자면 '역사추리소설 historical detective novel'이라 할 수 있다. 역사의 추적은 기본적으로 추리적 성격을 지닌다. 이러한 양식은 이중적 의미를 지닌다. 하나는 역사적 사건의 전말을 밝힌다는 것. 그것은 인간의 호기심을 촉발하고 충족시키는 역할을 한다는 점에서 서사 욕망의 본질에 닿아 있다. 또한 추리는 '진실'을 찾아간다는 뜻이기도 하다. 북한 체제를 선택했을 때, 그 결과에 대한 독자의 호기심은 역사적 평가와 연관된다. 지속되는 고난 가운데도 인간적 위의를 잃지 않는 주인공의 삶에 공감하는 것은 역사적 통념을 넘어선다.

　소설 양식의 이러한 의미 연관은 독자 자신이 소설에 전개되는 맥락 가운데 있다는 실감을 불러온다. 내가 이 시대 역사의 주인이라는 역사 감각을 환기한다. '동백림사건'은 필자가 대학에 입학하기 바로 전 해에 벌어진 일이었다. 거기 연관되었던 인사들 가운데는 아직 살아 있는 이도 있고, 유명을 달리한 분도 있다. 살아 있다면 내 나이 늙은이가 되었을 거라는 생각, 내가 그 사건에 연관되었다면, 나는 어디서 무얼 하며 살고 있을까 하는 자성을 촉구한다. 나의 자손에 해당하는 세대에서는 그들 부모들 이야기로 읽을 수 있을 것이다. 우리 부모가 현대사의 주인공이라는 생각을 환기함직하다. 이는 독자가 소설에 부여하는 의미이다.

　작가는 북한 인사는 실명을 썼고, 남한 인사로 추정되는 인물은 가명을 썼다고 밝히고 있다. 『굿바이 파리』 주인공은 철학자와 예술가의 성격을 동시에 지니고 있다. 유럽과 한국과 북한을 오가면서 전개하는 인간과 역사, 정치, 체제 등에 대한 사유는 일상인이 철학에 다가가는 모습이다. '동백림사건'에 직접 관여했던 역사적 인물을 상정한다면, 나의 경우 헤겔 철학을 전공한 '임석진' 박사를 떠올리게 된다. 예술가로서는 이응노를 거명하게 되기도 한다. 고국에 돌아오지 않고 아예 프랑스에 귀화한 박병선 박사를 하나의 모델로 생각할 수도 있을 것이다. 여기서 우리는 소설과 역사를 동시에 대면하게 된다.

　소설 읽기에서는 호기심이 먼저고 의미는 뒤에 온다. 현상이 먼저고 해석은 뒤따른다. 이 소설은 재미가 있어서 잡념 없이 읽게 된다. 남북한을 동시에 체험한 인물의 이야기… 남한에 살면서 북한을 샅샅이 알기는 쉽지 않다. 탈북민들 이야기를 통해 북한을 아는 정도이다. 그런 제한된 경험을 이 소설은 보완해준다. 어떤 인물의 이야기를 구체적으로 체험하게 하는 데는 작중인물이 걸은 길과 그가 경험한 풍경에 주목할 필요가 있다. 주인공의 행적을 따라 독자들은 파리, 베를린, 북한,

남미 등으로 동선을 옮겨간다. 그리고 그곳에서 이루어진 삶을 풍경으로 수용한다. 그 풍경 가운데 하나가 '파리'이다.

이 소설의 제목 '굿바이 파리'는 의미가 다중적이다. 파리라는 장소 혹은 공간을 떠나는 것임과 동시에, 예술과의 결별을 환기한다. 파리는 정신적 자유로움과 예술적 이상향을 떠올리게 한다. 정신적 자유로움은 체제 지향적 인간으로서는 사회적 연관을 짙게 지닌다. 사회구조의 자유로움 여부가 개인의 정신적 자유로움과 연관된다. 독재국가 혹은 전제적 사회에서 개인의 자유로움을 보장받을 가망성은 거의 없다. 국가 조직이 또는 이념적 체제가 개인을 규율하기 때문이다. 예술은 시대를 방영한다는 큰 전제에 거부감을 표할 이는 없을 것이다. 그러나 시대와 연관 없이 이루어지는 예술가들의 예술 활동도 있는 법이다.

그런 점에서 『굿바이 파리』에서 작중인물의 공작 활동과 달리 예술 활동을 펼치는 것은 특별한 의미를 지닌다. 작중인물은 건축이 전문이다. 한편 도자기를 만드는 작업으로 예술 활동을 펼친다. 그가 북에 가서, 김일성에게 고려청자를 재현해서 선물하는 일은 소설적 이념과 연관되는 사항으로 보인다. 소설은 그것이 의미해석의 언어예술이라고 해도 예술의 영역에 드는 한 '예술적 자율성'을 지니게 마련이다. 예술적 자율성은 '소설적 자유'라 해도 좋을 것이다. 세상사는 무질서하고 규율이 없어도 소설에서는 어느 정도 규율이 잡혀야 하고, 질서를 갖추어야 한다. 소설에서 인과성을 중시하는 까닭도 여기 있다.

예술로서의 도자기는 독자성을 지닌다. 도자기의 예술적 독자성이란 초역사적 독자성 suprahistorical uniqueness으로 명명된다. 초역사적인 독자성은 형식과 내용의 통합에서 가능해진다. '달항아리'는 이념이나 역사 등과는 아무 연관이 없다. 항아리 안에 무엇이 들어 있는가는 항아리를 평가하는 고려사항이 될 수 없다. '고려청자'의 경우 작가가 작품에서 써 놓은 대로 비취색翡翠色, 줄여서 '비색'이라 하는 색과 형태 말고는 다른 평가 기준이 없다. 그런 지향을 지닌 인간에게 이데올로기나 체제 같은 것은 한갓 허상에 불과할 수도 있다. 도자기의 완성을 위해 몸을 불가마에 던지는 무작정의 헌신과 열정, 이는 예술에 대한 본원적 열정에 다름아니다.

소설은 완결성 혹은 자율성을 지향하지만, 그 자율성이 완벽할수록 소설의 실감 혹은 리얼리티는 손상되기 십상이다. 소설은 역사와 얽혀 있기 때문이다. 역사는 늘 미완으로 남아 있다. 미완이란 숨겨진 부분이 있어서, 전모를 드러내 보여주지 않는다는 뜻이다. 작가가 지향하는 이야기의 완결성과 인간세계 혹은 생애의 미완결성은 늘 모순에 처하게 된다. 장편소설의 전체성 지향과 리얼리티가 늘 상합하지 않는다는 점이 이를 증명한다. 예술은 늘 '그럼에도 불구하고'라는 성격을 지닌다.

세계는 복합적으로 구성되어 있다. 그 복합성을 무시하고 우리는 세계를 평평하게 그리고 그렇게 인식하는 버릇이 있다. 평평한 세계에 내적으로 형성되는 '주름'을 보아내는 것이 소설가의 일이다. 이는 독자의 일이기도 하다. 독재체제의 표상으로 부각되는 '북한'에서도 인정은 통용되고 사랑과 헌신은 의미 있는 가치로 살아 있다. 그런데 일반적으로 역사에서는 그런 복합성이 소거된 채, 단일화된다. 인간적 가치는 일원적으로 세계에 대응하지 않는다. 예술과 이념은 각각 자율성을 지니는 의미체계이다. 둘 사이의 관계가 복합적 변용이 이루어진다는 점도 이에 연유하는 것일 터.

남북 분단이 현재적이라는 데에는 의문의 여지가 없다. 끝나지 않은 역사 단위이기 때문이다. 『굿바이 파리』에서 주인공이 일본, 프랑스, 북한, 남미 등을 거쳐 한국에 정착하는 구조로 되어 있는 것은 각별한 의미를 지닌다. 이는 소설의 인물이 영웅적 속성을 지닌다는 점과 연관되는 사항이다. 물론 『굿바이 파리』의 주인공을 영웅이라 하기는 망설여지는 점이 여럿이다. 일반적으로 작가는 자신이 그리고 있는 인물을 영웅으로 설정하기를 망설인다. 현실에 흔들리고 상처받는 인물로 그리는 것이 작가의 책무이다. 유학의 계기, 건축을 공부하는 과정, 북으로 갈 수밖에 없는 정황, 남한에서 취조 받으면서 보여주는 태도 등에는 많은 망설임이 동반된다. 그러나 한국에 정착해서 도요를 운영하는 그의 마지막 생애는 누가 보아도 '성공한 인간상'으로 보게 될 듯하다. 이는 주인공을 '천재'로 상정한 결과이기도 하다. 작중인물의 영웅성과 연관되는 점들 때문에 이 소설은 주제 양식 thematic mode의 특징을 이따금 드러낸다. 더구나 전향하지 않고 군부에 맞서는 성격을 구현하는 데는 이런 장치가 필요했을 터이다. 소설에 도입되는 주제 양식적 특성은 작가의 직접 발언으로 구체화한다. 작중인물을 '천재'로 규정하고 소설이 전개된다. 이는 인물의 발화를 통하더라도 독자는 그게 '작가의 말'이라는 걸 민감하게 감지한다. 고급 독자에게는 작가가 텍스트에 너무 개입한다는 인상을 준다. 설익은 독자에게는 그게 작가가 소설을 '통해' 하고 싶은 이야기라고 생각하게 한다. 독서 과정에 개입하는 자아의 긴장력이 약화된다. 요약하기로 하자.

  소설가는 역사를 다시 쓰는 책무를 지닌다. 정사에게 기록하지 않거나 기록하지 못한 부분을 작가는 허구적 상상력을 동원하여 구체적으로 기록한다. 『굿바이 파리』에서 작가는 '동백림사건'의 가능태를 소설로 형상화해놓았다. 이 소설은 '역사 추리소설'이다. 흥미와 함께 독자를 역사와 삶에 대한 성찰로 이끌어간다.

  독자는 이 작품을 통하여 동시대 역사에 참여한다. 독자는 작가를 따라 '동백림사건'을 동시대 역사로 인식하게 된다. 또한 역사 주체로서 자신의 자리를 성찰하고, 역사의 주인공으로 자신의 인식 지평을 확대하는 고양감을 맛보게 될 것이다. 이게 이 소설의 주제 가치이다.

닫음 글

진상미로에 마거릿 피면

이 소설의 실제 주인공을 만나기 위해 광하요에 들린 날, 선생은 여든셋의 연세에도 청년처럼 맑고 주름살 하나 없이 건강한 모습이었다. 선생은 나이 든 소년 같았다. 또 선생의 도자기 굽는 현장과 도예 작품들을 둘러보면서 곡선에서 직선으로 흐르는 선생 예술의 지향점을 가늠할 수 있었다. 몇몇 메이저 출판사에서 젊은 작가들과 함께 선생 일대기를 쓰고자 다녀갔다고 했다. 서울의 주요 매스컴에서 이미 선생의 이야기를 보도했으니 출판사가 탐낼만한 소재였을 것이다. 선생이 필자를 지목한 것은 같이 예술을 했고 나이도 좀 든 편이라 코드가 맞는다고 생각하셨을까? 주변에서는 말리는 작가들이 있었지만 선생 나름의 캐릭터가 나를 끌었고, 소재로만 사용할 뿐 전혀 다른 이야기를 써도 좋다고 했다. 나는 특별한 글쓰기 방식이 기대되었다.

필자는 서재가 김포에 있고, 선생은 이천의 진상미로에 도자 연구소가 있다. 편도 80km를 오가면서 처음 4개월 동안 채록과 노트를 병행하여 대략적인 줄거리를 정리, 스토리 라인을 잡았다. 다음부터는 질의응답식 인터뷰로 밀도를 더했다. 선생은 놀라운 기억력으로 지난 일들을 생생하게 들려주었다. 인생관에서도 나와 궤를 같이하는 부분이 많이 나타났다. 인터뷰를 계속할수록 선생 생각에 내가 동화되었고 차츰 정이 들 정도로 간격이 좁혀지니 작중에서는 선생의 생각이 내 생각으로 치환할 수 있었다. 선생에게는 이데올로기에 물들지 않고 남북을 가리지 않는 동족애, 예술을 향한 순수한 열정이 있었다.

1년을 보내고 스토리 라인을 점검해보니 작가의 능력으로 보완하여야 할 부분들이 보이기 시작하였다. 나는 한 두 주에 한 번씩 나누던 인터뷰 횟수를 줄이고 스토리에 어떤 복선을 깔아야 할까 골몰하였다. 선생과 마주 서 공작을 벌이는 인물을 만들어내 소설에 긴박감을 불어넣었다. 마침 코로나19 팬데믹으로 1년여 동안 글 밀도를 더할 수 있었다.

　선생이 살아온 삶의 발자국을 되밟기 시작한 지 어느덧 5년이 되어간다. 선생이 87세 연세에도 건강을 유지하시며 필자와 호흡을 맞춰주어 감사한 마음이다. 사모님과 선생의 어머니, 외할머니는 그 시절에 만나기 어려운 특별한 여인상으로 조명을 받아야 할 부분이 있었는데 스토리 전개상 많이 다루지 못한 점은 못내 아쉽다. 뒤늦게 고국에 돌아와 도자기 작업으로 못다한 예술적 성취를 추구하는 선생께 이 책이 만족스럽게 헌정된다면 다행이겠다. 또 작가에 의해 꾸며진 이야기가 선생의 인생 역정에 살갑게 접목되었다면 좋겠다. 북에 남겨진 선생님 자식들도 이 책 읽을 날이 오기를 기대해 본다. 아직도 와인을 드시며 북의 자식들 생각에 취하실 선생이 부디 오래 건강을 유지하시기를 바란다. 못다 피운 예술혼의 불꽃을 지피고, 조국이 통일되어 진상미로에 마거릿이 피면 그토록 그리던 북에 남은 자식들, 손주들이 모두 찾아들 터이니 말이다.

2023년 초봄 박종규

GOODBYE PARIS

GOODBYE PARIS